TOD BEIM CAMPING-DINNER

AF204096

Heike Kügler-Anger (oder H. K. Anger) verbrachte sämtliche Familienurlaube im elterlichen Wohnwagen und konnte während des Lehramtsstudiums auch ihren heutigen Ehemann für Campingreisen begeistern. Die reisefreie Zeit verbringt sie in ihrer Wahlheimat, dem hessischen Odenwald, wo sie Kochbücher und Krimis schreibt.
www.traumfaehrten.de

H. K. ANGER

TOD BEIM CAMPING DINNER

CAMPING KRIMI

emons:

Bibliografische Information der Deutschen Nationalbibliothek
Die Deutsche Nationalbibliothek verzeichnet diese Publikation
in der Deutschen Nationalbibliografie; detaillierte bibliografische
Daten sind im Internet über http://dnb.d-nb.de abrufbar.

© Emons Verlag GmbH
Alle Rechte vorbehalten
Umschlaggestaltung: Nina Schäfer, unter Verwendung eines Motivs
von istockphoto.com/invincible_bulldog
Gestaltung Innenteil: DÜDE Satz und Grafik, Odenthal
Lektorat: Dr. Marion Heister
Druck und Bindung: CPI – Clausen & Bosse, Leck
Printed in Germany 2022
ISBN 978-3-7408-1415-1
Camping Krimi
Originalausgabe

Unser Newsletter informiert Sie
regelmäßig über Neues von emons:
Kostenlos bestellen unter
www.emons-verlag.de

1

»So meine Herren, für euch ist hier Endstation.« Henrik Richtersen positionierte sich breitbeinig vor der Wohnwagentür und versperrte dem diebischen Trio den Weg. Einer der jungen Männer zuckte schuldbewusst zusammen. Der zweite legte die teure Systemkamera, die er gerade in einen Rucksack hatte stecken wollen, zurück auf den Tisch. Dort stand bereits ein luxuriöser Kaffeevollautomat, der ebenfalls hatte verhökert werden sollen. Der dritte Jüngling, dessen strähniges blondes Haar ihm bis über die Schultern fiel, schien unverfrorener als seine Kumpane, denn er ging, ohne zu zögern, auf Konfrontationskurs.

»Du hast uns überhaupt nichts zu sagen, Alter.«

»Das mag schon sein«, räumte Henrik ein. »Ihr werdet euch gleich mit der Polizei und danach mit euren Eltern auseinandersetzen müssen. Die werden euch dann sagen, wie es weitergeht. Ich bin lediglich von den Campingplatzbetreibern beauftragt worden, die Diebstähle zum Stoppen zu bringen. Und das habe ich, wie ich glaube, hiermit getan.«

»Was bist du für einer, dass du dich hier so aufspielst?« Der Langhaarige war weit davon entfernt, freiwillig aufzugeben.

Henrik schob den rechten Fuß ein wenig vor, beugte die Knie und machte sich für den Fall, dass der Jüngling den Versuch unternehmen sollte, auszubüxen, zum Sprung bereit. Sein Gesichtsausdruck blieb dabei freundlich und gelassen, er gab vor, die Ruhe selbst zu sein.

· »Mein Name ist Henrik Richtersen, und ich bin Privatermittler. Eins meiner Spezialgebiete ist das Aufdecken von Eigentumsdelikten.«

»Scheiße«, murmelte der zweite Teenager.

»Ich hab doch schon letzte Woche gesagt, dass wir nicht mehr hierherkommen sollen. Dass wir uns besser ein anderes

Zielgebiet suchen. Zu oft an einem Ort, das ist nicht gut, das fällt auf«, jammerte der Jüngste des Dreiergespanns.

»Mach dir nicht in die Hosen«, herrschte ihn der Langhaarige an. »Der Typ kann uns nichts, das ist kein Offizieller von der Polizei.«

»Nein, aber ich habe die Polizei informiert. Die Beamten werden in wenigen Minuten hier sein«, konterte Henrik.

»Mein Vater bringt mich um«, stöhnte der Jüngste, dem alle Farbe aus dem Gesicht gewichen war.

»Pah, die können mir gar nichts nachweisen.« Der Langhaarige spielte noch immer den Toughen. »Die Wohnwagentür war offen, und ich bin nur rein, um mich ein bisschen umzuschauen. Ich habe den Kram«, er wies mit dem Kinn auf die Elektrogeräte, »nicht einmal angepackt. Die werden keine Fingerabdrücke von mir finden.«

»Hier vielleicht nicht, aber in den anderen Wohnwagen. Und in dem Wohnmobil, das direkt am See steht«, schoss der zweite Teenager zurück. »Du steckst genauso wie wir mit drin.«

Der Langhaarige hob abwehrend die Hände. »Was zu beweisen wäre. War ich etwa derjenige, der sich in die Software für das Schrankensystem eingehackt und den Code kopiert hat? Nee, das war der Andy.« Er schaute Henrik vielsagend an. »Den müssen Sie sich schnappen. Ich bin unschuldig. Ehrlich.«

»Das war doch alles deine Idee«, verteidigte sich der Jüngste. »Ich habe nur ein bisschen auf dem Computer rumgespielt und später geholfen, die Klamotten wegzutragen. Die der Lucas dann bei eBay vertickt hat. Ich lasse mir nichts anhängen, was ich nicht getan habe. So läuft das nicht bei mir.«

Henrik musste trotz seiner Erschöpfung grinsen. Mit der Solidarität schien es bei dem Trio inzwischen nicht mehr weit her zu sein. Seine Kollegen von der Polizei würden keine Mühe haben, die drei zu einem umfassenden Geständnis zu bewegen. Und der Jugendrichter würde sicherlich seine Freude daran haben, ihnen eine angemessene Strafe aufzubrummen. Henrik sah aus den Augenwinkeln, wie sich zwei Fahrzeuge mit Blaulicht näherten. Aus Rücksichtnahme auf die zum größten Teil noch schlafenden Campinggäste hatten sie die Sirenen nicht eingeschaltet und fuhren nur im Schritttempo.

»Wenn ich an eurer Stelle wäre«, sagte Henrik, »würde ich jetzt nichts Unüberlegtes tun. Sonst habt ihr zusätzlich noch ein Verfahren wegen Widerstand gegen die Staatsgewalt an der Backe. Damit wandert ihr locker für mehrere Jahre in die Jugendstrafanstalt.«

Die drei Teenager ließen sich ohne Gegenwehr abführen. Dem Jüngsten kullerten Tränen die mit Aknepickelchen überzogenen Wangen hinunter. Henrik hoffte, dass er es schaffte, sich zu fangen, dass er nicht komplett auf die schiefe Bahn geriet. Doch das lag außerhalb seiner Verantwortlichkeit. Er musste nur noch den notwendigen Papierkram abarbeiten, dann hätte er seinen Auftrag erledigt und könnte sich ein paar Tage Freizeit gönnen. Bevor er nach Hamburg zurückkehren würde, um in seiner spartanisch eingerichteten Zwei-Zimmer-Wohnung ein bisschen klar Schiff zu machen und sich für neue Projekte zu rüsten. Außerdem hatte er seinem Freund Carsten Heinemann versprochen, dessen nagelneues Wohnmobil zu begutachten und ihm ein paar Insidertipps zu geben.

Carsten hatte sich mit dem Eintritt in die Rente einen Jugendtraum erfüllt, war aber, was Camping und Campingfahrzeuge betraf, blutiger Anfänger. Henrik war in der Hinsicht ein alter Hase. Er war schon seit zwei Jahrzehnten mit verschiedenen Kastenwagen, die er als rollendes Ermittlungsbüro nutzte, unterwegs, zog damit von Ort zu Ort und arbeitete nicht nur in Deutschland, sondern in fast ganz Europa. Inzwischen konnte er sich kein anderes Leben mehr vorstellen, er liebte die Abwechslung und die täglich neuen Herausforderungen, die sein Dauerroadtrip mit sich brachte.

Er schloss behutsam die Wohnwagentür, verließ die Parzelle und eilte hinunter zum Werratalsee. Die Sonne war vor wenigen Minuten aufgegangen. Über der Wasseroberfläche lag ein dünner Nebelschleier, der dem See etwas Mystisches verlieh.

Das Wasser an dem mit feinem weißen Sand versehenen Badestrand war glasklar. Rechts und links davon erstreckte sich ein ausgedehnter Schilfgürtel. Ein Wasservogel gab einen kurzen krächzenden Warnschrei von sich.

Ein Geräusch, das sich anhörte, als ob etwas aus der Tiefe des Sees an die Oberfläche schnellte, ließ Henrik zusammenschrecken. Er glaubte fast, den langen gebogenen Hals und den schmalen Reptilienkopf von Nessie, dem Ungeheuer von Loch Ness, ausmachen zu können. Nessie auf Urlaub im Werratalsee? Henrik schüttelte den Kopf, um das Trugbild loszuwerden. Die zehn durchwachten Nächte hatten dazu geführt, dass er jetzt kurz davorstand, Gespenster zu sehen, zu halluzinieren. Statt Nessie war wahrscheinlich nur einer der großen Spiegelkarpfen, die im See heimisch waren, aufgetaucht.

So geht es nicht weiter, dachte Henrik. Er brauchte dringend eine Mütze Schlaf. Und danach eine heiße Dusche und ein ordentliches Frühstück. Aber eins nach dem anderen. Henrik wandte sich vom Wasser ab und wäre um ein Haar mit Kathrin Schäfer zusammengestoßen.

»Ich habe mir gedacht, dass ich dich hier finde«, sagte sie mit einem Lächeln.

»Warum bist du so früh auf?«, wunderte sich Henrik.

»Mir geht noch immer so viel durch den Kopf«, gestand Kathrin. »Da hapert es ab und an mit dem Schlaf. Und dann habe ich die Polizeiautos bemerkt.«

»Kein Grund zur Aufregung. Alles erledigt. Der Code für die Eingangsschranke ist abgeändert, das Computersystem wurde besser gegen Eindringlinge von außen geschützt und ein Wachdienst engagiert. Krieche du wieder in den Alkoven von Töfftöff und versuche, noch ein bisschen zur Ruhe zu kommen. Du hast es nötig.«

Henrik musterte Kathrin besorgt. Er war selbst Zeuge gewesen, wie sie im letzten Jahr durch die Hölle gegangen war. Auf der Suche nach ihrem verschollenen Mann Peter hatte sie sich auf einen Roadtrip eingelassen, der sie fast das Leben gekostet hätte. Außerdem hatte sie damit fertigwerden müssen, dass die Menschen, denen sie am meisten vertraut hatte, ihr gnadenlos in den Rücken gefallen waren. Als Folge dessen hatte sie ihren Alltag neu ordnen müssen, hatte sich von ihrem Haus getrennt und die quälerische Vergangenheit hinter sich gelassen.

Die einzige Konstante, die ihr geblieben war, war ihr heiß geliebtes Oldtimer-Wohnmobil Töfftöff. Das hatte sie trotz der schmerzhaften Erinnerungen nicht aufgeben können. Eine Entscheidung, die Henrik begrüßte, denn so trafen sie sich immer mal wieder auf einem Wohnmobilstellplatz oder einem Campingplatz oder einem schönen Fleckchen mitten in der Natur – obwohl ihre erste Begegnung in Rotenburg an der Fulda unter keinem guten Stern gestanden hatte und Henrik sogar zeitweise vermutet hatte, dass Kathrin nicht so unschuldig war, wie sie vorgab. Doch letztendlich hatte sich alles aufgeklärt, und sie hatten miteinander Frieden geschlossen, waren Freunde geworden.

»Husch, husch! Zurück ins Bett!«, drängte er.

Kathrin reckte sich. »Ach, ich weiß nicht. Der Morgen ist so herrlich. Schau mal, wie der Nebel sich lichtet. Wir bekommen heute bestimmt wieder Badewetter.«

»Es wird noch ein paar Stunden dauern, bis es richtig warm ist. Wir können gegen Mittag ja mit Finn schwimmen gehen. Ich nehme mal an, er schläft noch?« Henrik wusste, dass Kathrins Stiefsohn nicht der geborene Frühaufsteher war.

»Wie ein Murmeltier«, bestätigte Kathrin. »Aber ich glaube, er wäre sofort wach, wenn …« Sie warf ihm einen verschmitzten Blick zu.

Henrik schwante Böses. »Wenn?«

»Wenn du endlich dein Versprechen einlösen würdest.«

»Welches Versprechen?« Henrik sah sein eigenes Bett und das wohlverdiente Frühstück mit einem Mal in weite Ferne rücken.

»Du hast Finn dein Wort gegeben, dass du mit ihm auf dem See angeln gehst.«

»Aber doch nicht heute«, protestierte Henrik.

»Warum nicht? Heute ist ein schöner Tag, und für morgen haben sie Gewitter mit Starkregen und Sturm vorhergesagt. Da ist es auf dem Wasser zu gefährlich.«

Henrik wand sich innerlich wie ein Aal, der aus einer Reuse zu entfliehen versucht. »Zum Fischen ist es viel zu früh.«

»Morgens beißen die Fische am besten«, behauptete Kathrin.

»Das mag sein. Doch ich habe weder ein Boot noch eine Angelausrüstung.« Henrik ging davon aus, dass es ihm mit diesem Argument gelungen war, dem unliebsamen Angelspuk ein Ende zu bereiten.

»Bernd stellt dir sicherlich gern seine Ausrüstung zur Verfügung. Ihm ist Finn richtig ans Herz gewachsen.«

»Ich dachte, Bernd und Nicole wären mit ihrem Wohnwagen in Italien. Seit ich hier bin, habe ich sie kein einziges Mal gesehen.«

»Sie sind gestern am frühen Abend aus der Toskana zurückgekehrt. Du hast es nicht mitbekommen, weil du auf der anderen Seite des Platzes auf der Lauer lagst. Ich habe schon ein Gläschen Prosecco mit ihnen getrunken. Und ich weiß, dass Bernd morgens immer früh auf den Beinen ist. Vor allem im Sommer.«

»Der muss sich die Nächte auch nicht mit der Suche nach einer Diebesbande um die Ohren schlagen«, grummelte Henrik. Der Mann von Kathrins bester Freundin war als Freelancer in der Werbebranche tätig.

»Finn würde sich so freuen. Und ich fände es auch toll, heute Abend frischen Fisch zu essen«, bettelte Kathrin.

»Okay«, gab sich Henrik geschlagen. »Ich gehe nur eine kurze Gassirunde mit Leo und komme dann zu dir rüber.«

»Ich passe auf Leo auf, wenn ihr auf Angeltour seid«, bot Kathrin an. »Ich habe gestern einen ganzen Ring Fleischwurst gekauft. Leos Lieblingssorte. Bis gleich.«

Henrik blieb noch zwei, drei Minuten stehen und dachte wehmütig an sein kuscheliges Bett im Kastenwagen, in dem es sich in der vergangenen Nacht wieder einmal nur sein Beagle gemütlich gemacht hatte.

»So ein Schlamassel«, stöhnte er.

Er hoffte inständig, dass sich die Fische im Werratalsee unkooperativ verhalten würden und ihm die unschöne Angelegenheit, sie vom Angelhaken zu befreien, erspart bliebe.

»Zuerst müssen wir sie anfüttern«, sagte Bernd Kiefer und öffnete eine Dose Gemüsemais.

»Sind die Fische Vegetarier?« Finn beäugte die Körner kritisch.

»Nein, aber sie reagieren auf das Gelb«, antwortete Bernd. »Die richtigen Leckerli für sie sind hier drin.« Er zog einen mit winzigen Löchern durchsetzten Deckel von einem runden Kunststoffbehälter.

Henrik warf einen einzigen Blick auf den Inhalt und wandte sich angeekelt ab. Er war froh, außer Kaffee noch nichts im Magen zu haben.

»Ui, Mädels«, rief Finn begeistert.

»Schön wär's«, brummte Henrik, während er demonstrativ auf die Wasseroberfläche starrte.

»Maden«, verbesserte Bernd den Jungen.

Finn hatte in dem Jahr, seit seinen kriminellen Eltern das Sorgerecht entzogen worden war und er bei seinen Großeltern in Südschweden lebte und den Großteil der Ferien bei Kathrin in Deutschland verbrachte, beachtliche schulische Fortschritte gemacht und sprach inzwischen recht gut Deutsch. Nur wenn er nervös oder abgelenkt war, schlichen sich Fehler ein. Die blassrosa, sich kringelnden und windenden Tierchen brachten ihn ganz aus dem Häuschen, machten ihn noch aufgekratzter, als er eh schon war. Er scheute sich auch nicht, den Zeigefinger in die Dose zu stecken, und beobachtete interessiert, wie eine Made es sich auf seiner Fingerspitze gemütlich machte.

»Wieso mögen die Fische sie?«

»Ich nehme an, weil sie Protein zum Heranwachsen brauchen«, antwortete Bernd. »In Kombination mit den Kohlehydraten aus dem Mais.« Er schüttete die Körner zu den Maden, gab aus einer Plastiktüte ein wenig Trockenfutter hinzu und vermischte alles vorsichtig. »So, nun ist das Frühstück für die Rotaugen angerichtet.«

»Und jetzt?« Finn zappelte vor Aufregung, sodass das kleine Angelboot ins Schwanken geriet.

»Still sitzen!«, herrschte Henrik den Jungen an.

Er war zwar ein waschechtes Nordlicht, in Hamburg geboren und aufgewachsen, jedoch eine bekennende Landratte. Den Fuß auf ein Boot oder ein Schiff setzte er nur, wenn es nicht zu verhindern war. So wie heute. Henrik wünschte sich, sie würden endlich zurückrudern. Doch Bernd und Finn kamen erst richtig in Fahrt.

»Jetzt füllst du den Köder in das Futterkörbchen hier.« Bernd wies auf ein Metallkörbchen, das oberhalb des Hakens an der Angelschnur befestigt war. »Und dann werfen wir das Vorfutter an der Schnur in den See, um den Fischen eine Spur zu legen. Wenn sie dadurch gleich ganz wild auf die Happen sind, haben wir sie ruckzuck am Haken.«

»Ich bin mir sicher, dass es in Eschwege ein Fischgeschäft oder einen Supermarkt mit Frischfisch gibt. Eine Eisdiele bestimmt auch«, versuchte Henrik verzweifelt, die beiden von ihrem Tun abzulenken und die unliebsame Angeltour zu verkürzen. Vergeblich.

Bernd holte Schwung und warf die Angelschnur weit aus. Das Körbchen ging mit einem leisen Platschen unter. Durch langsames Drehen an der Angelrolle holte er die Schnur wieder ein.

»Willst du auch mal?«, fragte er Finn, als sie das Körbchen erneut befüllt hatten.

Die Augen des Jungen strahlten. Bernd zeigte ihm, wie er die Rute korrekt handhabe und die Schnur mit einer leichten Rückwärtsbewegung zum Fliegen brachte.

»So, und jetzt wird es ernst«, verkündete Bernd, nachdem

sie das Körbchen wieder aufs Boot gezogen hatten. Er zeigte auf den großen, gekrümmten Haken aus Kohlenstoffstahl am Ende der Schnur. »Auf den spießt du zwei Maiskörner und dann eine Made.«

»Uh nee. Nicht wirklich, oder?« Henrik schüttelte sich angewidert.

Finn zeigte weder Scheu noch Ekel und tat, wie Bernd ihn geheißen hatte.

»Weit ausholen«, kommandierte Bernd, »und dann die Schnur freigeben, übers Wasser schnellen lassen.« Der Haken und das Spaltblei tauchten unter. Sie warteten drei, vier Minuten, in denen nichts geschah.

»Ha, ich wusste doch, dass die Fische um die Uhrzeit nicht beißen«, triumphierte Henrik. Da rupfte es an der Rutenspitze.

»Langsam einholen«, befahl Bernd und legte seine Hände auf die des Jungen, um ihn anzuleiten. Ein silbrig glänzender Fischkörper tauchte an der Wasseroberfläche auf.

»Schnell den Kescher!« Bernd wirkte jetzt so aufgeregt wie der Junge. Er platzierte das Fangnetz unter dem zappelnden Fisch, sodass der nicht mehr entkommen konnte.

»Ich hab einen gefangen, einen Fisch gefangen.«

Wenn Henrik seine Hand nicht fest auf Finns Schulter gelegt hätte, wäre er aufgesprungen und vor Freude im Boot auf und ab gehüpft. Bernd griff nach dem Fisch und zeigte ihn dem Jungen.

»Ein prächtiges Rotauge. Und sieh mal hier am Maul, waidgerecht gehakt.« Vorsichtig löste er den Haken und ließ den Fisch in einen Eimer mit frischem Seewasser gleiten.

»Darf ich noch mal?«, bat Finn mit roten Wangen.

Sie bestückten den Haken und warfen die Schnur erneut aus, holten sie langsam ein. Diesmal war ihnen das Angelglück nicht hold.

»Man darf nicht zu früh aufgeben«, sagte Bernd. »Manchmal sitze ich drei Stunden und länger auf dem See, bevor ich genügend Fische gefangen habe, dass es für eine Mahlzeit reicht.

Doch für mich gibt es kaum etwas, das mich mehr entspannt. Hier ist kein Druck, kein Stress, niemand kann mich stören. Herrlich, diese Ruhe.«

Henrik merkte, wie ihm die Lider schwer wurden. Nochmals schnellten der Haken und die Bleikügelchen durch die Luft, erreichten die Wasseroberfläche und gingen unter. Finn hob die Rutenspitze an und versuchte, die Schnur einzuholen.

»Es geht nicht«, beschwerte er sich.

»Wahrscheinlich hast du einen Hänger.« Bernd nahm ihm die Angelrute aus der Hand und machte ein paar kurze, geschmeidige Aufwärtsbewegungen. Dann drehte er an der Kurbel der Angelrolle. Die Schnur glitt langsam durch die Ösen zurück. »Komisch, ganz schön schwer.«

»Ein großer Fisch?«, fragte Finn hoffnungsvoll.

»Nein, der müsste ja zappeln«, erwiderte Bernd.

»Vielleicht ist dir ein U-Boot an den Haken gegangen«, frotzelte Henrik.

»Eher ein Klumpen Laichkraut«, widersprach Bernd und zog weiter an der Schnur. Ein dunkler Gegenstand durchbrach die Wasseroberfläche.

Henrik lachte laut auf. »Petri Heil! Du hast einen Schuh gefangen.«

»Keinen für die Füße«, rief Finn. »Einen für die Hand. Das ist ein Handschuh.«

»Tatsächlich.« Bernd schüttelte missmutig den Kopf. »Was die Leute alles in den See schmeißen.« Vorsichtig bugsierte er das dunkelbraune Objekt ins Bootsinnere und ließ die Rute sinken.

Henrik reagierte instinktiv. Er schnappte sich den Eimer, kippte das Rotauge samt Wasser zurück in den See und stülpte den Eimer über den Handschuh.

»Ja bist du jetzt völlig übergeschnappt?«, rief Bernd verärgert aus.

»Manno, unser Abendessen«, protestierte Finn.

Henrik nahm die Ruder auf, streckte die Arme nach vorn,

tauchte die Blätter ins Wasser und zog die Arme zurück in Richtung Oberkörper. Das Boot setzte sich in Bewegung.

»Lasst uns zum Ufer zurückkehren.«

»Schon?«, maulte Finn.

»Aber warum denn?« Bernd war anzusehen, dass er Henriks Entscheidung nicht billigte.

»Weil ich es sage«, presste Henrik zwischen den Zähnen hervor und warf Bernd einen warnenden Blick zu. Der schien die stumme Aufforderung zu verstehen, denn er klopfte Finn aufmunternd auf die Schulter.

»Ich bin mir sicher, dass wir morgen mehr Glück haben werden. Da gehen wir auf Karpfen. Manche von den Burschen hier im See sind so riesig, dass sie nicht in den Kescher passen. Geschweige denn in die Pfanne.«

»Echt?« Finns Augen wurden vor Erstaunen groß und rund.

»Erst vor Kurzem hat ein Angler ein Prachtexemplar aus dem Wasser gezogen, das mehr als einen Meter lang und über fünfzig Kilogramm schwer war.«

»So einen großen will ich auch fangen«, sagte Finn prompt.

»Und dann machen wir ein Foto mit dem Handy, das ich meinem Opa schicke.«

Henrik war sich sicher, dass der Monsterkarpfen ausgewachsenes Anglerlatein war, doch Bernds Taktik schien aufzugehen. Finn war abgelenkt und hatte den Handschuh fürs Erste vergessen. Eine glückliche Fügung. Denn Henrik hatte im Handschuhinneren etwas entdeckt, das ihm mehr Ekel einflößte als die Maden in der Plastikdose.

»Sorry, dass ich eben so schwer von Kapee war«, entschuldigte sich Bernd. »Aber wer rechnet auch mit so was? Gut, dass der Junge nichts davon mitbekommen hat.«

Nach einer kurzen Rücksprache mit Kathrin hatten die beiden Freundinnen Finn kurzerhand in Nicoles Jeep verfrachtet und waren zum Eisessen in die Stadt gefahren.

»Einen schönen Fang haben wir da an Land gezogen.«

Henrik saß auf einem Klapphocker und beäugte ihr Fundstück. Die beiden Männer hatten sich auf den Teil der von den Kiefers angemieteten Parzelle zurückgezogen, der von außen nicht einsehbar war. Er stülpte ein Paar blaue Vinylhandschuhe über und befingerte den dunkelbraunen Lederhandschuh.

»Vielleicht sollten wir das da im Handschuh«, Bernd schluckte schwer, »lassen, wo es ist.«

»Nein, ich will wissen, ob das ein schlechter Scherz ist oder ob ich noch mal die Polizei rufen muss«, widersprach Henrik. Er hielt den Handschuh mit der linken Hand fest und zog mit der rechten das, was darin feststeckte, behutsam hervor.

»Oh mein Gott.« Bernd wandte sich ab.

Henrik hatte inzwischen wieder vom Freizeitmodus in den Arbeitsmodus gewechselt und ging die Angelegenheit mit der gewohnten Professionalität an. »Hm, ein glatter, sauberer Schnitt, direkt hinter dem Handgelenk. Da konnte jemand mit einem Messer umgehen.«

»Überlebt man das?«, fragte Bernd mit rauer Stimme.

»Es gibt durchaus Fälle, in denen eine abgetrennte Hand oder ein paar Finger erfolgreich wieder angenäht wurden. Im Sägewerk passieren derartige Unfälle öfter, als man glaubt. Voraussetzung für ein Gelingen ist allerdings, dass sofort eine medizinische Versorgung eingeleitet wird, ansonsten verblutet man. Und die amputierten Gliedmaßen müssen, soweit ich weiß, bis zur Operation kühl und trocken gelagert werden. Wenn sie erst einmal durchfeuchtet wie hier sind, kriegt man die Knochen und Blutgefäße, die Sehnen und Nerven nie wieder zusammen.«

»Du meinst also, dass es kein Unfall war?«

»Glaubst du allen Ernstes, dass jemand mit der Hand in eine Kreissäge gerät, die abgetrennte Pranke in einen Handschuh steckt und sie in den See wirft, um danach munter weiterzuarbeiten?«

»Nein, das erscheint mir unwahrscheinlich.«

»Ich habe in meiner zwanzigjährigen Laufbahn schon so einiges erlebt«, sagte Henrik. »Deshalb gehe ich hundertprozentig davon aus, dass die Person, der diese Hand einmal gehörte, nicht mehr am Leben ist.«

»Wie schrecklich. Mir wäre lieber, ich hätte unserem Angelausflug nie zugestimmt.«

»Dann wäre dieses Kapitalverbrechen höchstwahrscheinlich nie aufgedeckt worden«, gab Henrik zu bedenken. »Ich gehe fest davon aus, dass sich noch weitere Körperteile im See befinden. Warum sollte jemand nur die rechte Hand ins Wasser schmeißen? Nein, der Handschuh hier ist nur der Anfang.«

»Wir müssen die Polizei informieren.«

»Ja, das müssen wir«, stimmte Henrik zu. »Aber gib mir ein paar Minuten Zeit. Ich frage mich, wo mir so etwas schon einmal untergekommen ist.« Henrik wies mit dem Zeigefinger auf den Handrücken, auf dem mittig ein verblasstes Tattoo auszumachen war.

Bernd beugte sich hinunter. »Sieht aus wie ein Emblem oder ein Wappen. Mit einer Zahlenfolge darunter. Vielleicht das Symbol für eine Beziehung, mit dem Datum des Hochzeitstages? Oder ein Seemann mit der Nummer eines Schiffes? Oder das Erkennungszeichen eines Geheimbundes? Die Leute lassen sich heutzutage doch die seltsamsten Dinge in die Haut ritzen.«

»Hm, das sagt mir was. Wenn ich nur wüsste, was.« Henrik war tief in Gedanken versunken. Er war sich sicher, dass ihm ein ähnliches Tattoo schon einmal unter die Augen gekommen war. Allerdings auf einer Hand, die sich noch am Arm eines lebenden Menschen befunden hatte.

»Vielleicht war es ein Ritualmord? Jemand sollte aus einem Clan oder einer Clique entfernt werden, weil er für die anderen gefährlich geworden war«, fabulierte Bernd.

»Du schaust zu viel Netflix«, brummte Henrik. Dann richtete er den Oberkörper auf und schlug sich mit dem Handballen gegen die Stirn. »Du hast recht. Das Tattoo gehört tatsächlich zu einer Gruppe. Zu einer Studentenverbindung, wenn ich es richtig in Erinnerung habe.«

Er zog sein Handy hervor und machte ein paar Fotos, die er

per WhatsApp versendete. Drei Minuten später nahm er den Anruf seines Freundes Carsten Heinemann entgegen.

»Wen hast du vom Corps Heidelbergensis getroffen?«

»Getroffen ist der falsche Ausdruck«, antwortete Henrik und berichtete in wenigen Worten, was vorgefallen war.

»Und es gibt keinen Zweifel?«

»Nein, ich habe dir doch eben die Fotos geschickt. Das muss die Hand eines Corpsmitgliedes sein. Das Tattoo sollte dir bekannt vorkommen, du hast immerhin auch eins auf dem Handrücken.«

»Ich hatte eins«, korrigierte ihn Carsten. »Nach meinem Austritt habe ich es entfernen lassen.«

»Trotzdem hast du mehr Insiderwissen als ich. Hast du eine Ahnung, wessen Hand das sein könnte?«

Carsten Heinemann schwieg eine Weile. »Wenn du mich ganz nett bittest, könnte ich mich überwinden und einen meiner ehemaligen Corpsbrüder anrufen«, sagte er schließlich.

»Ich flehe dich geradezu an«, antwortete Henrik mit einem trockenen Lachen.

»Weißt du, es ist so«, erklärte Carsten. »Jedem der Corpsbrüder wird nach der erfolgreichen Burschung, also wenn jemand als vollberechtigtes Mitglied aufgenommen wurde, das Corpswappen und eine Kennziffer eintätowiert. Die Kennziffer wird in eine Liste eingetragen, anhand der man die jeweiligen Corpsbrüder ausmachen kann. Es ist praktisch so eine Art interne Identnummer.«

»Hast du was zu schreiben? Ich gebe dir die Zahlen durch. Auf den Fotos sind sie nicht so gut zu erkennen. Das Tattoo wirkt dadurch, dass die Hand im Wasser lag, schon ein wenig verwaschen«, sagte Henrik.

»Okay, ich kümmere mich«, versprach Carsten. »Aber ehrlich, ich habe ein echt mieses Gefühl.«

»Ich auch«, stimmte Henrik zu. Dann wählte er zum zweiten Mal an diesem Tag die Nummer der Polizeistation Eschwege.

2

»Schade, dass du nicht mitkommst«, sagte Henrik.

»Es ist besser, wenn wir noch eine Weile hier am See bleiben.« Kathrin tätschelte die hellbraunen Ohren von Henriks Beagle. »Finn hat sich gerade mit ein paar Camperkindern angefreundet. Und wenn er nicht mit denen unterwegs ist, hängt er wie eine Klette an Bernd. Wahrscheinlich sieht er in ihm so eine Art Vaterersatz.«

»Sein leiblicher Vater und seine Mutter haben ja eher durch Abwesenheit geglänzt.« Henrik zog eine angewiderte Grimasse. Jedes Mal, wenn er sich daran erinnerte, was Finns Eltern dem Jungen angetan hatten, hätte er am liebsten auf sie eingedroschen.

»Es bringt nichts, sich ständig mit der Vergangenheit herumzuschlagen. Was passiert ist, lässt sich nicht mehr ändern«, sagte Kathrin leise, die seine Gedanken erahnt zu haben schien.

»Du hast ja recht.« Henrik schüttelte die schmerzhaften Erinnerungen ab. »Lass uns positiv bleiben. Ich bin mir sicher, dass wir uns noch mal treffen werden, bevor Finn wieder zurück nach Schweden muss.«

»Schauen wir mal, was sich so ergibt.« Kathrin zupfte einen Grashalm aus Leos Fell. »Wir haben ja noch mehr als vier Wochen Zeit. Die schwedischen Sommerferien sind viel länger als die deutschen.«

»Ich schreibe dir eine Nachricht, sobald ich im Schwarzwald angekommen bin.«

»Was hast du denn konkret vor? Wir hatten gestern Abend ja keine Gelegenheit mehr, darüber zu sprechen. Der Polizeieinsatz hat ewig gedauert.«

»Er ist noch immer nicht beendet.« Henrik wies mit der Hand in Richtung See, wo Boote der Wasserschutzpolizei vor Anker dümpelten und Taucher das Gewässer absuchten. »Sie werden nicht eher aufhören, bis sie die restlichen Körperteile des armen Mannes geborgen haben.«

»Schrecklich.« Kathrin schüttelte sich. »Ich frage mich, wer so abgebrüht ist, einen Menschen erst umzubringen, ihn wie ein Schlachttier fein säuberlich zu zerlegen und seine Reste dann in den See zu schmeißen. So etwas liest man doch eigentlich nur in blutigen Thrillern. Dass es hier in dieser wunderbaren Landschaft und mitten in einem Urlaubsgebiet passiert, das kann ich noch immer nicht recht glauben. Mein Gehirn hat Schwierigkeiten, es als real anzusehen, es zu akzeptieren.«

»Genau deshalb hat mein Freund Carsten ja auch vorgeschlagen, dass wir der Witwe beistehen. Noch bevor die polizeilichen Untersuchungen und die der Pathologie abgeschlossen sind. Wenn Carsten es ihr mit seinen eigenen Worten beibringt, ist es für sie sicherlich besser zu ertragen, als wenn es ein Fremder tut.«

»Dein Freund kennt also nicht nur den Toten, sondern auch dessen Frau?«

»Ja, sie sind einander bei Zusammenkünften der Corpsmitglieder begegnet. Zu manchen waren auch die Familienmitglieder eingeladen. Vor ein paar Jahren hat sich mein Freund allerdings von dieser Verbindung losgesagt, weil sie ihm zu politisch wurde, einen Rechtsruck durchmachte.«

»Schon ein irrer Zufall, dass ausgerechnet ein Freund von dir dazu beitragen konnte, den Toten zu identifizieren.«

»Ohne das Tattoo mit der Nummer hätte es wahrscheinlich Ewigkeiten gedauert, bis die Polizei herausgefunden hätte, um wen es sich handelt. Jetzt müssen sie zur Bestätigung nur noch einen DANN-Abgleich machen. Vielleicht war es ein bisschen Glück im Unglück. Überleg mal, was die Familie hätte durchstehen müssen. Nach dem plötzlichen Verschwinden eines geliebten Menschen monatelang oder gar jahrelang in Ungewissheit zu leben ist verdammt hart.«

»Das kannst du wohl laut sagen.« Kathrin nickte. »Bei mir hat es acht Jahre gedauert, bis ich endlich wusste, was mit Peter geschehen ist.«

»Das bleibt den Angehörigen von diesem Hübner nun wenigstens erspart. Ich treffe mich heute Abend mit Carsten in Sasbachwalden, dem Wohnort des Opfers, und morgen früh gehen wir zur Witwe. Carsten hat mich gebeten, ihn zu begleiten. So emotional belastende Situationen sind schwierig für ihn. Vor der Rente war er ein knallharter Jurist, hat selten Gefühle an sich herangelassen. Auch privat nicht.«

»Na, da habt ihr ja was gemeinsam.« Kathrin berührte kurz seinen Arm.

»Wahrscheinlich verstehen wir uns deshalb trotz des Altersunterschiedes so gut.« Henrik ließ den leisen Vorwurf an sich abprallen. »Außerdem ist es für Carsten eine prima Gelegenheit, endlich mal sein Wohnmobil zu testen. Er hat es vor drei Monaten vom Händler übernommen, und seitdem steht es sich alle sechs Reifen platt, setzt im Hamburger Regen Grünspan an.«

»Ich nehme mal an, dass es dir nicht langweilig wird.«

»Nein, das wird es nicht.«

»Leo bestimmt auch nicht«, meinte Kathrin und kraulte den Beagle kurz am Rutenansatz, dort, wo er es am liebsten hatte. »Bleibt er jetzt eigentlich für immer bei dir?«

»Sieht so aus.« Henrik gab einen theatralischen Seufzer von sich. »Hätte ich geahnt, dass sich meine Schwester erst den Oberschenkelknochen bricht und sich dann im Krankenhaus ausgerechnet in einen australischen Arzt verliebt, dem sie nach Down Under folgt, hätte ich das ungezogene Hundevieh nie aufgenommen.«

»Leo ist kein Hundevieh«, protestierte Kathrin.

»Nein, er ist meine Alarmanlage, meine Wärmeflasche für die Füße und ein perfekter Beifahrer. Auch wenn er nicht sehr gesprächig ist.«

»Ihr seid inzwischen ein klasse Team.«

Henrik legte dem Beagle sein Sicherheitsgeschirr an und setzte sich auf den Fahrersitz. »Bis bald. Und grüß Finn von mir.«

»Gute Fahrt! Und kommt sicher an!« Kathrin hob zum Abschied die Hand.

Die etwa vierhundert Kilometer in Richtung Süden erschienen Henrik endlos. Auf der Bundesstraße zwischen Eschwege und Bad Hersfeld kam er zwar zügig voran, doch bei der Auffahrt auf die A 4 steckte er prompt im ersten Stau. Auf der A 5 reihte sich, wie es ihm vorkam, eine Baustelle an die nächste. Kurz hinter Bruchsal waren zwei Lkws kollidiert, und für eine geschlagene Stunde bewegte sich nichts mehr. »Verdammt«, fluchte Henrik. »Da wäre ich doch glatt zu Fuß schneller unterwegs. Selbst wenn Leo an jedem zweiten Grashalm eine Pinkelpause eingelegt hätte.«

Aus Frust und Langeweile trommelte er mit den Fingern auf dem Armaturenbrett und betrachtete die Fahrzeuge in seiner direkten Umgebung. Die meisten Lkws hatten ausländische Kennzeichen. Rechts neben ihm befand sich ein holländisches Wohnwagengespann, das wohl, wie Henrik wegen der Surfbretter auf dem Dach des Kombis vermutete, auf dem Weg an den Gardasee oder ans Mittelmeer war. Auf der linken Seite streckten ihm zwei Jungen in einer Mittelklasselimousine die Zunge heraus.

»Rotzbengel«, brummte Henrik, ließ sich jedoch vom heiteren Grimassenschneiden anstecken. Ein paar Minuten hatten sie alle einen höllischen Spaß an dem Spiel, dann ging es auf der äußeren Fahrspur ein Stück weiter, und Henrik verlor die Jungen aus den Augen.

Er blickte in den Seitenspiegel und stutzte. Drei Pkws hinter ihm stand ein weißer Sprinter, der Henrik bereits zuvor wegen einer markanten Delle im Vorderdach aufgefallen war. Konnte es sein, dass der Kleintransporter dieselbe Strecke wie er hatte? Dass er ihm durch Zufall seit dem Kirchheimer Dreieck, also seit etwa zweihundertfünfzig Kilometern, auf den Fersen war? Oder folgte er ihm? Wurde er etwa beschattet? In seinem Job musste Henrik mit allem rechnen. Er kniff die Augen zusammen, um besser zu sehen, doch er konnte weder das Nummernschild erkennen noch das Gesicht des Fahrers ausmachen.

Schließlich setzte sich die Autoschlange auf allen drei Fahrstreifen wieder in Bewegung. Der weiße Sprinter zog nach links, überholte Henrik und war aus seinem Sichtfeld verschwunden. Du wirst paranoid, dachte Henrik und kramte ein Schächtelchen mit extrastarken Pfefferminzdragees aus dem Handschuhfach hervor. Die ätherischen Öle würden ihm helfen, einen klaren Kopf zu bekommen. Henrik gab Gas, er war spät dran.

Entsprechend ungehalten reagierte sein Freund Carsten, als Henrik endlich auf dem Wohnmobilstellplatz in Sasbachwalden ankam.

»Ich habe schon geglaubt, du wärst unterwegs verschüttgegangen.«

»Dauerstau«, erwiderte Henrik und schaute um sich.

Das geschotterte Areal an der Rückseite der Winzergenossenschaft »Alde Gott« bot Platz für etwa dreißig Campingfahrzeuge. Gut zwanzig hatten es sich dort bereits gemütlich gemacht. Auf der äußeren rechten und linken Seite standen vor allem große Wohnmobile und Liner. In der Mitte wurde das Gelände diagonal durch Holzbohlen und Pflanzkübel geteilt, sodass Raum für die deutlich kürzeren Kastenwagen, Campingbusse und kleineren Wohnmobile entstand. Von allen Plätzen aus hatte man eine herrliche Aussicht auf die sanft ansteigenden Hänge, die im unteren Bereich mit Reben, weiter oben mit Wiesen und Obstbäumen bepflanzt und danach mit Tannen und Fichten bewaldet waren. Schmucke Fachwerkhäuser grenzten an den hinteren Teil des Stellplatzgeländes. Selbst als passionierter Biertrinker musste Henrik sich eingestehen, dass der Wohnmobilhafen und vermutlich auch der Ort viel Charme versprühten.

»Mach schnell, sonst sind alle Plätze weg«, warnte ihn Carsten.

Henrik stieg in seinen Kastenwagen und bugsierte ihn in eine Lücke zwischen zwei Wohnmobilen. Von dort aus konnte er direkt auf den munter plätschernden Bach schauen, der dem Ort seinen Namen gab. Der Liner von Carsten stand weiter hinten, vor einer Blumenwiese.

»Übrigens komische Leute hier«, meinte Carsten. »Die haben glatt darauf bestanden, dass ich mich genau so und nicht anders hinstelle.«

Henrik musterte die Wohnmobile, die mit etwas Abstand neben dem seines Freundes geparkt waren. Sie waren allesamt mit der Motorhaube nach vorn aufgereiht. »Sieht für mich völlig okay aus. Was stört dich denn daran?«

»Ich wollte, dass sich meine Eingangstür zur Wiese hin öffnet«, beschwerte sich Carsten. »Da hätte ich von meiner Sitzgruppe aus auf die Blumen schauen können. Jetzt habe ich, wenn ich am Tisch sitze, die Seitenwand meines Nachbarn vor der Nase. Also schön nenne ich was anderes.«

Henrik wusste nicht, ob er laut auflachen oder sich fremdschämen sollte. »Du wolltest dich quer und nicht längs hinstellen?«

»Klar doch. Als ich ankam, war schließlich noch genügend Platz. Da hätte ich mit meinen neun Metern locker hingepasst.«

Henrik unterdrückte ein Seufzen. Als Camping-Greenhorn hatte Carsten offensichtlich noch viel zu lernen. »Auf den meisten Wohnmobilstellplätzen ist es Usus, die Fahrzeuge in Längsrichtung aufzustellen«, erklärte er. »Dadurch wird das Gelände optimal ausgenutzt. Allerdings sollte man beim Einparken tunlichst darauf achten, dass man seinem Nachbarn nicht zu nah auf die Pelle rückt. Außerdem ist der Sicherheitsabstand wegen der Brandgefahr einzuhalten. Kuschelcamper werden nirgendwo gern gesehen.«

»Ich wusste gar nicht, dass die Campergemeinde so pingelig sein kann.« Carsten klang aufrichtig erstaunt.

»Ich würde es nicht pingelig nennen«, erwiderte Henrik. »Es geht um gegenseitige Rücksichtnahme und ein freundliches, respektvolles Miteinander. Wenn alle ein paar wenige Regeln einhalten, dann flutscht es.«

»Okay, okay.« Carsten grinste verlegen. »Ich bin bereit dazuzulernen. Ich will schließlich nicht als Rüpel gelten. Stell dir mal vor, in meinem Alter.«

»Du schaffst das«, versicherte ihm Henrik.

»Wollen wir für morgen einen Schlachtplan aufstellen?«, schlug Carsten vor. »Ich war schon vorn im Verkaufsraum der Winzergenossenschaft und habe mich mit drei Sorten Wein eingedeckt. Die Trauben dafür stammen, wie man mir versichert hat, direkt von den Winzern aus dem Ort. Ich habe Weißburgunder, Riesling und Spätburgunder besorgt. Du kannst aussuchen, womit wir anfangen. Die Weine von hier haben alle einen ausgezeichneten Ruf.«

»Gib mir eine halbe Stunde, um mich frisch zu machen und mit Leo eine kurze Runde zu drehen«, bat Henrik. »Dann komme ich zu dir.«

»Edel, edel«, sagte Henrik anerkennend. Sein Freund hatte nach seiner Pensionierung ein ordentliches Sümmchen in die Hand genommen und in ein Wohnmobil mit allen Schikanen investiert. Die Sitze im Cockpit und die Loungegruppe im Wohnbereich waren mit cognacbraunem Büffelleder bezogen, das an den Rückenlehnen mit einem gesteppten Rautenmuster versehen war. Die Küche war cleverer angelegt und besser ausgestattet als die in Henriks Wohnung: Vom Drei-Flammen-Gaskocher über einen Backofen, eine Kühl-Gefrierkombination, eine beigefarbene Arbeitsplatte aus Mineralwerkstoff, Wandfliesen in Schieferoptik und ein Doppelwaschbecken mit Designerwasserhahn war alles vorhanden, was das Herz eines Hobbykochs auf Reisen begehrte. Im Heck befanden sich ein Wellnessbad und ein üppiges Queensizebett mit elektrisch verstellbarem Kopfteil.

»Ich sage dir, hier kann man's aushalten.« Carsten versprühte Neubesitzerstolz. »Jetzt brauche ich nur noch eine attraktive Co-Pilotin, die mit mir auf Tour geht.«

»Mit dem rollenden Palast als Lockmittel solltest du keine

Schwierigkeiten haben, eine passende Begleitung zu finden«, prophezeite Henrik. »Aber ich dachte immer, du wärest mehr so ein einsamer Wolf.«

»Nun ja, auch der einsamste Wolf lässt ab und zu ein nettes Weibchen in seinen Bau.«

»Deine bisherigen Beziehungen haben nie länger als ein Dreivierteljahr gedauert«, erinnerte ihn Henrik.

»Du hast wahrscheinlich recht. Nach vier, fünf Tagen in trauter Zweisamkeit wird es mir hier womöglich doch zu eng«, räumte Carsten ein. »Ich glaube, ich besorge mir lieber einen Hund. Oder besser eine Katze, mit der muss ich nicht Gassi gehen.«

Henrik ließ sich auf die Couch fallen. »Deine Sorgen möchte ich haben.«

Carsten wies mit der Hand auf die drei Flaschen, die einladend auf der Arbeitsplatte der Küchenzeile standen. »Wonach ist dir? Weiß oder rot?«

Henrik unterdrückte ein Gähnen. »Ein Kaffee als Auftakt wäre nicht schlecht.«

»Ristretto, Espresso, Lungo? Decaffeinato oder Café au Lait?«, ratterte Carsten herunter.

»Schwarz, stark und ohne Zucker.«

Carsten drückte auf einen Knopf, und eine hochmoderne Kapselmaschine schwebte wie von Geisterhand aus dem Küchenoberschrank hinunter auf das Niveau der Arbeitsplatte. Im Nullkommanichts hatte Henrik eine dampfende Tasse Kaffee vor sich auf dem Tisch stehen.

»Mmh, sehr aromatisch«, lobte er.

»Ja, genauso gut wie zu Hause«, stimmte Carsten zu. »Obwohl ich die Kaffeemaschine werde reklamieren müssen. Heute auf der Hinfahrt hat sie gestreikt, da habe ich sie nicht zum Laufen gebracht. Erst hier funktioniert sie wieder einwandfrei. Komisch.«

Henrik stellte seine Tasse in das Spülbecken. »Hast du bei deiner Fahrpause den Wechselrichter eingeschaltet? Du hast doch einen, oder? Bei Wohnmobilen in dieser Preisklasse gehören sie eigentlich zur Standardausstattung.«

»Wechselrichter?« Carsten schaute Henrik an, als ob er plötzlich Suaheli redete.

»Einen Spannungswandler oder Inverter.«

»Wozu brauche ich so etwas?«, fragte Carsten verdattert. »Ich habe einen Stromanschluss und Steckdosen. Das reicht mir.«

»Aber nur, wenn du auf einem Stellplatz oder Campingplatz stehst und dich an das Stromnetz angedockt hast, also wie zu Hause Landstrom zur Verfügung hast. Wenn du unterwegs bist, musst du mit der Zwölf-Volt-Stromversorgung aus deinem Bordnetz klarkommen.«

»Ich dachte, ich hätte alles tutto completto gekauft.« Carsten wirkte gekränkt.

»Hast du wahrscheinlich auch«, beruhigte ihn Henrik. »Die meisten Geräte im Wohnmobil funktionieren auf Zwölf-Volt-Basis. Die Kaffeemaschine, dein Föhn und dein Rasierapparat zum Beispiel, die laufen aber nur mit haushaltsüblichen zweihundertdreißig Volt Wechselstrom. Der Wechselrichter ist dazu da, die zwölf Volt Gleichstrom aus deinen Bordbatterien kurzfristig in zweihundertdreißig Volt Wechselstrom umzuwandeln.«

»Himmelherrgott, ist das kompliziert«, rief Carsten aus. »Hätte ich gewusst, dass man für so ein Wohnmobil anscheinend eine einjährige Zusatzausbildung benötigt, hätte ich besser den Flugschein gemacht.«

Henrik klopfte ihm aufmunternd auf die Schulter. »Du wirst dich in die Angelegenheit schon noch einfuchsen. Aber komm, lass uns endlich einen Schluck von deinem Wein trinken.«

Auf Carstens Gesicht machte sich ein Ausdruck von Verlegenheit breit. »Ehrlich gesagt bin ich mir gerade nicht sicher, ob ich so etwas Simples wie einen Korkenzieher dabeihabe.«

»Kein Problem.« Henrik zog sein Multifunktionsmesser aus der Hosentasche und öffnete die Flasche Weißburgunder. »Zum Wohl!«, prostete er dem Freund zu.

»Schön frisch und fruchtig.« Carsten nickte anerkennend.

»Was weißt du über diesen Hübner?«, wollte Henrik wissen, als er sein Glas abgesetzt hatte.

»Wenn ich es richtig in Erinnerung habe, war er zwei Jahre jünger als ich, nahm dadurch sein Studium in Heidelberg erst später auf. Das bedeutet«, Carsten machte eine kurze Pause, »er kam 1981 oder 1982 von Freiburg aus an den Neckar.«

»Was hat er studiert?«

»Ich glaube Chemie oder Lebensmittelchemie. Ich kann mich erinnern, dass er oft noch im weißen Laborkittel zu unseren Treffen erschien. Meistens war er spät dran.«

»Wurde er sofort in die Corpsgemeinschaft aufgenommen?«

»Nein, er musste wie wir alle eine Fuchsenzeit, also eine Art Probezeit, durchlaufen, bevor er mit der Burschung als Vollmitglied integriert wurde.«

»Wie stand es bei ihm mit der Mensur? Das war bei euch doch ein Thema, oder?«

»Klar, die Mensur hat er, wie es beim Corps Heidelbergensis üblich ist, absolviert. Mir ist allerdings im Gedächtnis geblieben, dass Hübner dabei nicht sehr diszipliniert war.«

»Inwiefern?«

»Zum einen trank er gern nicht nur einen, sondern auch zwei oder drei über den Durst.«

»Ist es nicht genau das, was von einem aufstrebenden Mitglied in einer typischen Studentenverbindung erwartet wird?« Henrik hob sein Weinglas mit einem spöttischen Grinsen.

»Abstinenzler haben es im Corps eher schwer«, musste Carsten eingestehen. »Der Alkohol dient der Geselligkeit. Doch von niemandem wird ein Dauerbesäufnis erwartet.«

»In welcher Hinsicht mangelte es Hübner noch an Disziplin?«

»Nun.« Carsten steckte sich ein paar gesalzene Erdnüsse, die er auf den Tisch gestellt hatte, in den Mund und kaute, bevor er weitersprach. »Beim Mensurfechten werden, anders als zum Beispiel beim Sportfechten, ausschließlich Hiebe mit dem Schläger –«

»Schläger?«, unterbrach Henrik fragend.

»Die bei der Mensur verwendete Waffe, so eine Art Florett«, erklärte Carsten. »Mit der, wie gesagt, nur Hiebe ausgeführt werden dürfen. Stechen ist dagegen verpönt.«

Henrik langte ebenfalls in das Schälchen mit den Nüssen. »Ich könnte mir nach deinen bisherigen Schilderungen vorstellen, dass Hübner nicht viel Lust verspürte, sich an diese Regeln zu halten.«

»Nein, er ist wohl ein paarmal knapp daran vorbeigeschrammt, unehrenhaft aus dem Corps entlassen zu werden. Auch dass er nicht von der Uni geflogen ist, grenzte an ein Wunder.«

»Hat er es dennoch geschafft, sein Studium zu beenden?«

»Ja. Anders als du hat er nicht nach ein paar Semestern die Flinte ins Korn geworfen«, sagte Carsten mit tadelndem Unterton in der Stimme.

Henrik ließ sich nicht provozieren. »Die beste Entscheidung meines Lebens.«

»Aus dir wäre ein Top-Jurist geworden.«

»Jetzt bin ich halt ein Top-Ermittler. Aber zurück zu Hübner«, drängte Henrik. »Du hast eben gesagt, dass er Chemie studiert hat. Warum hat er nach seinem Abschluss nicht bei BASF oder Degussa oder bei einer anderen Chemiebude gearbeitet, sondern ist Winzer im Schwarzwald geworden? Wie passt das zusammen?«

»Das hättest du ihn selbst fragen müssen. Ich hatte ja keinen engeren Kontakt zu Bertram, ich bin ihm bis zu meinem Austritt aus dem Corps nur sporadisch auf dem einen oder anderen Treffen begegnet. Da habe ich dann ein paar Worte mit ihm gewechselt. Mit ihm und Susanne.«

»Seiner Frau?«

»Ja, du wirst sie morgen kennenlernen.«

»Sie kommt von hier?«

»Ja, ihr Vater hatte ein paar Rebflächen und einen kleinen Winzerhof.«

»Und so wurde aus dem Chemiker ein Winzer?«

Carsten hob die leere Weinflasche fragend in die Höhe. »Wollen wir noch den Riesling probieren?«

»Für mich allerhöchstens ein halbes Glas«, wiegelte Henrik ab. »Ich will dich morgen nur kurz zu den Hübners begleiten, und dann mache ich mich auf den Weg zurück in den Norden. Ich war jetzt über zehn Wochen unterwegs, ich muss in meiner Bude dringend mal nach dem Rechten sehen. Und meine Kontakte in Polizeikreisen ein wenig pflegen.«

»Ich war davon ausgegangen, dass wir hier ein paar Tage gemeinsam verbringen.« Carsten stand die Enttäuschung ins Gesicht geschrieben. »Du hattest doch versprochen, mir eine Einweisung ins Camperleben zu geben.«

Henrik ließ sich erweichen. »Okay, von mir aus. Auf die eine Nacht mehr oder weniger wird es auch nicht ankommen.«

»Na dann. Auf unseren Junggesellentrip.« Carsten goss vom Riesling ein.

»Noch mal zurück zu Hübner«, nahm Henrik das ursprüngliche Thema wieder auf. »Mich macht stutzig, dass er seinen eigentlichen Job anscheinend recht schnell geschmissen hat. Warum? Als studierter Chemiker hatte man damals doch super Karrierechancen, man konnte in der Branche richtig gutes Geld verdienen. Kann es wahrscheinlich immer noch.«

»Ich vermute, dass Bertram das Potenzial des Winzerhofes erkannte, den Susanne mit in die Ehe gebracht hat. Ich habe noch im Kopf, dass er peu à peu Rebflächen dazugekauft hat. Und dann haben sie gemeinsam einen Restaurantbetrieb aufgezogen. Wir werden es ja morgen kennenlernen.«

»Er war also auf der Erfolgsspur?«

»Mein ehemaliger Corpsbruder, den ich gestern dazu befragt habe, hat dies ganz klar bejaht. Bertram hat was aus seinem Leben gemacht.«

»Das letztlich dann schneller endete, als er erwartet hatte.«

»Und unter so tragischen Umständen noch dazu. Ganz ehrlich: Wenn er in der Gastronomie so erfolgreich war, wie mein

Corpsbruder behauptet hat, dann hätte er vermutlich eher an einem Herzinfarkt oder an einer Schrumpfleber sterben müssen. Das zählt bei Gastronomen, wie ja allgemein bekannt sein dürfte, zu den Berufskrankheiten. Doch zerstückelt im See zu landen ... Himmel, was für ein grausames Schicksal.«

»Ich frage mich, was er überhaupt am Werratalsee wollte.«

»Ich nehme mal an, dass uns Susanne dazu Näheres sagen kann. Noch ein Schlückchen?« Carsten wies mit dem Zeigefinger auf die Flasche.

»Nein danke, für mich ist es höchste Zeit, in die Falle zu gehen«, sagte Henrik. »Wir sehen uns morgen um neun.«

»Du kannst gern einen Kaffee bei mir trinken, bevor wir aufbrechen«, bot Carsten an. »Mit Strom und nicht mit diesem komischen Wechselrichter zubereitet«, fügte er grinsend hinzu.

»Das Angebot nehme ich gern an.« Henrik öffnete die Aufbautür. »Was für eine herrliche Nacht«, entfuhr es ihm.

Ein riesiger goldgelber Vollmond war über der Hügelkette aufgegangen und strahlte mit der von Scheinwerfern angeleuchteten Pfarrkirche um die Wette. Grillen zirpten, und der Bach gab ein beruhigendes Plätschern von sich. Ansonsten war alles still. Die anderen Camper schliefen offenbar schon.

»Bis morgen«, flüsterte Henrik und wandte sich vom Liner seines Freundes ab.

»Guten Abend.« Eine sonore Bassstimme erklang vom Nachbarwohnmobil her.

Henrik grüßte leise zurück.

»So lässt es sich aushalten«, sagte die Stimme. »Diese Stille, dieser Frieden. Und ein guter Tropfen. Was braucht man mehr zum Glück?«

Henrik machte ein paar Schritte vorwärts und konnte dann den Mann erkennen, der zur Stimme gehörte. Er saß unter der Markise seines Wohnmobils und hielt ein Weinglas in der Hand. »Auch einen Schlummertrunk?«

»Nein danke. Ich habe schon mit meinem Freund eine kleine Weinprobe gemacht.«

Der Mann schien trotz der späten Stunde in Plauderlaune. »Hier kann man endlich mal zur Ruhe kommen. Wir waren gestern und vorgestern auf diesem anderen Platz.« Der Mann wies mit dem Weinglas in Richtung der Schwarzwaldhöhen. »Ich sage Ihnen: Was für ein Rummel, was für ein Radau. Die vielen Wohnmobile und Wohnwagen, dazu die Musik von der Showbühne. Die plärrte bis fast zum Morgengrauen. Schrecklich. Meine Frau hat kaum ein Auge zubekommen. Und das Essen hat sie auch nicht vertragen. Das Spanferkel vom Spieß war viel zu fett. Damit kommen die Galle und die Leber in unserem Alter nicht mehr klar. Dabei hatte meine Frau extra nachgefragt, und man hatte ihr gesagt, dass das Fleisch mager sei.«

»Nun ja, der Wein tut bestimmt das Seinige dazu.« Henrik spürte den Weißburgunder und Riesling inzwischen auch in den Gliedern.

»Den Wein dort können Sie getrost vergessen«, verkündete der Mann wie aufs Stichwort. »Andauernd aufstoßen musste ich davon, und meine Frau hatte Kopfweh. Keine gute Sorte, wenn Sie mich fragen.«

Höchstwahrscheinlich waren die Malaisen seiner Nachbarn eher auf die konsumierte Weinmenge als auf die Weinsorte zurückzuführen, schätzte Henrik. Doch er wollte sich höflich zeigen.

»Ich hoffe, dass es Ihrer Frau bald besser geht.«

»Ja, wird schon. Sie hat eine Tablette genommen und ist nach den ›Tagesthemen‹ ins Bett. Aber auf diesen Platz da oben fahren wir nie wieder.«

»Nun ja, zum Glück gibt es in der Region reichlich Auswahl. An schönen Stellplätzen mangelt es nicht.«

»Das stimmt. Und auf anderen Plätzen muss man sich auch nicht von so seltsamem Volk, von so Typen, die auf Gutmenschen machen, anpöbeln lassen. Da wird man als Camper noch geschätzt.«

»Wo waren Sie denn?« Henrik war neugierig geworden.

»Auf diesem Winzer-Eventhof«, antwortete der Mann. »Wir hatten auf der letzten CMT, auf dieser Urlaubsmesse in Stuttgart, zwei Gutscheine für ein Camping-Dinner gewonnen. Die haben wir jetzt eingelöst.«

»Waren Sie etwa auf dem Hof von Bertram Hübner?«, hakte Henrik nach.

»Richtig. Genau dort.«

Na, das kann morgen ja heiter werden, dachte Henrik und verabschiedete sich von dem redseligen Wohnmobilisten.

3

Sie hatten sich spontan entschieden, zu Fuß zu gehen. Zuerst überquerten sie den Bach auf der kleinen Holzbrücke, hielten sich links und folgten dem Bachlauf durch eine ausgedehnte Parkanlage mit Ruheplätzen und einer Wassertretstelle. Der stetig ansteigende Weg führte sie vorbei an Holzbrunnen, durch die klares Quellwasser gurgelte, und Bronzeskulpturen, die vom Kampf tapferer Ritter gegen gefährliche Drachen zeugten. Auf der Höhe des Kurhauses überquerten sie die Talstraße, ließen das Erlebnisfreibad, das zur frühen Stunde bereits gut besucht war, hinter sich und erreichten den Aussichtspunkt »Badisch Bänkl«. Dort hielten sie ein paar Minuten inne, damit Carsten zu Atem kommen konnte.

»Wirklich schön hier«, stellte Henrik fest. »Die vielen Blumen vor den Häusern, die tollen Fachwerkbauten, die Obstwiesen und der Wein. Das hat was. Obwohl ich zum Relaxen bis jetzt ja eher einen Sandstrand am Mittelmeer vorgezogen habe.«

»Für so ein Nordlicht, wie ich es bin, ist das hier verdammt anstrengend«, maulte Carsten.

»Wenn du drei Wochen lang jeden Morgen dieselbe Runde drehst, bist du fit wie ein Turnschuh. Würde dir sicherlich guttun.«

»Gibt es hier keine Seilbahn oder so was?« Carsten schaute suchend um sich.

Henrik konsultierte Google Maps auf seinem Handy. »Nur noch ein kleines Stück den Hundeberg hinauf, am Parkplatz nach rechts und von dort aus in Richtung des unteren Einstiegs in die Gaishöll-Wasserfälle. Dann haben wir es geschafft.«

»Hoffentlich gibt es auf dem Winzerhof nicht nur Wein. Ich habe so einen Durst, ich könnte glatt die Wasserfälle leer trinken«, erklärte Carsten.

Henrik reichte ihm wortlos die Wasserflasche, die er wie sein Notebook und eine seiner Kameras im Rucksack mitführte.

»Also gut, es hilft wohl nix.« Mit einem Stöhnen setzte sich Carsten wieder in Bewegung.

Hinter dem Parkplatz, den viele Touristen als Ausgangspunkt für eine ausgedehnte Wanderung hin zur Klamm oder auf die Höhen nutzten, erreichten sie eine kleine Ansammlung von Häusern.

»Was ist das denn?« Carsten zeigte auf einen Brunnentrog aus rotem Sandstein, in dem verschiedene Flaschen gekühlt wurden.

»Ich nehme an, das sind diese Schnapsbrunnen, von denen ich gestern online im Urlaubsmagazin gelesen habe. Man nimmt sich ein kühles Getränk aus dem Brunnen und lässt den Obolus dafür im Holzkästchen.«

Carsten beäugte die Schnäpse, Liköre, die Wein-, Limo- und Wasserflaschen. »Schade, dass es für etwas Hochprozentiges zu früh ist.«

»Du willst Susanne Hübner doch nicht mit einer Fahne gegenübertreten.«

»Selbstverständlich nicht. Aber vielleicht gönne ich mir auf dem Rückweg einen Schluck von den Edelbränden. Wenn alles überstanden ist. Momentan liegt mir die ganze Angelegenheit ziemlich im Magen.«

»Ja, ich kann mir auch Schöneres vorstellen«, stimmte Henrik zu. Dann straffte er die Schultern und schritt energisch voran. »In zehn Minuten sind wir da.«

Das Gelände, das sich in mehreren Ebenen an den Hang schmiegte, war größer, als Henrik erwartet hatte. Die Einfahrtsstraße war so ausgelegt, dass sie auch Wohnmobilbrummer bis zwölf Meter Gesamtlänge oder XXL-Wohnwagengespanne problemlos meistern konnten. Die verschiedenen Gaststuben des Restaurantkomplexes waren in einem typischen Schwarzwaldhaus untergebracht. Unter dem tief hinuntergezogenen Walmdach aus Holzschindeln erstreckte sich über alle Hausseiten ein Balkon, wo rote Geranien aus Blumenkübeln quollen und die dahinterliegenden Sprossenfenster traditionelle Gemütlichkeit ausstrahlten. Die Terrasse, die, wie Henrik schätzte, mehr als sechzig Gästen Platz bot, war ebenfalls aus Holz gezimmert. Feigen- und Olivenbäumchen in Terrakottatöpfen verliehen dem Ensemble ein mediterranes Flair. Auf den weißen Tischdecken standen kleine Vasen mit Sommerblumen. Henrik vermutete, dass sie aus den üppig blühenden Staudenbeeten stammten, die den Außengastronomiebereich säumten. Auf den ersten Blick wirkte alles ganz anders, als der Wohnmobilist von gestern Abend es geschildert hatte.

»Wollen wir uns einen ersten Eindruck verschaffen, bevor wir uns zu erkennen geben?«, unterbrach Carsten seine Gedanken.

»Von mir aus gern.«

Sie gingen zurück zur asphaltierten Straße und wandten sich hinter dem Haus nach rechts. An die Hauswand schloss ein großer Wintergarten an, in dem sich Yuccapalmen und Dattelpalmen in großen Töpfen zur Decke streckten. Direkt gegenüber dem Wintergarten waren mehrere niedrige, holzverkleidete Gebäude mit begrünten Dächern errichtet worden, in denen sich die Sauna und der Wellnessbereich befanden. Auf dem Freigelände zwischen dem Wintergarten und dem Wellnessbereich sowie weiter hinten in Richtung des Hangs waren hölzerne Tischgruppen aufgestellt worden, die von roten Sonnenschirmen beschattet wurden. Die kleine überdachte Showbühne hatte ebenfalls ein rotes Dach. Am linken Ende des Grundstücks befand sich ein stattlicher Grillbereich, der von einer halbkreisförmigen Sandsteinmauer eingerahmt wurde.

Ein Mann in einem blauen Arbeitsoverall und mit einer dunklen Mütze auf dem Kopf war damit beschäftigt, das Pflaster und die Edelstahlteile der Grills mit einem Hochdruckreiniger abzuspritzen. Er grüßte freundlich, Henrik und Carsten taten es ihm gleich. Hinter einer akkurat in Form geschnittenen Thujahecke begann das für Campingfahrzeuge reservierte Areal. Die Stellplätze waren in zwei aufeinanderfolgenden Kreisen wie eine gigantische Acht angelegt. Die Fahrzeuge standen auf Schotterrasen und waren vom Nachbarplatz durch eine kleine Grünfläche mit einer Pflanzreihe Reben in der Mitte abgetrennt. Jede Parzelle hatte ihre eigene Strom- und Frischwasserversorgung. An der hinteren Einfassung des Geländes standen zwei Holzhäuschen, von denen Henrik annahm, dass es sich um die Sanitärgebäude handelte. Alles in allem fand er das Ensemble recht geschmackvoll und konnte sich nicht erklären, warum Carstens Wohnmobilnachbar so darüber hergezogen hatte.

»Das wäre was für dich«, sagte er zu seinem Freund.

»Ja, hier kann man es bestimmt prima aushalten. Aber lass uns schauen, dass wir Susanne finden. Ich will die schreckliche Angelegenheit endlich hinter mich bringen.«

Die beiden Männer eilten zurück zum Eingangsbereich des Restaurants, wo sie an der Rezeption nach Susanne Hübner fragten. Fünf Minuten später kam eine hochgewachsene Blondine mit breiten Schultern und Händen, die von der Arbeit im Garten und in den Reben zeugten, auf sie zu. Sie stutzte einen Moment und setzte dann den Hauch eines Lächelns auf.

»Carsten. Was für eine Überraschung.«

»Hallo, Susanne.«

Henrik glaubte Carsten anzusehen, wie unwohl er sich in seiner Haut fühlte und dass er am liebsten auf der Stelle umgedreht und zum Wohnmobilstellplatz gestürmt wäre. Dennoch besaß er so viel Takt und Selbstdisziplin, ihn vorzustellen: »Henrik Richtersen, ein guter Freund aus Hamburg.«

Susanne Hübner nickte Henrik kurz zu, dann wandte sie sich wieder an Carsten. »Ich nehme nicht an, dass du den weiten Weg auf dich genommen hast, um unsere hervorragende Küche zu genießen.«

»Nein, wir sind gekommen, um dir etwas mitzuteilen. Aber es fällt mir nicht leicht.« Carsten blickte verlegen zu Boden.

»Ach herrje.« Susanne Hübner wirkte genervt. »Mich hat gestern Abend bereits jemand von der Polizei angerufen.«

»Du weißt Bescheid?« Carsten war sichtlich überrascht.

»Dass Bertram tot ist? Ja, das habe ich erfahren.«

»Mein Beileid«, befleißigte sich Henrik einzuwerfen.

Susanne Hübner hielt für ein paar Sekunden inne, spielte nervös mit dem Bernsteinanhänger ihrer Halskette. Schließlich gab sie sich einen Ruck. »Am besten gehen wir in mein Büro, da sind wir ungestört.«

Die beiden Männer folgten ihr in den hinteren Teil des Hauses, wo Susanne Hübner eine mit kunstvollen Holzintarsien verzierte Tür öffnete und ihnen mit einem Handzeichen zu verstehen gab, einzutreten.

»Nehmt Platz«, sagte sie und wies auf die beiden Stühle vor dem Schreibtisch. Sie ließ sich auf den Stuhl dahinter fallen, legte die Unterarme auf die lederne Schreibtischunterlage, verschränkte die Hände und beugte den Oberkörper ein wenig vor. »Es ist sehr freundlich, dass du dir die Mühe gemacht hast. Ich weiß das zu schätzen. Aber wie schon gesagt, ich bin längst im Bilde.«

»Das tut mir wirklich leid«, sagte Carsten. »Ich hatte gehofft, es dir schonender als die Polizei beibringen zu können. Schließlich waren Bertram und ich einst Corpsbrüder.«

»Mit dem in der Vergangenheit zurückgebliebenen Haufen von Idioten hatte Bertram schon seit Jahren nichts mehr zu tun«, erklärte Susanne Hübner unwirsch.

»Nun ja, trotzdem haben wir damals einen Schwur geleistet.« Carsten klang unsicher. »So etwas verbindet.«

»Ach komm, erzähl mir keine Märchen. Du hast ihn doch auch nicht ausstehen können.«

»Auch nicht?« Carsten starrte Susanne Hübner mit offenem Mund an.

»Es ist kein Geheimnis, dass Bertram und ich schon seit Jahren nichts mehr füreinander empfanden. Ich habe meine eigene kleine Wohnung in einem der Nebengebäude. Unsere Ehe bestand nur noch auf dem Papier.«

»Das wusste ich nicht«, sagte Carsten betroffen. »Ich dachte, ich tue dir einen Gefallen.«

»Danke, dass du mir helfen wolltest. Doch ich bin der Meinung, dass es nichts bringt, um den heißen Brei herumzureden. Mit Bertram hat mich nur noch der Betrieb hier verbunden. Wir sind beide als Geschäftsführer eingetragen, waren gleichberechtigt.«

»Ist es also so, dass Ihnen das alles hier«, Henrik beschrieb mit der Hand einen Halbkreis, »nach dem Tod Ihres Mannes zufällt?«

»Ja, mir und meinen Kindern Alexander und Janine.«

»Wissen sie es auch schon?«, wagte Carsten zu fragen.

»Sicher. Ich habe es Ihnen sofort nach dem Anruf gesagt.«

Henrik hätte interessiert, wie die beiden Kinder auf den Tod ihres Vaters reagiert hatten, ob sie dieselbe brüske Art wie ihre Mutter an den Tag gelegt hatten. Doch ihm war es wichtiger, zuerst etwas anderes zu erfahren.

»Können Sie mir sagen, warum Ihr Mann in Mittelhessen, genauer gesagt in Eschwege, unterwegs war?«

Susanne Hübner warf ihm einen misstrauischen Blick zu.

»Warum wollen Sie das wissen?«

Henrik setzte einen zerknirschten Gesichtsausdruck auf. »Tut mir leid, dass ich mit meiner Frage so vorschnell war. Aber mein Job bringt ein gewisses Maß an Neugier mit sich.«

»Was ist Ihr Beruf?«

»Ich bin Privatermittler.«

»Ich habe Sie nicht beauftragt«, stellte Susanne Hübner zu Recht fest.

»Nein. Carsten hat mich gebeten, ihn zu begleiten«, erwiderte Henrik wahrheitsgemäß. »Ich bin rein privat hier.«

»Das stimmt nicht ganz«, rutschte es Carsten heraus. »Es war Henrik, der deinen Mann beim Angeln entdeckt hat.«

»Nur die rechte Hand von ihm«, präzisierte Henrik. »Den Rest, ich meine, die anderen Körperteile zu bergen, das ist die Aufgabe der Polizei.«

Susanne Hübner zeigte keinerlei Gefühlsregung, wirkte kalt wie ein Eisblock. War ihr das Schicksal ihres Mannes wirklich so gleichgültig, wunderte sich Henrik. Oder spielte sie ihnen eine Show vor? Doch warum sollte sie das tun? Obwohl Henrik eben noch beteuert hatte, nicht in den Fall involviert zu sein, war sein Spürsinn erwacht. Der Drang erweckt, den Dingen auf den Grund zu gehen.

»Um auf meine Frage von eben zurückzukommen«, setzte er erneut an, »haben Sie eine Ahnung, was Ihr Mann am Werratalsee zu tun hatte? Mit wem er sich getroffen hat?«

»Wollen Sie jetzt die offizielle oder die inoffizielle Version?«

»Wenn es geht, beide.«

»Also gut.« Susanne Hübner zog die Unterarme vom Schreibtisch und legte die Hände auf die Oberschenkel. »Laut Protokoll war Bertram auf Geschäftsreise. Um neue Abnehmer für unsere Weine auszumachen.«

»Okay.« Henrik nickte. »Doch ich höre aus Ihren Worten heraus, dass das nicht sein einziges Anliegen war. Habe ich recht?«

»Ich gehe davon aus, dass er das Nützliche mit dem Angenehmen verbunden hat und von einer seiner Geliebten begleitet wurde. Bertram hat stets penibel darauf geachtet, dass seine Work-Life-Balance ausgeglichen war.« Susanne Hübners Stimme troff vor Sarkasmus.

»Das meinst du nicht ernst, oder?« Carsten starrte sie fassungslos an.

»Doch. Ich sage nur, wie es war.«

»Was war mit diesen Geliebten?«, hakte Henrik nach.

»Ob blond, ob schwarz oder braun, sie kamen und sie gingen.« Susanne machte mit der Hand eine Wellenbewegung. »Nur eins hatten sie gemeinsam: Mit den Jahren wurden sie immer jünger. Und sie wussten nichts voneinander. Bertram hat es perfekt verstanden, der Gespielin, von der er sich gerade am meisten versprach, vorzugaukeln, dass sie die Einzige wäre. In Wirklichkeit hatte er einen ganzen Harem. Aber sei's drum. Ich habe mir sowieso keine Illusionen mehr gemacht. Ich musste schon sechs Monate nach unserer Hochzeit feststellen, dass Bertram es mit der ehelichen Treue nicht so genau nahm.«

»Und das hat Sie nicht gestört?«, wunderte sich Henrik.

»Was denken Sie denn?« In Susanne Hübners starren Gesichtsausdruck kam Bewegung. Ihre Augen begannen zu funkeln, sie runzelte die Stirn und presste die Lippen zusammen. »Natürlich hat mich das gestört«, sagte sie mit rauer Stimme. »Die ersten Male hätte ich ihn glatt erwürgen können, so verletzt und erniedrigt habe ich mich gefühlt. Doch mir blieb keine andere Wahl, als gute Miene zum bösen Spiel zu machen. Wir hatten uns hoch verschuldet, um den Hof zu erweitern und das erste Restaurant zu eröffnen. Und dann war ich auch noch schwanger. Das Leben musste ja irgendwie weitergehen.«

»Und später?«

»Später habe ich mich daran gewöhnt«, behauptete Susanne Hübner. »Bertram und ich, wir sind ohne viele Worte zu der Übereinkunft gekommen, dass er privat sein Ding macht und ich meins. Für den Betrieb wahrten wir nach außen hin den schönen Schein, da zogen wir an einem Strang. Und eins muss ich Bertram lassen: Für alles Unternehmerische hatte er ein ausgesprochen gutes und zielsicheres Händchen. Der Ausbau unseres mickrigen Wald-und-Wiesen-Restaurants zu einem Eventhof wäre ohne ihn nicht möglich gewesen. Ohne seine Initiative und ohne seinen Geschäftssinn hätte ich sehen müssen, wie ich mit ein paar mittelmäßigen Rebflächen finanziell über die Runden komme. Höchstwahrscheinlich hätte ich den elterlichen Hof längst verkauft.«

»Wirst du ohne Bertram weitermachen?«, wollte Carsten wissen.

»Natürlich werde ich das«, antwortete Susanne wie aus der Pistole geschossen. »Das alles ist auch mein Werk und meine Rentenversicherung. Außerdem kann ich allein schon wegen der Kinder nicht aufgeben. Die leben doch beide von dem Betrieb, ihre ganze Zukunft hängt daran.«

Carsten erhob sich vom Stuhl. »Ich glaube, von meiner Seite

her ist alles gesagt. Ich wünsche dir viel Kraft in den nächsten Wochen, Susanne.«

Henrik tat es seinem Freund gleich und stand ebenfalls auf. »Sie sollten offen mit der Polizei reden«, empfahl er. »Desto schneller lassen sich die Umstände des Todes Ihres Mannes aufklären.«

Für einen Moment huschte ein Schatten über Susanne Hübners Gesicht, und sie sah verletzlich aus. Dann schien sie sich einen Ruck zu geben und strahlte wieder Professionalität und Selbstkontrolle aus. »Ich werde dafür sorgen, dass Bertram ein angemessenes Begräbnis bekommt. Wir haben auf dem Friedhof an der Königrainstraße eine Familiengruft. Dort wird er seine letzte Ruhe finden. Das erwartet man im Ort von mir.«

Carsten und Henrik gingen stumm nach draußen, schritten über die Terrasse und erreichten wieder die Einfahrt zum Eventhofgelände.

»Das haken wir dann wohl besser unter dem Motto vergebene Liebesmühe ab«, brummte Carsten.

»Ja, sie gibt nicht gerade die trauernde Witwe«, stimmte Henrik zu.

»Ich hatte sie ganz anders in Erinnerung. Nicht so taff und so gefühlskalt. Als ich sie kennenlernte, hatte sie Humor, und wenn sie lachte, dann war das ansteckend. Sie scheint inzwischen eine komplett andere Frau zu sein.«

»Ich nehme an, dass Bertram Hübner an ihrer Veränderung nicht unschuldig war. So eine vermurkste Beziehung muss doch Folgen haben. Auf beiden Seiten.«

Carsten spähte suchend den Hang hinunter. »Wo war noch mal dieser Brunnen mit den Schnäpsen? Ich könnte jetzt gut einen gebrauchen.«

»Ich auch.« Henrik und Carsten setzten sich wieder in Bewegung.

Da stoppte sie eine Männerstimme. »Hätten Sie vielleicht ein paar Minuten Zeit für mich?«

Henrik drehte sich um und sah einen jungen Mann heraneilen. Seine langen Beine steckten in einer schwarzen, schmal geschnittenen Jeans, zu der er ein dunkelgraues Poloshirt trug. Die dunkelbraunen Haare waren zu einem modischen Männerdutt geschlungen, der dunkle Vollbart perfekt getrimmt. Henrik fuhr sich unbewusst mit den Fingerspitzen über das eigene Kinn, wo hellbraune Stoppeln sprießten. Er hatte heute Morgen vergessen, sich zu rasieren.

»Was können wir für Sie tun?«, fragte er.

Der junge Mann, der knapp dreißig Jahre sein mochte, streckte zuerst Henrik und dann Carsten die Hand zum Gruß entgegen. »Alexander Hübner. Ich habe eben gehört, wie Sie mit meiner Mutter geredet haben. Ich stand unterhalb ihres Fensters, weil der Außenwasserhahn leckt und ich die Dichtung getauscht habe.« Zur Bestätigung wies er auf den Schraubenschlüssel, der in seiner Jeanstasche steckte.

»Ich kenne, ich meine, ich kannte Ihren Vater aus der Studienzeit«, sagte Carsten. »Mein herzliches Beileid.«

Alexander Hübner schluckte sichtbar. »Vielen Dank. Es kam alles so urplötzlich, damit hat keiner von uns gerechnet. Deshalb würde ich gern mit Ihnen reden.«

»Von mir aus«, erklärte Carsten. Henrik schloss sich ihm an.

»Wollen wir ein Stück gehen? Der Seminarraum ist heute nicht belegt.« Alexander zeigte auf ein oben am Hang gelegenes, hellgelb verputztes Haus, an dem wilder Wein an einem Spalier bis zum Dach hochrankte.

»Sicher. Gern doch«, sagte Henrik und folgte Alexander. Ihm fiel auf, dass sie nicht den direkten Weg über die geteerte Straße nahmen, sondern dass Alexander sie zu einem Pfad führte, der sich zwischen Weinstöcken und Büschen entlangschlängelte. Wollte er etwa nicht gesehen werden? Henriks Neugier wurde erneut entfacht. Alexander, der im Gegensatz zu Carsten durch den Anstieg nicht außer Atem geraten war, zog einen Schlüsselbund hervor und öffnete die bordeauxrot gestrichene Haustür, die in einen breiten Flur mündete.

»Da vorn links«, sagte er und bat sie in einen lichtdurchfluteten Raum, dessen raumhohe Fenster eine phantastische Panoramasicht auf die Weinberge freigaben. Auf runden Stehtischen aus hellem Birkenholz standen Gläser sowie Portionsflaschen mit Mineralwasser und Fruchtschorlen.

»Bedienen Sie sich«, sagte Alexander. »Ich hole nur schnell meine Schwester, sie ist im Etikettierraum. Im hinteren Gebäudekomplex sind unsere Kelterei, die Abfüllanlagen und die Edelstahlfässer untergebracht.«

Henrik goss Traubenschorle ein. »Hast du eine Ahnung, was er will?«, fragte er den Freund.

»Nicht die geringste. Ich habe die Kinder von Bertram nie kennengelernt.«

»Das Ganze wird aufregender, als ich angenommen hatte«, sagte Henrik mit einem entschuldigenden Grinsen.

»Ich kann nicht behaupten, dass mir die Angelegenheit Spaß macht«, grummelte Carsten. »Ich hatte gedacht, ich tue meine Pflicht und überbringe Susanne die Nachricht von Bertrams Tod. Von meiner Seite aus hätte das gereicht, ich will in die Sache nicht mit hineingezogen werden. Ich habe keinen blassen Schimmer, was wir hier sollen.«

»Ich schätze, wir werden es jeden Moment herausfinden.« Vom Flur her waren die Stimmen von Alexander und einer Frau zu vernehmen.

»Meine Schwester Janine«, sagte Alexander sogleich.

Die blonde junge Frau, die viel Ähnlichkeit mit ihrer Mutter hatte, nickte zur Begrüßung, unterließ es aber, den Gästen ihres Bruders die Hand zu reichen. Sie lehnte sich an einen der Stehtische, stützte den rechten Unterarm auf die Tischplatte und führte den Zeigefinger an die Unterlippe.

Alexander hebelte mit einem silbernen Flaschenöffner den Kronkorken von einer Wasserflasche und nahm direkt aus der Flasche einen langen Zug. »Es ist so«, sagte er schließlich. »Meine Schwester und ich, wir teilen nicht unbedingt die Meinung unserer Mutter.«

»Inwiefern?«, fragte Henrik.

»Mir war schon als Kind bewusst, dass es zwischen meiner Mutter und meinem Vater erhebliche Differenzen gab«, sagte Alexander. »Doch egal, was meine Mutter oder andere von ihm behaupten: Mein Vater war ein guter Vater, der immer für uns da war, wenn wir ihn brauchten. Nicht wahr, Janine?«

Die Angesprochene nickte, schaute aber weder ihren Bruder noch Carsten oder Henrik an. Sie starrte auf ihre Fußspitze, die auf und ab wippte.

»Deshalb möchte ich wissen, was dort am See mit ihm geschehen ist. Wer ihn auf dem Gewissen hat«, brach es aus Alexander heraus. Er nahm die Brille mit der dunklen, eckigen Fassung ab und rieb sich mit dem Handrücken über die Augen. »Ich will, dass das Schwein, das ihm das angetan hat, möglichst schnell gefasst wird.«

»Die Polizei arbeitet sicherlich mit Hochdruck an dem Fall«, sagte Henrik.

»Hochdruck nenne ich was anderes.« Alexander schob die Brille zurück auf die Nase. »Zwei Beamte vom Polizeirevier Achern sind vorbeigekommen und haben mit mir und Janine gesprochen. Haben gesagt, dass sie sich kümmern werden. Doch ich weiß aus bitterer Erfahrung, wie das hier bei uns auf dem Land so abläuft: Da wird viel geredet, aber letztendlich wenig gehandelt. Mir dauern die offiziellen Ermittlungen zu lange, das ganze Prozedere erscheint mir zu umständlich und zu bürokratisch. Ich habe mitgekriegt, dass Sie Privatdetektiv sind. Ich möchte, dass Sie herausfinden, was geschehen ist. Selbstverständlich werden wir Sie dafür bezahlen. Egal, was es kostet, ich will die Wahrheit kennen.«

Henrik fiel auf, dass Alexanders Schwester bis dahin beharrlich geschwiegen hatte. Sie starrte wie abwesend zum Fenster hinaus und kaute dabei auf einem Fingernagel.

»Ich habe mein rollendes Büro unten auf dem Wohnmobilstellplatz an der Winzergenossenschaft geparkt. Ich mache Ihnen nachher ein Angebot, das ich Ihnen per Mail schicke. Sie können es sich in Ruhe anschauen und dann einen Entschluss fassen.«

»Meine Entscheidung ist gefallen. Und deine auch, nicht wahr?«, wandte sich Alexander an seine Schwester, die seinem Blick auswich.

»Von mir aus.« Ihre Stimme klang schleppend, so als müsste sie sich zwingen zu sprechen.

Oha, dachte Henrik. Das kann ja spannend werden. Wie es aussah, hatte es nicht nur zwischen Vater und Mutter Hübner Meinungsverschiedenheiten gegeben. Auch die beiden Geschwister schienen einander nicht unbedingt grün zu sein. Er nahm sich vor, sicherheitshalber einen deftigen Vorschuss zu verlangen. Sollte Janine einen Rückzieher machen, wollte er finanziell nicht im Regen stehen.

Carsten leerte sein Glas. »Das Geschäftliche zwischen Ihnen und Henrik geht mich nichts an. Ich denke, es ist das Beste, wenn ich zu meinem Wohnmobil zurückkehre. Sie können sich ja noch ein wenig unterhalten, offene Fragen klären.«

»Es stört mich nicht, dass Sie dabei sind«, widersprach Alexander sofort.

»Nun ja, wir haben sicherlich viel zu bereden, und ich werde von Ihnen einige Unterlagen benötigen«, informierte Henrik die Hübners. »Aber das hat Zeit bis morgen. Vorab würde ich gern nur ein paar wenige Sachverhalte erfahren. Um mir einen ersten Eindruck zu verschaffen und um die Gehirnzellen in Schwung zu bringen.«

Henrik klopfte sich zur Veranschaulichung mit der Hand gegen die Stirn und musterte Janine Hübner dabei. Sie stand inzwischen hinter dem Tisch und verlagerte unablässig das Gewicht von einem Bein auf das andere. Ihre Kiefermuskeln malmten. Fast hatte Henrik den Eindruck, ihre Zähne knirschen zu hören. Was war mit der Frau los? Sie wirkte auf ihn recht wunderlich, überhaupt nicht fokussiert. Hatte sie zur frühen Stunde schon ein paar Gläser Wein intus? Oder stand sie unter Stress? Oder eine Kombination aus beidem?

»Sagen Sie uns, wie wir Ihnen helfen können. Wir werden Ihnen nichts verheimlichen«, unterbrach Alexander Henriks Grübeleien.

Der junge Mann schien nicht nur vom Körperbau und vom Aussehen her das komplette Gegenteil seiner Schwester zu sein. Henrik konnte ihm anmerken, dass er konzentriert bei der Sache war. Dass es für ihn nichts Dringlicheres gab, als die Wahrheit zu ergründen.

»Die wichtigste Frage, die sich mir momentan aufdrängt, ist natürlich die, was Ihr Vater am Werratalsee zu tun hatte. War er aus privaten Gründen dort? Oder hatte er ein Geschäftstreffen? Und wenn ja, mit wem?«

»Mein Vater hatte es sich zur Gewohnheit gemacht, so alle vier bis sechs Wochen eine kleine Geschäftsreise zu unternehmen«, erklärte Alexander. »Unsere Kundschaft ist inzwischen weitverzweigt, vom Bodensee bis ans Stettiner Haff.«

»Mit Kunden meinen Sie Weinkäufer?«

»Ja. Unsere Burgunderweine haben einen ausgezeichneten Ruf, und wir beliefern viele Gastronomen, vorzugsweise die mit gehobener Küche. Wir sind im Gault-Millau und im Falstaff Weinguide mit Bestnoten vertreten.«

»Viermal Gold, sechsmal Silber und neunmal Bronze bei der Bundesweinprämierung 2020«, spulte Janine Hübner im Stakkato herunter, ohne dass sie jemand dazu ermuntert hätte. »Und bei der Finalrunde im Vinum waren wir ebenfalls mit dabei.«

»Richtig. Meine Schwester kennt sich, was das Vinifizieren und was unser Gesamtsortiment betrifft, besser aus. Mein Metier sind das Restaurant und der Übernachtungsbetrieb. Ich bin geprüfter Hotelfachwirt mit einer Zusatzausbildung zum F & B Manager.«

»Sie sind also die Winzerin in der Familie?«, wandte sich Henrik an Janine.

Die hatte erneut die Position gewechselt und stand jetzt direkt vor der Fensterfront. »Nein, wir haben einen angestellten

Winzer.« Nach der kurzen verbalen Explosion wirkte sie nun wieder phlegmatisch.

»Und Ihr Vater war für den Verkauf zuständig?«

»Für den Verkauf und die Gestaltung unseres Eventhofes. Er hatte noch große Pläne. Die er nun allesamt nicht mehr realisieren kann.« Alexander wandte sich kurz ab und fuhr sich nochmals über die Augen. Dann hatte er sich wieder unter Kontrolle.

»Mit welchem Kunden hat er sich denn in Eschwege oder am Werratalsee getroffen?«, hakte Henrik nach.

»Ich wünschte, ich wüsste es.«

»Haben Sie vor seiner Abreise nicht mit ihm gesprochen?«

»Nicht über die Details seiner Tour. Das hat mich, ehrlich gesagt, auch nicht interessiert, wir haben hier im Betrieb ja eine klare Aufgabentrennung.«

»Haben Sie Zugriff auf seinen Terminkalender, können Sie sich einen Einblick in seine Computerdateien verschaffen?«

»Mein Vater war da eher so oldschool. Er hatte ein kleines Notizbuch, in das er von Hand schrieb. Er trug es immer bei sich.«

»Wenn es noch bei seinen Sachen ist, wird die Polizei es finden.«

»Gut möglich.«

Henrik wandte sich an Janine. »Wissen Sie eventuell Näheres?«

»Nein.« Sie hatte erneut angefangen, mit der Fußspitze zu wippen, dabei trommelte sie mit den Fingern der rechten Hand auf ihren Oberschenkel.

»Haben Sie sich nicht von ihm verabschiedet?«

»Ich habe ihm nur kurz zugewunken.«

»Und Sie?«, wandte sich Henrik an Alexander.

»Ich hatte an dem Morgen einen Termin in Karlsruhe.«

»Es wäre vielleicht wichtig, dass ich Ihre Mitarbeiter dazu befrage«, sagte Henrik.

»Das können Sie gern tun«, sagte Alexander. »Doch ich frage

mich gerade, was mit seinem Auto ist. Hat man sein Auto schon gefunden?«

»Darüber ist mir nichts bekannt«, sagte Henrik. »Da fragen Sie am besten beim ermittelnden Kommissariat nach. Um was für ein Fahrzeug handelt es sich denn?«

»Einen blauen Porsche Cayenne.«

Nun ja, die Geschäfte der Hübners schienen verdammt gut zu laufen, dachte Henrik. Ihm war der dunkelgraue BMW Geländewagen, der auf dem Privatparkplatz der Familie stand, sofort aufgefallen. Er nahm an, dass es sich um den SUV von Susanne Hübner handelte. Aber das würde er später abklären.

»Sollte der Wagen Ihres Vaters nicht wiederauftauchen, könnte das ein Indiz dafür sein, dass Ihr Vater Opfer eines Raubmordes wurde«, sagte er zu Alexander. »Von Eschwege ist es nicht weit bis nach Thüringen und von dort aus bis zur Grenze nach Osteuropa. So hochpreisige Fahrzeuge werden oft als Auftragsdiebstahl entwendet. Vielleicht ist Ihr Vater dem Dieb in die Quere gekommen.«

»Nein, das kann ich mir nicht vorstellen«, mischte sich Carsten ein. »Würde sich ein Autodieb die Mühe machen, die Leiche so …«, er stockte und schien die ursprünglich angedachte Wortwahl zu revidieren, »so zuzurichten?«

»Ja, du hast recht«, musste Henrik zugeben. »Solche Formen der Leichenschändung deuten eher auf eine Beziehungstat hin. Wer hat Ihren Vater begleitet, Herr Hübner?«

»Soweit ich weiß, war er allein.«

»Ihre Mutter vermutet das Gegenteil.«

»Kann sie es beweisen?«

»Das müssten wir sie fragen. Aber ich hatte nicht den Eindruck, dass sie einen konkreten Namen nennen könnte.«

»Mein Vater war allein«, sagte Janine mürrisch.

Henrik ahnte, dass er mit seinen spontanen Fragen jetzt nicht weiterkam. Er müsste zuerst mehr über die Lebensumstände von Hübner erfahren und eine Liste sämtlicher Kontakte erstellen, die er einen nach dem anderen abklappern würde. Aber erst, nachdem der Vertrag unterschrieben ist, ermahnte er sich. Schon zu oft hatte ihm sein vorschnelles Handeln, seine ungebremste Neugier einen finanziellen Schaden eingebracht. Er musste sich selbst zügeln. Es gab nur noch eins, was er wissen wollte, bevor er sich mit Carsten auf den Rückweg machte.

»Hatte Ihr Vater Feinde?«

Janine Hübner hatte sich in Bewegung gesetzt, ging ruhelos vor der Fensterfront auf und ab. »Nein«, behauptete sie.

»Sind Sie derselben Meinung?«, fragte Henrik ihren Bruder.

»Puh, schwierige Frage.« Alexander lächelte entschuldigend. »Mein Vater war schon der Typ, der sagte, was er meinte, und der nichts unversucht ließ, um seine Interessen durchzusetzen. Dadurch gab es mitunter Stress mit dem einen oder anderen. Das bleibt meiner Erfahrung nach im Geschäftsleben nicht aus. Trotz allem gab es aber keine offene Fehde, keine Anfeindungen oder so etwas.«

»In welcher Hinsicht hatte er denn Ärger?«

»Unser Konzept hat ein paar Leuten aus dem Ort nicht gepasst. Sie hätten lieber ein weiteres Hotel als ausgerechnet einen Übernachtungsplatz für Campingfahrzeuge hier entstehen sehen.«

»Was gibt es denn dagegen einzuwenden?« Carsten klang pikiert.

»Verstehen Sie mich nicht falsch«, bat Alexander mit einem entschuldigenden Lächeln. »Doch bei einigen hier im Ländle haben Camper im Gegensatz zu Hotelgästen oder Mietern von Ferienwohnungen nicht den besten Ruf. Sie wissen sicherlich, was oft gesagt wird.«

Henrik tat naiv. »Nein, weiß ich nicht.«

Alexander holte tief Luft. »Also erstens wird gern behauptet, dass Campingurlaub nur ein Urlaub für Billigheimer ist. Dass die Leute kein Geld im Ort und in der Region lassen, weil sie alles von zu Hause mitbringen, sich selbst verköstigen.«

»Der Verkäufer meines Liners hat mir auch geraten, immer ein paar Dosen Ravioli oder Eintöpfe und eine Kiste Bier in der

Heckgarage parat zu haben«, erinnerte sich Carsten. »Aber ich hasse Ravioli. Ich habe sie schon als Kind nicht gemocht.«

»Wenn unsere Klienten bei uns Teigtaschen essen, dann wurden sie in der Küche handgefertigt und mit Pfifferlingen oder Trüffeln gefüllt«, stellte Alexander klar. »Wir legen Wert auf gediegene Gastlichkeit und gute regionale Küche, die eigenen Weine inklusive. Dazu ein hausgemachtes Unterhaltungskonzept. Das ist das Geheimnis unseres Erfolges. Unsere Gäste kommen zu uns, weil sie Camping und Gastlichkeit mit allen Sinnen erleben wollen. Wir bieten ein auf ihre Bedürfnisse und Wünsche maßgeschneidertes Konzept.«

»Und das wäre mit einem Hotel oder einer Ferienhausanlage nicht möglich gewesen?«

»Obwohl mein Vater nichts unversucht gelassen hat, haben wir, im Gegensatz zu anderen, dafür keine behördliche Genehmigung bekommen. Man hat uns knallhart ausgebremst«, erinnerte sich Alexander und setzte einen grimmigen Gesichtsausdruck auf. »Da mussten wir uns eine Alternative überlegen, weit über den üblichen Horizont hinausdenken und kreativ werden. Wir haben uns auf eine andere Klientel mit hohem Wachstumspotenzial besonnen. Der Campingbereich boomt derzeit und wird es, wenn man den Prognosen Glauben schenkt, in den kommenden Jahren ungebremst weiter tun. Mit entsprechendem Geschick lässt sich in der Branche viel Geld verdienen. Sehr viel Geld. Unsere Gourmet-Camping-Dinner sind der absolute Renner.«

Henrik ertappte sich dabei, wie er die Mundwinkel nach unten zog. Augen auf bei der Berufswahl, dachte er zynisch. Er war zwar seit zwei Jahrzehnten mit einem Campingfahrzeug unterwegs, zählte sogar Camper zu seinen Kunden, doch mit dem Verdienst haperte es bei ihm gewaltig. Vom vermeintlichen Geldsegen, der wie Golddukaten vom Himmel auf die Campingbranche hinabregnete, hatte er nichts abbekommen. Er fuhr noch immer seinen alten Kastenwagen, der längst durch ein neueres Modell hätte ersetzt werden müssen. Vielleicht würde ja dieser Auftrag seine finanzielle Misere beenden? Träum weiter, dachte er und brachte seine Gesichtszüge wieder in Ordnung. Ihm kam in den Sinn, was ihm der Wohnmobilnachbar am Vorabend erzählt hatte.

»Gab es eigentlich mal Ärger wegen Ruhestörung oder so?«

»Ach, damit haben wir Gastronomen leider alle ab und an zu kämpfen«, winkte Alexander ab. »Die Leute wollen bei schönem Wetter bis tief in die Nacht draußen sitzen, ein bisschen Spaß haben und Wein trinken. Das ist doch normal. Wir bemühen uns, die behördlichen Vorgaben einzuhalten. Was uns meistens auch gelingt.«

»Es gibt also – ich will es mal so formulieren – keinen Nachbarn oder Anrainer, der Ihre Familie auf dem Kieker hat?«

Alexander nestelte an seinem Dutt. »Nein, da gibt es nichts Auffälliges.«

Janine stürmte ohne Vorwarnung zur Tür, riss sie auf und war dahinter verschwunden. Die Männer schwiegen verdutzt.

»Bitte entschuldigen Sie«, sagte Alexander nach ein paar Sekunden. »Janine wollte nicht unhöflich sein. Sie ist halt manchmal so.«

Auch Henrik war bemüht, die Taktlosigkeit von Janine so galant wie möglich zu übergehen. »Es ist eh an der Zeit, dass wir uns verabschieden. Sie hören von mir.«

Er streckte Alexander die Hand entgegen, die dieser herzlich schüttelte.

»Ich setze all meine Hoffnungen in Sie.«

»Ich werde mein Bestes geben, Sie nicht zu enttäuschen«, versprach Henrik.

4

»Mmh, das sieht aber lecker aus.« Henrik beäugte die Speisen, die Carsten auf dem Wohnmobiltisch angerichtet hatte. »Sag bloß, du hast selbst gekocht.«

»Natürlich nicht, ich habe kochen lassen«, erwiderte Carsten. »Die meisten Restaurants hier im Ort haben einen hervorragenden Lieferservice. Von der Vorspeise bis zum Wein ist alles mit dabei, sogar an Servietten und Kerzen haben sie gedacht.«

Henrik beugte den Kopf über seinen Teller und schnupperte. »Ist das Pfifferling-Cremesuppe?«

»Ja, mit Speck und Weißbrotcroûtons. Leider ist sie fast kalt, weil du zu spät gekommen bist«, grummelte Carsten. »Den Hauptgang halte ich schon seit einer halben Stunde im Backofen warm.«

»Ich hatte irre viel zu tun«, entschuldigte sich Henrik und fügte dann mit einem verschmitzten Grinsen hinzu: »Tut mir leid, Mutter.«

Carsten verpasste ihm mit der Stoffserviette einen gezielten Hieb auf den Hinterkopf. »Wenn ich nicht so für dich sorgen würde, müsstest du schon seit drei Tagen hungern. Müsstest von schwarzem Kaffee und trockenem Knäckebrot leben. Mehr gibt deine Bordküche doch nicht her. Und deinen Hund vernachlässigst du auch. Ich habe ihm in dem kleinen Lebensmittelladen an der Hauptstraße erst einmal ordentliches Futter gekauft. Der arme Kerl fällt ja glatt vom Fleisch.«

Henrik beäugte den Beagle, der lang ausgestreckt in der Fahrerkabine lag. Sein Bauch wirkte deutlich vorgewölbter als noch vor wenigen Tagen. »Wenn du ihn weiter so fütterst, sieht er bald aus wie eine Leberwurst auf vier Beinen.«

»Aber er hat doch immer Hunger«, protestierte Carsten und schob den Brotkorb zu Henrik hinüber.

»Beagle sind chronisch verfressen. Die versuchen andauernd,

dir ein schlechtes Gewissen zu machen, weil du sie angeblich nicht ausreichend verköstigst. Ständig diese vorwurfsvollen Blicke aus den braunen Kulleraugen und dann dieses Hundestöhnen, das sie alle Viertelstunde von sich geben. Beagle sind begnadete Schauspieler. Lass dich nicht täuschen.«

Wie aufs Stichwort hob Leo den Kopf, wedelte mit dem Schwanz und zog die Lefzen hoch, so als ob er Carsten angrinste.

»Wenn dein Hund bei mir zu Gast ist, behandele ich ihn auch so.« Carsten warf Leo ein Stück Baguette hin, das er gierig verschlang.

Henrik verkniff sich ein Seufzen und führte stattdessen den Suppenlöffel zum Mund. »Mmh lecker.«

»Als Hauptgang gibt es gefüllte Kalbsbäckchen mit Prinzessböhnchen und Kartoffelgratin«, verkündete Carsten. »Dazu den Spätburgunder Hauscuvée, im Eichenfass verfeinert. Eine tolle Kombination, wie ich finde.«

Henrik ließ es sich schmecken, obwohl er befürchtete, dass sein derzeit noch flacher Bauch bald wie der seines Beagles aussehen würde. Doch er tröstete sich mit dem Gedanken, dass er den ganzen Tag auf den Beinen, stundenlang auf Spurensuche gewesen war. Das zehrte an Geist und Körper. Er benötigte Kalorien und Entspannung, um morgen wieder einsatzbereit zu sein.

»Was hast du denn heute alles herausbekommen?«

Carsten schaute ihn erwartungsvoll an. Obwohl er stets behauptete, zum Urlaubmachen in den Schwarzwald gekommen zu sein, nahm er regen Anteil an Henriks Ermittlungen. Henrik konnte sich des Eindrucks nicht erwehren, dass sein Freund über den Eintritt in den Ruhestand nicht sonderlich glücklich war und sich auf jede Situation stürzte, die eine Abwechslung vom als monoton empfundenen Rentneralltag versprach. Vielleicht sollte er ihm empfehlen, ein Buch zu schreiben? Oder sich als Gastdozent an verschiedenen Unis zu bewerben? Später, dachte Henrik und ließ sich eine Gabelvoll Kalbsbäckchen auf der Zunge zergehen. Der derzeitige Zustand hatte durchaus Vorteile für ihn: Er wurde von morgens bis abends verköstigt und konnte sich zudem mit einem intelligenten und schlagfertigen Gesprächspartner austauschen. Er sah fürs Erste keinen Grund, an der Situation etwas zu ändern.

»Ich habe heute tief graben müssen, um etwas über die Hübners herauszubekommen«, tat er kund. »Doch es hat sich gelohnt.«

»Inwiefern?« Carsten war ganz Ohr.

»Hinter der heilen Fassade, die Alexander Hübner uns vorgegaukelt hat, gärt es gewaltig. Da ist mächtig Druck auf dem Kessel.«

»Nun ja, dass nicht alles eitel Sonnenschein ist, hat Susanne freimütig zugegeben. Es ist für sie sicherlich nicht einfach gewesen, Bertrams Eskapaden zu ertragen. Auch wenn im Kopf die Trennung bereits vollzogen war.«

»So einseitig, wie sie es beschrieben hat, ist es nicht gelaufen«, widersprach Henrik. »Ich habe heute mit zwei Frauen aus der Yogaklasse geredet, an der Susanne schon seit Jahren teilnimmt. Die haben ausgesagt, dass die Hübner auch kein Kind von Traurigkeit ist.«

Carsten nahm einen Schluck Rotwein. »Warum sollte sie auf jeglichen Spaß im Leben verzichten? Sie ist doch keine Nonne hinter Klostermauern, sondern eine attraktive Frau im besten Alter.«

»Oha, höre ich da ein gewisses Interesse heraus?«, feixte Henrik.

»Nein, wir leben in zwei unterschiedlichen Welten, da würden wir wohl nur schwer zusammenkommen. Doch gegen ein nettes Abendessen mit ihr hätte ich, wenn sich alles aufgeklärt hat, nichts einzuwenden.«

Henrik prostete dem Freund zu. »Ich gebe mir große Mühe, damit du dir deinen Wunsch schnellstmöglich erfüllen kannst.«

»Ach, mal abwarten, wie es letztendlich läuft. Ich bin mir nicht einmal sicher, ob Susanne eine Einladung von mir annehmen würde. Sie hat sich ja nicht gerade vor Freude überschlagen, mich zu sehen. Aber sei's drum … Was haben die beiden Frauen aus dem Yogakurs denn so berichtet?«

»Zum einen etwas über den Background von Susanne. Sie kommt aus einfachen Verhältnissen.«

»Das hat Bertram mir nie erzählt. Aber wir waren ja auch nicht sonderlich gut miteinander vertraut.«

»Susannes Vater hatte von seinem Vater ein paar Hektar Rebflächen geerbt, war allerdings kein begnadeter Winzer. Man munkelt im Ort, dass Susanne und ihre jüngere Schwester Annette abgelegte Kleider und Schuhe von der besser betuchten Verwandtschaft tragen mussten, weil das Geld knapp war. Die Mutter hat die Haushaltskasse durch verschiedene Putzjobs oder als Erntehelferin aufgebessert, war aber eher von schlichtem Gemüt. Die beiden Mädchen waren als Kinder nicht auf Rosen gebettet.«

»Armut an sich ist keine Schande«, stellte Carsten fest.

»Nein. Und Susanne hat sich ja eigenhändig an ihrem blonden Schopf aus dem Familiensumpf gezogen. Zuerst, indem sie den Realschulabschluss machte und eine Ausbildung in der Gastronomie absolvierte. Bertram und sie haben sich in dem Hotel kennengelernt, in dem sie arbeitete. Nur wenige Monate später hat sie es geschafft, ihn zum Altar zu schleifen.«

»Willst du damit sagen, dass sie ihn nur wegen seines Geldes geheiratet hat?«

»Nein, du hast recht, der Ausdruck ist nicht ganz passend. Ich habe gehört, dass Bertram damals zwar gut verdiente und sich schicke Klamotten sowie ein flottes Auto leisten konnte. Aber er war nicht wohlhabend, nicht reich im klassischen Sinn.«

»Es könnte doch sein, dass sie beide den Drang verspürten, etwas aus ihrem Leben zu machen«, tippte Carsten. »Dieses Ansinnen war möglicherweise ihr gemeinsamer Nenner, der Kitt, der ihre Beziehung zusammenhielt. Echte Liebe kann es nicht gewesen sein, wenn Bertram sich schon kurz nach der Hochzeit eine neue Bettgenossin angelacht hat.«

»Oder zumindest eine sehr seltsame Form von Liebe«, stimmte Henrik zu. »Interessant ist meiner Meinung nach, dass Susanne als Reaktion auf das Treiben ihres untreuen Gatten nicht mit verheultem Gesicht auf dem Sofa sitzen blieb, sondern selbst aktiv wurde.«

»Wie meinst du das?«

»Laut Aussage ihrer Yogafreundinnen hat Susanne Trost und Zerstreuung bei anderen Männern gesucht. Da gab es angeblich einen Restaurantbesitzer aus Heidelberg. Und den Inhaber einer Bäckerei aus Baden-Baden mit Filialen bis hoch nach Frankfurt. Böse Zungen behaupten sogar, dass Alexander Hübner nicht Bertrams Sohn ist.«

»Glaubst du, dass an den Gerüchten was dran ist?« Carsten legte die Gabel, auf die er ein paar Prinzessbohnen gespießt hatte, zurück auf den Teller.

»Ich weiß es nicht, dazu fehlen mir die Beweise. Aber andererseits«, Henrik runzelte nachdenklich die Stirn, »ich habe im Laufe der letzten drei Tage eine Menge Fotos von Bertram in allen Stadien seines Lebens gesichtet. Viel Ähnlichkeit zwischen ihm und Alexander konnte ich darauf nicht ausmachen. Und seiner Mutter ist er auch nicht aus dem Gesicht geschnitten. Anders als Janine.«

»Vielleicht kommt er nach einem Vorfahren. Es ist doch oft so, dass die Gene, die für die Physiognomie zuständig sind, eine oder zwei Generationen überspringen. Dass der Enkel zum Beispiel dem Opa oder Uropa ähnlicher sieht als dem eigenen Vater.«

»Kann gut sein. Ohne einen aussagekräftigen DNA-Test kann niemand wissen, wie die Faktenlage ist. Ich hatte bei meinen Gesprächen mit Alexander nicht den Eindruck, dass er Zweifel an seiner Abstammung hat. Wenn er von seinem Vater spricht, tut er das mit viel Liebe und Anerkennung.«

»Sollte er nicht der leibliche Sohn von Bertram sein – wie steht es dann mit der Erbschaft? Wäre er überhaupt erbberechtigt?«

»Du bist der Jurist«, konterte Henrik.

»Ich war mehr als drei Jahrzehnte ausschließlich für Handelsrecht zuständig«, verteidigte sich Carsten. »Doch ich gehe trotzdem davon aus, dass Alexander, sollte kein Verwandtschaftsverhältnis zwischen ihm und Bertram bestehen, von der Erbfolge ausgeschlossen ist. Es sei denn, Bertram hätte testamentarisch etwas anderes bestimmt.«

»Diesbezüglich habe ich nachgehakt. Angeblich gibt es kein Testament.«

»Dann wäre er also raus, könnte keine Ansprüche geltend machen. Nicht mal der Pflichtteil würde ihm zustehen.«

»Ich werde gleich morgen versuchen, Näheres herauszufinden. Sollte Alexander tatsächlich nicht Bertrams Sohn sein, rutscht er auf meiner internen Verdächtigenliste nach ganz unten.«

»Wieso? Verstehe ich nicht.«

»Wenn Alexander nicht zu denen zählt, die von Bertrams Tod profitieren – was für einen Grund hätte er dann haben sollen, ihn umzubringen? Das erschließt sich mir in dem Kontext nicht. Andere hätten da stärkere Motive.«

»Du misstraust allen aus der Familie?« Carsten war anzumerken, dass ihm diese Hypothese zu weit ging.

»Es ist eine ermittlungstechnische Binsenweisheit, dass man in so einem Fall zuerst die nächsten Angehörigen abcheckt«, verteidigte sich Henrik. »Knapp dreißig Prozent der Opfer von Mord und Totschlag haben eine persönliche oder verwandtschaftliche Beziehung zum Täter. Zurzeit möchte ich noch nichts und niemanden ausschließen.«

»Auch Susanne nicht?«

»Sie ist die größte Nutznießerin. Abgesehen von dem, was den Kindern zufällt, wird sie ein stattliches Vermögen erben. Und den Betrieb dazu. Endlich wird sie frei schalten und walten können, ohne dass ihr Bertram im Weg steht oder ihre Entscheidungen blockiert. Meiner Meinung nach hat gerade sie allen Grund zum Jubeln.«

»Nein, das kann ich mir beim besten Willen nicht vorstellen«, widersprach Carsten heftig. »Dass sie den eigenen Mann kaltblütig tötet und ihn im Anschluss fein säuberlich zerkleinert, nein, das traue ich Susanne nicht zu. Sie mag eine knallharte Geschäftsfrau sein, doch sie ist keine Mörderin. Nie und nimmer.«

»Deine Worte in Gottes Gehörgang«, meinte Henrik spöttisch.

»Hast du Beweise? Hast du irgendetwas gegen sie in der Hand?« Carsten war inzwischen so aufgebracht, dass er nicht weiteraß.

»Leider nicht«, musste Henrik zugeben. »Sonst würde ich mit dir jetzt eine Flasche Schampus köpfen, weil ich den Fall in Rekordzeit gelöst hätte. Doch was ich mit Sicherheit weiß, ist, dass Susanne keine Heilige ist.«

»Wer ist das schon? Auch du bist nicht ohne Fehler.«

»Nein, aber ich führe nicht eine klammheimliche Beziehung mit einem Winzer aus dem Nachbarort.«

Carsten fiel die Kinnlade hinunter. »Bist du dir da sicher?«

»Ich kann dir gern ein paar von den Fotos zeigen, die ich heute geschossen habe.«

»Du hast ihr nachgestellt? Sie beobachtet?«

»Das ist mein Job«, erinnerte ihn Henrik.

»Bist du ihr etwa bis ins Schlafzimmer gefolgt?«

»Selbstverständlich nicht.« Henrik war verärgert über diese Unterstellung. So ein Vorgehen hätte im Übrigen gegen sein Berufsethos verstoßen. »Und falls deine nächste Frage darauf abzielen sollte: Nein, ich habe keine Wanzen oder eine Spionagekamera dort platziert.«

»Okay, tut mir leid.« Carsten hob entschuldigend die Hände. »Von jetzt an werde ich mich besser raushalten. Es ist dein Fall und dein Job.«

»So ist es.«

Carsten nahm einen ordentlichen Schluck Rotwein. »Statt einen auf Hobbyermittler zu machen, sollte ich mich besser mit meinem Wohnmobil auseinandersetzen. Ich hatte heute früh, ohne es zu merken, die Heizung angestellt und habe eine geschlagene Stunde gebraucht, um den Schalter zu finden, mit dem ich sie wieder abstellen konnte. Manchmal komme ich mir vor wie auf dem Raumschiff Enterprise, die vielen Panels, Tasten und Bedienungselemente.«

»Du solltest dich zur Abwechslung mal in die mitgelieferten Bedienungsanleitungen vertiefen«, riet ihm Henrik.

»Ja, ich werde das morgen angehen. Auch wenn es nicht die Art von Lektüre ist, die ich normalerweise bevorzuge. Doch was hilft es? Ich will nicht dauernd als Depp dastehen.«

»Das wird schon«, meinte Henrik versöhnlich.

»Was hältst du von einem Nachtisch? Rotweinmousse mit weißer Schokolade und Johannisbeeren.«

»Oh nein, ich sollte wirklich nicht.« Henrik betrachtete das Dessert mit einer Mischung aus Begehren und Widerstreben. »So viel werde ich in den nächsten Tagen gar nicht laufen können, dass ich das alles wieder runterbekomme. Einen Privatermittler, der schon nach fünfzig Metern aus der Puste ist, bezeichnet man als Loser, als einen, der sich besser einen anderen Job sucht.«

»So schlimm wird es nicht werden.« Carsten holte die Dessertcreme aus dem Kühlschrank. »Doch sag, was ist jetzt mit Susanne und diesem Winzer?«

»Ich dachte, du wolltest dich nicht mehr einmischen?«

»Ich will mich nicht einmischen, ich will nur kurz erfahren, was Sache ist.«

»Sie ist mit diesem Winzer definitiv nicht nur beruflich verbandelt. Sie war kaum aus dem Auto ausgestiegen, da haben die beiden sich schon in den Armen gelegen.«

»Endlich muss sie auf Bertram oder ihren guten Ruf keine Rücksicht mehr nehmen.«

»Wie man's nimmt. Ihr treuloser Gatte ist immerhin noch nicht unter der Erde, sondern liegt in Einzelteile zerlegt im Kühlfach der Gerichtsmedizin im Klinikum Kassel. Die sind für den Bereich dort zuständig.«

»Vielleicht war es ja ganz anders, und es hat ihn eine seiner zahlreichen Geliebten umgebracht. Hast du das schon mal in Betracht gezogen?«

»Klar. Und so viel habe ich bereits herausbekommen: Bertram hat in einem Ferienhäuschen auf der Werrainsel übernachtet. Beim Einchecken war er allein.«

»Das heißt nichts. Seine Begleitung kann im Auto gewartet haben.«

»Er hatte nur für eine Person gebucht.«

»Trotzdem war in diesem Urlaubsdomizil sicherlich für mehr als einen Erwachsenen Platz.«

»Du hast natürlich recht. Es ist durchaus denkbar, dass Hübner dort Besuch empfangen hat.« Henrik kratzte den Rest der Mousse aus dem Glas. »Zum Beispiel den seiner eigenen Ehefrau.«

»Du fängst ja schon wieder an«, sagte Carsten vorwurfsvoll.

»Du auch«, konterte Henrik.

»Ach herrje, ich kann einfach nicht aus meiner Haut.« Carsten sah zerknirscht aus. »Dreißig Jahre fast täglich Scharmützel vor Gericht, das prägt. Es fehlt mir«, fügte er mit einem Seufzen hinzu.

»Wenn du sachlich bleibst, duelliere ich mich gern verbal mit dir.«

»Angebot angenommen.« Carstens Gesicht hellte sich augenblicklich auf. »Also wieder zurück zu deinem Fall. Hast du Susanne nach ihrem Alibi gefragt? Oder darfst du das nicht? Du bist ja nicht von der Polizei.«

»Ich habe mein Anliegen, sagen wir mal, ein bisschen anders formuliert.«

»Was hat sie geantwortet?«

»Sie behauptet, dass sie, von ein paar wenigen Terminen in Breisach am Rhein abgesehen, schon seit Wochen nicht mehr aus dem Betrieb herausgekommen ist. Ihrer Aussage nach sind die Stellplätze seit Ostern komplett ausgebucht, die Camping-Dinner und das Restaurant ebenso, der Laden brummt. Die

Mitarbeiter, bei denen ich mich dezent umgehört habe, haben allesamt bestätigt, dass die Chefin bis auf wenige Ausnahmen vor Ort war.«

»Aber du glaubst weder Susanne noch den Angestellten?«

»Ihre Angaben sind zumindest mit Vorsicht zu bewerten. Die Einzige, die, wie du sagen würdest, ein handfestes Alibi hat, ist Janine Hübner. Sie hatte einen Termin in der Freiburger Uniklinik. War ein paar Tage stationär aufgenommen.«

»Ist sie krank? Auf mich hat sie bei unserer Begegnung im Seminarraum schon etwas seltsam gewirkt.«

»Ja, ich kann ihr Verhalten auch nicht deuten. Und leider habe ich keine Ahnung, warum sie in der Klinik behandelt wurde. Ärztliche Schweigepflicht«, sagte Henrik mit einem bedauernden Schulterzucken.

»Mir drängt sich der Eindruck auf, dass es sich bei den Hübners um eine ziemlich schreckliche Familie handelt«, meinte Carsten mit einem schiefen Grinsen. »Schrecklicher als die in der Fernsehserie.«

»Ich vermute, dass sich hinter dem schönen Schein von einer Familiengemeinschaft, die aus wirtschaftlichen Gründen ausnahmslos am selben Strang zieht, in Wirklichkeit dunkle Abgründe auftun.«

»Wirst du so weit in die familiären Untiefen der Hübners eintauchen können, dass es dir gelingt, die Wahrheit ans Tageslicht zu bringen?«

»Es mag etwas dauern, aber ich werde es schaffen. Schon allein deshalb, weil ich es nicht ausstehen kann, wenn man versucht, mich an der Nase herumzuführen.« Henrik leerte sein Glas in einem Zug.

5

Nach dem üppigen Mahl vom Vorabend benötigte Henrik dringend Bewegung an der frischen Luft. Kurzerhand hatte er sich per Telefon mit einer Winzerin, die man ihm in der Genossenschaft empfohlen hatte, in den Weinbergen verabredet. Weil Henrik der Überzeugung war, dass dem Beagle ein ausgedehnter Spaziergang ebenfalls guttun würde, hatte er ihn vom Bett gescheucht und an die Leine genommen. Leo tat seine Begeisterung für den Frühsport dadurch kund, dass er jedes Blümchen am Wegesrand beschnüffelte und sich alle Zeit der Welt nahm, die Hinterlassenschaften von einheimischen und Touristenhunden zu begutachten.

»Bei dem Tempo kriege ich die Rotweinmousse nie von den Hüften«, grummelte Henrik.

Doch der Tag war zu schön, um schlechte Laune zu haben. Er atmete tief durch und genoss das Duftpotpourri von blühenden Rosen und Wildkräutern, von grünen Beeren, Weinblättern und trockener Erde. Eine Gruppe von Touristen, die alle vorschriftsmäßig mit Sonnenschutz auf dem Kopf, festem Schuhwerk, Rucksäcken und Wanderstöcken ausgerüstet waren, zog schnatternd an ihm vorbei.

Ein paar Minuten später kreuzte ein einsamer Wanderer seinen Weg. In der ausgefransten Jeans und dem ausgeleierten T-Shirt sah er etwas abgerissen aus, passte so gar nicht in das Bild von den Urlaubern, die Henrik bis dahin begegnet waren. Außerdem verkniff er sich die in der Urlaubsregion übliche Begrüßung, warf Henrik lediglich unter dem Schirm seines ausgeblichenen Basecaps einen kurzen Blick zu. Du mich auch, dachte Henrik und beschleunigte seine Schritte. Er wollte nicht zu spät kommen.

Sie hatten sich auf einer der Parzellen unterhalb des Bildstöckchens »Alde Gott« verabredet. Als er sich der Frau näherte, war er überrascht, weil sie deutlich jünger war, als er angenommen hatte. Mit ihrer schlanken Figur und dem von Sommersprossen übersäten Gesicht wirkte sie so, als ob sie gerade erst die Schulbank verlassen hätte. Tatsächlich hatte sie, wie sie Henrik am Telefon erklärt hatte, Weinbau und Önologie studiert. In drei, vier Jahren plante sie, das Weingut ihres Onkels zu übernehmen, der mit einem Ruhestand jenseits von Reben und Maische liebäugelte.

»Was für ein herrlicher Arbeitsplatz«, begrüßte Henrik die Frau. »Ich kann mir vorstellen, dass mancher Büromensch neidisch auf Sie ist.«

Die Winzerin steckte die Rebschere, mit der sie Blätter entfernt und die üppig begrünten Rebstöcke ausgedünnt hatte, in die Seitentasche ihrer Arbeitsshorts. »Der kann gern bei mir ein Praktikum machen. Am besten im Januar, wenn die Reben bei Frost beschnitten werden. Oder wenn wir Ende August bei brütender Hitze mit der Lese anfangen.«

»So früh«, wunderte sich Henrik. »Ich dachte, der klassische Zeitraum für die Traubenernte wäre von Mitte September bis in den Oktober.«

»Das war einmal. Auch wir bleiben vom Klimawandel nicht verschont. Der Weißburgunder hier«, sie wies mit der Hand auf die Trauben, »wird ab Ende August eingebracht. Wir ernten insgesamt dreimal.«

»Ich bin nicht der passionierte Weintrinker«, gestand Henrik, »und ich habe von den verschiedenen Rebsorten so gut wie keine Ahnung. Doch nach dem, was ich in den letzten Tagen so zum Thema gelesen habe, drängt sich mir der Eindruck auf, dass diese Burgunderweine schwer im Kommen sind.«

»Ja, das stimmt«, gab ihm die Winzerin recht. »Früher waren Massenweine wie der Riesling und wuchtige Weine wie der Ruländer populär. Inzwischen ziehen die Konsumenten leichte und fruchtige Weine vor. Jung ausgebauter Pinot Gris ist als typischer Sommerwein sehr beliebt. Für den Winter setzen wir dagegen auf kraftvolle Abfüllungen, die im Barriquefass veredelt werden. Spätburgunder macht bei uns inzwischen etwa fünfzig Prozent der Rebflächen aus. Doch wir müssen schauen, wie die traditionellen Rotweine mit dem stetigen Temperaturanstieg klarkommen.«

»Ich sehe schon, ein sehr komplexes Thema.«

»Komplex, spannend und faszinierend. Und man lernt jeden Tag dazu.« Der Winzerin war anzusehen, dass sie ihren Beruf mit Leidenschaft ausübte.

Henrik zog Leo, der ein Mauseloch entdeckt hatte und zu einer großen Buddelaktion ansetzte, zu sich heran und befahl ihm, Sitz zu machen. Was der Beagle mit einem vorwurfsvollen Gesichtsausdruck ignorierte. »Er ist ein Secondhandhund. Ich habe ihn noch nicht lange«, entschuldigte sich Henrik.

Die Winzerin lachte. »Ich mag Menschen und Tiere, die ihren eigenen Kopf bewahren.«

Henrik besann sich auf den eigentlichen Grund seines Ausflugs. »Ich könnte im Rahmen einer Recherchearbeit Ihre Expertise gebrauchen. Wie schon gesagt, als typisches Nordlicht bin ich mit der Materie nicht sonderlich vertraut.«

»Kein Problem. Womit kann ich Ihnen helfen?«

Henrik schätzte sich glücklich, dass die Winzerin nicht wissen wollte, um welche Recherche es sich genau handelte. Er fuhr mit der Fingerspitze über eine pralle, noch grüne Traube. »Ich frage mich, ob man diese Burgunderweine fälschen kann.«

»Wie, fälschen?« Die Winzerin runzelte die Stirn. »Was meinen Sie damit?«

»Wäre es möglich, aus qualitativ nicht sehr hochwertigen Trauben oder minderwertigem Traubensaft einen Spitzenwein zu kreieren?«

»Nein, auf gar keinen Fall.«

»Aber es gibt sicherlich Wege und Mittel, den Wein ein bisschen aufzuhübschen«, bohrte Henrik weiter. »Das wird, wie ich vor Kurzem gelesen habe, bei australischen und kalifornischen Produkten oft so gehandhabt.«

»Das stimmt. Aber wir distanzieren uns ausdrücklich von diesen Praktiken. Wir verstehen unseren Wein als naturbelassenes und kunsthandwerkliches Lebensmittel, bei dem man merkt, woher es kommt. Unsere Trauben schmecken nach dem Boden und den klimatischen Bedingungen, unter denen sie gedeihen.«

»Sicher. Aber ist es nicht so, dass Sie dem Wein durch bestimmte Fässer einen besonderen Geschmack verleihen?«

»Sie meinen die Barriquefässer aus Eiche, die den Wein mit tertiären Aromen versehen und seine Komplexität erhöhen?«

»Ich glaube schon.« Henrik hatte Probleme mit dem Fachjargon.

»Nun, das ist inzwischen in vielen Anbaugebieten eine weitverbreitete Praxis, nicht nur im Bordelais in Frankreich.«

»Diese Fässer sind nicht ganz preiswert, wie ich gehört habe.«

»Ja, das stimmt. Ein gutes Barrique kostet bis zu siebenhundert Euro und wird nur zwei- bis dreimal genutzt.«

»Oha, das ist tatsächlich ein teures Vergnügen. Kann man den Wein auch auf andere Weise aromatisieren? Ich meine, kann man etwas einrühren, hinzufügen, untermischen?«

»Ein guter, ehrlicher Winzer, der etwas auf sein Handwerk gibt, tut das nicht«, sagte die junge Frau mit Nachdruck.

»Aber einer, der nicht so anständig ist? Oder einer, der mit weniger Einsatz einen satten Gewinn einstreichen will?«

»Natürlich gibt es auch in unserem Metier schwarze Schafe«, musste die Winzerin eingestehen. »Und es existieren ein paar legale Möglichkeiten, um den Geschmack entsprechend zu optimieren.«

»Die da wären?« Henrik war ganz Ohr.

»Seit 2007 ist es in Europa erlaubt, durch die Zugabe von aromatisierten Holzchips oder Holzkörnern, mitunter auch von Holzspänen oder von Holzpuder, den Geschmack anzupassen. Die einzige Bedingung dabei ist, dass das verwendete Holz ausschließlich von Eichen stammt und im naturbelassenen Zustand geröstet wird.«

»Ich nehme an, dass diese Chips deutlich günstiger als die Fässer sind?«

»Da sagen Sie was.« Die Winzerin seufzte. »Statt siebenhundert Euro sind es gerade mal zwanzig.«

»Das ist ein gewaltiger Unterschied. Da wird einigen die Entscheidung, was sie verwenden, sicherlich nicht schwerfallen.«

»Wenn man nur die wirtschaftlichen Aspekte berücksichtigt – nein.«

»Woran merke ich das als Verbraucher denn, dass diese Holzchips verwendet wurden? Steht ein entsprechender Hinweis auf den Flaschen?«

Die Winzerin zog die Mundwinkel nach unten. »Nein, der Einsatz von Chips muss auf dem Weinetikett leider nicht erwähnt werden. Lediglich so Bezeichnungen wie ›im Barrique ausgebaut‹ oder ›im Holzfass gereift‹ sind verboten. Zum Glück gibt es aber noch viele Regionen, in denen sich verantwortungsvolle Winzer vehement dagegen aussprechen.«

»Wie Sie es tun.«

»Ja. Ich halte von dieser Methode nichts, das sind für mich keine sauberen, fairen Weine. Ich persönlich sehe es sogar so, dass die Zukunft im biologischen Weinanbau liegt. Auch wir Winzer haben keinen Planeten B.«

»Hm.« Henrik starrte nachdenklich auf die Reben, die an Metalldrähten rankten. »Ich bin ja kein Kenner, habe nicht so einen feinen Gaumen wie Sie. Doch ich frage mich: Schmeckt man heraus, ob der Wein im Eichenfass veredelt wurde oder ob stattdessen Chips zugesetzt wurden?«

Die Winzerin schwieg ein paar Sekunden. »Ich würde von mir behaupten, dass ich es bei einer Verkostung merken würde«, sagte sie schließlich. »Andererseits gibt es Sommeliers, sogar namhafte, die zugeben, dass keine gravierenden sensorischen oder analytischen Unterschiede bestehen.«

»Wenn schon so ein Sommelier passen muss: Glauben Sie, dass ein ganz normaler Urlaubsgast, also einer, der wie ich kein ausgesprochener Weinkenner ist, bemerkt, dass ihm kein Barriquewein serviert wird? Oder dass der Wein nicht so hochwertig ist, wie auf dem Etikett oder auf der Weinkarte im Lokal behauptet wird?«

»Schwierige Frage.«

»Ich weiß. Aber für meine Recherche wäre die Antwort enorm wichtig.« Henrik konnte der Winzerin anmerken, dass sie mit sich rang. Dann schien sie sich einen Ruck zu geben.

»Ich kann natürlich nicht für unsere Gäste sprechen, da gibt es sicherlich solche und solche. Doch wenn Sie von mir wissen wollten, ob in dieser Hinsicht so eine Art Betrug erdenklich wäre, nun, das müsste ich wohl bejahen.«

»Interessant.« In Henriks Kopf ratterten die Gedanken. »Geht da noch mehr? Gibt es, von den Chips mal abgesehen, andere Möglichkeiten, Wein aufzupeppen?«

»Wie gesagt, ich halte von solchen Praktiken überhaupt nichts. Doch in Ländern wie Australien und den USA kommen Produktionsmethoden zur Anwendung, die in vielerlei Hinsicht von unseren abweichen. Da ist es gang und gäbe, mit Zuckerwasser, Most oder Wasser zu strecken. Oder den Wein zu fraktionieren.«

»Fraktionieren? Ich glaube, das ist zu hoch für mich.«

»Es bedeutet, dass Sie den Wein in seine Bestandteile, also in Alkohol, Aroma und Wasser, zerlegen und ihn danach so aufbereiten, dass er immer gleich schmeckt. Die Weine sind damit stets von derselben und für den Verbraucher von wiedererkennbarer Qualität. Egal, von welchem Jahrgang sie stammen. In unseren Kreisen bezeichnen wir solche Gesöffe als Coca-Cola-Weine, was natürlich nicht sehr schmeichelhaft ist. Aber viele Konsumenten, nicht nur aus Übersee, schwören auf diese Mainstream-Weine. Sie sind trendy und preisgünstig. Schrecklich.« Die Winzerin erschauderte sichtbar.

»Für mich hört sich dieses Verfahren sehr kompliziert an.«

»Nein, wenn man weiß, wie es funktioniert, ist es das nicht.«

»Könnte ein Chemiker oder ein Lebensmittelchemiker das hinbekommen?«

Die Winzerin nickte. »Auf jeden Fall.«

»Lieben Dank, Sie haben mir wirklich sehr geholfen.«

Henrik verabschiedete sich und machte sich auf den Rückweg. Bingo, dachte er. Da hatte er glatt einen Volltreffer gelandet. An dem, was der redselige Koch aus der Weinstube gestern so bereitwillig ausgeplaudert hatte, war also doch etwas dran. Er hatte es anfänglich als üble Nachrede oder dummes Geschwätz abgetan. Nach dem Gespräch mit der Winzerin musste er seine Meinung revidieren. Da hielt er es nicht mehr für ausgeschlossen, dass Bertram Hübner seinen Gästen beim hochgepriesenen Camping-Dinner tatsächlich »aufgehübschte« Weine vorsetzte. Dass er minderwertigen Wein in edle Designerflaschen füllte und sie zu überteuerten Preisen verkaufte. Dass er sich auf diese Weise ein einträgliches Geschäftsmodell geschaffen hatte. War ihm jemand auf die Schliche gekommen? Hatte er deswegen sterben müssen? Aber warum ausgerechnet auf diese brutale und entwürdigende Art?

Henrik war so in Gedanken versunken, dass er nicht bemerkte, wie der Wanderer mit der ausgefransten Jeans erneut seinen Weg kreuzte. Diesmal hatte er die Hände zu Fäusten geballt.

6

»Wie geht es dir?« Henrik saß bei offener Schiebetür auf der Querbank seiner Sitzgruppe und bewunderte beim Telefonieren das Bergpanorama.

»So langsam fange ich an, mich hier zu langweilen«, gestand Kathrin.

»Hält Finn dich nicht auf Trab?«

»Den sehe ich eigentlich nur morgens und abends zu den Mahlzeiten oder wenn er sich etwas zu trinken holt. Er ist ständig mit anderen Kindern auf dem Platz in irgendwelche Projekte verwickelt. Manchmal habe ich das Gefühl, er braucht mich gar nicht.«

Henrik konnte aus Kathrins Stimme einen Hauch von Traurigkeit heraushören.

»Lass ihm den Spaß. Wenn ihr für den Rest der Ferien wieder zu Hause seid, hast du ihn ganz für dich allein.«

»Ja, ich weiß, es ist blöd, eifersüchtig zu sein. Doch wenn ich hier in Töfftöff ständig ohne richtige Aufgabe rumsitze und Däumchen drehe, kommen mir halt so Gedanken. Ich bin nicht der Typ, der gern tagelang an einer Stelle verweilt. Und Töfftöff fehlt das Reisen bestimmt auch. Aber was soll's, da muss ich durch. In ein paar Jahren werde ich wahrscheinlich froh sein, wenn Finn überhaupt noch mit mir in Urlaub fährt.«

»Die Kids von heute werden schneller erwachsen, als man denkt.«

»Richtig. Aber Schluss mit meinem Gejammere. Wie läuft es bei dir? Wo bist du?«

»Ich stehe auf einem Parkplatz vor einem Skilift.«

»Willst du Ski fahren? Es ist Sommer.«

»Ja eben. Und selbst im Winter ist es nicht wirklich mein Ding, auf zwei dünnen Brettern einen eisigen Hang hinunterzuschießen.«

»Kann ich verstehen. Ich bekomme schon beim Schlitten-
fahren Muffensausen.«

»Es wird wohl noch ein paar Monate dauern, bis hier die
Wintersaison wieder losgeht. Ich bin in Kniebis an der Schwarz-
waldhochstraße.«

»Ich bin davon ausgegangen, dass du unten im Tal ermit-
telst. Wolltest du Leo ein paar Stunden Höhenluft gönnen, oder
was?«

»Nein, ich habe mich in der Berghütte am Skilift mit jemandem getroffen, von dem ich dachte, dass er mir etwas über
Bertram Hübner sagen könnte. Leider ist dabei nicht so viel
Neues herausgekommen, wie ich mir erhofft hatte. Ich hätte
mir die Fahrt vermutlich sparen können.«

»Schade. Geht es denn gar nicht weiter?«

»In kleinen Schritten. Aber du weißt ja, dass Geduld nicht
unbedingt zu meinen Kernkompetenzen gehört.«

»Nein, du willst immer sofort mit dem Kopf durch die
Wand.« Kathrin lachte. Dann wurde sie wieder ernst. »Sag mal:
Hast du noch etwas über diese Sache mit der Weinpanscherei
herausgefunden? Das lässt mir, seitdem wir darüber geredet
haben, keine Ruhe. Ich meine, wie hinterhältig und durchtrie-
ben wäre das denn? Das wäre für mich mit diesem Skandal um
das gepanschte Olivenöl aus der Toskana vergleichbar. Seitdem
kaufe ich kein italienisches Öl mehr.«

»Leider komme ich auch bei dem Thema nicht so richtig
voran«, gestand Henrik. »Logischerweise sagt im Ort niemand
offen, dass mit den Weinen von den Hübners irgendetwas nicht
stimmt. Selbst der Koch aus der Weinstube hat ja nur Andeutungen gemacht. Weißt du, die Hübners genießen bei vielen
großes Ansehen. Außerdem haben sie jede Menge Preise auf
renommierten Plattformen eingeheimst. Wie das zusammen-
geht, erschließt sich mir noch nicht.«

»Ich könnte mir vorstellen, dass sie nur einen Teil ihrer
Weine verfälschen. Mit ihren Premiumweinen ist höchstwahrscheinlich alles in Ordnung, da trauen sie sich nicht ran. Anders

sieht es womöglich mit den Chargen für die Campinggäste aus. Frei nach dem Motto: So ein Fischkopf aus dem Norden oder ein bayerischer Biertrinker oder jemand aus dem Ruhrpott, der kommt eh nicht drauf, dass wir ihn hier über den Tisch ziehen.«

»Ich zähle mich auch zu denen, die es nicht merken würden.«

»Wenn die Panscherei tatsächlich so gut gemacht ist, dass sie bis jetzt niemandem aufgefallen ist, wird nur eine chemische Analyse Klarheit bringen.«

»Ich bin schon auf der Suche nach einem Labor, das mir in der Beziehung von Nutzen sein kann. Ist nicht ganz einfach, weil ich ja keine Namen oder meine Gründe für die Untersuchung nennen möchte. Doch ich bleibe dran.«

»Dein Kontakt von eben konnte dir auch nicht weiterhelfen?«

»Außer dass er mir die Hirschbratwürste in der Hütte als Vesper empfohlen hat, nein, nicht wirklich.«

»Na, immerhin hast du gut gegessen, das ist doch schon was.«

»Ja, die Würste waren lecker. Und ich habe so ganz nebenbei erfahren, dass Hübner seine Rebflächen und seinen Eventhof deutlich erweitern wollte. Ich wundere mich, warum mir das niemand aus der Familie gesagt hat.«

»Weil du sie nicht danach gefragt hast?«

»Nein, auf die Idee bin ich nicht gekommen«, musste Henrik eingestehen. »Ich war zu sehr damit beschäftigt, herauszufinden, wer verhindert hat, dass die Hübners ein Hotel bauen.«

»Und? Wer war es?«

»Seltsamerweise kein Nachbar, wie ich zuerst getippt hatte«, sagte Henrik. »Es war jemand aus dem Kreis der Investoren, die damals die ehemalige Kurklinik übernommen hatten. In den sechziger und siebziger Jahren war die Rehaklinik ständig ausgebucht, dann kam mit der Krankenkassenreform das Aus, und später sollte auf dem Areal so ein Wellnesstempel mit Appartements entstehen. Die Investoren wollten dort am Hang anscheinend als Platzhirsch auftreten und haben den Hübners, weil ihr Hotelprojekt angeblich gegen den B-Plan verstieß, die Chose vermasselt.«

»Glaubst du, dass Hübner sich mit einem dieser Investoren angelegt und der ihn im Streit um die Ecke gebracht hat?«

»Eher nicht. Das Ganze ist doch schon Jahre her, und aus dem Wellnessprojekt ist letztendlich nichts geworden. Welchen Grund hätte Hübner haben sollen, die alte Ranküne plötzlich wiederaufleben zu lassen? Er hatte sich zwischenzeitlich umorientiert, und das mit Erfolg. Das Hotel war für ihn passé, er hatte sich auf die Camping-Dinner spezialisiert. Für mich eine schlüssige Entscheidung.«

»Vielleicht war es eine persönliche Sache zwischen ihm und jemandem, der zur Gruppe der Investoren gehörte?«

»Ich werde den Aspekt im Kopf behalten«, sagte Henrik. »Momentan erscheint mir allerdings wichtiger, was ich beim Zahlen vom Hüttenwirt erfahren habe.«

»Kannte der den Hübner etwa auch?«

»Ja, er hat Wein von ihm auf der Karte. Aber in dem Fall ging es nicht um den Senior, sondern um Alexander. Der ist im Winter, wenn auf dem Campinggelände nicht so viel los ist, öfter mal in Begleitung auf der Hütte.«

»Oh, in Begleitung. Eine heimliche Geliebte?« Kathrin klang aufgeregt. »Ist sie vielleicht verheiratet? Oder deutlich jünger als er? Oder gar älter, wie beim französischen Präsidenten und seiner Frau Brigitte? Darüber würden sich bestimmt auch im Schwarzwald manche die Mäuler zerreißen.«

»Alles falsch, es ist ein Mann«, erwiderte Henrik trocken. »Alexander turtelt hier oben auf knapp tausend Metern Höhe mit einem Lover.«

»Und wenn schon? Was ist denn dabei? Oder ist man da unten im Tal so bigott, dass er sich gezwungen fühlt, seine Vorlieben geheim zu halten?«

»Nein, ich glaube nicht, dass es an den Leuten im Ort liegt, die erscheinen mir doch recht weltoffen. Die Gemeinde ist seit Jahrzehnten ein bekannter Touristenort, dort müssen sie mit

Gästen verschiedenster Art und Couleur klarkommen. Da wird kaum jemand wegen Alexanders Vorlieben mit der Wimper zucken. Aber wie mir der Hüttenwirt eben gesteckt hat, hatte Bertram Hübner anscheinend erhebliche Probleme mit den sexuellen Neigungen seines Sprösslings. Obwohl die beiden wohl nie offen darüber geredet haben.«

»Nun, das passt zu dem Bild, das ich mir aufgrund deiner Beschreibungen von Hübner gemacht habe«, sagte Kathrin. »Könnte es sein, dass Alexander seinen Vater am Werratalsee aufgesucht hat, weil er die ständigen Vorhaltungen leid war? Weil er den Stress nicht mehr aushielt? Hat er seinen Vater ermordet, um endlich frei zu sein? Um endlich das tun zu können, was seinem Naturell entspricht?«

»Du bist richtig gut. Den Gedanken hatte ich auch sofort. Ich werde Alexander diesbezüglich nochmals auf den Zahn fühlen.«

»Schade, dass ich nicht dabei sein kann«, seufzte Kathrin.

»Ja, das wäre toll, wenn wir uns von Angesicht zu Angesicht austauschen könnten und nicht immer nur am Telefon. Du hast dich zu einer prima Hilfsdetektivin gemausert.«

»Ich glaube nicht, dass ich meine Heilpraktikerpraxis aufgeben möchte«, bremste ihn Kathrin.

»Ich verbessere mich, du bist eine prima Urlaubsdetektivin. Aber warte mal, mir kommt da eine Idee.«

»Ja?« In Kathrins Stimme schwang ein Hauch von Hoffnung mit.

»Carsten, mit dem du inzwischen, wie er mir sagte, auch am Telefon gesprochen hast ...«

»Wir haben schon mehrmals miteinander telefoniert«, stellte Kathrin richtig. »Carsten hat mich, nachdem du ihm von mir erzählt und mein Campingwissen in den höchsten Tönen gelobt hattest, prompt angerufen. Wir haben uns auf Anhieb verstanden, er scheint ein netter Kerl zu sein. Ich konnte mit ihm gleich über Gott und die Welt plaudern, so als ob wir uns schon seit Jahren kennen würden. Ich habe übrigens den Eindruck, dass ihn tierische Langeweile plagt.«

»Er möchte am liebsten an seinen Schreibtisch in der Kanzlei zurück, darf es aber nicht, weil man ihn ausgezahlt und zum Rentnerdasein verdammt hat«, sagte Henrik schmunzelnd. »Da muss er sich anderweitig beschäftigen.«

»Er betüddelt dich von vorn bis hinten.«

»Mich und Leo.« Henrik warf einen Blick auf den schnarchenden Beagle. Er konnte sich des Eindrucks nicht erwehren, dass der Hund weiter an Bauchumfang zugenommen hatte.

»Genießt es«, meinte Kathrin pragmatisch.

»Das habe ich vor. Mit dir zusammen.«

»Ich habe eben doch schon gesagt, dass ich hier nicht wegkann.«

»Ach was, du musst es Finn nur schmackhaft machen. Dann vergisst er seine Spielkumpane und ist bereit für neue Abenteuer.«

»Die da wären?«

»Carsten hat gestern einen Anruf von einem ehemaligen Corpsbruder bekommen, mit dem er noch lose befreundet ist. Dieser Maximilian hat einen selbst ausgebauten Bulli, mit dem er immer mal wieder auf Tour geht. Er hat vorgeschlagen, dass er und Carsten sich treffen, weil sie jetzt ja beide Camper sind.«

»Auf diese Weise wärest du ihn los.«

»Ich will Carsten nicht loswerden, ich brauche nur mal eine Verschnaufpause von ihm. Manchmal ist er schlimmer als meine eigene Mutter.«

Kathrin kicherte.

»Carstens Freund will übermorgen nach Bad Krozingen fahren. Dort gibt es, wie er behauptet, einen schönen Stellplatz direkt an den Weinbergen und an der Therme.«

»Und wie kämen Finn und ich da mit ins Spiel?«

»Ganz einfach: Wir treffen uns alle dort. Ich könnte diesen Maximilian ein wenig über seine Studienzeit in Heidelberg und über Hübner ausquetschen. Du könntest dich in der Therme verwöhnen lassen. Carsten wäre in seinem Element, wenn wir ihn tagsüber auf die Suche nach Restaurants schicken, wo wir abends gemeinsam essen. Vielleicht gibt es dort ja sogar die Möglichkeit eines Camping-Dinners, dann könnte Carsten mit seinem neuen Liner glänzen. Es wäre für uns alle eine Win-win-Situation.«

»Du vergisst Finn dabei«, gab Kathrin zu bedenken.

»Ich habe gerade mal schnell gegoogelt. Im Kurpark gibt es einen tollen Spielplatz, auf dem Finn sich austoben kann.«

»Damit ist er spätestens in einer halben Stunde durch«, prognostizierte Kathrin. »Und dann?«

»Gehen wir mit ihm Minigolf spielen. Oder ich miete uns E-Bikes, und wir machen eine Tour.«

»Das würdest du tun?«

»Großes Detektivehrenwort.« Obwohl Kathrin ihn nicht sehen konnte, führte Henrik seine rechte Hand zum Herzen.

»Hört sich verlockend an«, musste Kathrin eingestehen.

»Gib dir einen Ruck«, bat Henrik. »Mach Töfftöff reisefertig und komm zu uns in den Süden.«

»Ich werde demokratisch abstimmen lassen«, verkündete Kathrin. »Finn, Töfftöff und ich haben dabei jeweils eine Stimme.«

Henrik lachte laut auf. »Also dann bis spätestens übermorgen.«

7

»Ich war eben schon an der Rezeption und habe uns zusammenhängende Plätze reservieren lassen. Für dich, Carsten, habe ich einen Komfortstellplatz eingeplant, der fast doppelt so groß wie die Standardplätze ist. Mit deinem Liner kannst du ein bisschen Freiraum um dich herum gut gebrauchen, nicht nur zum Rangieren. Für uns andere wird das ausreichen, was sonst vorhanden ist. Ergo etwa sechzig Quadratmeter plus ein kleiner Grünstreifen als Trennung zwischen den Parzellen. Ihr werdet sehen, das gesamte Gelände ist praktisch und dennoch optisch ansprechend angelegt. Die Ver- und Entsorgungsstation könnt ihr leicht anfahren, die Mülltonnen sind am Platzeingang deponiert. Doch gebt euch Mühe, den Müll ordnungsgemäß zu trennen. Das ist nicht nur optimal für die Umwelt, sondern trägt auch dazu bei, dass die Müllgebühren nicht erhöht werden. Und ja, ich freue mich darauf, dieses Wochenende mit euch in dieser zauberhaften Umgebung zu verbringen.«

Maximilian Leithold strahlte nach Abschluss seines Eingangsreferates erfolgssicher in die Runde. Man merkte ihm an, dass er es gewohnt war, vor Publikum zu sprechen, und dass er den Klang der eigenen Stimme mochte. Außerdem gehörte er offenkundig zu denen, für die beim Campen das strikte Gleichheitsprinzip zählte, und er benutzte, ohne sich bei Kathrin und Henrik rückversichert zu haben, von Anfang an das vertrauliche Du.

»Wo, sagtest du, soll ich hin?« Carsten sah überfordert aus.

»Komm, ich zeige es dir«, bot Maximilian sofort an. »Ich predige ja immer, dass es besser ist, wenn man sich vorab zu Fuß einen Eindruck verschafft. Das schont deine Nerven und die derjenigen, die bereits auf ihren Parzellen stehen. Auch oder gerade im Urlaub ist es wichtig, sich an die alterprobten Regeln zu halten. Zum Wohl des Einzelnen und der Gemeinschaft.«

Die beiden Männer entfernten sich flotten Schrittes und überquerten die Straße. Maximilian Leitholds dröhnende Stimme hallte nach und war selbst hinter dem kleinen begrünten Lärmschutzwall, der zwischen dem Wohnmobilstellplatz am Rebberg und der Thermenallee aufgeschüttet worden war, deutlich zu hören.

»Was sagtest du noch mal, ist dieser Maximilian von Beruf?«, wandte sich Kathrin an Henrik. Sie hatten sich auf dem großen Parkplatz vor der Vita Classica Therme getroffen, um sich vor dem Einchecken kurz abzusprechen.

Henrik grinste. »Lehrer für Latein und Altgriechisch.«

»Auweia, da steht uns ja was bevor.« Kathrin zog eine Grimasse, so als ob sie in eine Zitrone gebissen hätte. »Ich habe Latein damals nach einem Jahr abgewählt. Wer braucht denn heute noch so eine mausetote Sprache?«

»Angehende Archäologen oder Historiker?«

»Wenn der Leithold immer so drauf ist wie eben, na dann prost Mahlzeit!« Kathrin wirkte genervt und enttäuscht. »Ich vermute mal, dass seine Schüler die helle Freude an ihm haben. Pass auf, ich handele mir beim Einparken bestimmt gleich einen Eintrag ins Klassenbuch ein. Weil ich Töfftöff nicht korrekt ausgerichtet auf die Parzelle stelle. Das wird dem Leithold nicht gefallen.«

»Ach komm, so schlimm wird es mit ihm schon nicht werden«, versuchte Henrik sie zu beschwichtigen. »Carsten hat gesagt, dass Maximilian am Anfang ein bisschen gewöhnungsbedürftig, aber im Grunde genommen ein netter Kerl ist. Und nach zwei, drei Gläsern Wein wird er, wie Carsten mir versichert hat, deutlich lockerer.«

»Kann ich ihm die auf der Stelle einflößen?«, grummelte Kathrin.

»Ich hatte ihn mir, ehrlich gesagt, auch ein wenig anders vorgestellt. Ich war davon ausgegangen, dass er als Alt-Hippie, wie Carsten ihn nannte, ein bisschen relaxter rüberkommt und nicht mit so albernen Direktiven und diesem Dresscode. Flanellhose mit Bügelfalte und ein Sakko. Beim Camping!« Henrik wies mit der Hand auf seine ausgefranste Jeans und die Leinenschuhe, von denen der rechte an der Spitze ein Loch aufwies.

»Der gehört bestimmt nicht zu denen, die ›Make love, not war‹ predigen«, spottete Kathrin.

»Nein, der lässt uns schon morgens um acht vor dem Wohnmobil strammstehen.«

»Worauf habe ich mich da bloß eingelassen?«, stöhnte Kathrin. »Und mit Finn bekomme ich gleich sicherlich auch Stress. Der kann in seinen wohlverdienten Ferien auf so Oberschlaupauker gut verzichten. Und der Rest hier«, Kathrin sah mit gerunzelter Stirn um sich, »wirkt auf mich nicht wie ein Kinderparadies.«

»Der erste Eindruck täuscht«, versicherte Henrik. »Ich bin schon vor einer Stunde angekommen und habe die Zeit genutzt, mit Leo ein bisschen die Gegend zu erkunden. Dahinten gibt es ein Freibad mit verschiedenen Rutschen, einer Trampolinanlage und einem Spielbereich. Das wird Finn gefallen.«

»Warten wir es ab.« Kathrin klang skeptisch. »Finn war nicht begeistert, dass ich ihn von seiner neuen Clique weggezerrt habe. Er war richtig bockig. Diese latente Paukeratmosphäre, die Maximilian verbreitet, wird ihm nicht guttun. Seine Großeltern haben extra gesagt, dass sie es prima finden, dass er in Deutschland ein bisschen Abstand vom Alltag und von der Schule bekommt.«

»Ich dachte, Finn hätte sich inzwischen eingelebt und hätte ordentliche Noten«, wunderte sich Henrik.

»Ja, er hat eine schnelle Auffassungsgabe. Doch er hat manchmal Probleme, Autoritäten anzuerkennen, sich einzuordnen. Da kommt der kleine Wilde in ihm durch, der er bis vor einem Jahr noch war.«

»Gib ihm Zeit, er muss sich komplett neu erfinden.«

»Ja, das kostet ihn Kraft. Ich versuche ihn mit Themen, die ihn interessieren, abzulenken, seine übersprudelnde Energie in eine konstruktive Richtung zu lenken.«

»Fordert er dich am Computer mit ›Minecraft‹ oder ähnlichen Games heraus, auf die Kids in seinem Alter stehen?«

»Oh nein, zum Glück noch nicht. In den letzten Tagen ist er ganz verrückt nach Fischen. Er wünscht sich ein Aquarium zum Geburtstag.«

»Solange er nicht wieder zum Angeln gehen will, habe ich nichts dagegen einzuwenden. Mein Bedarf an Angelabenteuern ist fürs Erste gedeckt. So einen tollen Fang«, Henriks Stimme klang zynisch, »wie die Hand vom Hübner brauche ich nicht mehr. Aber mal schauen, was ich nachher aus Maximilian zum Thema herausbekommen werde.«

»Sollen wir uns da wirklich alle nebeneinander hinstellen?« Kathrin blickte mit gerunzelter Stirn zum Wohnmobilstellplatz.

»Eine Wagenburg bilden und uns abends beim Lagerfeuer aus der ›Ilias‹ vorlesen lassen?«, feixte Henrik.

»Meinst du dieses Epos, in dem ein Trojaner die schöne Helena entführt und es deswegen zum Krieg kommt?«

»Ja, ich glaube schon. Meine Kenntnisse diesbezüglich sind etwas angestaubt.«

»Gab es da nicht einen Film? Mit Brad Pitt in dieser sexy Rüstung und mit den blonden, wallenden Locken? Also wenn Maximilian einen Beamer mitgebracht hat und wir heute Abend einen Outdoor-Kinoabend veranstalten, da bin ich sofort mit dabei.« Kathrin grinste.

»Das einzige Moderne an seinem Bulli sind die Prilblumen, die er vor fast fünfzig Jahren ans Heck und auf die Seitenwände geklebt hat.«

»Ich fahre zurück zum Werratalsee«, jammerte Kathrin.

»Tust du nicht«, widersprach Henrik. »Wir gehen jetzt zur Rezeption und fragen nach, was noch frei ist. Dann stellen wir uns dorthin, wo es uns passt. Basta. Dieser Maximilian kann mich mit seinen antiquierten Paukerregeln mal kreuzweise.«

»Das wird sich aber nicht positiv auf die gruppendynamischen Prozesse auswirken.« Kathrin knuffte ihn in die Seite.

»Meine Dynamik für den Tag ist hinüber, wenn ich nicht

bald einen Kaffee und etwas zu beißen bekomme«, brummte Henrik.

»Ich habe unterwegs Apfelkuchen gekauft«, verkündete Kathrin.

Henriks Gesichtsausdruck hellte sich prompt auf. »Mit Streuseln?«

»Mit dicken Butter-Vanille-Streuseln. Und eine Flasche Sprühsahne habe ich auch im Bordkühlschrank.«

»Die beiden können von mir aus eine Altherrenriege aufmachen.« Henrik wies mit dem Kinn auf die zwei Studienfreunde, die sich dem Parkplatz näherten. »Ich schlage vor, dass wir uns nach ganz hinten verziehen und uns abschotten. Zumindest so lange, bis wir den Apfelkuchen aufgegessen haben.«

»Mit dieser Einstellung wirst du keine Eins auf dem Zeugnis bekommen«, frotzelte Kathrin.

»Ich hatte für Streber noch nie was über«, erwiderte Henrik und ließ den Motor seines Kastenwagens an.

»Ha, schon wieder in zwei Schlägen im Loch. Ihr holt mich nicht mehr ein. Könnt ihr gar nicht.«

Finn vollführte einen Freudentanz, bei dem er den Minigolf-schläger über seinem blonden Schopf kreisen ließ. Carsten und Kathrin hielten respektvoll Abstand. Carsten schien amüsiert, Kathrin sah dagegen müde aus. Sie hatte am Morgen gähnend eingestanden, dass sie wieder einmal fast die ganze Nacht wach gelegen hatte. Das bei der Suche nach ihrem verschollenen Mann erlittene Trauma machte ihr noch zu schaffen.

Henrik nahm sich vor, sie zu überreden, sich eine Auszeit in der Vita Classica Therme zu gönnen. Wo sie sich die Sorgen im Saunaparadies wegschwitzen, sich im indischen, türkischen, marokkanischen oder japanischen Bad verwöhnen lassen und auf dem Sonnendeck ein wenig dösen könnte. Vorher galt es jedoch, Finn zu beschäftigen und Antworten auf die Fragen zu bekommen, die Henrik im Fall Bertram Hübner durch den Kopf gingen. Er wandte sich Maximilian zu, der neben ihm auf der Parkbank am Minigolfplatz saß. Sie waren alle gemeinsam in den Kurpark gegangen.

»Stimmt es, dass du zusammen mit Bertram Hübner in Heidelberg studiert hast?«

Maximilian wandte den Blick von der Minigolfanlage ab und drehte den Oberkörper ein wenig zur Seite, sodass er Henrik direkt ins Gesicht schauen konnte.

»Was hast du gesagt? Entschuldige, mein Hörgerät macht heute wieder mal Probleme. Entweder ich verstehe kaum etwas oder viel zu viel auf einmal. Die Technik scheint nicht kompatibel mit meinen Ohren zu sein.«

Erst jetzt bemerkte Henrik den kleinen hautfarbenen Gegenstand hinter Maximilians linkem Ohr, der ihm vorher nicht aufgefallen war. Das erklärte wohl auch Maximilians Angewohnheit, stets laut und sehr prononciert zu sprechen. Vermutlich erwartete er, dass andere es ihm wegen seiner Schwerhörigkeit gleichtaten. Henrik wiederholte seine Frage mit mehr Nachdruck in der Stimme.

»Nein, das stimmt so nicht«, antwortete Maximilian, diesmal ohne zu zögern. »Wir haben nicht gemeinsam studiert, da Bertram sich für Chemie, ich mich für Altphilologie entschieden hatte. Außerdem sind wir vom Alter her drei Jahre auseinander, Bertram ist, ich meine war, sozusagen der Senior bei uns. Wir hatten uns damals mit einem weiteren Studenten eine Wohnung geteilt. Selbst in den 1980er Jahren waren die Mieten in Heidelberg fast unbezahlbar.«

»Du hast mit Bertram Hübner in so einer Art Wohngemeinschaft gewohnt?«

Maximilian nickte. »Ja, drei Zimmer, eine kombinierte Wohn-Ess-Küche und ein kleines Bad mit Badewanne im Dachgeschoss. Vom Dachfenster aus konnten wir, wenn wir uns auf die Zehenspitzen stellten, den Neckar ausmachen. Heute ist das Gebäude komplett durchsaniert, und kein Student kann es sich mehr leisten, dort zu wohnen.«

»Die Situation ist in Hamburg oder in anderen Universitätsstädten auch nicht besser«, meinte Henrik. »Doch verzeih mir, wenn ich ein wenig neugierig bin: Wie war es denn so, mit Bertram in einer WG zu leben?«

»Ach, bei uns war immer Trubel. Schrecklich. Bertram kam nur selten allein nach Hause. Entweder hatte er einen oder gleich mehrere Freunde im Schlepptau, die unseren Kühlschrank plünderten. Oder er brachte ein Mädchen mit, mit dem er sich auf sein Zimmer zurückzog. Leider waren die Wände sehr hellhörig. Ich bin meistens zum Lernen in die Bibliothek gegangen und habe versucht, mit Ohrstöpseln zu schlafen. Seitdem pflege ich eine Abneigung gegen gemeinschaftliches Wohnen.«

»Hört sich für mich nicht an, als ob Bertram im Studium an Langeweile gelitten hätte. War er politisch aktiv?«

»Nein, dazu hätte er auch keine Zeit gehabt. Er hat bei den Treffen der Corpsbrüder mitgemacht, war die treibende Kraft bei jeder bacchischen Sause. Und davon gab es im Monat so einige.« Maximilian strich mit dem Daumen über das Tattoo auf dem Handrücken, das bis auf die Nummer identisch mit dem von Hübner war.

»Ich habe schon von Carsten gehört, dass Bertram nicht unbedingt zu denen zählte, die sich sklavisch an die Regeln hielten.«

Maximilian lachte bitter auf. »Für Bertram galten ausschließlich die Gesetze, die er selbst aufgestellt hatte. Und die wechselten täglich, manchmal sogar stündlich. Ich habe mich gewundert, dass er nicht von der Uni verwiesen wurde. Doch er hatte, wie ich vermute, beim Corps einflussreiche Fürsprecher, die für ihn eingetreten sind.«

»Weißt du, wer das gewesen sein könnte?«

»Nein, keine Ahnung. Ich muss aber zugeben, dass ich mich nicht bemüht habe, es herauszufinden. Auch innerhalb des Corps bewegten wir uns eher in separaten Kreisen. Unsere WG, das war eine reine Zweckgemeinschaft. Eines schönen Tages hatte Bertram sein Examen erfolgreich absolviert und war verschwunden. Von da an habe ich ihn, wenn überhaupt, lediglich auf der Mitglieder-Jahresversammlung gesehen.«

»Ihr hattet also keinen Kontakt mehr?«

»Nein, mit Bertram habe ich seit einer Ewigkeit nicht mehr gesprochen«, beteuerte Maximilian. »Warum sollte ich auch? Uns verband keine enge Freundschaft. Auch hinsichtlich unserer Berufe und unserer Lebensführung waren wir so unterschiedlich wie Tag und Nacht.«

»Du warst also nie bei ihm in Sasbachwalden? Hast mit deinem Bulli nie an einem seiner legendären Camping-Dinner teilgenommen?«

»Ich wusste bis vor ein paar Tagen, also bis Carsten mich über Bertrams grausigen Tod informiert hat, noch nicht einmal, was er dort im Schwarzwald trieb. Ich war fest davon ausgegangen, dass er sich in der Lebensmittelproduktion einen Namen gemacht hatte. Für so etwas hatte er ein geschicktes Händchen.«

»Inwiefern?«

»Leider sind meine Chemiekenntnisse eher rudimentär«, sagte Maximilian. »Ich habe mich schon immer mehr für Philosophie, Geschichte und Sprachen als für die Naturwissenschaften begeistern können. Doch ich erinnere mich, dass Bertram viel mit Aromen, Starterkulturen und Zusatzstoffen hantierte. Ich glaube, er hat sogar ein Patent auf ein Verfahren, mit dem Salami schneller reift. Keine Ahnung, wie das funktioniert. Ich esse kein gepökeltes Fleisch, das ist laut Weltgesundheitsorganisation potenziell krebserregend.«

»Im Ernst?«

»Bei Magen- und Darmkrebs ist der Zusammenhang inzwischen so eindeutig nachgewiesen, dass die WHO verarbeitetes Fleisch derselben Gefahrenstufe zuordnet wie Tabak, Alkohol und Asbest.«

Henrik dachte an den Schinken, mit dem er sein Frühstücksbrötchen belegt hatte, und schluckte schwer. Sollte er sich wie Maximilian besser in Verzicht üben? Nein, das kam für ihn nicht in Frage.

»Ich lebe in der Hinsicht lieber wild und gefährlich«, sagte er mit einem schiefen Grinsen. »Die Wurst auf dem Brot oder auf der Pizza lasse ich mir nicht nehmen.«

»Jedem das Seine. Bertram war ebenfalls kein Kostverächter.«

»Gab es, von der Salami abgesehen, noch weitere Einsatzgebiete, wo er diese Zusatzstoffe und Aromen mit Erfolg verwendete?«

»Man munkelte damals, dass ein Teil der hochgeistigen Getränke, die bei den Treffen der Corpsbrüder konsumiert wurden, aus Bertrams Eigenproduktion stammte.«

»Er hat im Labor Alkohol hergestellt?«

»Jeder Chemiker weiß, wie und woraus Ethanol gewonnen wird. Ich glaube, sogar bei uns an der Schule gibt es diesbezügliche Experimente im Chemieunterricht.«

»Aber daran bereichert sich niemand. Hatte Bertram einen finanziellen Nutzen aus seiner, sagen wir mal, Nebentätigkeit gezogen?«

»Mir persönlich ist darüber nichts bekannt.«

Schade, dachte Henrik. Eine stichhaltige Zeugenaussage hätte er gut gebrauchen können. Denn sein Bauchgefühl teilte ihm nach wie vor mit, dass Hübner sein Wissen auch im eigenen Keltereibetrieb zum Einsatz gebracht hatte. Dass seine viel gepriesenen Weine mehr schöner Schein als Sein waren. Doch noch konnte er seine Vermutungen nicht belegen. Ebenso fehlten ihm die Beweise dafür, dass Hübners Panscherei in irgendeiner Weise mit seinem frühzeitigen Ableben in Verbindung stand. Obwohl er sich seit mehr als einer Woche ausschließlich mit diesem Fall beschäftigte, stocherte er im Nebel. Und er wusste nicht, wie er die dicken, zähen Schwaden, die sich anscheinend auch in seinem Gehirn festgesetzt hatten, vertreiben könnte. Vielleicht würde ihm ein entspannter Abend in geselliger Runde, wie sie ihn für heute geplant hatten, guttun, um auf andere Gedanken zu kommen.

»Ich hätte es ihm ja nicht zugetraut, aber der kleine Schwede ist tatsächlich dabei, zu gewinnen«, unterbrach Maximilian

Henriks Grübeleien und zeigte auf Finn, wie er mit einem siegessicheren Lächeln den genoppten Ball im letzten Loch der Bahn versenkte.

»Ich habe nichts anderes erwartet«, sagte Henrik. Er wusste, dass weder Kathrin noch Carsten mit einem besonderen Talent für körperliche Ertüchtigung und Zielgenauigkeit ausgestattet waren.

»Bis mich mein Rheuma in die Knie gezwungen hat, war ich für viele Sportarten zu begeistern«, tat Maximilian kund. »Doch selbst mein Rennrad musste ich im letzten Jahr verkaufen. Nach einer ausgedehnten Tour am Samstag war ich Montagfrüh noch immer so fertig, dass ich am liebsten im Bett geblieben wäre. Wie ein Krüppel habe ich mich gefühlt. Doch es ist gegen meine Überzeugung, mich krankschreiben zu lassen. Ich halte nichts von Faulpelzen und Drückebergern. So wie es die meisten meiner Schüler sind. Wir sind de facto zu einer Nation von Weicheiern mutiert.«

»Tut mir leid, dass du gesundheitlich nicht auf der Höhe bist.« Henrik war bereits aufgefallen, dass Maximilian, wenn er lange stillstand oder saß, Schwierigkeiten hatte, in die Gänge zu kommen, und dass er mitunter humpelte.

»Über dreißig Jahre im Schuldienst bleiben nicht ohne Folgen. Die einen haben es am Magen, bei den anderen machen die Knochen und die Muskeln nicht mehr mit, und einige ziehen sich lange vor der Rente mit einem Burn-out zurück. Der Lehrerberuf ist kein Zuckerschlecken«, sagte Maximilian mit Verbitterung in der Stimme. »Vielleicht hätte ich wie Bertram Chemiker werden sollen. Bertram war schon früher immer topfit, hat trotz der Alkoholexzesse stets auf seinen Körper geachtet. Er konnte auch keine Kranken in seinem Umfeld ertragen. Wenn einer von uns in der WG mal die Grippe oder einen Magen-Darm-Infekt hatte, zeigte Bertram kein Pardon. Er verlangte von uns, dass wir die Zähne zusammenbeißen. Oder dass wir Medikamente schluckten, die wir eigentlich nicht hatten einnehmen wollen. In der Hinsicht konnte er ziemlich rabiat werden. Ihm fehlte, wie ich glaube, die Empathie, er hatte kein Gespür dafür, wie wir uns fühlten. Der Bertram war kein einfacher Mensch.«

»Vielleicht würde er noch leben, wenn er umgänglicher gewesen wäre«, meinte Henrik nachdenklich. »Vielleicht hat er es irgendwann mit allem übertrieben.«

»Gut möglich.«

»Wir geben nur noch die Schläger und Bälle zurück«, rief Kathrin ihnen vom Minigolfplatz aus zu.

»Ja, ja, macht nur.«

Henrik sah zu, wie Carsten Finn anerkennend auf die Schulter klopfte und wie sich der kleine Tross in Bewegung setzte. Neben dem aus Holzbohlen gefertigten Kiosk, in dem man die Minigolfausrüstung leihen und eine Kleinigkeit essen konnte, parkte ein weißer Lieferwagen, der Henrik seltsam bekannt vorkam. Konnte das wirklich sein? Handelte es sich etwa um dasselbe Fahrzeug, das ihm schon auf der Autobahn aufgefallen war? Henrik erhob sich, um einen bessern Blick zu haben, um nachzusehen, ob der Sprinter eine Delle im Vordach aufwies.

»Kannst du mir beim Aufstehen helfen?«, bat Maximilian und streckte ihm die Hand entgegen. »Mit ein bisschen Zugkraft klappt es besser.«

»Klar doch.«

Henrik half dem älteren Mann auf die Beine und hob auch dessen Sakko auf, das von der Rückenlehne der Parkbank auf den Boden gerutscht war. Als er sich erneut zum Kiosk umdrehte, war der weiße Wagen verschwunden.

8

»Kinder, Kinder, das war wirklich eine harte Nuss, die ihr mir da zum Knacken gegeben habt. Aber jetzt bin ich froh, dass ich mich nicht nur der Herausforderung gestellt, sondern sie auch gemeistert habe.« Carsten strahlte über beide Backen.

»Man wächst mit seinen Aufgaben«, stellte Henrik trocken fest. »Und du hattest immer schon ein Faible für straffe Organisation.«

Carstens freudiger Gesichtsausdruck verdüsterte sich sichtbar.

»Lass dir deinen Triumph nicht madigmachen«, sagte Kathrin. »Ich finde es toll, wie du all unsere Wünsche unter einen Hut bekommen hast und dass wir jetzt so gemütlich beisammensitzen.« Sie hob ihr Glas und prostete den anderen zu. »Auf einen schönen Abend.«

»Ich muss gestehen, dass ich meine Zweifel hatte«, sagte Maximilian. »Ich hätte nicht gedacht, dass wir hier alle so entspannt in der Lounge Platz finden würden. Dein Liner hat mehr Potenzial, als ich vermutet hatte. Der ist selbst für Großveranstaltungen wie diese tauglich. Kein Vergleich zu den beengten Verhältnissen in meinem Bulli.«

»Töfftöff würde bei fünf Personen plus Hund auch in die Knie gehen. Dafür sind seine Blattfedern nicht gemacht«, stimmte Kathrin zu.

»Tja, wie heißt es so schön? Big is beautiful.« Carsten hatte seine gute Laune wiedergefunden.

Finn rutschte ungeduldig auf dem zum Tisch gedrehten Beifahrersitz hin und her. »Wann kommen denn meine Pommes? Ich sterbe vor Hunger.« Ihm war anzusehen, dass er für das Geplänkel der Erwachsenen kein Verständnis hatte. Er nahm schlürfend einen Schluck Cola.

»Finn!«, ermahnte ihn Kathrin.

Der Junge zog eine Grimasse.

»Also ich finde auch, dass es langsam losgehen könnte«, meinte Henrik. »Bist du sicher, dass sie es schaffen werden, vom Restaurant aus alles hier auf den Stellplatz zu liefern?«

»Sie haben mir versichert, dass das kein Problem ist. Wohnmobil-Dinner mit Bringservice sind ihre Spezialität. Ich habe im Internet auf verschiedenen Plattformen nachgeschaut, sie haben durch die Bank gute Kritiken bekommen.«

»In zwei Stunden werden wir wissen, ob wir uns den Empfehlungen anschließen können«, sagte Maximilian. »Ich habe mein Notizbuch mitgenommen, um meine Eindrücke beim Essen festzuhalten.«

Kathrin warf Henrik einen vielsagenden Blick zu und verdrehte die Augen zur Wohnmobildecke.

»Da kommt ein Auto, kein Camper«, rief Finn in dem Moment.

Henrik schob die Gardine zur Seite und sah einen weißen Lieferwagen von der Zufahrtsstraße abbiegen und auf den Wohnmobilstellplatz zurollen. Handelte es sich etwa schon wieder um denselben Wagen wie heute Nachmittag? Dann atmete er erleichtert auf. Das Fahrzeug, das ihr Abendessen auslieferte, war deutlich kleiner und ein anderes Fabrikat. Pass auf, dass du keinen Verfolgungswahn entwickelst, ermahnte sich Henrik und befahl sich, sich zu entspannen. Carsten öffnete die Aufbautür.

»Auf die Minute pünktlich«, sagte er anerkennend.

Der Restaurantmitarbeiter holte eine große Leinentasche und einen kleinen Strauß Margeriten aus dem Laderaum hervor.

»Für Ihre Dekoration. In der Tasche finden Sie ein Tischtuch, Servietten, Kerzen, das Besteck und eine Vase für die Blumen. Die Teller und Gläser sind hier in dem Weidenkorb.«

»Ich kümmere mich um alles.« Kathrin nahm die Tasche und den Korb entgegen und begann, den Tisch zu decken.

»So, nun die Getränke«, fuhr der Restaurantmitarbeiter fort. »Der Weißwein ist gut temperiert, den brauchen Sie nicht mehr in den Kühlschrank stellen. An jeder Flasche hängt ein Kärtchen mit dem Hinweis, zu welchem Gang oder zu welcher Speise der

Wein gedacht ist. Sie werden keine Schwierigkeiten haben, sich zurechtzufinden. Einen Digestif haben wir auch beigefügt.«

»Das sieht in der Tat nach perfekter Organisation aus.« Maximilian öffnete sein Notizheft und schrieb ein paar Worte.

Der Restaurantmitarbeiter baute einen geräumigen Klapptisch vor dem Wohnmobil auf und entzündete fünf Rechauds, auf die er Wärmebehälter aus Edelstahl stellte. Vor jeden Behälter legte er eine kleine, auf dickem cremefarbenen Papier ausgedruckte Beschreibung. »Damit jeder auf Anhieb das findet, was er bestellt hat. Ich fasse kurz zusammen: einmal unsere vegetarischen Schätze, zweimal die Grillplatte nach Black-Forest-Art, einmal unsere Spezialitätenplatte aus Fluss und Meer und einmal das Kindermenü. Ketchup und Mayo stelle ich daneben.«

»Sie haben wirklich an alles gedacht«, sagte Kathrin.

»Das ist unser Job.« Der Mitarbeiter tat das Lob bescheiden ab. »Die Kühltasche mit den Desserts stelle ich Ihnen hier neben den Tisch. Und jetzt hole ich noch die große gemischte Vorspeisenplatte und unsere Brotvariationen.«

»Oh lieber Himmel, wer soll das denn alles essen?«, rief Kathrin aus. Die riesige Servierplatte passte kaum durch die Aufbautür des Liners.

»Also ich würde mich da völlig selbstlos anbieten«, sagte Henrik mit einem Grinsen und tat so, als wolle er die Platte an sich reißen.

»Stopp! Sind das Minipizzas? Davon hätte ich gern ganz viele.« Finn schnappte sich einen Teller und hielt ihn Henrik entgegen.

»Ich wünsche Ihnen einen guten Appetit. Rufen Sie an, wenn Sie fertig gegessen haben, dann hole ich das Geschirr und die Behälter wieder ab.« Der Mitarbeiter verabschiedete sich freundlich.

»Was für ein Festessen.« Kathrin war begeistert.

Carsten goss vom Weißwein ein und hob sein Glas. »Ich glaube, das wird für uns alle ein unvergesslicher Abend.«

»Puh, ich weiß nicht, wie es euch geht«, sagte Kathrin mit einem gespielten Stöhnen, »doch ich brauche dringend Bewegung.«

»Dem Hund kann ein bisschen Auslauf auch nicht schaden.« Henrik schaute bedeutungsvoll auf den Beagle, den Carsten und Finn trotz seines ausdrücklichen Verbotes mit Häppchen vom Tisch gefüttert hatten.

»Du willst dich doch sicherlich auch nicht sofort aufs Ohr hauen?«, wandte sich Carsten an Maximilian.

»Nein, gegen einen Verdauungsspaziergang habe ich nichts einzuwenden. Der ist gesünder als der Digestif. Das ist wissenschaftlich belegt.«

»Lasst uns alles nach draußen räumen, damit der Mann vom Restaurant es wieder einladen kann«, schlug Carsten vor. »Und dann drehen wir eine Runde um den Block.«

»Ich würde lieber durch den Kurpark gehen«, bat Kathrin. »Der ist so herrlich angelegt, die vielen schönen Beete und die großen Bäume. Da kann ich richtig gut abschalten. Und die Nacht ist so mild. Man könnte fast schon meinen, wir wären in Italien oder in Südfrankreich.«

»Kein Wunder. Wir befinden uns hier in der wärmsten Region Deutschlands. Das Klima ist mit knapp tausendsiebenhundert Sonnenstunden im Jahr beinahe mediterran«, belehrte sie Maximilian.

»Das schmeckt man auch am Wein.« Carsten trank den Rest aus seinem Glas.

»Wollen wir uns in zwanzig Minuten vorn am Eingang treffen?«, schlug Kathrin vor. »Ich bringe nur noch Finn in die Falle.«

»Ich bin überhaupt nicht müde«, behauptete der Junge, obwohl er eben mehrmals hintereinander gegähnt hatte.

»Du kannst im Bett eine Folge von dieser Zeichentrickserie auf Netflix sehen. Wir haben hier ja zum Glück eine stabile WLAN-Verbindung«, versuchte Kathrin, ihn zu ködern.

Was ihr gelang, denn Finn stand sofort auf. »Godnatt«, verabschiedete er sich.

Carsten klatschte in die Hände. »Also ran ans Aufräumen, meine Herren.«

»Zum Glück müssen wir nicht abwaschen«, meinte Henrik und begann, die schmutzigen Teller zu stapeln.

Als Kathrin und Henrik zum vereinbarten Treffpunkt kamen, beugten sich Carsten und Maximilian über dessen Handy und kicherten wie zwei Schuljungen. Kathrin schaute Henrik fragend an, der zuckte mit den Schultern.

»Wollen wir losgehen?«, schlug Kathrin vor.

Maximilian steckte das Handy in die Hosentasche, grinste aber noch immer breit und, wie Henrik fand, ein wenig dümmlich.

»I'm walking, yes indeed ...«, stimmte Carsten den Song von Fats Domino an.

»I'm walking«, echote Maximilian. Da die beiden nicht textfest waren, ging der Liedertext schnell in eine Endlosschleife von »I'm walking« und »lalala« über.

»Hat der Wein bei dir auch so eine Wirkung?« Kathrin musterte Henrik besorgt.

»Nein, ich verspüre kein Bedürfnis, mein nicht vorhandenes Gesangstalent zur Schau zu stellen.«

»Ich fühle mich eigentlich auch ganz normal«, meinte Kathrin und zog eine Grimasse, weil Maximilian plötzlich zu »Das Wandern ist des Müllers Lust« gewechselt war.

»Wenn ihr so weitermacht, haben wir sofort die Polizei an den Hacken«, rief Henrik den beiden älteren Männern zu.

Carsten blieb stehen und drehte sich um. »Sei doch nicht so humorlos.«

»Demnächst nehme ich Ohropax mit, wenn ich mit euch spazieren gehe«, konterte Henrik.

Carsten hakte sich bei Maximilian unter. »Ich sag dir, die Jugend von heute, alles Langweiler.«

»Die meisten meiner Schüler haben auch keinen Mumm in den Knochen. Wir waren da früher anders«, pflichtete Maximilian ihm bei und beschleunigte seine Schritte. Sein Rheuma schien fürs Erste vergessen.

»Lass sie ruhig vorgehen«, flüsterte Kathrin Henrik zu. »Ich halte eh nichts davon, wenn man ständig zusammenhängt wie die Kletten. Das ermüdet mich. Und eigentlich kenne ich die beiden ja kaum.«

»Ich bin auch nicht böse, wenn Maximilian morgen Nachmittag wieder nach Hause fährt. Er ist nicht so ganz meine Kragenweite«, gestand Henrik.

Sie bogen nach links ab und schlenderten den Fußweg direkt am Flüsschen Neumagen entlang. Leo legte sich mächtig in sein Geschirr und zerrte an der Leine, weil er ein Eichhörnchen entdeckt hatte, das im Dämmerlicht von Ast zu Ast sprang.

»Wie sind denn deine weiteren Pläne? Was hast du jetzt vor?«, wollte Kathrin wissen.

»Ich überlege, ob ich in der kommenden Woche nach Heidelberg fahre und mir das Korporationshaus der Studentenverbindung anschaue.«

»Bringt das was?«, meinte Kathrin skeptisch. »Dieser Hübner war in den 1980er Jahren dort. Seitdem ist viel Wasser den Neckar hinuntergeflossen, es wird sich eine ganze Menge verändert haben.«

»Das stimmt.« Henrik nickte. »Doch ich möchte mir ein Bild von dem Milieu machen, in dem sich Hübner und seine Corpsbrüder aufgehalten haben. Mein Bauchgefühl sagt mir, dass Hübners Tod auch etwas mit seiner Vergangenheit zu tun hat.«

»Seine Vergangenheit endet aber nicht mit den Studienjahren«, wandte Kathrin ein. »Es kann doch gut sein, dass der Mörder aus seinem beruflichen Umfeld stammt. Oder dass es ein Nachbar oder sogar ein Freund war.«

»Leo, lass das«, rief Henrik. Der Beagle zog so heftig an der Leine, dass ihm der rechte Arm schmerzte.

»Du solltest ihn als Schlittenhund trainieren.«

»Dieser Hund ist untrainierbar«, brummte Henrik, nachdem

er Leos Auslauf gekürzt hatte. »Doch zurück zu Hübner. Ich glaube, dass der eigentliche Schlüssel zur Lösung des Falls bei Susanne Hübner, in ihrem Verhältnis zu Bertram liegt. Das war keine normale Ehe. Zwischen den beiden muss von Anfang an etwas gewesen sein, das sie dazu brachte, trotz der vielen Seitensprünge zusammenzubleiben. Etwas, von dem die Außenwelt keine Ahnung hatte. Vielleicht gibt es bei den Hübners ja noch eine Leiche. Ich meine die sprichwörtliche im Keller, das Geheimnis, das sie zusammenschweißte. Und das Susanne womöglich zur Mittäterin oder gar Täterin machte. Sie hat –«

»Wollen wir den Abzweig hier nehmen und auf der anderen Seite des Parks zurückgehen?«, unterbrach Kathrin ihn und blieb an der Weggabelung hinter dem Wehr stehen.

»Okay.« Henrik bugsierte Leo, der geradeaus hatte weiterlaufen wollen, in die gewünschte Richtung.

»Wäre Susanne Hübner denn, rein von ihrer körperlichen Verfassung her, in der Lage, einen Menschen erst zu töten und dann zu zerstückeln?«

»Sie hat auf mich schon den Eindruck gemacht, dass sie ordentlich zupacken kann. Ihre Hände sahen so aus, als ob sie regelmäßig in den Reben oder im Garten arbeitet. Sie hat breite und kräftige Finger mit kurz geschnittenen Nägeln, die nicht lackiert sind. In ihr steckt trotz der Büroarbeit, die sie im Betrieb leistet, noch viel von der ehemaligen Winzertochter.«

»Ich weiß nicht, ob eine Frau tatsächlich zu so einer brutalen Tat fähig wäre. Überleg doch mal: Sie hätte die Leiche ja nicht nur zerkleinern, sondern danach portionsweise in den See werfen müssen. Dazu muss man schon verdammt tough sein. Und die entsprechenden Möglichkeiten haben.«

»Sie fährt einen Geländewagen. Das bedeutet, dass sie genug Platz hat, einen Körper, ob nun ganz oder in seine Einzelteile zerlegt, zu transportieren. Und zweitens kommt sie mit dem SUV an Gebiete des Sees, die für normale Pkws nicht zugänglich sind.«

»Ja, an deinem Argument mag was dran sein«, sagte Kathrin

nachdenklich. »Ich könnte mir auch vorstellen, dass sie bei der Entsorgung der Leiche Hilfe hatte.«

»Leider hatte ich bis jetzt keine Gelegenheit, ihren Lover auszuhorchen«, bedauerte Henrik. »Aber wie wäre es, wenn du mit in den Schwarzwald kommst? Einer jungen, hübschen Frau verrät der Winzerfreund von der Hübner womöglich mehr als einem alten Ermittlerknochen, wie ich es bin.«

»Danke für das Kompliment.« Kathrin lachte.

In dem Moment klingelte Henriks Mobiltelefon.

»Ja?« Henrik führte das iPhone an sein rechtes Ohr.

»Gütiger Himmel, du musst sofort kommen.« Carstens Stimme klang vor Erregung heiser.

»Was ist denn los?«

»Maximilian. Maximilian ist was passiert.«

Henrik schwante Böses. »Wo seid ihr?«

»Ich bin am Rand dieses Gartens. Der mit den Kräutern.«

Henrik wandte sich an Kathrin. »Warst du hier schon in einem Kräutergarten oder so?«

»Ja, ich war heute Morgen dort, als Finn noch schlief«, sagte Kathrin prompt. »Der Duft- und Kräutergarten ist, wenn ich es richtig in Erinnerung habe, nicht weit von hier entfernt. Wir müssen dahinten nur noch mal nach rechts und dann ein Stückchen geradeaus. Doch warum sollen wir ausgerechnet dorthin?«

»Es scheint ein Problem mit Maximilian zu geben.«

»Er atmet nicht mehr«, hörte Henrik Carsten sagen.

Sie spurteten los.

»Er hat gesagt, dass er kurz pinkeln muss, und ist in den schmalen Pfad abgebogen. Ich habe dahinten, in der kleinen Ausbuchtung, die von den Holzfiguren eingerahmt wird, auf ihn gewartet.« Carstens Stimmlage spiegelte seine Fassungslosigkeit wider.

»Und dann?«, fragte Henrik.

»Als er nach ein paar Minuten nicht wiederauftauchte, habe ich gerufen. Mehrmals. Doch vergeblich.«

»Hat er noch geantwortet?«

»Nein, deshalb habe ich mich ja auf die Suche gemacht. Ich hatte plötzlich so ein dummes Gefühl, vielleicht eine Vorahnung.« Carsten schüttelte sich. »Doch damit habe ich weiß Gott nicht gerechnet.«

»Womit hattest du denn gerechnet?«, hakte Henrik nach.

»Nun ja.« Carsten wirkte verlegen. »Wir hatten uns, bevor wir losgegangen sind, eine Tüte geteilt. Ich dachte, ihm wäre davon schwindelig geworden oder so.«

»Du meinst einen Joint?«, fragte Kathrin, die Leo an der kurzen Leine hielt.

»Ja. Maximilian hat gesagt, dass er immer ein paar Gramm Cannabis dabeihat. Das lindert seine Rheumaschmerzen.«

»Jetzt weiß ich wenigstens, warum ihr eben so seltsam drauf wart.«

»Ja, wir waren beide ein bisschen albern«, stimmte Carsten zu. »Doch davon stirbt man nicht.«

»Nein«, gab ihm Henrik recht und leuchtete mit der Taschenlampenfunktion seines Handys nochmals Maximilians lebloses Körper ab. »Das ist eine klassische Stichwunde. Von einem langen, scharfen Messer, wie ich vermute.« Er beschrieb mit dem Strahl der Taschenlampe einen kleinen Bogen und suchte den Boden ab. »Leider kann ich das Messer nicht entdecken.«

»Kein Wunder, es ist ja alles zugewuchert«, sagte Kathrin. »Bei Tage ist es eins der schönsten Fleckchen hier im Kurgarten. Die vielen blühenden Stauden und Sträucher, die Kräuter und die anderen Bodendecker. Wie sagt man so schön: ein Fest für alle Sinne.«

»Das kann ich mir gut vorstellen«, stimmte Henrik zu. Selbst in der Dunkelheit roch es verführerisch nach Minze, Rosmarin, Salbei, Rosen und anderen Düften, die Henrik nicht zuordnen konnte. Zwischen den Beeten, in den Beeten und an den Rändern standen mystische, oft mannshohe Holzskulpturen, die Henrik an Waldgottheiten der Kelten erinnerten. Neben einer solchen Figur, die eine Frau mit vor der Brust gefalteten Händen darstellte, lag Maximilian bäuchlings inmitten von sattgrünen Wedeln von Schildfarm. Sein hellblaues Hemd war auf dem Rücken vom eigenen Blut besudelt.

»Er sieht nicht so aus, als ob er sich groß zur Wehr gesetzt hätte«, sagte Kathrin.

»Hast du was gehört?«, wandte sich Henrik an Carsten.

»Nein, nicht wirklich. Da war vielleicht so eine Art Rascheln. Aber nur kurz. Von einem Vogel, habe ich gedacht. Ansonsten war alles still.«

»Es könnte doch gut sein, dass der Täter etwas abseits im Dunkeln gelauert hat«, schlug Kathrin vor.

»Meinst du etwa, dass uns jemand vom Wohnmobilstellplatz her gefolgt ist? Dass jemand den ganzen Weg hinter uns hergeschlichen ist?« Carsten klang panisch.

»Halte ich für eher unwahrscheinlich«, meinte Henrik skeptisch. »Außerdem hättet ihr das bemerken müssen. Im Park ist es nachts so still, da hätte jedes noch so leise Geräusch für euch ein Alarmsignal sein müssen. Und wenn sich Maximilian beim Pinkeln Schritte genähert hätten, wäre er doch instinktiv herumgeschnellt, hätte versucht zu ergründen, wer auf ihn zukommt.«

»Sagtest du nicht, er wäre schwerhörig?«, wandte Kathrin ein.

»Ja, aber heute schien sein Hörgerät einwandfrei zu funktionieren«, erinnerte sich Henrik. »Wir haben beim Essen in normaler Lautstärke geredet.«

»Stimmt«, gab ihm Kathrin recht.

»Ich glaube, er hatte das Gerät zwischenzeitlich ausgestellt«, murmelte Carsten. »Das macht er wohl immer, wenn ihm alles zu viel wird, wenn er seine Ruhe haben will. Wir haben, als wir den Garten hier erreicht hatten, nicht mehr groß miteinander geredet. Der Joint verlor an Wirkung. Das Einzige, was er gesagt hat, war, dass seine Blase drückt.«

»Hat er angedeutet, dass er sich unsicher oder gar bedroht fühlte? Hatte er vielleicht Probleme mit einem Schüler oder Kollegen?«, wollte Henrik wissen.

»Davon weiß ich leider nichts«, erklärte Carsten. »Wir hatten bis jetzt ja kaum Gelegenheit, uns länger auszutauschen. Beim Essen wirkte er auf mich allerdings normal. Entspannt und unbeschwert. Ein bisschen rechthaberisch, aber so war er halt.«

»Ich hatte auch den Eindruck, dass er ziemlich relaxt war – für seine Verhältnisse«, schloss sich Kathrin Carstens Einschätzung an.

»Warum ausgerechnet hier und zu so später Stunde?«, sagte Henrik mehr zu sich selbst als zu den anderen.

»Ich halte es nicht für ausgeschlossen, dass es so eine Art Raubmord war«, gab Kathrin zu bedenken. »Maximilian wollte sein kleines Geschäft erledigen, ohne dass Carsten ihm dabei zusah. Der Täter hat die günstige Gelegenheit genutzt, wollte ihn, ohne groß Aufsehen zu erregen, um sein Portemonnaie und sein Handy erleichtern. Dann ist die Sache aus dem Ruder gelaufen. Womöglich hat sich Maximilian doch verteidigt oder hat dem Täter ins Gesicht geschaut, wodurch der es mit der Angst bekam, dass man ihn wiedererkennen würde. Und dann hat er ein Messer gezückt …« Kathrin brach ab und schniefte. »Wie auch immer, es ist ganz fürchterlich. Wir hatten einen so netten Abend, und jetzt das.«

»Ich könnte mir gut vorstellen, dass es ein Junkie war«, hieb Carsten in dieselbe gedankliche Kerbe. »Bei uns in Hamburg lungern die nachts auch immer in den Parks herum. Passanten und Anwohner trauen sich nach Einbruch der Dunkelheit in diese Bezirke kaum noch rein.«

»Ich glaube nicht, dass man den Kurpark von Bad Krozingen mit dem Hamburger Schanzenpark oder der Balduintreppe nahe der Reeperbahn vergleichen kann«, widersprach Henrik. »Und es fällt mir, ehrlich gesagt, schwer, von einem Zufallsdelikt auszugehen. Ich vermute eher, dass jemand Maximilian bewusst aufgelauert hat.«

»Oh mein Gott. Dann hätte der auch mich … Ich meine, dann hätte es auch mich erwischen können.« Carstens Stimme zitterte.

»Das halte ich nicht für völlig ausgeschlossen. Doch du wärest sicherlich nur ein Kollateralschaden gewesen. Ich gehe davon aus, dass es der Täter vor allem auf Maximilian abgesehen hatte.«

»Ich weiß nicht, ob mich das jetzt sonderlich tröstet.«

»Wie dem auch sei – es wird höchste Zeit, dass wir die Polizei informieren«, sagte Henrik. »Streng genommen hätten wir das sofort tun sollen.«

»Muss das sein? Ich meine, muss ich unbedingt hier sein, wenn sie kommen?« Carsten klang mit einmal wie ein verängstigtes Kind.

»Selbstverständlich«, erwiderte Henrik scharf. »Du bist der einzige direkte Zeuge. Dich werden sie sofort befragen wollen. Kathrin und ich, wir sind ja erst später an den Tatort gekommen.«

»Werden die eine Blutprobe von mir nehmen? Ich habe ein bisschen Schiss«, druckste Carsten herum.

»Wegen der paar Gramm Cannabis?«

»Ich bin Jurist, bin bei Gericht jahrelang ein und aus gegangen. Man hat mich geachtet, für viele war ich eine Respektsperson«, verteidigte sich Carsten. »Sollte ich jetzt mit einem Drogendelikt in Verbindung gebracht werden, nun, das würde meinen bisherigen guten Ruf zunichtemachen.«

»Gerade weil du Jurist bist«, Henrik betonte das Du überdeutlich, »solltest du wissen, dass Cannabis zwar als illegale Droge gilt, der Konsum an sich aber erlaubt ist. Verboten ist alles andere, also Cannabis zu kaufen oder zu verkaufen, in größeren Mengen zu besitzen oder anzubauen. Da ich in deinem Liner keine Marihuanaplantage habe entdecken können, solltest du aus dem Schneider sein.«

Carsten fuhr sich mit der Hand durch das kurz gehaltene graue Haar. »Sorry, aber ich bin ein bisschen durch den Wind.«

»Das kann ich gut verstehen.« Kathrin berührte ihn tröstend am Oberarm. »Ich bin auch total geschockt. Mit so einem Ausgang unseres Camping-Dinners hatte doch niemand gerechnet.«

»Möglicherweise eine tödliche Unterlassungssünde«, meinte Henrik nachdenklich. »Hier bewahrheitet sich wohl wieder einmal eine ermittlungstechnische Binsenweisheit: Das Böse lauert immer und überall. Selbst im idyllischen Ambiente zwischen Kunstskulpturen und Heilpflanzen. Schrecklich.«

Er seufzte laut auf und wählte den Notruf.

9

Henrik riss den Mund beim Gähnen so weit auf, dass der Kiefer knackte. »Jetzt ist es zu spät, um noch ins Bett zu gehen.«

»Wenn ich mich jetzt hinlege, ist der Tag gelaufen. Da komme ich überhaupt nicht mehr auf die Beine«, sagte Kathrin. »Was für eine Nacht!«

Auch nachdem sie bei der Polizei ihre Aussagen gemacht hatten, war ihnen keine Ruhe vergönnt gewesen. Sie hatten Carsten trösten und beschwichtigen müssen, da er auch Stunden später noch unter Schock stand. Er hatte sich schwere Vorwürfe gemacht, dass er Maximilian nicht sofort gefolgt war und so vielleicht das Schlimmste verhindert hätte. Ein einziger Augenblick des Zögerns, ein kurzes Zaudern hatte über Leben oder Tod entschieden.

Carsten hatte sich derart über sein vermeintliches Versagen in Rage geredet, dass Kathrin sich keinen anderen Rat gewusst hatte, als ihm ein pflanzliches Beruhigungsmittel zu geben. Sie hatte befürchtet, dass er vor Aufregung einen Herzanfall erlitt. Carsten war schließlich nicht mehr der Jüngste.

»Statt Bett heißt es dann wohl eher Kaffee«, meinte Henrik resigniert.

Kathrin erhob sich steif vom Campingstuhl. Sie hatten in Decken gehüllt vor ihrem Oldtimer-Wohnmobil gesessen und zu verstehen versucht, was nicht zu verstehen war.

»Ich koche welchen.«

»Dann wacht Finn auf«, gab Henrik zu bedenken. »Ich bezweifele, dass ich seinen Bewegungsdrang und seine Unternehmungslust in meinem derzeitigen Zustand ertragen kann. Zumindest nicht, ohne zwei, drei Tassen Kaffee intus zu haben.«

»Dann musst du ihn bei dir kochen.«

»Ich habe eine bessere Idee.« Henrik stand ebenfalls auf und reckte sich ausgiebig.

»Nämlich?«

»Mir ist gestern am Eingang zur Therme ein Café aufgefallen. Das hat bestimmt schon offen, weil manche Kurgäste in aller Früh ihre Anwendungen haben und danach einen Kaffee trinken möchten. Dort könnten wir auch frühstücken.«

»Ich glaube nicht, dass ich etwas herunterbekomme«, widersprach Kathrin. »Ich habe noch immer den armen Maximilian vor Augen, wie er da so still und blutverschmiert am Boden liegt.«

»Ja, das Bild lässt mich auch nicht los«, gestand Henrik. »Aber dein Körper benötigt nach dem ganzen Stress Koffein und Kohlehydrate. Sonst kippst du mir noch um.«

Kathrin klopfte sich auf die Oberschenkel. »So schnell falle ich nicht vom Fleisch. Ich habe genug Reserven, die ich anzapfen kann.«

»Darauf möchte ich es nicht ankommen lassen.« Henrik klappte die Campingstühle zusammen und lehnte sie gegen den rechten Vorderreifen des kleinen Alkoven-Wohnmobils. »Was ist, wenn Finn wach wird und du nicht da bist?«

»Für sein Alter ist er schon wahnsinnig selbstständig«, sagte Kathrin mit einem stolzen Lächeln. »Er weiß, dass Orangensaft und Milch im Kühlschrank stehen und wo ich seine Lieblingscornflakes aufbewahre. Und wahrscheinlich auch, wo die Schokoriegel versteckt sind. Sollte er wider Erwarten vor unserer Rückkehr aufstehen und Hunger bekommen, kann er sich selbst versorgen. Außerdem kann er mich jederzeit auf dem Handy erreichen. Doch ich schreibe ihm sicherheitshalber einen Zettel. Dann braucht er sich keine Sorgen machen, wir sind im Prinzip ja nur auf der gegenüberliegenden Straßenseite.«

»Okay, ich drehe mit Leo eine kurze Pinkelrunde, und dann lade ich dich ein«, verkündete Henrik. »Das bin ich dir schuldig. Da verspreche ich dir großspurig ein erholsames Wochenende, und stattdessen wirst du mit einer Leiche konfrontiert.«

»Das scheint in deiner Gegenwart zur Gewohnheit zu werden«, stellte Kathrin mit einem schiefen Grinsen fest. »Aber beeil dich, jetzt habe ich plötzlich doch Hunger.«

»Das ist ja cool«, rief Kathrin beim Betreten des Cafés aus. »Die Nierentische, Stühle, Sofas und Lampen – alles wie früher bei meiner Oma.«

»Ich hoffe, der Kuchen und die Brötchen sind frischer«, brummte Henrik, dem mehr an den Bedürfnissen seines Magens als am Ambiente gelegen war.

»Guck mal dahinten, die Jukebox an der Wand. Ob die noch funktioniert?«

»Das tut sie«, versicherte ihnen die Bedienung, die an ihren Tisch geeilt kam. »Alle bekannten Schlager aus der Zeit der fünfziger und sechziger Jahre sind darauf. Sie können sich gern etwas aussuchen, Sie müssen keine Münzen einwerfen.«

»Oh nein, nicht schon vor dem ersten Kaffee. Bitte verschon mich«, flehte Henrik.

»Gut, dann komme ich heute Nachmittag noch mal allein hierher und höre die Lieblingssongs meiner Oma in Dauerschleife. Die Texte von ›Capri-Fischer‹ und ›Ganz Paris träumt von der Liebe‹ habe ich bestimmt noch drauf.« Kathrin grinste.

»Stimmungsmäßig wäre mir jetzt eher nach ›Kriminal-Tango‹«, frotzelte Henrik.

»Oh, ein paar Singles vom Hazy Osterwald Sextett müssten auch in der Box sein«, sagte die Bedienung prompt.

Henrik gab einen Laut, der eine Mischung aus Grunzen und Stöhnen war, von sich und vertiefte sich in die Speisekarte.

»Mmh, der Räucherlachs ist ein Traum«, verkündete Kathrin zehn Minuten später kauend. Dann legte sie die Hand vor die Lippen und schluckte. »Sorry, mit vollem Mund spricht man nicht.«

»Ja, das ist genau das, was ich nach einer durchwachten Nacht brauche.« Henrik köpfte schwungvoll sein Frühstücksei.

Kathrin wies mit der Messerspitze auf die dreiteilige Porzellanetagere, auf der die Zutaten für das Schlemmerfrühstück serviert worden waren. »Ich habe eben nachgefragt. Der Käse, der Schinken, die Eier und die Butter stammen alle aus der Region. Und die Marmelade und der Kräuterquark sind hausgemacht.«

»So einen Luxus gibt es bei mir im Kastenwagen selten«, musste Henrik eingestehen. »Für mich bedeutet Frühstück in erster Linie eine Kanne schwarzen Kaffee.«

»Sehr nahrhaft. Und so gesund«, sagte Kathrin mit Sarkasmus in der Stimme.

»Intervallfasten ist derzeit doch voll im Trend«, konterte Henrik. »Ich will, ich muss schließlich in Form bleiben. Die paar Tage, die ich mit Carsten verbracht habe, haben jetzt schon Spuren auf meinem Körper hinterlassen.«

»Du Armer«, spottete Kathrin und biss herzhaft in ein dick mit Käse belegtes Brötchen. »Ich lass mir den Genuss von dir nicht madigmachen. Sogar Dinkelbrötchen und Dinkelbaguette haben sie. Da muss ich mich wegen meines kapriziösen Magen-Darm-Systems nicht zurückhalten.« Dann hielt sie kurz inne, schien nachzudenken. »Wollen wir Carsten ein paar frische Brötchen mitbringen?«, schlug sie vor. »Ich würde sowieso gern nach ihm schauen, checken, wie es ihm geht.«

»Prima Idee«, stimmte Henrik zu und gab der Bedienung durch ein Handzeichen zu verstehen, ihm noch eine Tasse Kaffee zu bringen.

»Kannten Maximilian und Carsten sich eigentlich gut?«, wollte Kathrin wissen.

»Sie haben sich in Heidelberg bei dieser Studentenverbindung kennengelernt, tragen beide das Tattoo auf dem Handrücken. Beziehungsweise trugen, Carsten hat es ja vor ein paar Jahren entfernen lassen. Doch ich glaube nicht, dass sie enger befreundet waren. Carsten hat dem Wochenende und dem Wohnmobil-Dinner nur zugestimmt, weil er vor Kurzem selbst unter die Camper gegangen ist. Da hatten er und Maximilian plötzlich wieder eine Gemeinsamkeit.«

»Dann war es also ein tragischer Zufall, dass Maximilian ausgerechnet hier hat sterben müssen?«

»Wenn ich den Kommissar auf der Polizeistation richtig verstanden habe, sind sie vorerst wie du der Meinung, dass es ein Raub mit Todesfolge war.«

»Hat man inzwischen herausgefunden, ob etwas fehlt? Ob der Täter etwas mitgenommen hat? Du hast doch eben noch mal mit der Polizei telefoniert.«

»Sie haben gesagt, dass Maximilians Handy verschwunden ist.«

»Vielleicht ist es ihm beim Sturz aus der Hosentasche gerutscht.«

»Dann hätte es die Spurensicherung sicherlich entdeckt.« Henrik schnitt ein weiteres Brötchen auf.

»Man warnt uns Frauen doch immer, dass wir nachts nicht allein in den Park oder an dunkle Orte gehen sollen«, sagte Kathrin nachdenklich. »Und dann werden ausgerechnet zwei Männer brutal überfallen.«

»Carsten wurde nicht attackiert«, widersprach Henrik.

»Nein, aber es hätte womöglich genau umgekehrt enden können. Wenn Carsten sich zum Pinkeln abgesondert hätte.«

»Ich glaube nach wie vor, dass etwas anderes dahintersteckt.«

»Weißt du mehr als die Polizei?«

»Im Moment ja. Ich habe heute Nacht keinen Grund gesehen, sie sofort über alles zu informieren«, sagte Henrik und tupfte sich mit der Serviette die Lippen ab. »Die Polizei hat bis jetzt lediglich davon Kenntnis, dass gestern Nacht ein Mann im Kurpark umgekommen ist. Im Zuge ihrer Ermittlungen werden sie das Umfeld von Maximilian durchleuchten. Seine Familie, sofern er noch eine hat, befragen. Ebenso seine Kollegen am Gymnasium in Maulbronn und seine Schüler. Doch sie werden, wenigstens fürs Erste, keinen Zusammenhang zu dem herstellen, was wir bereits erfahren haben. Wir sind ihnen einen Schritt im Voraus.«

»Inwiefern?«

»Wir sind über Maximilians Vergangenheit im Bilde, wissen zum Beispiel, dass er in Heidelberg studiert hat.«

»Na, das herauszufinden wird die Polizei vor keine großen Schwierigkeiten stellen. Sie werden in seine Vita schauen. Das würde ich auch zuerst tun.«

»Richtig.« Henrik nickte. »Doch darin steht sicherlich nicht, dass Maximilian mit Hübner und einem weiteren Corpsmitglied in einer Wohngemeinschaft lebte. Und dass Hübner ebenfalls tot ist.«

»Du meinst also, dass es zwischen den beiden Verbrechen eine Verbindung gibt.«

»Unbedingt. Der Schlüssel zur Lösung dieses Falls liegt in ihrer gemeinsamen Vergangenheit. Es kann kein Zufall sein, dass ausgerechnet zwei ehemalige Corpsbrüder der Heidelbergensis innerhalb von nur wenigen Wochen ermordet wurden.«

»Tippst du auf so etwas wie späte Rache als Motiv?«

»Kann sein, muss aber nicht. Warum sollte jemand dreißig Jahre still abwarten und dann aus heiterem Himmel zuschlagen, um eine Fehde von damals zu sühnen? Ich halte es eher für wahrscheinlich, dass eine Art Katalysator die Ereignisse ins Rollen gebracht hat.«

»Was sollte das sein? Zwischen Maximilian und Hübner gab es doch keine Berührungspunkte außer denen, dass sie in derselben Stadt studierten, Mitglied bei derselben Studentenverbindung waren und in einer Wohngemeinschaft lebten.«

»Das ist schon viel, aber nicht alles. Da muss noch etwas sein, was beide irgendwie verbindet. Was den Täter veranlasst, sich so zu verhalten, wie er es gerade tut. Leider habe ich noch keinen blassen Schimmer, was dieses fehlende Puzzlestück sein mag. Aber mein Bauchgefühl lässt mir keine Ruhe, teilt mir unmissverständlich mit, dass ich genau an dem Punkt weiterforschen muss. Dass ich tief in die Lebensgeschichten der beiden eintauchen muss.«

»Mein Bauch teilt mir mit, dass er pappsatt ist.« Kathrin lehnte sich auf dem Stuhl zurück.

»Bevor ich nach Sasbachwalden zurückfahre, werde ich mich diskret in Maulbronn umhören«, entschied Henrik spontan.

»Alles, was ich dort über Maximilian erfahren werde, wird mir auch im Fall Hübner zugutekommen.«

»Wann willst du fahren?«

»Heute nicht. Bevor ich mich hinters Steuer setze, muss ich erst ein paar Stunden schlafen.«

»Schade. Ich hatte gehofft, dass wir ein bisschen mehr Zeit miteinander verbringen könnten.« Kathrin machte ein enttäuschtes Gesicht.

»Komm doch mit«, schlug Henrik vor.

»Nach Maulbronn?«

»Ja. Wenn ich mich recht erinnere, gibt es dort ebenfalls einen Wohnmobilstellplatz.« Henrik zog sein iPhone aus der Hosentasche und bemühte Google. »Genau: acht Plätze mit Stromanschluss direkt am Kloster. Morgen ist Montag, und die Sommerferien haben noch nicht begonnen. Das bedeutet, dass wir eine reelle Chance haben, dort auch mit drei Wohnmobilen unterzukommen.«

»Wieso mit drei Wohnmobilen? Dein Kastenwagen und mein Töfftöff sind insgesamt nur zwei.«

»Glaubst du allen Ernstes, dass ich Carsten in der Situation allein lasse?«

»Ich bin mir sicher, dass die paar Stunden Schlaf und meine Pflanzenpräparate ihm gutgetan haben. Sollte er noch etwas brauchen, kann ich nachher in die Apotheke gehen und es besorgen.«

»All deine Tinkturen, Salben, Pillen und Globuli werden ihn nicht vor dem Mörder schützen«, sagte Henrik leise.

Kathrins Kopf ruckte hoch. »Wie? Gehst du etwa davon aus, dass er ebenfalls in Gefahr ist?«

»Überleg doch mal«, drängte Henrik. »Carsten hat wie Maximilian und Bertram in Heidelberg studiert, wenn auch etwas früher. Er war Mitglied in derselben Studentenverbindung, trug deren Tattoo. Nach dem Studium hat er regelmäßig an den Treffen teilgenommen, bis er vor ein paar Jahren ausgeschieden ist, weil ihm der Ton einiger Corpsbrüder nicht mehr behagte.«

»Vielleicht hat derjenige, der es auf Maximilian und Hübner abgesehen hatte, genau deswegen kein Interesse an Carsten«, erwiderte Kathrin. »Es ist doch denkbar, dass das so eine interne Angelegenheit zwischen Corpsbrüdern ist. Solange sie noch aktiv mit dabei sind.«

»Die Möglichkeit besteht natürlich«, musste Henrik zugeben. »Doch mir ist das Risiko zu groß, ich möchte diesbezüglich lieber auf Nummer sicher gehen und Carsten vorerst nicht aus den Augen lassen.«

»Willst du ihn von deinem Verdacht in Kenntnis setzen?«

»Ja, das werde ich, sobald er wach ist und sich etwas gefangen hat. Weißt du, Carsten ist ein sehr rationaler Mensch, er steht trotz seiner Pensionierung mit beiden Beinen fest im Leben. Ich vermute sogar, dass er den Zusammenhang inzwischen schon selbst hergestellt hat. Höchstwahrscheinlich ist er froh, wenn wir ihm noch ein paar Tage zur Seite stehen.«

»Ich habe nicht gesagt, dass ich mit nach Maulbronn komme«, protestierte Kathrin.

»Ich könnte dich dort gut gebrauchen.«

»Wobei denn?«

»Wir könnten abwechselnd auf Carsten aufpassen.«

»Aufpassen muss ich schon auf Finn«, konterte Kathrin. »Carsten ist ein erwachsener Mann, der seine eigenen Entscheidungen trifft. Ich bin nicht seine Nanny.«

»Du könntest beides miteinander verbinden. Schaut euch alle drei gemeinsam das Kloster an oder nehmt zusammen an einem Workshop teil oder macht einen Ausflug oder sonst was. Auf diese Weise ist Finn beschäftigt, Carsten unter Aufsicht, und ich habe den Rücken frei, um mich auf meine Recherche zu konzentrieren.«

»Unser Gespräch hört sich schon fast wie das eines alten Ehepaares an«, beklagte sich Kathrin. »Nach dem Motto: Die Frau hält dem Mann den Rücken frei, damit er sich beruflich entfalten kann.«

»Ich will mich nicht entfalten«, sagte Henrik, »ich will zwei brutale Verbrechen aufklären. Bitte vergiss nicht: Es sind zwei Menschen zu Tode gekommen.«

Kathrin schwieg ein paar Sekunden, kaute nachdenklich auf der Unterlippe. »Finn wird nicht sonderlich begeistert sein«, sagte sie schließlich. »So hat er sich seine Ferien nicht vorgestellt.«

»Er machte auf mich gestern keinen unglücklichen Eindruck«, meinte Henrik. »Ich glaube, für ihn ist das Herumvagabundieren mit dem Wohnmobil ein Abenteuer. Statt nur an einem Fleck zu hocken, sieht er ständig Neues. Außerdem ist er die vielen Ortswechsel ja aus seinem bisherigen Leben gewöhnt.«

»Deshalb braucht er jetzt Stabilität.«

»Du gibst ihm die Stabilität, die er nötig hat. Das kann kein Ort leisten.«

»Mag sein. Doch ich möchte ihn nicht in die Mordfälle mit hineinziehen. Er hat schon viel zu viel durchgemacht. Ein Kind in seinem Alter sollte mit so schrecklichen Vorkommnissen nicht konfrontiert werden.«

»Von der Sache mit Hübner hat er doch gar nichts mitbekommen«, erwiderte Henrik. »Bernd und ich, wir haben ihm verklickert, dass jemand eine Waffe im Handschuh versteckt und dann beides in den See geschmissen hat. Finn glaubt, dass wir der Polizei einen Revolver in einem Lederhandschuh übergeben haben.«

»Aber er hat die Taucher auf dem See bemerkt. Und die anderen Kinder haben bestimmt auch darüber geredet.«

»Für die Ferien- und Campinggäste war die offizielle Version der Polizei doch die, dass ein Schwimmer im See verunglückt ist.«

»Ja, das stimmt. Aber wir haben noch ein anderes Problem. Finn wird im Laufe des Tages bestimmt nach Maximilian fragen. Was sage ich ihm denn, wo er abgeblieben ist?« Kathrin sah ratlos aus.

»Erzähl ihm, dass Maximilian in der Nacht abgefahren ist.«

»Geht nicht, sein Bulli steht noch auf dem Platz.«

»Mist, das habe ich vergessen.«

»Finn hat beim Abendessen mitbekommen, wie sehr Maximilian an seinem alten VW-Bus hängt«, erinnerte ihn Kathrin. »Wir können ihm nicht vormachen, dass er ihn so einfach zurücklässt.«

»Wir präsentieren ihm eine Halbwahrheit«, schlug Henrik vor. »Du bringst ihm schonend bei, dass Maximilian einen Herzinfarkt hatte und ins Krankenhaus musste. Sollte Finn in ein paar Tagen nochmals nach Maximilian fragen, behauptest du, dass er es leider nicht geschafft hat, dass sein Herz zu schwach war.«

»Hm, das könnte funktionieren.«

»Gut.«

Henrik stand auf, um die Rechnung zu begleichen. Vor dem Café blieb er kurz stehen und zog sein Handy hervor.

»Ich glaube, wir sollten Carsten sofort sagen, welche Version der Geschehnisse wir Finn auftischen wollen. Damit er sich nicht verquatscht.«

»Gute Idee.« Kathrin gähnte herzhaft.

»Du solltest dich ein bisschen ausruhen.«

»Wenn ich Glück habe, kann ich Finn noch mal mit dieser Netflix-Serie ködern. Legst du auch für ein, zwei Stündchen die Füße hoch?«

»Nein, keine Zeit. Ich werde jetzt zum Kräutergarten flitzen. Ich will mir den Tatort bei Tag anschauen und ein paar Fotos machen.«

»Glaubst du nicht, dass dort noch alles abgesperrt ist?«

»Nein, die Spurensuche sollte inzwischen abgeschlossen sein«, sagte Henrik. »Ist es schlimm, wenn du allein zum Wohnmobil zurückgehst?«

»Überhaupt nicht«, versicherte ihm Kathrin.

Henrik machte sich auf den Weg. Er ließ den weitläufigen Gebäudekomplex der Therme hinter sich und eilte weiter in Richtung Kurpark. Auf der Bühne des Kurhauses gab ein Trüppchen von in bunt gemusterte Kimonos gehüllten Asiatinnen traditionelle Tänze zum Besten, das von der angesichts der frühen Stunde erstaunlich zahlreichen Besucherschar beklatscht wurde. Auf der mit einer dicken Schicht Rindenmulch ausgekleideten Finnbahn zogen Nordic-Walking-Enthusiasten ihre Runden. Sie legten, wie Henrik fand, ein beachtliches Tempo vor. Er kämpfte dagegen mit Kurzatmigkeit und Magendrücken. Das letzte Brötchen, das er hinuntergeschlungen hatte, war definitiv eins zu viel gewesen. Vielleicht sollte er einen der Aufsitzrasenmäher kapern, mit denen die Mitarbeiter der Parkverwaltung die Rasenflächen kurz hielten. Er schwor sich, ab jetzt bei allen weiteren kulinarischen Angeboten Maß zu halten. Sonst sähe er in ein paar Wochen wie ein Sumoringer aus.

Er zwang sich, sein Lauftempo zu steigern, und erreichte kurz darauf den Duft- und Kräutergarten. Auf dem Gelände wies so gut wie nichts auf den nächtlichen Polizeieinsatz hin. Eine Kindergartengruppe hatte in dem Rondell, wo sie gestern Abend Carsten getroffen hatten, Aufstellung genommen und lauschte den Worten einer Begleiterin, die über essbare Wildkräuter sprach. Henrik wollte nicht stören und hielt sich etwas abseits.

Insekten huschten von Blüte zu Blüte, und Vögel zwitscherten. Die Morgensonne schien warm auf sein Gesicht. Die betörende Duftmischung, die er schon am Vorabend wahrgenommen hatte, hatte sich jetzt am Tag noch verstärkt. Ein wahrhaft magischer Ort, dachte Henrik, obwohl er eigentlich nichts für Gärten und Pflanzen übrighatte. In seinem Zwei-Zimmer-Apartment hatte er nicht einmal einen Kaktus auf der Fensterbank stehen. Doch hier übten das üppige Grün und die Blütenpracht eine beruhigende Wirkung auf ihn aus.

Er lehnte sich mit dem Rücken gegen einen Baumstamm und atmete tief durch. Seine Lider wurden schwer. Er musste kurz eingenickt sein. Ein Rascheln ließ ihn hochschrecken. Sein Gehirn und sein Körper waren sofort in Alarmbereitschaft. Er stieß sich vom Stamm ab, beugte die Knie, um für einen Sprung bereit zu sein, und suchte die Umgebung mit den Augen ab. Woher war das Geräusch gekommen? Wurde er verfolgt? War jemand darauf aus, dass er dasselbe Schicksal wie Maximilian erlitt?

Dann entdeckte er das rote Eichhörnchen, das mit steil aufgerichtetem Schwanz von Ast zu Ast sprang. Es gab ein paar Klickgeräusche von sich, so als ob es Henrik verhöhnen wollte, und war im Blätterdickicht verschwunden. Er bemerkte, dass die Kindergruppe weitergezogen war, und eilte zu der Stelle, wo Maximilian zu Tode gekommen war. Dort ging er in die Hocke und bog Farnwedel und andere Bodendecker auseinander, um bis zum Erdreich vorzudringen.

Er wusste, dass die Aussichten, hier noch einen Hinweis auf den Täter zu finden, äußerst gering waren. Die Spurensicherung der Polizei hatte bereits ganze Arbeit geleistet. Niedergedrückte oder abgerissene Pflanzenteile zeugten von ihrer Suche. Da war nichts, was für ihn von Interesse sein könnte. Er richtete sich auf und ließ sich das, was Carsten gestern gesagt hatte, nochmals durch den Kopf gehen: Die beiden Männer hatten sich getrennt, weil Maximilians Blase gedrückt hatte und er dem dringenden Bedürfnis nicht vor Carsten hatte nachgehen wollen. Deshalb war er ein paar Schritte zur Seite getreten und hier mitten auf dem Beet gelandet, wo ihn der Täter rücklings erstochen hatte.

Aber was war in den Sekunden vor dem Angriff passiert? Wie war alles abgelaufen? War er beim Urinieren attackiert worden oder erst danach? Henrik bedauerte, nicht daran gedacht zu haben, einen Blick auf Maximilians Hosenschlitz zu werfen und zu überprüfen, ob er geschlossen gewesen war oder nicht. Doch zu spät, das Versäumte würde er nicht mehr nachholen können. Aber ihn irritierte noch etwas. Etwas passte nicht zu den Bildern, die er sich im Kopf vom Tatvorgang machte.

In diesem Moment bellte ein Hund und erinnerte ihn an Leo, wie er das Beinchen hob, um gegen einen Baum, eine Straßenlaterne oder eine Mauer zu pinkeln. Handelten Mann und

Hund in so einer Situation nicht ähnlich, fragte er sich spontan. Wenn ihn beim Joggen oder Spazierengehen in der Natur ein dringendes Bedürfnis überfiel, wandte er sich eher einem Baum oder einem Busch zu, als dass er sein kleines Geschäft ohne Sichtschutz auf einer Wiese oder auf dem freien Feld erledigte. Er ging davon aus, dass Maximilian einem ähnlichen Instinkt gefolgt war.

Was wiederum bedeutete, dass der Täter ihn nicht beim Urinieren, sondern erst danach überfallen hatte, als er sich bereits auf dem Rückweg befand. Aber wo hatte das Unglück seinen Ausgang genommen? Wo hatte der Mörder auf Maximilian gewartet, ihm aufgelauert? Wenn er davon ausging, dass Maximilian sich zum Wasserlassen nicht mitten auf das Beet gestellt und im Dunkeln auch keinen großen Haken geschlagen hatte, kamen eigentlich nur die Fliederbüsche zu seiner Linken in Frage. Henrik schritt auf das Gebüsch zu. Der Untergrund wirkte unberührt, so als ob die Spurensicherung in dem Bereich nicht tätig gewesen wäre. Würde er hier vielleicht das vermisste Handy oder gar eine andere Spur finden?

Henrik senkte die Augen zu Boden, versuchte, wie ein Scanner jede einzelne Kleinigkeit wahrzunehmen. Nach einer Viertelstunde musste er sich geschlagen geben. Du steckst in einer gedanklichen Sackgasse fest, schalt er sich und machte ein paar Schritte seitwärts, weil er einer Ameisenstraße ausweichen wollte.

Da knirschte etwas unter seiner Fußspitze. Henrik bückte sich, um nachzusehen, und erkannte, dass er auf eine kleine runde Metalldose getreten war. Er zog ein Papiertaschentuch aus der Hosentasche und nahm das Döschen vorsichtig hoch. Dessen emaillierter Deckel war in der Mitte angebrochen, ließ sich aber dennoch aufklappen. Es war leer, nur die Reste eines feinen weißen Pulvers hafteten am Boden.

Hatte Carsten doch recht gehabt, fragte sich Henrik. War hier tatsächlich ein Junkie, ein Kokainsüchtiger unterwegs gewesen, der Maximilian überfallen hatte? Er befeuchtete die Fingerspitze seines Zeigefingers und nahm ein wenig von dem Pulver auf, schnüffelte daran, konnte jedoch keinen besonderen Geruch wahrnehmen. Er wagte es, eine winzige Menge auf die Zunge zu geben. Das Pulver schmeckte bitter, löste aber auf der Zungenschleimhaut kein Betäubungsgefühl aus. Daher handelte es sich höchstwahrscheinlich nicht um Kokain. Stammte die pulverige Masse von Süßstoffdragees, wie sie manche zum Süßen von Kaffee oder Tee mitführten? Oder waren es Tablettenreste?

Henrik ahnte, dass erst eine chemische Analyse Klarheit bringen würde. Er wickelte das Döschen vorsichtig in das Papiertaschentuch, steckte es in die Hosentasche und machte sich auf den Rückweg.

10

Kathrin bremste und hielt am Straßenrand an, um sich einen ersten Eindruck zu verschaffen. Henrik hatte mit seiner Prognose recht behalten: An diesem Montagmittag fand sie den Wohnmobilstellplatz am Kloster Maulbronn fast verwaist vor. Nur ein einziges weiteres Wohnmobil hatte sich dort vor ihr eingefunden.

»Die kenn ich«, rief Finn aufgeregt. »Das sind Aksel und Freja.« Er ließ das Beifahrerfenster hinunter und winkte.

»Echt?« Kathrin war baff. »Woher denn?«

»Na, vom See, wo wir vorher waren.« Finn rutschte unruhig auf dem Sitz hin und her. »Die kommen aus Kopenhagen und machen wie ich Urlaub in Deutschland.«

»So ein Zufall. Bist du sicher?«

Zwei blonde Kinder kamen auf Kathrins Oldtimer-Wohnmobil zugerannt.

»Finn, Finn.«

Für Finn gab es kein Halten mehr. Er löste den Sicherheitsgurt, öffnete die Tür und sprang hinaus. Keine zehn Sekunden später war er in ein Gespräch mit den quirligen Zwillingen verwickelt und grinste über beide Backen. Kathrin stieg aus und ging auf die Kindergruppe zu.

»Hej«, sagte sie.

Eine ebenfalls blonde Frau und ein blonder Mann stiegen aus dem Wohnmobil mit dänischem Kennzeichen und begrüßten sie herzlich in holperigem, aber durchaus verständlichem Deutsch.

»Wir wussten gar nicht, dass die Kinder sich abgesprochen haben.«

»Ich glaube nicht, dass sie das getan haben«, widersprach Kathrin. »Ich habe Finn gestern nur gesagt, dass wir zu einem berühmten Kloster fahren.«

»Na, dann ist es eine Fügung des Schicksals«, meinte die

blonde Frau, die etwa zwanzig Jahre jünger als Kathrin sein mochte, und streckte ihr die Hand entgegen. »Ich bin Gitta, und das ist Mads, mein Mann.«

»Kathrin.«

»Die Kinder haben auf dem Campingplatz am See viel zusammen unternommen«, sagte Gitta. »Sie waren traurig, als dein Junge abgefahren ist.«

Kathrin verzichtete darauf zu erwähnen, dass Finn nicht ihr leiblicher Sohn war. »Finn hat mir leider nichts von euch erzählt. Sonst hätten wir alle ja mal ein Eis oder eine Pizza essen können.«

»Vielleicht holen wir das hier nach«, meinte Gitta und schaute auf ihre Armbanduhr. »Oh, schon so spät. Wir müssen los. Wir haben uns zu einer Klosterführung angemeldet.«

»Och nee.« Freja zog einen Flunsch. »Ich will nicht in das olle Kloster. Ich will mit Finn spielen.«

»Das kannst du nachher machen«, entgegnete ihr Vater. »Lass Finn doch erst einmal ankommen. Kathrin muss ihr Wohnmobil außerdem noch einparken und an den Strom anschließen.«

»Bist du allein unterwegs?« Gitta reckte den schmalen sonnengebräunten Hals, um nachzusehen, ob sich jemand in Kathrins Alkoven-Wohnmobil befand.

»Finn und ich sind auf Reisen ein Spitzenteam«, sagte Kathrin. »Doch ich bin hier eigentlich mit zwei Freunden verabredet. Sie sind später als geplant losgekommen, weil es bei einem der Wohnmobile ein kleines technisches Problem gab.«

Kathrin hatte noch immer Carstens Flüche im Ohr, als der beim Entleeren seiner Campingtoilette den Schraubverschluss des Tanks im Ausgussloch der Entsorgungsstation versenkt hatte. Carsten und Henrik mussten schauen, wo sie Ersatz herbekamen.

»Kann Finn nicht ins Kloster mitkommen?« Aksel hatte den Arm um Finns Schulter gelegt.

»Nein, das geht nicht, er ist nicht angemeldet«, erklärte Kathrin.

»Ach, ein Kind mehr oder weniger dürfte keinen Unterschied

machen«, behauptete Mads und wandte sich an Finn. »Hast du Lust mitzukommen? Die Mönche haben früher ganz anders gelebt als wir heute. Die mussten ohne Heizung schlafen und ihr Brot selbst backen. Und sie haben die meiste Zeit nicht geredet.«

»Waren sie stumm? Weil man ihnen die Zungen herausgeschnitten hat? So wie manchmal in den Videos, die ein Freund von mir mit in die Schule bringt?«, wollte Finn wissen.

Oh mein Gott, dachte Kathrin entsetzt und nahm sich vor, noch heute Abend mit Finns Großeltern zu sprechen.

»Nein. Du wirst die Gründe für ihr Schweigen auf der Führung erfahren«, sagte Mads.

Finn drehte sich zu Kathrin um. »Darf ich mit? Bitte, bitte.«

»Okay.« Kathrin wusste, wann sie sich geschlagen geben musste. »Doch ich spendiere nachher für alle eine Pizza.«

»Cool.« Finns Augen strahlten. »Ich geh nur schnell meinen Rucksack holen.« Er flitzte los in Richtung Wohnmobil.

»Ich denke nicht, dass wir vor halb vier, vier Uhr zurück sein werden«, sagte Gitta. »Du kannst es dir bis dahin gemütlich machen.«

Seltsamerweise fand Kathrin, nachdem sie Töfftöff vorschriftsmäßig geparkt und mit Hilfe der Auffahrkeile in die Waagerechte gebracht hatte, nicht die erhoffte Ruhe. In ihrem Kopf wirbelten zu viele Fragen und Annahmen herum, die sie nervös und fahrig machten. Um auf andere Gedanken zu kommen, beschloss sie, einen Spaziergang zu unternehmen. Sie verriegelte die Türen und aktivierte die Alarmanlage, die sie im vergangenen Jahr hatte einbauen lassen, weil auf einem Supermarktplatz in ihr Wohnmobil eingebrochen worden war.

Der Weg zum Kloster schlängelte sich durch eine gepflegte Grünanlage und an einem Kinderspielplatz vorbei, für den Finn inzwischen zu alt war. Auf den kurz gehaltenen Rasenflächen vor den Klostermauern waren Skulpturen aufgestellt, die, wie Kathrin auf einem Schild lesen konnte, von Künstlern aus dem Südwesten Deutschlands stammten.

Nach dem Durchschreiten des Klostertors glaubte sich Kathrin dagegen in eine andere Welt versetzt. In dem von mittelalterlichen Mauern und Türmen umschlossenen Klosterhof schien die Zeit stehen geblieben zu sein. Fast erwartete sie, dass ihr in weiße Kutten gekleidete Zisterziensermönche entgegenkommen würden. Dass von Pferden oder Rindern gezogene Fuhrwerke Fässer mit Wein, Heuballen oder Getreidesäcken von den Ländereien aus der Umgebung anliefern würden. Dass eine Gänseschar Neuankömmlinge, wie sie einer war, schnatternd ankündigen und dass am Klosterbrunnen Wasser in Holzeimern geschöpft würde.

Sie fand abrupt in die Gegenwart zurück, als sie einem Auto ausweichen musste, das auf den Parkplatz der Stadtverwaltung zufuhr. Obwohl das Kloster die besterhaltene mittelalterliche Klosteranlage nördlich der Alpen und ein perfektes Abbild der Vergangenheit war, hatte inzwischen doch die Neuzeit Einzug gehalten. Vor der Klosterkasse hatte sich eine Warteschlange gebildet. Kathrin hielt nach Finn und der dänischen Familie Ausschau, doch die befanden sich anscheinend schon im Inneren des Klosterkomplexes. Sie schlenderte am plätschernden Brunnen und der Klosterlinde mit den weit auskragenden Ästen vorbei und betrat die weiträumige Vorhalle der Klosterkirche. Die war, wie sie auf einem Hinweisschild las, ein Meisterwerk der Frühgotik und wurde das »Paradies« genannt.

Durch die filigran gearbeiteten Spitzbogenfenster schien die Mittagssonne und schuf auf den weißen Bodenplatten lichte Schatten. Das »Paradies« mündete in den Konversengang, den Kathrin durch den großen Rundbogen wieder verließ. Genau gegenüber befand sich ein Fachwerkhaus mit roten Fensterläden, das früher als Gesindehaus gedient hatte und nun ein Restaurant beherbergte. Wie auf Kommando knurrte Kathrins Magen. Doch sie verspürte keine Lust, sich inmitten der zahlreichen Touristen allein an einen Tisch zu setzen und ausgiebig zu tafeln. Ein paar Meter weiter rechts entdeckte sie einen Biergarten. An der Verkaufstheke erstand sie eine Grillwurst mit

Brötchen sowie eine kleine Flasche Apfelsaftschorle und setzte sich auf eine Holzbank unter einer Linde.

Auf der gegenüberliegenden Bankseite saß eine Frau in etwa ihrem Alter, die ein Stück Flammkuchen verputzte. Sie hatte eine Zeitung aufgeschlagen, auf deren Titelseite ein Foto von Maximilian prangte mit dem Hinweis, dass er ermordet worden war. Kathrin ließ das Wurstbrötchen sinken, in das sie hatte hineinbeißen wollen. Die Frau schien ihre Reaktion bemerkt zu haben.

»Er wurde hinterrücks erstochen. Keine schöne Art zu sterben, nicht wahr?«, sagte sie zu Kathrin.

»Ja, ganz furchtbar.« Kathrin spürte, wie ihr erneut ein Schauder den Rücken hinunterlief.

»Kannten Sie Leithold?«, fragte die Frau neugierig.

»Nicht wirklich. Er ist, ich meine, er war der Freund eines Bekannten von mir.« Mehr wollte Kathrin nicht preisgeben.

»Ich arbeite in der Information da drüben«, sagte die Frau und wies mit der Hand auf ein Sandsteingebäude mit einem metallenen Vordach, vor dem sich die Klosterbesucher drängten. »Ich kann Ihnen sagen, wir hatten manchmal unsere liebe Not mit dem Leithold.«

»Wie das?« Kathrin schaute die Frau verwundert an.

»Ach, er hatte seine Wohnung im ehemaligen Kameralamt. Das Gebäude mit den hellblauen Fensterläden gegenüber dem Rathaus«, fügte sie hinzu, als sie Kathrins fragenden Gesichtsausdruck bemerkte.

»Er wohnte hier auf dem Klostergelände?«, wunderte sich Kathrin. »Davon hat er nichts gesagt.«

Die Frau schluckte den letzten Bissen ihres Flammkuchens hinunter und wischte sich die Finger an einer Papierserviette ab. »Seit Ewigkeiten wohnte er dort. Was für ihn enorm praktisch war. Von der Wohnung bis zum Evangelischen Seminar, an dem er Griechisch und Latein unterrichtete, war es nur ein Katzensprung.«

»Ich dachte, er wäre am Gymnasium gewesen.«

»War er zuletzt auch. Es gab am Seminar offenbar einen unschönen Vorfall mit einem Schüler. Die Eltern haben bewirkt, dass Leithold an eine andere Lehrstätte beordert wurde.«

»Wissen Sie, was genau vorgefallen ist?« Kathrin war ganz Ohr.

»Ach, so richtig ist das nie rausgekommen. Da hat wohl jemand eine schützende Hand über Leithold gehalten. Manche behaupten, er wäre weggelobt worden. Obwohl das, wenn Sie mich fragen, eindeutig eine Strafversetzung war.«

»Hat er dem Jungen etwas angetan?« Kathrin hatte zwar nicht den Eindruck gehabt, dass Maximilian pädophil veranlagt gewesen war, doch sie hakte trotzdem nach. Auch weil sie ahnte, dass Henrik ihr, wenn sie ihm von der Begegnung mit der Frau berichten würde, genau dieselbe Frage stellen würde.

»Man munkelt, dass er den Jungen mehrmals geohrfeigt hat, weil er angeblich faul und aufsässig war. Aber wie gesagt, es ist ein Gerücht, das hier die Runde macht.«

»Und später auf dem Gymnasium? Hatte er da auch eine eher lockere Hand?«

»Es ist zumindest nie wieder etwas an die Öffentlichkeit gedrungen. Doch er war nicht beliebt. Er hatte, wenn Sie mich fragen, einen Hang zur Pedanterie und Rechthaberei.«

»Er hat den Oberlehrer schon deutlich raushängen lassen«, stimmte Kathrin zu.

»Er wusste wohl, dass er sich eine solche Aktion wie die Ohrfeige nicht nochmals leisten und seinen Frust nicht hemmungslos an seinen Schülern auslassen konnte. Deshalb hat er sich ein neues Opfer gesucht, wo er Dampf ablassen konnte, und das waren ausgerechnet wir an der Information. Andauernd stand er bei uns im Büro auf der Matte und hatte etwas auszusetzen, nörgelte herum. Man konnte ihm nichts recht machen«, erinnerte sich die Frau.

»Was störte ihn denn?«

»Er hat uns vorgeworfen, dass wir mit unseren Veranstaltungen und unseren Führungen zu viele Touristen, zu viele Fremde anlocken. Dabei leben wir zum Großteil vom Tourismus, benötigen die Einnahmen, um das Klostergelände instand zu halten. So ein altes Gemäuer verschlingt jedes Jahr Unsummen, sage ich Ihnen.«

»Als Lehrer hatte er mit den Touristen doch gar nichts zu tun«, wunderte sich Kathrin.

»Nein, nicht direkt. Aber sie waren ihm zu zahlreich, zu laut, die Frauen trugen, seiner Ansicht nach, zu freizügige Kleidung, und Männer in Jeans und T-Shirt konnte er auf den Tod nicht ausstehen.«

»Er hatte anscheinend seine Prinzipien, war noch ziemlich oldschool.«

»Als Mann der alten Schule hätte er höflich und zuvorkommend sein müssen«, widersprach die Frau. »Glauben Sie mir: Er war nichts davon. Er hat uns mit Beschwerden überhäuft, mit Anzeigen gedroht und bitterböse Leserbriefe geschrieben. Jedes Mal, wenn eine Trauung in der Klosterkirche und die anschließende Feier in der ›Klosterkatz‹ stattgefunden hatten, war es besonders schlimm. Da hat der Leithold vor Wut geradezu geschäumt. Und wir haben es abgekriegt.« Die Frau zog eine angewiderte Grimasse.

»Er war, soviel ich weiß, nicht verheiratet«, sagte Kathrin nachdenklich. »Vielleicht ist er mal von einer Frau sitzen gelassen worden und hatte deswegen eine Abneigung gegen Hochzeiten.«

»Dann hätte er halt wegschauen sollen, statt uns ständig zu drangsalieren«, sagte die Frau.

»Hat er Sie angegriffen?«

»Nein, mich nicht.« Die Frau schüttelte den Kopf. »Doch einen meiner Kollegen, den hat er mal an den Aufschlägen seiner Jacke gepackt und kräftig durchgerüttelt.«

»Ich habe ihn wirklich nur ganz kurz gekannt«, sagte Kathrin. »Und da wirkte er auf mich eher friedfertig. Das Einzige, was mir auf die Nerven gegangen ist, war sein Hang zu ellenlangen Monologen und dass er immer alles besser wusste.«

»Seien Sie froh, dass er Sie nicht auf dem Kieker hatte.« Die

Frau schmiss ihre Serviette mit Schwung in den Papierkorb. »Ich glaube allerdings, dass seine negative Art in irgendeiner Weise mit dem Kloster zusammenhing. Er hat sich ein bisschen so aufgeführt, als ob es ihm gehörte. Als ob er hier der Hausherr wäre.«

»Tja, in der Beziehung regierte bei ihm wohl der Größenwahn.«

»Da sagen Sie was.« Die Frau stand auf. »Trotzdem tut es mir natürlich leid, dass er zu Tode gekommen ist. Selbst wenn ich ihn nicht ausstehen konnte – so ein Ende habe ich ihm weiß Gott nicht gewünscht.«

»Nein«, sagte Kathrin und schluckte, weil sie plötzlich wieder vor Augen hatte, wie Maximilian mit blutverschmiertem Hemd zwischen Farnkraut gelegen hatte.

»Ich wünsche Ihnen noch einen schönen Aufenthalt.« Die Frau verabschiedete sich mit einem Lächeln und ging in Richtung Laienrefektorium.

Kathrin schaute ihr eine Weile gedankenverloren hinterher. Das zufällige Gespräch war mehr als aufschlussreich gewesen. Sie hatte Einzelheiten und Geschehnisse aus Maximilians Leben erfahren, die sie so nicht vermutet hätte. Er war kein einfacher Mensch und vor allem kein geschätzter Mitmensch gewesen, hatte als Querulant gegolten. War er mit seiner Art derart angeeckt, dass ihn sich jemand vom Hals hatte schaffen wollen? Hatte sein Mörder sicherstellen wollen, dass er nie wieder das Klostergelände betrat? Weil er sich dort wie ein Tyrann aufführte? Oder hing alles mit dem ominösen Vorfall im Seminar zusammen? War es ein Racheakt des damals betroffenen Schülers? Oder von einem anderen Schüler, den Maximilian ebenfalls schändlich behandelt hatte?

Henrik wird hier einiges zu tun haben, um den Dingen auf den Grund zu gehen, dachte Kathrin und biss in ihre Grillwurst, die inzwischen kalt geworden war. Da gab ihr Handy einen Plinglaut von sich. Henrik teilte ihr per WhatsApp mit, dass er und Carsten auf dem Wohnmobilstellplatz angekommen waren.

11

Henrik war auf hundertachtzig. Die Jagd nach dem neuen Schraubdeckel für die Toilettenkassette hatte sie mehr als zwei Stunden gekostet. Und jetzt hatte sich doch glatt ein anderes Wohnmobil vor ihm in die letzte freie Parklücke gedrängt. Wütend hieb er mit der flachen Hand auf sein Lenkrad und stellte sich dabei vor, dass er auf die Motorhaube des anderen Fahrzeugs einschlug. Für seine Laune war ebenfalls nicht förderlich, dass der Neuankömmling mit einem triumphierenden Lächeln ausstieg, die Daumen in den Gürtelschlaufen seines Hosenbundes verhakte und mit stolzgeschwellter Brust um sich schaute. Seine Frau hatte blitzschnell zwei Campingstühle und einen Tisch aus der Heckgarage hervorgezogen und sie neben der Aufbautür platziert, um ihr Claim abzustecken.

Henrik blieb nichts anderes übrig, als den Rückwärtsgang einzulegen und fürs Erste auf den angrenzenden Pkw-Parkplatz auszuweichen. Wenn er Glück hätte, würde vielleicht später eins der Wohnmobile abfahren, und er könnte nachrücken. Er beobachtete, wie Carsten sichtlich entspannt neben seinem Liner stand und mit der Fernbedienung die vier hydraulischen Hubstützen ausfuhr. In weniger als zwei Minuten befand sich das mächtige Fahrzeug auf der etwas abschüssigen Fläche perfekt in der Horizontalen, und Carsten winkte ihm einladend zu.

»Ich koche Kaffee.«

»Wie wäre es, wenn wir uns zuerst ein bisschen die Beine vertreten?«, schlug Henrik vor und rieb sich mit der Hand über den unteren Rücken, der vom langen Sitzen schmerzte. »Leo braucht auch Bewegung.«

Sie liefen durch die Grünanlagen am Friedhof vorbei und erreichten den schmalen Pfad zwischen den Sandsteinmauern des Closterweinbergs, der sie an Rebflächen entlangführte, die die Zisterziensermönche vor mehr als achthundert Jahren angelegt hatten. Nach dem Ersten Weltkrieg war der Weinbau auf den zum Klosterkomplex hin abfallenden Hängen zum Erliegen gekommen. Ende der 1990er Jahre war das Gelände, wie Henrik einer Schautafel entnahm, von Gestrüpp befreit und aus dem Dornröschenschlaf erweckt worden. Seitdem wurde der Weinanbau auf dem Closterweinberg wieder mit viel Erfolg und, wie er vermutete, mit literweise Schweiß und einem gehörigen Muskelkater praktiziert. Die Reben mussten auf den schmalen und schiefen Terrassen von Hand geerntet und mit Hilfe von Butten zur Weiterverarbeitung abtransportiert werden.

»Respekt«, murmelte Henrik und stapfte weiter.

Auf der Höhe legten sie eine Pause ein. Eine Wandergruppe, die aus vier Männern bestand, näherte sich ihnen flotten Schrittes. Henrik rückte unbewusst ein Stück näher an Carsten heran und positionierte sich so, dass Carsten hinter seinem Rücken stand. Henrik spannte die Muskeln an, war bereit, den Freund zu verteidigen.

»Wenn es tatsächlich jemand auf mich abgesehen haben sollte«, sagte Carsten leise, »dann wird er es nicht hier und am helllichten Tag versuchen.«

»Mag sein, mag nicht sein«, brummte Henrik. Die Männer grüßten und zogen an ihnen vorbei. Henrik atmete auf.

»Außerdem kann ich gut auf mich selbst achtgeben«, sagte Carsten mit einem schiefen Grinsen. »Glaubst du etwa, es hätte während meiner langen Karriere als einer der Topjuristen für Handelsrecht keine Drohungen gegen mich gegeben? Dass ich keinen Anfeindungen ausgesetzt gewesen wäre?«

»Das hier ist was anderes«, behauptete Henrik. »Damals wusstest du, aus welcher Ecke Gefahr droht. Wir tappen hier noch im Dunkeln.«

»Du wirst mir nicht ewig zur Seite stehen können«, merkte Carsten an. »Ich muss allein mit der Situation klarkommen.«

»Klar, das musst du. Doch solange ich nicht herausgefunden habe, wer oder was hinter der Sache mit Hübner und Maximilian steckt, werde ich dich im Auge behalten.«

»Darf ich wenigstens noch ohne Begleitung auf die Toilette?«

»Wenn du die Tür hinter dir abschließt.«

»Du behandelst mich wie ein Kindergartenkind.«

»Wenn ich mit dir wie mit einem Erwachsenen umgehen soll, dann verhalte dich wie einer. Glaub mir, die Lage ist ernst.«

»Ich teile deine Besorgnis, doch nicht deine Schwarzmalerei. Aber wahrscheinlich kannst du nicht anders, in deinem Job.«

»Ich habe in den letzten zwanzig Jahren viel zu viele Tote gesehen. Menschen, die nicht hätten sterben müssen. Und ich möchte mit aller Macht verhindern, dass du demnächst zu dieser bedauernswerten Gruppe gehörst.«

»Okay, dann sag mir, wie ich mich verhalten soll.«

»Du bleibst stets in meiner Nähe. Oder in der von Kathrin. Und mit Nähe meine ich ganz nah.«

»Ich möchte Kathrin da lieber raushalten«, protestierte Carsten. »Sie hatte weder mit Bertram noch mit Maximilian etwas zu schaffen.«

»Sie steckt schon mittendrin. Und das weiß sie auch.«

»Sag mal: Läuft da eigentlich was zwischen euch beiden? Wenn ich das richtig mitbekommen habe, seid ihr oft zu zweit unterwegs.«

»Wir sind Freunde. Punkt. Mehr ist da nicht«, beteuerte Henrik. »Und sie gehört zu den wenigen Menschen, auf die ich mich hundertprozentig verlassen kann.«

»Wenn du es sagst …« Carsten klang nicht überzeugt.

»Sage ich«, brummte Henrik und ließ den Blick über das Tal schweifen.

Das Klostergelände, die Grünflächen in der Talaue und der Wohnmobilstellplatz lagen vor ihm. Er stutzte. Ein weißer Sprinter bog von der Zufahrtsstraße auf den Pkw-Parkplatz ein und stellte sich neben seinen Kastenwagen. So nah, dass, wie Henrik schätzte, es kaum möglich war, die Fahrertür zu öffnen. Niemand stieg aus, doch Henrik glaubte, den Motor hören zu können. Etwas stimmte da nicht. Er packte den Freund hart am Arm und zog ruckartig.

»Komm schnell, wir müssen runter. Runter zu meinem Auto.«

»Aber warum denn?«, fragte Carsten verdattert.

»Erkläre ich dir nachher. Los jetzt.«

Henrik setzte sich mit dem Beagle an der kurzen Leine in Bewegung. Carsten hatte keine andere Wahl, als es ihm gleichzutun. Keuchend erreichten sie den Parkplatz. Zu spät. Der weiße Lieferwagen war in Richtung Stadtmitte verschwunden.

»Mist«, fluchte Henrik.

»Würdest du mir bitte mitteilen, was das zu bedeuten hat?«, presste Carsten zwischen den Zähnen hervor.

»Wenn ich es nur wüsste«, stöhnte Henrik. »Aber dieses Auto scheint mich seit Tagen zu verfolgen. Bis jetzt habe ich nicht feststellen können, wer der Fahrer ist. Und was er von mir will.«

»Ist etwas passiert?« Ein blonder, gebräunter Mann in Shorts und T-Shirt war vom Wohnmobilplatz herübergeeilt.

»Das kann ich noch nicht sagen«, erwiderte Henrik und suchte seinen Kastenwagen mit den Augen nach etwas Auffälligem ab.

»Hej, Henrik.« Finn kam mit zwei anderen Kindern im Schlepptau angerannt. »Wir haben schon auf dich gewartet.«

»Wo ist Kathrin?«

»Weiß nicht. Töfftöff ist noch abgeschlossen.«

»Bist du allein?«, fragte Henrik besorgt.

»Nein, ich habe eben mit Aksel und Freja eine Klosterbesichtigung gemacht. Wusstest du, dass die Mönche schon ganz früh aufstehen mussten? Und dass es ein Schweigegelübde gab? Auch beim Essen?«

»Was manchmal durchaus von Vorteil sein kann«, sagte der blonde Mann mit einem Grinsen und streckte Henrik die Hand entgegen. »Ich bin Mads. Meine Frau Gitta und ich, wir haben Finn mitgeschleppt, damit unter unseren beiden Rabauken keine Meuterei ausbricht. Das war mit Kathrin so abgestimmt.«

»Kennt ihr euch?«

»Ja, wir –«, setzte Mads an, um zu antworten.

Der blonde Junge bückte sich abrupt und hielt Henrik einen Gegenstand entgegen. »Ist das deins?«

Henrik beäugte die silberne Halskette, an der ein runder An-
hänger baumelte. Ein Lebensbaum, der von einem schmalen, mit
Strasssteinen besetzten Rand umschlossen wurde. Verdammt
noch mal, wo war ihm das Schmuckstück schon mal aufgefallen?
Wer hatte es in seiner Gegenwart getragen? Und warum hatte
es jetzt vor seinem rechten Hinterreifen gelegen?

»Bekomme ich Finderlohn?« Der blonde Junge schaute Henrik erwartungsvoll an.

»Aksel«, sagte sein Vater tadelnd.

»Vielleicht«, antwortete Henrik. »Hast du gesehen, wer da
eben in dem weißen Wagen gesessen hat?«

»Da war ein Mann«, erinnerte sich der Junge. »Mit so einer
Mütze auf dem Kopf.«

»Du meinst eine Kappe«, korrigierte ihn sein Vater.

»Nein, nicht so ein Cap mit Schirm, wie es bei uns die Segler
tragen«, widersprach der Junge. »Es war eine Mütze, die er
bis über die Ohren hinuntergezogen hatte. Ich fand das lustig.
Heute ist es doch so warm.«

»Konntest du sein Gesicht erkennen?«

»Nein.« Der Junge schüttelte den Kopf.

Eine Halskette und eine Mütze. Wo war ihm diese Kombination schon einmal untergekommen? Henrik dachte angestrengt
nach.

»Erinnerst du dich an diesen Mitarbeiter von Bertram? Der
den Grillplatz an dem Tag gesäubert hat, als wir Susanne das
erste Mal besuchten? Der hatte, wenn ich mich richtig erinnere,
eine Mütze auf. Obwohl es an dem Tag auch nicht kalt war. Ich
habe mich damals darüber gewundert«, sagte Carsten.

»Ein Mitarbeiter von Hübner? Aus welchem Grund sollte
der mich schon seit Eschwege verfolgen? Wir sind uns doch erst
an dem Tag begegnet, als wir mit Susanne Hübner gesprochen
haben.« Henrik starrte auf die Kette in seiner Hand.

»Ich schätze, genau das solltest du schleunigst herausfinden«,
meinte Carsten.

12

»Ich denke, der Plan für heute Vormittag steht«, sagte Henrik und leerte seinen Kaffeebecher in einem Zug. Sie hatten sich zum Frühstück in Carstens Liner eingefunden. »Ich gehe rüber zum Gymnasium und versuche, mehr über Maximilian und die leidige Angelegenheit mit dem Schüler herauszufinden. Ihr beide«, Henrik warf Kathrin und Carsten einen bedeutungsvollen Blick zu, »hört euch so unauffällig wie möglich auf dem Klostergelände um. Vielleicht findet ihr ja noch jemanden, der, was Maximilians Aktivitäten betrifft, in Plauderlaune ist. Wenn das, was die Frau Kathrin gestern erzählt hat, stimmt, muss er ja bei vielen hier einen bleibenden Eindruck hinterlassen haben. Doch denkt bitte daran, auf jeden Fall zusammenzubleiben.«

»Werden wir«, versprachen Kathrin und Carsten unisono.

Von draußen drang Kinderlachen ins Wohnmobil. Finn und die dänischen Zwillinge tobten ausgelassen auf der Wiese neben dem Wohnmobilstellplatz herum.

»Was ist mit dem Jungen? Wir können ihn doch nicht allein lassen«, sagte Carsten.

»Finn wird den Tag mit Mads und Gitta im Naturfreibad hinter dem Kloster verbringen«, beruhigte ihn Henrik.

»Sein Bedarf an Kultur und altertümlichen Gemäuern ist fürs Erste gedeckt«, sagte Kathrin mit einem Grinsen. »Ich glaube nicht, dass aus ihm mal ein Historiker oder Archäologe wird.«

»Hauptsache, er setzt sich nicht in den Kopf, Privatdetektiv zu werden«, erwiderte Carsten und gab dem Freund einen Knuff in die Seite.

»Der Privatdetektiv rettet womöglich über kurz oder lang deinen Arsch«, brummte Henrik. »Aufbruch in einer Viertelstunde.«

Kathrin stand vom Sofa der Lounge auf. »Okay. Ich hole

eben noch Finns Badesachen und meinen Rucksack aus Töfftöff, dann können wir von mir aus los.«

»Was machen wir nun? Wie gehen wir jetzt vor?« Carsten wirkte ratlos. »Wir können uns ja nicht einfach jemanden von den Leuten hier auf dem Klostergelände herauspicken und befragen. Wir sind schließlich nicht die Polizei.«

»Nein, das sind wir nicht«, sagte Kathrin. »Und so talentiert wie Henrik sind wir auch nicht. Der schafft es, selbst einem Stummen Worte aus dem Mund zu zaubern.«

»Aus ihm wäre ein begnadeter Jurist geworden. Oder ein Richter.« Carsten seufzte. »Aber egal ...« Er schaute um sich. »Ich schlage vor, wir setzen uns da vorn ins Café und bestellen ein Eis. Der Rest wird sich finden.«

»Ich habe gerade erst gefrühstückt«, erwiderte Kathrin.

»Eis geht immer«, behauptete Carsten und bestellte sich prompt einen Schwarzwälder-Kirsch-Becher.

Kathrin beließ es bei einem doppelten Espresso. Mittlerweile konnte sie nachvollziehen, warum Henrik sich beschwerte, dass er in Carstens Gegenwart an Gewicht zunahm. Dem gertenschlanken Hamburger Juristen konnte dagegen, wie es schien, keine Kalorie etwas anhaben. Wie beneidenswert, dachte Kathrin und holte die Zeitung mit dem Foto von Maximilian aus ihrem Rucksack. Die hatte sie gestern aus dem Papierkorb gefischt, nachdem ihre Gesprächspartnerin gegangen war. Heute würde sie ihr hoffentlich von Nutzen sein, um mit jemandem ins Gespräch zu kommen. Kathrin platzierte die Titelseite so auf dem Tisch, dass jeder, der an ihnen vorbeiging, Maximilians Porträt und die Schlagzeile sehen konnte. Sie betete still, dass ihre Taktik aufgehen würde. Einen Plan B hatte sie nicht.

Die Bedienung servierte Carstens Eisbecher, verlor aber kein Wort über den Mordfall. Auch das Ehepaar, das sich an den Nachbartisch setzte, erweckte nicht den Eindruck, dass es an Maximilians Schicksal interessiert wäre. Wir sind zwei total miese Hobbydetektive, musste sich Kathrin eingestehen. Ihr

Tun kam ihr mit einem Mal ungeschickt und albern vor. Trotzdem wollte sie Henrik nicht enttäuschen. Außerdem hatte sie das Gefühl, dass sie es Maximilian schuldig war, weiterzumachen, nicht zu früh aufzugeben.

So unauffällig wie möglich nahm sie ihre Umgebung in Augenschein. Das Café war gut besucht und alle Tische besetzt. An der Klosterkasse hatte sich erneut eine Traube von Wartenden gebildet. Eine Schulklasse hatte sich vor dem »Paradies« versammelt und lauschte den Worten der Lehrerin. All die weiter entfernten Leute würden das Foto jedoch nicht sehen und nicht darauf reagieren können. Das könnten nur die in ihrer direkten Umgebung. Kathrin musterte verstohlen die anderen Cafégäste.

Ein Mann, der etwas jünger als sie sein mochte, schien dasselbe zu tun, denn sein Gesicht war ihr direkt zugewandt. Obwohl er eine dunkle Sonnenbrille mit tropfenförmigen Gläsern trug, war sich Kathrin sicher, dass sich ihre Blicke für zwei, drei Sekunden trafen. Sie nahm die Zeitung auf, faltete sie auseinander und gab vor, zu lesen. Alle paar Sekunden linste sie am rechten Zeitungsrand vorbei, um zu prüfen, ob der Mann sie weiterhin beobachtete. Dass er es tatsächlich tat, daran hatte Kathrin kurze Zeit später keinen Zweifel mehr. In ihrem Magen machte sich ein flaues Gefühl breit.

Wieso war sie plötzlich im Visier eines Wildfremden? Was wollte er von ihr? Oder von Carsten? Der löffelte in aller Seelenruhe sein Eis, hatte von Kathrins innerer Erregung nichts bemerkt. Der Fremde führte ein Handy ans Ohr und begann zu telefonieren. Dabei ließ er sie nicht aus den Augen. War er von der Polizei? Oder informierte er gerade jemanden darüber, wo Carsten sich befand? Sie hielt es keine Sekunde länger aus.

»Lass uns gehen«, brachte sie mit heiserer Stimme hervor.

»Warum? Ich habe noch nicht aufgegessen.« Der langstielige Eislöffel verharrte auf halber Strecke zwischen dem Eisbecher und Carstens Mund.

»Wir werden beobachtet«, flüsterte Kathrin.

Carstens Kopf ruckte hoch. »Wo? Von wem?«

»Da drüben, der brünette Mann mit dem marineblauen T-Shirt und der dunklen Sonnenbrille. Der verhält sich total merkwürdig.«

»Bist du dir sicher?« Carsten legte den Eislöffel ab.

»Ganz sicher.«

Carsten zog sein Portemonnaie aus der Hosentasche, nahm einen Zwanzig-Euro-Schein heraus und legte ihn unter die Espressotasse. »Lass uns von hier verschwinden.«

Kathrin stand auf.

»Nicht rennen. Geh ganz normal. Tu so, als ob nichts wäre«, raunte Carsten ihr zu und hakte sich bei ihr unter.

Kathrins Herz klopfte wie wild, doch sie zwang sich, nach außen Ruhe vorzutäuschen. Carsten dirigierte sie zum Klosterbrunnen, wo er stehen blieb und vorgab, das Wasserspiel zu beobachten.

»Folgt er uns?«

Kathrin machte einen Schritt zur Seite, ging in die Knie und tat so, als ob sie ihren Schnürsenkel neu binden wollte. Dabei schaute sie verstohlen nach hinten.

»Er ist auch vom Tisch aufgestanden, schlendert langsam auf uns zu.«

»Vielleicht sollte ich Henrik anrufen«, murmelte Carsten.

»Nein, bis der hier ist, kann schon weiß Gott was passiert sein. Wir müssen es allein schaffen, ihn abzuhängen.«

Da bemerkte sie eine Gruppe von Touristen, die vor dem Infozentrum auf den Beginn einer Klosterführung warteten.

»Komm, wir verstecken uns in der Menge«, zischte sie, richtete sich auf und zog Carsten in Richtung des ehemaligen Fruchtkastens, der heute die Stadthalle beherbergte. Sie hatten Glück: Als sie an der Klosterkasse angekommen waren, standen nur noch zwei Leute vor ihnen, sodass sie ihre Tickets kurz darauf in den Händen hielten.

»Auf zur Klosterbesichtigung«, drängte Kathrin und stellte mit Erleichterung fest, dass der Fremde nicht Teil der Gruppe war, die sich aufmachte, zum Eingangsportal der Klosterkirche zu gehen. Hatte sich ihr Problem auf diese Weise gelöst? Waren sie ihn endgültig los? Das wäre ja fast zu schön, um wahr zu sein, dachte Kathrin und blieb auf der Hut.

Sie hatte Mühe, den Worten der Klostermitarbeiterin die gebührende Aufmerksamkeit zu schenken, sich zu konzentrieren. Ebenso wenig konnte sie das »Paradies«, das zu den schönsten Räumen der Frühgotik zählte und mit dem der namentlich nicht erwähnte Baumeister ein wahres Meisterwerk geschaffen hatte, entsprechend würdigen. Sie nahm sich vor, zu einem späteren Zeitpunkt wiederzukommen und sich das einzigartige Kreuzrippengewölbe in aller Ruhe anzuschauen. Sie konnte an Carstens Körperhaltung und seinem Gesichtsausdruck ablesen, dass auch er die Führung und die architektonischen Glanzstücke, die ihnen dabei offenbart wurden, nur bedingt aufnahm. Er wippte ungeduldig mit dem Fuß und stand etwas abseits. War in Gedanken offenbar ganz woanders als beim »Maulbronner Wunder«, das die Führerin der kleinen Schar gerade nahebrachte.

Während die anderen Teilnehmer mit verzückten Gesichtern zur Christusfigur am Kreuz hochschauten und sich vorstellten, wie zur Mittagszeit des 21. Juni die Sonnenstrahlen so durch eines der roten Glasfenster fallen, dass die Dornenkrone zu bluten scheint, wirkte Carsten angespannt. Wie auf dem Sprung.

»Ich habe den Typ mit der Sonnenbrille bis jetzt nicht entdecken können«, flüsterte er Kathrin zu, als sie den Kreuzgang durchschritten, um zur Brunnenkapelle im Nordflügel zu gelangen.

»Ich auch nicht. Aber das muss nichts bedeuten.«

Die anderen Touristen gaben in dem Moment lang gezogene Oh- und Ah-Laute von sich. Sie hatten die im Gewölbe des Brunnenhauses aufgetragenen Rötelmalereien entdeckt, die die Gründungslegende des Klosters mit dem am Brunnen trinkenden Maulesel darstellten.

»Lass uns nach der Besichtigungstour nicht den direkten Weg über den Klosterhof nehmen«, schlug Kathrin mit leiser Stimme vor. »Es ist besser, wenn wir uns rechts halten, am Jagdschloss vorbeigehen und den Klostergraben überqueren. So kommen wir auch zum Wohnmobilstellplatz zurück, da bin ich gestern zufällig längsgelaufen.«

»Okay, machen wir.« Carsten nickte.

Sie hasteten hinter den anderen Teilnehmern her, die sich in der hohen zweischiffigen Halle des Herrenrefektoriums, das ebenfalls vom Baumeister des »Paradies« errichtet worden war, eingefunden hatten. Kathrin erinnerte sich, dass Finn ihr gestern aufgeregt erzählt hatte, dass die Mönche hier ihre Mahlzeiten schweigend eingenommen hatten. Nur die Stimme des Bruders, der aus der Bibel oder aus anderen religiösen Schriften laut vorlas, war zu vernehmen gewesen. Die Speisen waren, wie Finn berichtet hatte, eher schlicht gewesen, und selbst im Winter hatte es im Herrenrefektorium keine Heizung gegeben. Was für ein entbehrungsreiches Leben, dachte Kathrin. Trotz der Pracht der hoch aufragenden Säulen, der filigranen Steinmetzarbeiten und der farblich abgesetzten Gewölberippen musste der Alltag für die Mönche von vielen Pflichten und wenig Annehmlichkeiten geprägt gewesen sein.

Da stach ihr eine architektonische Unstimmigkeit ins Auge: Waren die Säulen etwa von unterschiedlichem Umfang? Gab es dickere und schlankere? Nochmals ließ sie den Blick über den ehemaligen Speisesaal schweifen. Und zuckte erschrocken zusammen. Hatten da hinter einer der Säulen etwa die Brillengläser ihres Verfolgers aufgeblitzt? War er ihnen doch gefolgt? Sie wollte ein paar Schritte nach vorn machen, um besser zu sehen, war jedoch im Pulk der Besichtigungsteilnehmer gefangen, der sich um eine Säule mit einer deutlich ausgeprägten Einkerbung in der Mitte geschart hatte.

Sie musste Carsten warnen. Aber sie konnte ihn plötzlich nirgendwo entdecken. Eben hatte er noch neben ihr gestanden, und jetzt war er verschwunden. Wie konnte das sein? Und wo, verdammt noch mal, war er abgeblieben? Im Refektorium jedenfalls nicht. Dabei hatte Henrik sie eindringlich gewarnt, sie ermahnt, unter allen Umständen zusammenzubleiben. Panik stieg in ihr auf.

Während die Klostermitarbeiterin die Geschichte, die sich um die Kerbe in der Säule und den Elfinger Wein rankte, zum Besten gab, schubste und drängelte Kathrin, bis sie sich einen Weg aus der Menge gebahnt hatte. Sie hastete von Säule zu Säule, in der Hoffnung, Carsten hinter einer davon zu entdecken. Was geschehen würde, wenn sie bei ihrer Suche auf den Fremden mit der Sonnenbrille treffen würde, mochte sie sich in dem Augenblick nicht ausmalen. Das Wichtigste war, Carsten zu finden.

Nur mit Mühe unterdrückte Kathrin den Impuls, laut nach ihm zu rufen. Sie wollte die anderen nicht alarmieren. An der Stelle an der Westwand, wo sich die ehemalige Durchreiche zur Klosterküche befand, hielt sie kurz inne. Ein Fehler, wie sich gleich darauf herausstellen sollte. Auf Anweisung der Klosterführerin setzten sich die Touristen genau dorthin in Bewegung. Binnen weniger Sekunden war Kathrin erneut von Menschen umringt.

Himmelherrgott, Carsten, wo bist du nur, schimpfte sie innerlich. Da spürte sie einen brennenden Schmerz am Oberarm. Instinktiv fasste sie an die betroffene Stelle und sah beim Zurückziehen der Finger, dass die Spitzen rot waren. War das etwa ihr eigenes Blut? Kathrin schrie vor Entsetzen auf.

»Ist Ihnen nicht gut?« Die Klosterführerin war an ihre Seite geeilt und musterte sie besorgt.

»Ich weiß nicht. Es tut weh. Da ist Blut«, stammelte Kathrin.

»Tatsächlich.« Ein Mann beäugte ihren Arm. »Wie ist das geschehen? Haben Sie sich geschnitten?«

»Nein, wie hätte ich mich denn an der glatten Wand verletzten sollen?« Kathrin wusste nicht, wie ihr geschah.

Die Führerin griff zum Handy. »Ich rufe in der Klosterapotheke an. Eine der Mitarbeiterinnen ist ausgebildete Sanitäterin.«

»Nein, nein, es geht schon«, beteuerte Kathrin, obwohl ihr die Knie wackelten.

In dem Moment tauchte endlich Carsten wieder auf. Sein hageres Gesicht war blass und sorgenvoll.

»Ist halb so schlimm«, versicherte ihm Kathrin, als er an ihre Seite getreten war.

»Nein, die Wunde muss ärztlich versorgt werden«, presste er zwischen den Lippen hervor.

»Ich habe schon vorgeschlagen, eine Sanitäterin zur Erstversorgung herbeizurufen«, sagte die Klosterführerin.

»Danke, ich kümmere mich darum«, wehrte Carsten ab und fasste Kathrin am unverletzten Arm, um sie aus dem Herrenrefektorium nach draußen zu geleiten.

»Sie sind wer?«, fragte die Klostermitarbeiterin spitz.

»Ihr Ehemann«, behauptete Carsten und setzte sich in Bewegung.

»Wo warst du?«, fragte Kathrin vorwurfsvoll, als sie das Kloster an der Nordseite verlassen hatten.

»Ich hatte gespürt, wie mein Handy wegen eines eingehenden Anrufes vibrierte. Deshalb bin ich zurück zum Kreuzgang, um das Gespräch anzunehmen, ohne die anderen zu stören.«

»Hast du ihn auch gesehen?«

»Wen?«

»Den Mann mit der dunklen Sonnenbrille. Er muss uns doch gefolgt sein.«

»Nein, ich war allein im Kreuzgang. Wo ist er dir denn aufgefallen?«

»Ich meine, ihn kurz hinter einer der Säulen im Refektorium erspäht zu haben.«

»Glaubst du, dass er dir die Verletzung beigebracht hat? Das ist kein Kratzer, das ist eine Schnittwunde.«

»Ich weiß nicht, ob er es gewesen ist«, musste Kathrin eingestehen. »Ich war zu dem Zeitpunkt von vielen umringt und mit meinen Gedanken ganz woanders, weil ich dich gesucht habe. Dann war da urplötzlich dieser Schmerz.«

»Kann sein, dass die Wunde genäht werden muss«, sagte Carsten düster. »Bist du sicher, dass du es bis zum Wohnmobil schaffst? Ich versuche, von dort aus Henrik zu erreichen, damit er dich ins nächstgelegene Krankenhaus bringt. Sein Kastenwagen ist wendiger als mein Dickschiff.«

»Nein, nein, es wird schon ohne Arzt gehen«, wehrte Kathrin ab. »Ich habe schließlich selbst eine medizinische Ausbildung.«

»Wir entscheiden das, wenn wir am Wohnmobil sind.«

»Okay.« Kathrin eilte weiter. Das durch den Schreck ausgeschüttete Adrenalin ließ sie fürs Erste den Schmerz vergessen. Sie erinnerte sich an Carstens Gesichtsausdruck, als er zurück ins Herrenrefektorium gekommen war. »Du hast eben nicht nur wegen mir so besorgt gewirkt, oder?«

»Nein, der Anruf, das waren keine guten Nachrichten.«

Kathrin blieb abrupt stehen. »Was ist passiert? Sag nicht … Ist was mit Finn?«

»Der tobt bestimmt mit den dänischen Kindern im Wasser herum«, beruhigte sie Carsten. »Der Anruf war von einem meiner ehemaligen Corpsbrüder, mit dem ich noch in Kontakt stehe. Er hat heute erfahren, dass ein drittes Mitglied des Corps Heidelbergensis einen Unfall erlitten hat.«

Kathrin schaute Carsten mit weit aufgerissenen Augen an. »Einen tödlichen Unfall?«, fragte sie mit rauer Stimme.

»Nein, er hat Glück gehabt und konnte dem Tod gerade noch von der Schippe springen.«

»Es nimmt kein Ende, nicht wahr?« Kathrin lehnte sich an Carsten, weil ihr jetzt doch die Knie weich wurden.

»Es wird erst enden, wenn jemand diesem verdammten Dreckskerl das Handwerk gelegt hat. Wenn wir endlich wissen, wer dahintersteckt«, sagte Carsten. »Leider habe ich so allmählich das Gefühl, dass uns die Zeit davonrennt. Dass uns der Mörder immer mindestens einen Schritt voraus ist.«

13

»Die Wunde ist nicht so tief, wie ich befürchtet hatte«, stellte Henrik erleichtert fest. »Aber jetzt musst du tapfer sein, das wird brennen.« Er hob das Sprühfläschchen mit dem Desinfektionsmittel in die Höhe.

»Da steht drauf, dass es nicht brennt«, erwiderte Kathrin, zog jedoch hörbar die Luft ein, als das Mittel auf die Wunde traf. »Jetzt noch Calendulasalbe auftragen und dann einen Verband«, presste sie zwischen den Zähnen hervor.

Henrik tat, wie sie ihn geheißen hatte. »Du bist so gut wie neu.«

»Haha.« Kathrin verzog den Mund zu einem gequälten Lächeln.

Carsten steckte den Kopf zur Aufbautür von Kathrins Oldtimer-Wohnmobil herein. »Wenn wir uns das Krankenhaus nun doch sparen können ... Ich weiß nicht, wie es euch geht, aber nach der ganzen Aufregung könnte ich einen kleinen Schnaps vertragen.« Er hielt einladend eine Flasche Kirschwasser in die Höhe.

»Ich dachte eher an Arnikaglobuli«, murmelte Kathrin, gab ihm aber ein Zeichen, ins Wohnmobilinnere zu kommen. Sie stand von der Mitteldinette auf, legte die Medikamente und das Verbandsmaterial zurück in die kleine Kunststoffkiste, in der sie ihre Reiseapotheke aufbewahrte, und verstaute alles im Oberschrank. Carsten nahm neben Henrik Platz und stellte die Flasche auf den Tisch.

»Ich glaube nicht, dass ich Schnapsgläser habe«, sagte Kathrin und beäugte den Inhalt des Schranks über der kleinen Küchenzeile. »Ihr werdet mit normalen Saftgläsern vorliebnehmen müssen.«

»Damit erspare ich mir das häufige Nachschenken«, meinte Carsten schulterzuckend. »Prost. Auf unser aller Gesundheit.«

Kathrin nippte vorsichtig an dem hochprozentigen Getränk. »Ich verstehe noch immer nicht, was geschehen ist. Warum gerade ich? Und warum ausgerechnet dort im Kloster?«

»Es muss dieser Typ gewesen sein, der Henrik schon die ganze Zeit mit dem weißen Lieferwagen verfolgt«, sagte Carsten und hieb mit der Faust auf den Tisch, wodurch die Gläser wackelten.

»Hey, sachte«, ermahnte Henrik ihn, obwohl die Gläser aus unzerbrechlichem Kunststoff waren.

»So ein mieses Schwein.« Carsten war nicht zu bremsen. »Erst hängt er sich an deine Fersen, dann sucht er sich uns für seine hinterhältigen Spielchen aus und besitzt zu guter Letzt noch die Dreistigkeit, Kathrin vor den Augen von mindestens zwanzig anderen Touristen zu verletzen.«

»Wir können doch nicht mit Sicherheit sagen, ob es ein und derselbe Mann war«, gab Kathrin zu bedenken. »Von dem Typen mit dem Lieferwagen wissen wir bis jetzt nur, dass er eine dunkle Mütze trägt und dass er eine silberne Halskette verloren hat. Wir haben weder sein Gesicht gesehen, noch kennen wir seinen Namen.«

»Hast du das Kennzeichen ausmachen können?«, wollte Carsten von Henrik wissen.

»Nein, dafür waren wir dort oben auf der Höhe zu weit entfernt. Und als wir unten auf dem Parkplatz angekommen sind, war er bereits verschwunden.«

»Vielleicht hat der dänische Junge ja ein paar Buchstaben oder Ziffern im Gedächtnis behalten«, hoffte Carsten.

»Wahrscheinlich eher nicht. Ich werde ihn fragen, wenn sie vom Schwimmen« zurück sind«, versprach Henrik.

»Trotzdem … Wer sollte sonst einen Grund haben, uns zu verfolgen, sich von hinten anzuschleichen und mit einem Messer zuzustechen? Es muss der Fahrer des Lieferwagens gewesen sein.«

»Der Mann aus dem Café trug keine Kopfbedeckung«, wandte Kathrin ein. »Das einzige Auffällige an ihm war seine dunkle Sonnenbrille.«

»Mützen kann man auf- und absetzen«, brummte Carsten.

»Ehrlich gesagt kann ich mir unseren Verfolger vom Klosterhof nicht so recht in einem eingedellten Lieferwagen vorstellen«, widersprach Kathrin. »Seine Jeans und sein T-Shirt sahen teuer aus. Und auch die Sonnenbrille stammte sicherlich nicht vom Grabbeltisch eines Discounters.«

»Hast du sonst noch etwas bemerkt?«, hakte Henrik nach. »Hast du ihn sprechen hören?«

»Nein. Er hat zwar telefoniert, doch er sprach leise und saß zu weit von uns entfernt.«

»War er groß oder klein? Dick oder dünn? Jung oder alt?«

»Ich würde sagen: mittelgroß, von normaler Statur und im mittleren Alter.«

»Prima, also ein Allerweltskerl. Das bringt uns jetzt echt weiter«, erwiderte Henrik sarkastisch. »Ist dir etwas an ihm ins Auge gefallen?«, wandte er sich an Carsten.

»Nein, tut mir leid.«

»Und du bist dir ganz sicher, dass du ihn in diesem Saal mit den Säulen entdeckt hast?«, wollte Henrik von Kathrin wissen.

»Nicht hundertprozentig«, musste sie zugeben. »Aber wer hätte mich denn sonst verletzen sollen?«

»Das ist die Eine-Million-Dollar-Frage.«

»Es muss doch einen Grund dafür geben«, beharrte Kathrin. »Oder glaubt ihr allen Ernstes, dass da jemand mit einem Messer im Kloster herumläuft, um auf harmlose Touristen einzustechen?«

»Es könnte immerhin sein, dass du gar nicht gemeint warst. Dass er es eigentlich auf Carsten abgesehen hatte.«

Kathrin zog zynisch eine Augenbraue in die Höhe. »Willst du mir weismachen, dass ein sehbehinderter Messerstecher, der sein Handicap hinter einer Sonnenbrille verbirgt, Carsten ins Jenseits befördern wollte? Und dass er, weil es mit dem Augenlicht bei ihm hapert, stattdessen mich erwischt hat?«

»Nein, sorry, blöder Gedanke von mir.« Henrik sah zerknirscht aus. »Aber wenn es nicht dieser Typ mit der Sonnenbrille war: Kam dir jemand aus der Gruppe, der an der Führung teilgenommen hat, bekannt vor? War da vielleicht ein Gesicht, das dir irgendwie vertraut vorkam?«

Kathrin nahm einen kleinen Schluck vom Kirschwasser und runzelte nachdenklich die Stirn. »Nein, das waren alles Fremde für mich«, sagte sie schließlich. »Doch ich muss gestehen, dass ich nicht so genau auf die anderen geachtet habe. Ich war so auf diesen Typ mit der Sonnenbrille fixiert.«

»Ging mir ebenso«, stimmte Carsten zu.

»Es scheint von Tag zu Tag verworrener zu werden«, stöhnte Henrik. »Wir haben es nun mit zwei Mordfällen und zwei unbekannten Verfolgern zu tun. Was für ein elender Schlamassel.«

»Mit zwei Mordfällen und einem Mordanschlag«, verbesserte ihn Carsten.

Henrik war schockiert. »Du lieber Himmel! Was ist denn in den paar Stunden, in denen ich mich am Gymnasium herumgetrieben habe, noch alles passiert?«

»Ich habe während unserer Besichtigungstour einen Anruf erhalten«, berichtete Carsten. »Von dem Corpsbruder, den ich kontaktiert hatte, nachdem ihr den Handschuh mit Bertrams Hand im See gefunden hattet.«

»Was wollte er von dir?«

»Er hat mir von einem Vorfall erzählt, der ein weiteres Corpsmitglied der Heidelbergensis betrifft. Diesmal kannte der Corpsbruder das Opfer recht gut, weil er seinen Wein bei ihm kauft. Der Sohn hat ihn informiert.«

»Was ist geschehen?« Henrik beugte sich ein wenig zu Carsten hinüber, war ganz Ohr.

»Pascal Ott, so heißt der Mann, betreibt einen kleinen Winzerhof am Kaiserstuhl. Vor ein paar Jahren ist er auf Biowein umgestiegen, hat seinen Betrieb dementsprechend umgestaltet. Die Übergangsphase war wohl recht hart, aber inzwischen soll es ganz gut laufen. Sein Sohn ist mit eingestiegen und wird den Laden später mal übernehmen. Der Sohn hat Ott gefunden, gerade noch rechtzeitig.«

»Wo?«

»Im Weinkeller, wo die Edelstahlfässer untergebracht sind.«

»Wurde er auch heimtückisch mit einem Messer angegriffen? Wie Maximilian?« Kathrin war blass geworden.

»Nein, er wurde niedergeschlagen und in die Traubenabbeermaschine verfrachtet.«

»Was ist das für eine Maschine? Davon habe ich noch nie gehört«, gestand Henrik.

»Wenn ich es von einer Kellerbesichtigung im Rheinhessischen korrekt in Erinnerung habe«, sagte Carsten, »handelt es sich um eine motorangetriebene Maschine aus Edelstahl, in der die Traubenstiele von den Beeren getrennt werden. Ich glaube, damit keine Gerbstoffe in den Most gelangen.«

»Sollte dieser Ott im Most ertränkt werden?«

»Nein, derzeit findet keine Lese statt, dafür ist es zu früh. Die Maschine war leer.«

»Und warum war er dann in Gefahr?«

»Die Trauben werden nach der Lese in diesen großen Edelstahlbehälter geworfen, der unten trichterförmig zuläuft«, erklärte Carsten. »Dort befindet sich eine Förderschnecke, die dafür sorgt, dass die Stiele auf der einen und die zerdrückten Beeren auf der anderen Seite herauskommen. Damit das richtig funktioniert, muss das Schneckengewinde messerscharf sein.«

Kathrin schluckte schwer. »Meinst du etwa, dass er von diesem Gewinde hätte zerkleinert werden sollen?«

»Ich weiß nicht, ob der Antrieb der Maschine ausgereicht hätte, einen Menschen zu zerstückeln oder zu zerquetschen. Doch der Sohn von Ott hat meinem Corpsbruder versichert, dass die Abbeermaschine einem Menschen durchaus tödliche Verletzungen beibringen kann. Wenn er nicht zufällig in den Keller gekommen wäre und den Fuß seines Vaters aus dem Behälter hätte herausragen sehen, wäre es für Ott höchstwahrscheinlich zu spät gewesen.«

»Die Maschine war also nicht eingeschaltet?«

»Nein, zum Glück nicht.«

»Der Sohn muss den Täter überrascht haben«, folgerte Henrik. »Er konnte seinen eigentlichen Plan nicht zu Ende führen.«

»Wie geht es ihm denn inzwischen?« Kathrins Stimme klang rau.

»Den Umständen entsprechend, meinte der Corpsbruder, der mich angerufen hat. Ott hat eine Gehirnerschütterung, ein paar Schnittwunden und einen Schock davongetragen. Doch er lebt. Das ist das Wichtigste.«

»Kannte er Hübner? Und Maximilian?« Henrik hatte sofort weitergedacht.

»Ich war so geschockt, dass ich in dem Moment nicht danach gefragt habe«, sagte Carsten. »Und dann habe ich Kathrin schreien hören und bin ins Refektorium zurückgerannt. Aber möglich wäre es schon. Ott ist, wie mir der Corpsbruder gesagt hat, etwas jünger als ich, müsste also in Bertrams Alter sein. Ich habe gerade zwar kein konkretes Gesicht vor Augen, doch es spricht viel dafür, dass er zur selben Zeit in Heidelberg studiert hat.«

»Ich muss zurück nach Sasbachwalden, noch mal mit der Familie von Hübner sprechen«, entschied Henrik spontan. »Mit Hübners Ermordung hat alles angefangen, da ist der sprichwörtliche Stein ins Rollen gebracht worden.«

»Hast du denn heute nichts Neues über Maximilian herausgefunden?«, fragte Kathrin.

»Eher wenig«, räumte Henrik ein. »Kaum etwas, das mich weiterbringt. Maximilian war nirgendwo besonders beliebt, man hat ihn ertragen oder geduldet. Die Schüler werden froh sein, dass sie ihn los sind. Ein begnadeter Pädagoge war er nicht.«

»Er wäre nicht der einzige Lehrer, der aus Rache oder Hass sterben musste«, meinte Kathrin. »Wenn es definitiv kein Raubmord war, stammt der Täter sicherlich aus seinem näheren Umfeld.«

»Gut möglich.« Carsten nickte.

»Bei Hübner und diesem Ott verhält es sich, meiner Meinung

nach, etwas anders«, fuhr Kathrin fort. »Es ist doch schon auffällig, dass beide Winzer sind beziehungsweise waren. Wobei der Hübner ja noch diese Eventgastronomie und die Camping-Dinner am Laufen hatte. Also ich glaube, dass wir es hier mit zwei Tätern zu tun haben. Einem, der es auf Hübner abgesehen hatte und danach auf Ott. Und einem zweiten, der Maximilian auf dem Gewissen hat. Anders macht es doch keinen Sinn, da besteht kein offensichtlicher Zusammenhang.«

»Du vergisst, dass Maximilian mit Bertram studiert hat, dass sie sich sogar eine Wohnung geteilt haben. Und Ott wird die beiden von den Treffen der Corpsmitglieder gekannt haben«, widersprach Henrik. »Somit haben wir ein Trio, das beteiligt ist. Bei dem, wie ich vermute, Bertram die Schlüsselrolle spielt. Es bleibt dabei: Ich werde morgen nach Sasbachwalden aufbrechen.«

»Soll ich mitkommen?« Carsten schaute den Freund eindringlich an.

»Hm, ich weiß nicht.« Henrik ließ die Flüssigkeit in seinem Glas kreisen. »Höchstwahrscheinlich ist es besser, wenn du morgen früh zurück nach Hamburg fährst.«

»Hast du dort Familie oder Freunde, wo du unterkommen könntest?«, fragte Kathrin besorgt. »Ich glaube nicht, dass es klug wäre, wenn du allein in deine Wohnung gehen würdest.«

»Ich könnte bei meinem Sohn in Berlin anklopfen«, sagte Carsten nachdenklich. »Doch ich bezweifele, dass er Freudensprünge veranstalten wird, wenn er mich sieht. Als er auf die Welt kam, waren seine Mutter und ich schon fast wieder geschieden. Wir hatten nie ein enges Verhältnis. Obwohl ich natürlich jahrelang für seinen Unterhalt aufgekommen bin.«

»In Anbetracht der Dinge solltest du darüber nachdenken, Polizeischutz zu beantragen«, schlug Henrik vor. »Soll ich mal für dich nachhaken, ich habe einen Freund bei der Hamburger Polizei, seines Zeichens Kriminalhauptkommissar.«

»Nein, nein.« Carsten hob abwehrend die Hände. »Das erscheint mir doch eher übertrieben. Ich werde nachfragen, ob ich ein paar Tage im Gästezimmer eines Freundes übernachten kann. Er wohnt in einem Dörfchen im Alten Land, wo sich Fuchs und Hase Gute Nacht sagen. Da bin ich sicher.«

»Gut, dann wäre das geklärt.« Henrik machte sich bereit aufzustehen. Von draußen drang Kinderlachen ins Wohnmobil.

»Du solltest mit Finn auch schleunigst von hier verschwinden«, legte Henrik Kathrin nahe. »Am besten fährst du zurück an den Werratalsee, zu Nicole und Bernd. Die sind doch noch nicht auf Tour, oder?«

»Nein, sie wollen erst nach dem Ende der Schulferien im September starten«, sagte Kathrin.

»Hej, seid ihr alle da drinnen?«, rief Finn. »Wisst ihr, wie oft ich heute vom Drei-Meter-Brett gesprungen bin?«

Kathrin führte unbewusst den Zeigefinger vor den Mund. »Kein Wort zu Finn. Okay?«

»Okay.« Henrik nickte. »Wir reden noch mal kurz, bevor wir morgen abfahren.«

Finn stürmte ins Wohnmobil und stutzte, als er Kathrins bandagierten Oberarm sah.

»Was ist mit deinem Arm?«

»Ich wollte oben auf der Höhe Brombeeren pflücken und habe mich blöd an den Dornen gekratzt«, sagte Kathrin und setzte ein beruhigendes Lächeln auf.

»Tut es weh?«

»Nicht mehr«, versicherte ihm Kathrin.

»Wann gibt es Abendessen? Ich hab so einen Hunger.«

»Was hältst du davon, wenn ich Flammkuchen bestelle?«, schlug Kathrin vor. »Im Klosterhof habe ich ein Restaurant mit Lieferservice gesehen.«

»Was ist Flammkuchen?«, fragte Finn misstrauisch.

»Wie Pizza, nur knuspriger«, erklärte Kathrin.

»Aber ohne Oliven?«

»Ganz ohne Oliven«, antwortete Henrik und wuschelte ihm durchs Haar.

»Willst du auch Flammenkuchen?«

»Klar will ich«, sagte Henrik. »Ich habe so einen Mordshunger, dass ich nicht mehr warten kann.« Er beugte sich zu Finn hinüber und tat so, als ob er in dessen Arm beißen wolle.

Finn quiekte und stürmte aus dem Wohnmobil. Henrik folgte ihm.

»Er wäre ein guter Vater geworden«, meinte Carsten. »Und ein guter Jurist. Stattdessen hat er jetzt fast jeden Tag eine neue Katastrophe an der Backe.«

»Ich mache mir Sorgen um ihn«, gestand Kathrin.

»Ich auch.« Carsten seufzte.

14

»Guck nicht so traurig«, sagte Henrik zu seinem Beagle.

Ab halb neun in der Früh hatte ein wahrhaftiger Exodus vom Wohnmobilstellplatz am Kloster eingesetzt. Zuerst waren Mads und Gitta mit den Zwillingen aufgebrochen, dann Kathrin mit Finn und zum Schluss Carsten. Obwohl Henrik stets behauptete, am liebsten allein unterwegs zu sein, hatte sich doch eine seltsame Schwere auf seine Brust gelegt. Carsten und Kathrin waren in den wenigen Tagen, die sie zusammen verbracht hatten, wie eine Familie für ihn geworden. Es schmerzte, sie ziehen zu lassen.

»Werde jetzt bloß kein sentimentaler Trottel«, ermahnte er sich. Es wurde höchste Zeit, dass er sich ebenfalls reisefertig machte.

Er öffnete die Außenstauklappe, in der sich die Toilettenkassette befand, zog den Behälter hervor und wappnete sich für das, was gleich geschehen würde. Auch wenn er seit mehr als zwei Jahrzehnten mit Campingfahrzeugen auf Achse war, hatte er sich mit diesem Teil des Campingalltags nie anfreunden können. Doch er wusste, dass ihm keine andere Wahl blieb. Er verspürte wie jeder Mensch mehrmals täglich ein dringendes Bedürfnis, das er meist auf seinem eigenen stillen Örtchen erledigte. Die Bordtoilette war für ihn fast wichtiger als der Zweiflammenherd, auf dem er seinen Morgenkaffee und ab und zu ein paar Spiegeleier oder eine Dosensuppe zubereitete. Er hievte die prall gefüllte und daher schwere Toilettenkassette zur Entsorgung, öffnete die Bodenklappe, schraubte den Tankdeckel ab, hielt unbewusst den Atem an und steckte das Ausgussrohr in die dafür vorgesehene Öffnung. Ein gurgelnd schmatzendes Geräusch zeugte davon, dass sich die Flüssigkeit einen Weg in die Kanalisation und hin zur nächsten Kläranlage bahnte. Henrik hielt während der gesamten Entleerungsprozedur den Kopf vom Bodeneinlass abgewandt, starrte auf die sanft ansteigenden Weinberge und die Obstbäume auf der Höhe. Erst als das Gurgeln verstummt war, konzentrierte er sich wieder auf sein eigentliches Tun, zog das Ausgussrohr heraus und gab etwas Frischwasser in die Kassette, um sie zu guter Letzt durchzuspülen. Fertig, dachte er mit Erleichterung, schraubte den Deckel auf und trug die Kassette an ihren angestammten Platz.

Als er durch die Schiebetür in seinen Kastenwagen trat, erlebte er eine Überraschung. Auf der Sitzgruppe saß ein ihm unbekanntes Mädchen. Sie hatte sich zu Leo hinuntergebeugt, der sich auf den Rücken geschmissen hatte und ihr den nur spärlich behaarten Bauch darbot.

»Da hat er es am liebsten«, sagte Henrik gutmütig und lächelte das Mädchen an. Die erwiderte sein Lächeln nicht. Henrik stieg über Leo hinweg und ging ins Bad, wo er die Hände einseifte und danach mit klarem Wasser abspülte.

»Danke, dass du dich um Leo gekümmert hast«, sagte er, als er die Badtür wieder hinter sich geschlossen hatte. »Aber nun muss ich los.«

Das Mädchen reagierte nicht, hielt den blonden Schopf mit den rosafarbenen Strähnen unverändert zum Boden geneigt. Ist sie etwa taub, fragte sich Henrik. Er tippte dem Mädchen auf die Schulter. Die Geste zeigte Wirkung, denn das Mädchen, das Henrik auf dreizehn oder vierzehn Jahre schätzte, hob den Kopf. Ihren rechten Nasenflügel zierten zwei kleine Silberringe. In der Rinne zwischen der Oberlippe und der Nase steckte ein winziger funkelnder Stein. Auf der hohen Stirn blühten ein paar Aknepickelchen.

»Ich muss los«, wiederholte Henrik. »Würdest du bitte aussteigen?«

»Nein«, erwiderte das Mädchen.

»Wie, *nein*?«

»Ich fahre mit dir.«

Henrik lachte laut auf. »Guter Witz. Leider habe ich im Moment keine Zeit für solche Späße.«

»Ich meine es ernst.« Die grauen Augen des Mädchens funkelten ihn arrogant an.

»Ich auch«, konterte Henrik. »Du steigst jetzt auf der Stelle aus.«

Das Mädchen kreuzte die Arme vor der Brust und rutschte mit dem schmalen Gesäß auf der Sitzbank ein wenig nach hinten. Henrik seufzte innerlich auf. Er hatte so gut wie keine Erfahrung mit renitenten Halbwüchsigen und verspürte keine Lust, einen Crashkurs als Teenagerdompteur zu absolvieren.

»Raus«, sagte er leise.

Das Mädchen verzog die blassrosa geschminkten Lippen zu einem zynischen Lächeln. »Ich bleibe.«

Henrik fuhr sich genervt mit der Hand durch das hellbraune, kurze Haar, bis es ihm von der Stirn abstand. »Willst du Geld, oder was ist mit dir los?«

»Ich will kein Geld, ich will mitfahren«, erwiderte das Mädchen seelenruhig.

»Du weißt doch gar nicht, wohin ich fahre.«

»Das sage ich dir. Wir fahren nach Freiburg. Dort kannst du mich bei meiner Tante absetzen.«

Henrik wusste nicht, ob er weinen, losbrüllen oder lachen sollte. Er entschied sich, die Fassung zu bewahren. »Wenn du willst, kannst du mein Handy benutzen, um deine Tante anzurufen. Sie kann dann hierherkommen und dich abholen.«

»Ich habe ein eigenes Handy.«

»Schön für dich, dann benutze es auch. Sofort.« Henriks Stimme war laut und schneidend geworden.

»Nein, ich werde nicht anrufen.«

Das Mädchen erwies sich als störrischer als der Maulesel, der einst den Klosterschatz am heutigen Klosterbrunnen abgeworfen hatte und damit, der Legende nach, den Standort und den Namen des Klosters vorgegeben hatte.

Henrik schwenkte mental um, beschloss, es mit Diplomatie zu versuchen.

»Deine Tante wird sicherlich nicht wollen, dass du zu einem

Fremden ins Auto steigst. Soll ich dich zum Bahnhof bringen und dir ein Zugticket nach Freiburg kaufen?«

»Ich setze mich in keinen Zug.«

»Es fährt ganz gewiss auch ein Bus in die Richtung.«

»Dito.« Das Mädchen winkelte die Beine an, setzte die Füße auf das Polster der Sitzbank und umschlang die angezogenen Knie mit den Armen.

Henrik hätte sie am liebsten an ihrem gestreiften Schopf gepackt und aus dem Kastenwagen gezerrt. Doch er wusste, dass ihn das in den Augen der Passanten, die am Wohnmobilstellplatz vorbeischlenderten, nicht besonders gut aussehen lassen würde. Er zwang sich zur Ruhe.

»Wo kommst du eigentlich her?«

Das Mädchen wies mit dem spitzen Kinn in Richtung des Klosters. »Aus dem Internat.«

»Dem Klosterinternat? Du bist Schülerin dort?«

»Ja, aber ich habe die Nase voll. Ich gehe nicht mehr dahin zurück.«

Oha, eine Ausreißerin, dachte Henrik. Er ahnte, dass er sich auf ganz dünnem Eis befand. »Mir hat die Schule oft auch keinen Spaß gemacht. Doch es bringt nichts, vor Problemen wegzulaufen. Rede mit deinen Lehrern. Oder mit deinen Freunden. Es findet sich immer eine Lösung. Glaub mir.«

»Bullshit«, zischte das Mädchen.

»Wo sind denn deine Eltern?«

»Die wollen mich nicht. Deshalb haben sie mich ja ins Internat gesteckt.«

»Soll ich mal mit ihnen reden?«, bot Henrik an.

»Die sind in China oder Singapur oder Taiwan oder was weiß ich. Die Firma meines Vaters verkauft Elektrotechnik nach Asien. Meine Eltern sind die meiste Zeit nicht in Deutschland.«

Die Stimme des Mädchens klang mit einem Mal gepresst, so als ob sie mit den Tränen kämpfte. Henrik spürte Mitgefühl in sich aufsteigen. Und den Drang, den Eltern der Kleinen mal ordentlich in den Allerwertesten zu treten. Doch das wäre nicht zielorientiert.

Er wechselte erneut die Taktik.

»Du siehst hungrig aus. Leider herrscht in meinem Bordkühlschrank Ebbe. Komm, wir gehen in den Klosterhof, und ich spendiere dir ein Eis. Oder eine Pizza.«

»Ich bin doch kein Baby mehr.« Das Mädchen warf ihm einen verächtlichen Blick zu.

»Nein, bist du nicht«, stimmte Henrik zu. »Deswegen weißt du auch, dass dieses Theater hier nichts bringt. Wir gehen gemeinsam zum Internat. Vielleicht haben sie ja noch gar nicht gemerkt, dass du getürmt bist. Dann kommst du um eine Strafpredigt herum. Also los jetzt.«

Henrik schnippte mit den Fingern, wie er es manchmal tat, um Leo zum Gassigehen zu bewegen. Weder der Hund noch das Mädchen rührten sich.

»Soll ich die Polizei rufen?«

Das Mädchen zog ihr Handy aus der Hosentasche. »Die Beamten wären bestimmt ganz heiß darauf, das hier zu sehen.«

»Was ist das?«, fragte Henrik misstrauisch und beugte sich ein wenig vor, um besser auf das Display schauen zu können. Er stutzte kurz und zog scharf die Luft ein.

»Was soll das?«

Das Mädchen grinste selbstgefällig. »Das ist mein Ticket, mit dem du mich nach Freiburg bringen wirst.«

»Damit kommst du nicht durch. Man muss kein Profi sein, um zu erkennen, dass die Fotos ein Fake sind.«

»Willst du es darauf ankommen lassen?«

Henrik zögerte. Die Fotos zeigten ihn und das Mädchen in Posen, die durchaus falsch verstanden werden könnten. Auf einem lehnte sie sich, nur mit Slip und BH bekleidet, an ihn, hielt ihm die Lippen sinnlich entgegen. Auf einem anderen hatte sie ihre Hand auf seinen Hosenschlitz gelegt, der, wie suggeriert wurde, in freudiger Erwartung bereits geöffnet war. Henrik hatte das Mädchen nie zuvor getroffen und konnte daher mit

Sicherheit behaupten, dass er nicht derjenige war, der auf den Fotos abgebildet war.

Dummerweise trug die Person, die dort mit dem Mädchen posierte, sein Gesicht. Auch von der Figur her gab es Ähnlichkeiten. Er konnte sich die Fotos nur so erklären, dass ihn das Mädchen beobachtet und heimlich fotografiert hatte. Das war keine spontane Aktion.

»Du fotografierst gern und kennst dich mit Bildbearbeitungsprogrammen aus?«, sagte er leise.

Das Mädchen fuhr sich mit der Zungenspitze über die Lippen, so wie ein Kätzchen, das Sahne geschleckt hat. »Erstaunlich, was man mit GIMP so alles machen kann, oder?«

»Allerdings. Wer hat dir dabei geholfen? Wer steht da, dem du mein Gesicht aufgesetzt hast?«

Das Mädchen zuckte mit den Schultern. »Das tut nichts zur Sache.«

»Wenn du die Fotos im Internet verbreitest oder der Polizei zeigst, machst du dich selbst strafbar«, warnte Henrik.

Die grauen Augen des Mädchens flackerten kurz, dann hatte sie sich wieder gefangen. »Warten wir's ab. Fahr endlich los.«

»Nein.«

Henrik spreizte die Beine und verschränkte die Arme vor der Brust. Schwieg. Ich stehe hier wie ein Fels, so hoffte er, würde die stumme Message an das Mädchen lauten. In dem Moment sah er aus den Augenwinkeln, wie sich ein weißer Lieferwagen dem Wohnmobilstellplatz näherte. War das etwa ein Komplott? Ein geplanter Überfall? Arbeitete der Typ im Lieferwagen etwa mit der Kleinen zusammen? Mist, warum musste sich ausgerechnet jetzt kein anderes Fahrzeug auf dem Stellplatz befinden? Henrik registrierte, wie sich die Fahrertür des Lieferwagens einen Spaltbreit öffnete und ein dunkler, schmaler Gegenstand zwischen der Frontscheibe und der Wagentür hervorlugte.

Er reagierte instinktiv: Er packte das Mädchen grob an der Schulter und riss sie zu Boden, legte sich schützend auf sie. In der Sekunde fiel der erste Schuss. Henrik spürte, wie die Kugel nur zwei, drei Zentimeter über seinem Kopf vorbeisurrte und in die gegenüberliegende Seitenwand einschlug. Er rollte sich von dem Mädchen weg, richtete sich halb auf und zog die Schiebetür zu.

»Bleib unten«, brüllte er das Mädchen an und robbte zum Fahrersitz.

Ein zweiter Schuss löste sich und streifte die Fläche, wo eben noch die Türöffnung gewesen war. Henrik wusste, dass sie im Auto gefangen waren wie ein Kaninchen in seinem Bau, vor dem der Fuchs lauert. Ihm blieb nur eine Möglichkeit, er musste alles auf eine Karte setzen. Er fummelte den Zündschlüssel aus der Gesäßtasche seiner Jeans hervor, steckte ihn ins Schloss, schnellte auf den Fahrersitz und ließ den Motor anspringen.

Sein Gegner schien mit der Reaktion nicht gerechnet zu haben, denn er zögerte wenige, aber entscheidende Sekunden zu lang. Mit quietschenden Reifen entfernte sich Henrik vom Wohnmobilstellplatz und raste auf die Kreuzung zu. Dort schlug er das Lenkrad hart nach links ein. Der Kastenwagen kam ins Schwanken, schien an Bodenhaftung zu verlieren. Doch Henrik gelang es, das Fahrzeug zu stabilisieren. Er presste den Fuß aufs Gaspedal und raste auf die nächste Kreuzung zu. Immer in der bangen Erwartung, dass ein Schuss in den Reifen ihn ausbremsen, seine Flucht vereiteln würde.

Nur mit Mühe unterdrückte Kathrin ein Seufzen. Sie waren seit einer geschlagenen Stunde unterwegs, und der ansonsten so mitteilsame Finn schwieg beharrlich. Wie ein Zisterziensermönch, der dem Schweigegelübde verpflichtet war. Der Junge saß mit kerzengeradem Kreuz auf dem Beifahrersitz, hatte die Unterlippe vorgewölbt und starrte aus der Frontscheibe. Zum Frühstück hatte er in seinen Cornflakes herumgestochert und seinen Orangensaft nicht angerührt, hatte ihr auch ohne Worte zu verstehen gegeben, dass er mit ihren Plänen nicht einverstanden war.

»Freust du dich nicht darauf, Bernd und Nicole wiederzusehen?«, versuchte Kathrin erneut, ein Gespräch in Gang zu bringen.

»Hm.«

»Ich bin mir sicher, dass Bernd dich in seinem Boot nochmals zum Angeln mit rausnimmt. Das hat dir beim letzten Mal doch so gut gefallen.«

»Keine Lust.«

»Ein paar der Kinder, mit denen du am Anfang der Ferien gespielt hast, werden noch am See sein.«

»Ich will keine anderen Kinder.«

Kathrin lachte leise. »Bist du jetzt unter die Eremiten gegangen?«

»Was ist ein Etremit?«

»Ein Eremit ist ein Mensch, der allein und zurückgezogen von der Welt lebt«, erklärte Kathrin.

Finn schien die Option eine Weile zu überdenken, denn er gab keinen Mucks von sich.

»Ich will nicht allein sein. Ich will mit Aksel und Freja was unternehmen«, sagte er nach zwei, drei Minuten, die Kathrin wie eine Ewigkeit vorkamen.

Aha, da liegt der Hase im Pfeffer, dachte Kathrin. Sie hatte nicht erwartet, dass Finn in der kurzen Zeit ein so enges Freundschaftsverhältnis zu den Zwillingen entwickeln würde. »Vielleicht kannst du die beiden ja mal in Dänemark besuchen. Von Ystad nach Kopenhagen ist es nicht weit. Soll ich mit deinem Opa reden?«

»Mads hat versprochen, uns das Tauchen beizubringen. Er kann das echt gut, mit einer Flasche und einer Brille und Flossen und so. Aber Aksel und ich, wir sollten erst mal das richtige Atmen lernen und dann ein paar Meter unter Wasser schwimmen. Mads wollte Schnorchel für uns besorgen, damit wir länger unten bleiben können. Doch ich musste ja weg.« Finn zog einen Flunsch.

»Aber Mads und Gitta sind heute auch abgefahren«, rief ihm Kathrin ins Gedächtnis.

Henrik und sie waren nach dem Vorfall im Herrenrefektorium zur Übereinkunft gekommen, den Dänen eine etwas abgeschwächte Version der Geschehnisse zu präsentieren. Dennoch hatten sie nicht verschwiegen, dass sowohl Carsten als auch Henrik und Kathrin gewissen Gefahren ausgesetzt waren. Mads und Gitta hatten sich entschieden, kein Risiko einzugehen, sie hatten Maulbronn verlassen und waren in Richtung Norden aufgebrochen. Freja hatte Finn beim Abschied umarmt, hatte ihn nicht mehr loslassen wollen. Kathrin hatte nicht damit gerechnet, dass Finn ebenso emotional reagieren würde. Manchmal fiel es ihr noch schwer, Finns Gefühlsleben richtig zu deuten. Obwohl er seinem Vater sehr ähnlich sah, war er doch keine Miniversion von Peter, ihrer Sandkastenliebe, mit dem sie über fünfundzwanzig Jahre zusammen gewesen war. Finn war eine eigenständige Persönlichkeit.

Kathrin unterdrückte den Impuls, die rechte Hand vom Lenkrad zu lösen und durch den blonden Schopf des Jungen zu wuscheln. Sie hatte ein schlechtes Gewissen, weil seine ersten Sommerferien bei ihr so anders verliefen, als sie es eigentlich geplant hatte. Sie hatte vorgehabt, eine unbeschwerte Zeit mit dem Jungen zu verbringen. Stattdessen war sie in eine Mordserie hineingestolpert, die auch für sie nicht ohne Folgen blieb.

Ein schrecklicher Gedanke machte sich in ihrem Kopf breit: Was wäre, wenn derjenige, der sie im Kloster verwundet hatte, ihr folgte? Wenn er hinter ihr her wäre, um ihr weiter zu schaden? Um nochmals mit einem Messer zuzustechen und sie noch schwerer zu verletzen? Oder gar, um sie zu töten? Obwohl ihr Henrik mehrfach versichert hatte, dass sie nach der Abfahrt aus Maulbronn nicht länger in Gefahr wäre, konnte Kathrin ein Gefühl von Panik nicht unterdrücken. Was wäre, wenn der Täter auch vor dem Jungen nicht haltmachte? Führte sie Finn, den sie zu schützen gelobt hatte, direkt ins Verderben?

Sie schaute ängstlich in ihre Seitenspiegel, um zu checken, ob ihr ein verdächtiges Fahrzeug folgte. Hinter ihrem Wohnmobil erkannte sie eine lange Schlange von Lkws. Links zogen Pkws jeglicher Größe und Couleur an ihr vorbei. Alles schien ihr unauffällig, alltäglich. In dem Moment passierte sie ein blaues Hinweisschild mit weißer Schrift: noch zwanzig Kilometer bis nach Ladenburg.

»Wollten Mads und Gitta nicht einen Zwischenstopp in Ladenburg machen? Um in dieses Automuseum zu gehen?«, fragte sie den Jungen.

»Sie wollen so einen Benz besuchen.«

»Dann haben wir Glück.«

Kathrin betätigte bei der nächsten Ausfahrt den Blinker. Wenn nichts dazwischengekommen war oder sie ihre Pläne geändert hatten, müssten Mads und Gitta bereits am Wohnmobilstellplatz angekommen sein. Die Dänen waren anderthalb Stunden vor ihr aufgebrochen. Sie hatte sich nur schwer von Henrik und Carsten trennen können, hatte herumgetrödelt und den Abschied hinausgezögert.

»Warum bist du von der Autobahn abgebogen? Wo fahren wir hin?« In den Augen des Jungen hatte sich ein erwartungsvolles Leuchten breitgemacht. Und es schien ihm plötzlich nichts mehr auszumachen zu reden.

Kathrin lächelte. »Wart's ab.«

Schon beim Abbiegen von der Hauptstraße entdeckte Kathrin das Wohnmobil der Dänen. Mit seinen neun Metern Länge und seinen fast dreieinhalb Metern Höhe war es allerdings auch schwerlich zu übersehen. Finn starrte zwei, drei Sekunden mit offenem Mund aus dem Fenster, dann löste er, kaum dass Kathrin den Motor abgestellt hatte, den Sicherheitsgurt und rannte los. Kathrin stieg aus, um an der Rezeption, einem weißen Holzhäuschen mit blauer Tür und blauen Fensterrahmen, einzuchecken. Zur Mittagszeit war auf dem Areal neben den Tennisplätzen noch nicht viel los, und Kathrin konnte Töfftöff neben dem Wohnmobil von Mads und Gitta einparken. Ihr betagtes Alkovenmobil wirkte angesichts des Riesen auf Zwillingsreifen wie ein Zwerg. Ein in die Jahre gekommener, schon etwas knittriger Zwerg.

»Du musst dich nicht schämen«, sagte sie und tätschelte liebevoll Töfftöffs Motorhaube.

»Was für eine Überraschung!«, rief Mads, der sie ebenfalls entdeckt hatte.

Gitta lachte. »Ich muss gestehen, dass ich fast damit gerechnet habe. Aksel und Freja waren die ganze Fahrt über unausstehlich. Ich nehme mal an, dass Finn keine bessere Laune hatte.«

»Nein, nicht wirklich.«

»Wirst du ein paar Nächte bleiben, bevor du zum Werratalsee aufbrichst, oder hast du nur vor, mit uns einen Kaffee zu trinken?« Gitta zeigte auf die Thermoskanne, die sie auf den Campingtisch vor dem Wohnmobil gestellt hatte.

»Ich bin für Ersteres«, sagte Mads. »Dann können wir zusammen die Region erkunden. Bis zur denkmalgeschützten Altstadt sind es, wie mir die Betreiberin erzählt hat, zu Fuß nur zehn Minuten. Und nach Heidelberg könnten wir mit dem Bus fahren. Die Kids wären über einen Zoobesuch bestimmt total aus dem Häuschen.«

Kathrin seufzte. »Ich fürchte, das geht nicht. Ich bin hierhergekommen, weil ich so eine Art Attentat auf euch vorhabe.«

»Oha, das hört sich ernst an.« Mads langte in eine bunt bedruckte Metalldose und zog einen runden Butterkeks hervor.

Kathrin ließ sich auf den Campingstuhl fallen, den Gitta für sie hingestellt hatte, und vertraute den Dänen ihre Sorgen und Nöte an. »Ich stecke da echt in einem Dilemma«, schloss sie. »Einerseits möchte ich Henrik helfen, andererseits will ich Finn unbedingt aus der Schusslinie halten.«

Gitta verstand den Begriff allzu wörtlich. »Du glaubst doch nicht, dass der, der für all das verantwortlich ist, auf Finn schießen wird?«, fragte sie entsetzt.

»Nein, nein, davon gehe ich nicht aus«, beruhigte Kathrin sie. »Es ist nur so, dass ihr mir einen Riesengefallen erweisen würdet, wenn ihr Finn ein paar Tage übernehmen könntet. Ich weiß, dass ich viel von euch verlange, wir kennen uns ja kaum.

Andererseits versteht sich Finn mit den Zwillingen so prima, sie sind fast schon wie Geschwister.«

Gitta berührte kurz Mads' Hand, der nickte. »Natürlich kann Finn bei uns bleiben«, sagte Gitta. »Bei uns in Kopenhagen sind dauernd Freunde von Aksel und Freja zu Besuch, auch über Nacht. Das ist überhaupt kein Problem.«

»Unsere Pyjamapartys sind bei den Kids so beliebt, dass sie gar nicht mehr nach Hause wollen«, fügte Mads mit einem Grinsen hinzu.

»Ich müsste vorher allerdings noch die Einwilligung der Großeltern einholen«, sagte Kathrin. »Sie sind ja seine Erziehungsberechtigten.«

»Ich rede mit ihnen«, bot Mads spontan an. »Ich sage ihnen, dass sich die Kinder angefreundet haben und wir ihnen noch ein paar gemeinsame Urlaubstage gönnen wollen. Von den«, er zog eine Grimasse, »anderen üblen Vorfällen müssen sie ja nichts erfahren. Wir halten Finn aus allem raus.«

»Ach, mir fällt ein Stein vom Herzen.« Kathrin führte die rechte Hand zur Brust. »Ich werde es gutmachen, das verspreche ich.«

»Das hat Zeit«, wiegelte Mads ab. »Sieh du zu, dass du Henrik hilfst, diese abscheulichen Verbrechen aufzuklären. Ich glaube, er ist besser als die Polizei.«

»Er ist verdammt gut«, stimmte Kathrin zu und nippte an ihrem Kaffee. »Ich weiß auch, dass er auf sich selbst aufpassen kann, er hat ja die Ausbildung und die Erfahrung, kann mit brenzligen Situationen gut umgehen. Aber ich habe so ein mulmiges Gefühl, ich möchte ihm beistehen. Das bin ich ihm schuldig. Er hat mir vor einem Jahr das Leben gerettet. Ohne ihn säße ich jetzt nicht hier.«

Mads und Gitta verfügten über genügend Taktgefühl, nicht nachzufragen, wie und warum Henrik zu Kathrins Retter geworden war. Gitta drückte kurz ihre Hand.

»Sei vorsichtig. Und pass auf dich auf.«

»Werde ich.« Kathrin leerte ihren Kaffeebecher in wenigen

Schlucken und stand auf. »Ich werde jetzt mal Finn die frohe Kunde überbringen, und dann fahre ich in den Schwarzwald. Ich sag euch: Henrik wird bestimmt ein Gesicht machen.«

Mads lachte. »So wie ich ihn einschätze, wird er versuchen, dich auf der Stelle zurückzuschicken.«

Gitta gab ihrem Ehemann einen Klaps auf die Schulter und zwinkerte Kathrin zu. »Ja, ja, so sind die Männer halt. Tun meistens so, als ob sie alles allein hinbekommen. Als ob sie uns nicht bräuchten. Doch in Wirklichkeit sind sie froh, wenn wir an ihrer Seite sind. Lass dich bloß nicht unterkriegen.«

Kathrin streckte die Arme auf Schulterhöhe aus, winkelte die Unterarme an und nahm eine Bodybuildingposition ein. »Ich versichere euch, ich habe ein verdammt breites Kreuz.«

15

Henrik bog auf einen Waldparkplatz ab, der von der Bundesstraße nicht einsehbar war, und stellte den Motor aus. Für ein, zwei Minuten legte er die Stirn auf das Lenkrad und schloss erschöpft die Augen. Seit einer gefühlten Ewigkeit jagte er über Straßen und Sträßchen und warf alle paar Sekunden durch die Seitenspiegel einen Blick nach hinten. Der weiße Lieferwagen war ihm bis weit über die Stadtgrenze von Maulbronn gefolgt. Zwischen Pforzheim und Eutingen war es ihm in einem Wohnviertel gelungen, seinen Verfolger abzuhängen. Das empörte Hupen der ihm in der Einbahnstraße entgegenkommenden Fahrzeuge hallte noch in seinen Ohren. Henrik hob den Kopf und linste mit klopfendem Herzen durch die Frontscheibe, in der bangen Erwartung, dass der Lieferwagen auftauchen würde. Was wenigstens für den Moment nicht geschah. Henrik atmete erleichtert auf und drehte sich langsam um.

Seit seinem unfreiwilligen Blitzstart vom Wohnmobilstellplatz hatte er nicht eine Sekunde Zeit gehabt, sich um seine blinde Passagierin und seinen Hund zu kümmern. Henrik stieß ein stummes Stoßgebet aus, dass beide unversehrt geblieben waren. Mit Erleichterung sah er, dass die Kleine genau das Richtige getan hatte: Sie kauerte unter dem Tisch der Sitzgruppe und hatte den Rücken gegen die Verkleidung der einen und die Füße gegen die der anderen Sitzbank gestemmt. Den Beagle hielt sie auf ihrem Schoss fest umklammert. Alle Achtung, das Mädel hatte Courage und Geistesgegenwart. Er löste den Sicherheitsgurt, ging mit steifen Beinen zur Sitzgruppe und kniete sich davor nieder.

»Alles in Ordnung mit dir?«

Das Mädchen zog eine Grimasse. »Mein Po ist inzwischen ein einziger großer blauer Fleck, und mein rechter Fuß ist seit einer Ewigkeit eingeschlafen.« Sie schob Leo sanft von sich und stand mit einem Stöhnen auf. »Wow, was war das denn eben? Ich hab gedacht, ich wäre plötzlich bei James Bond im Auto.«

»Leider kann ich dir keinen Aston Martin bieten«, erwiderte Henrik mit einem schiefen Lächeln. Dann wurde er wieder ernst. »Sorry, das hättest du nicht miterleben dürfen.«

Das Mädchen zuckte mit den Schultern. »Mir ist ja nichts passiert. Aber du, du blutest.«

»Wo?«, fragte Henrik erstaunt. Er hatte keinen Schmerz empfunden. Höchstwahrscheinlich war sein Adrenalinspiegel zurzeit so hoch, dass er sich einen Zeh würde abhacken können, ohne dass er es spürte.

Das Mädchen führte ihren Zeigefinger an die rechte Schläfe. »Da. Ist aber nur ein Kratzer, würde ich sagen.«

»Darum kümmere ich mich gleich.« Henrik streichelte den Beagle, der mitgenommener als das Mädchen wirkte. »Ich gehe mal kurz mit ihm raus. Die Aufregung hat sich ihm bestimmt auf die Blase gelegt.«

»Ich muss auch.« Das Mädchen schüttelte das Bein, um die Blutzirkulation wieder in Gang zu setzen.

»Du kannst die Bordtoilette benutzen«, bot Henrik an.

»Nee, ich mache das lieber in der freien Natur.« Das Mädchen legte die Hand auf den Öffnungsmechanismus der Schiebetür. »Wie geht die auf?«

»Warte mal kurz.« Henrik drückte sie sanft zurück. »Ich will erst checken, ob die Luft rein ist.« Er schaute nacheinander aus allen Fenstern, löste die Verriegelung und schob die Tür einen Spaltbreit auf. »Raus mit euch.«

Der Beagle sprang zuerst hinunter und stürmte auf den nächstgelegenen Busch zu, wo er sich erleichterte. Das Mädchen suchte sich eine Lücke im Gestrüpp, durch die sie sich hindurchquetschen konnte, und war erst einmal verschwunden. Es wäre vielleicht nicht das Schlechteste, wenn sie nicht mehr auftauchen würde, schoss es Henrik durch den Kopf. Dann riss er sich zusammen. Ob er wollte oder nicht, er hatte die Verantwortung für die Kleine, musste sie an einen sicheren Ort schaffen. Das Beste wäre, wenn er sie an einer Polizeistation absetzen und im Anschluss das Weite suchen würde.

Da fielen ihm erneut die kompromittierenden Fotos ein. Was, so fragte er sich, sollte er der Polizei bei der Übergabe des Mädchens sagen? Die Wahrheit, nämlich dass er durch eine Verkettung von unglücklichen Umständen in die missliche Situation geraten war, würden ihm die Beamten nie und nimmer abnehmen, es würde ihn nur noch verdächtiger wirken lassen. Dann also doch Freiburg, entschied er mit einem innerlichen Seufzen. In was für einen verdammten Schlamassel war er da geraten!

Im Gegensatz zu ihm schien das Mädchen ausgezeichnete Laune zu haben. Sie grinste ihn frech an.

»Na, enttäuscht, dass ich zurückgekommen bin?«

Ertappt, dachte Henrik schuldbewusst und spürte, wie seine Ohrenspitzen von einem Hauch von Röte überzogen wurden. »Quatsch. Ich bin froh, dass dir nichts passiert ist. Doch ich frage mich natürlich, wie es mit uns zwei beiden weitergehen soll.«

»Ganz einfach: Du bringst mich zu meiner Tante.«

»Ich glaube nicht, dass das eine gute Idee ist«, widersprach Henrik. »Hast du vergessen, was eben passiert ist?«

»Deshalb musst du mich ja weiter beschützen«, konterte das Mädchen.

»Der schießwütige Zeitgenosse ist hinter mir und nicht hinter dir her. Wenn ich dich am nächsten Bahnhof absetze, bist du in Sicherheit. Ich muss mit dem Typen allein klarkommen.«

Das Mädchen beäugte ihn misstrauisch. »Hast du was verbrochen oder so?«

Henrik gab einen Laut, der halb Stöhnen und halb Lachen war, von sich. »Ganz im Gegenteil. Ich bin Privatdetektiv.«

»Echt? Krass.« In der Stimme des Mädchens schwang Anerkennung mit. »Das wusste ich nicht. Umso besser. Da kannst du mit Pistolen und anderen Waffen umgehen. Und das Autofahren kriegst du auch verdammt gut hin. Ich schätze, in deiner Gegenwart bin ich safe.«

»Darauf würde ich nicht unbedingt setzen«, murmelte Henrik und überlegte fieberhaft, wie es von nun an weitergehen sollte.

Das Mädchen streckte ihm die Hand entgegen. »Ich bin übrigens Chrissy.«

Henrik schüttelte die warme kleine Hand. »Ich kann nicht behaupten, dass es mich unbedingt freut, deine Bekanntschaft gemacht zu haben, Chrissy. Doch wir müssen schauen, wie wir die Angelegenheit vernünftig zu Ende bringen. Ohne dass ein Unglück geschieht.«

»Wird schon klappen.« Chrissys Optimismus war anscheinend unerschütterlich.

»Die Frage ist nur, was wir nun machen«, sagte Henrik mehr zu sich selbst als zu dem Mädchen. »Bis Freiburg sind es mindestens drei Stunden. Kann deine Tante uns nicht entgegenkommen?«

»Sie hat kein Auto.«

»Sie könnte sich eins leihen.«

»Das wird sie nicht machen. Außerdem ist sie keine gute Fahrerin. Neben ihr zu sitzen macht mich immer total kirre. Ich lasse mich lieber von dir kutschieren.«

»Das wird dauern«, erklärte Henrik. »Ich möchte nicht auf die Autobahn fahren. Damit rechnet der Typ doch nur. Mir ist es lieber, wenn wir auf kleinen Straßen unterwegs sind. Am besten oben im Schwarzwald, da, wo außer den Einheimischen sonst niemand herumkurvt.«

Chrissy zuckte nonchalant mit den Schultern. »Ich habe Zeit.«

Ich nicht, dachte Henrik verzweifelt. Doch er wusste, dass es müßig wäre, dies laut zu bekunden. Für die nächsten paar Stunden würde er sich, ob er nun wollte oder nicht, nach Chrissy richten müssen.

»Komm, steig ein«, befahl er resigniert.

Sie fuhren eine ganze Weile schweigend. Was den Vorteil hatte, dass Henrik sich auf das Fahren und das Beobachten des Verkehrs konzentrieren konnte. Seinem Verfolger würde er nicht nochmals unvorbereitet begegnen, nicht nochmals blind in die Falle tappen. Er war so vertieft in seine Gedanken, dass er den Wetterwechsel nicht zur Kenntnis nahm.

»Da kommt was auf uns zu.« Chrissy wies mit dem Kinn zur Seitenscheibe.

Erst jetzt bemerkte Henrik die dunklen Wolkenberge, die sich am Himmel aufgetürmt hatten. In dem Moment meldete sich sein Handy mit einem Piepton. Er wischte mit der freien Hand über das Display. »So ein Mist, das ist die Katwarn-App. Eine Gewitterwarnung mit Starkregen und Sturm.«

Wie aufs Stichwort prasselten die ersten Regentropfen gegen die Frontscheibe. Sie hörten sich an wie Maschinengewehrsalven.

»Kann dein Wagen das ab?«, wollte Chrissy wissen. Ihre zuversichtliche Grundhaltung schien einen kleinen Dämpfer bekommen zu haben.

»Im Prinzip ja«, sagte Henrik und schaltete die Scheibenwischer auf die höchste Stufe. »Doch bei der Unwetterlage, die gerade angekündigt wird, würde ich lieber geschützt in einer Ortschaft stehen, als auf offener Straße den Elementen ausgesetzt zu sein.«

»Wo sollen wir denn hin?« Chrissy schaute um sich. »Hier ist doch nichts außer Wald und ein paar Feldern.«

»Bäume sind bei Gewitter eher nicht so günstig.«

Eine Windböe erfasste den Kastenwagen und rüttelte ihn tüchtig durch. Henrik hatte Mühe, gegenzusteuern.

»Vielleicht können wir ja bei einem Bauern Unterschlupf finden.«

»Nein, ich habe eine andere Idee.« Henrik reduzierte nochmals die Fahrgeschwindigkeit. »Ich hatte vor Jahren mal einen Fall, da wurde ständig in einen Golfclub und die dort auf dem Parkplatz abgestellten Fahrzeuge eingebrochen. Von einer Bande, die aus Frankreich kam.«

»Hast du sie geschnappt?«

»Ich habe dazu beigetragen, dass sie von der örtlichen Polizei festgenommen wurde. Damals bin ich auf einem Wohnmobilstellplatz hier in der Nähe untergekommen. Wenn ich mich nicht täusche, müssten wir in einer Viertelstunde da sein.«

»Ich will nach Freiburg«, quengelte Chrissy.

»Bei einem Unwetter fahren wir nirgendwohin«, bestimmte Henrik. »Nimm mal mein Handy und such in der Camping-App nach dem Reisemobilpark in Königsfeld. Dann diktier mir die Koordinaten, ich gebe sie ins Navi ein.«

Genau achtzehn Minuten später legte Henrik den Rückwärtsgang ein und setzte den Kastenwagen in eine freie Parzelle. Obwohl es erst früher Nachmittag war, war der Himmel pechschwarz.

»Das sieht fast nach Weltuntergang aus«, murmelte er düster.

»Wir sind hier so gut wie allein«, klagte Chrissy. »Dahinten steht nur noch ein einziges Wohnmobil.«

»Die anderen waren schlauer und sind bei dem Wetter zu Hause geblieben. Du könntest jetzt auch gemütlich in deinem Zimmer in Maulbronn sitzen«, konnte sich Henrik nicht verkneifen zu sagen.

»Nein, ich musste da weg.«

»Dann beschwer dich nicht.«

»Tue ich nicht. Ich finde nur, dass es hier oben ganz schön frisch ist.« Chrissy rieb sich die Arme, auf denen sich Gänsehaut gebildet hatte.

»Ich muss uns an der Rezeption anmelden«, sagte Henrik. Er hatte keine Lust, bis auf die Haut nass zu werden.

»Ich geh da nicht raus.« Chrissy verschränkte die Arme vor der Brust.

»Ich will im Voraus bezahlen, damit wir sofort wieder starten können, wenn das Wetter sich bessert. Was allerdings laut Katwarn noch dauern kann. Außerdem bringen meine beiden Solarpanels bei dem Schietwetter keine Leistung. Wir brauchen einen Stromanschluss, den ich dazubuchen muss.« Widerwillig schlüpfte er in seine Jacke, zählte bis drei, um sich innerlich gegen die Sintflut zu wappnen, und öffnete die Fahrertür. »Mach keinen Unsinn«, sagte er warnend zu Chrissy, »ich bin sofort zurück.«

Geduckt rannte er zum Rezeptionsgebäude, wo er die Groß-mutter des Stellplatzbetreibers vorfand. Die alte Dame war mehr an den Wetterunbilden als an der Erledigung der Formalitäten interessiert. Ein Umstand, den Henrik durchaus begrüßte. Er war sich darüber im Klaren, dass er mit diesem ungeplanten Roadtrip die Pfade der Legalität verlassen hatte. Wie hätte er der guten Frau erklären sollen, dass er ohne die Einwilligung der Eltern mit einer Minderjährigen unterwegs war? Wenn er Pech hatte, sogar die Nacht mit ihr im Kastenwagen verbringen musste? Wenn man wollte, konnte man ihm daraus einen ganz bösen Strick drehen.

Henrik schob den geforderten Übernachtungspreis in bar über den Tresen und verließ das schützende Gebäude. Draußen prasselte der Regen unvermindert auf ihn ein, und der Sturm zerrte an seiner Hose. Auch seine Schuhe und die Strümpfe waren inzwischen klatschnass, gaben bei jedem Schritt ein schmatzendes Geräusch von sich. Mit gebeugten Schultern kämpfte er gegen den Wind an, holte seine Kabeltrommel aus der Außenstauklappe und stellte die Stromverbindung her. Die abendliche Dusche, dachte er grimmig, konnte er sich heute sparen.

»Ich bin zurück«, sagte er zu Chrissy und stutzte. Das Mäd-chen stand vor der Küchenzeile, wo sie sich die Hände über den angezündeten Herdflammen rieb.

»Was machst du da?«, bellte er und drehte die Reglerknöpfe abrupt nach oben, um die Gaszufuhr zu unterbrechen.

»Mir ist kalt«, beschwerte sich Chrissy. »Da habe ich die Heizung eingeschaltet. Es ist schon viel wärmer hier drin.«

»Die Heizung ist dort unten untergebracht.« Henrik zeigte mit dem Finger auf den raumhohen Schrank an der gegenüber-liegenden Wand.

»Ich dachte, das macht man mit dem Kochherd. Ich habe mal

so ein Video auf YouTube gesehen«, verteidigte Chrissy ihr Tun. »Die Jungs in ihrem coolen VW-Bus haben noch Backsteine über den Flammen erhitzt. Um die Wärme zu speichern.«

»Ja, ja, YouTube bildet … Deine Generation glaubt wohl alles, was man euch in dieser schwachsinnigen Videoflimmerkiste vorsetzt.«

»Bei den Jungs in Schweden hat es funktioniert«, beharrte Chrissy.

»Oh ja, bei uns hätte es mit Sicherheit auch funktioniert«, erwiderte Henrik mit Sarkasmus in der Stimme. »Wir wären nämlich eher früher als später umgekippt, weil der Sauerstoff im Raum aufgebraucht gewesen wäre. Himmel, willst du uns umbringen?«

Chrissy zog einen Schmollmund. »Ich dachte, Camping wäre easy. Behaupten die im Fernsehen doch immer. Wo die mit dem Camper ganz allein unterm Sternenhimmel stehen. Bei denen sieht das gemütlich aus. Nicht so wie bei uns, wo es schweinekalt ist und die Scheiben beschlagen sind.«

»Du bist zu alt, um an Märchen zu glauben«, konterte Henrik und schlüpfte aus der tropfnassen Jacke. »Camping ist toll, aber man muss sich ein wenig auskennen. Bereit sein, Neues dazuzulernen. Und es schadet nicht, wenn man handwerklich ein bisschen was draufhat.«

»Demnächst gehe ich ins Hotel.«

Henrik zeigte auf die Schiebetür. »Ich halte dich nicht auf. Ich bin mir sicher, dass du im Ort ein freies Zimmer finden wirst.«

Chrissy wurde ein wenig blass um die Nase. »Du willst mich bei dem Wetter doch nicht rausschmeißen, oder?«

»Nicht, wenn du dich benimmst und von jetzt an das machst, was ich dir sage.«

»Kriege ich dann auch was zu essen?«, fragte Chrissy kleinlaut.

»Wenn ich wieder trocken bin, werde ich checken, was der Kühlschrank hergibt. Aber erwarte kein Drei-Gänge-Menü«, knurrte Henrik, bevor er die Heizung anschaltete und im Bad verschwand.

»Ich kann nicht schlafen.« Chrissys Stimme klang mit einem Mal wie die eines kleinen Mädchens.

Henrik schreckte hoch, wobei sein Knie schmerzhaft mit der Unterseite der Tischplatte kollidierte. Ganz der Gentleman hatte er Chrissy und dem Beagle sein Heckbett überlassen, während er auf der Sitzbank versuchte, eine halbwegs bequeme Schlafposition zu finden. Was für einen Mann seiner Statur ein aussichtsloses Unterfangen war, er spürte inzwischen jeden einzelnen Knochen. Dennoch musste er kurz eingenickt sein.

»Versuch es mit Schäfchenzählen«, brummte er.

»Der Regen ist so laut. Und dein Camper wackelt im Wind wie blöd. Ich bin schon seekrank«, beklagte sich Chrissy.

»Untersteh dich, in mein Bett zu kotzen.« Henrik war zu müde für verbale Nettigkeiten.

Chrissy schien wild entschlossen, seine schlechte Laune zu ignorieren. »Ich habe nachgedacht«, verkündete sie.

»Sehr löblich. Du kannst mir morgen früh erzählen, was dabei rausgekommen ist. Ich versuche, noch eine Mütze Schlaf zu kriegen.« Er zog die dünne Fleecedecke bis zum Kinn hoch.

»Es ist wegen des weißen Lieferwagens. Von wo aus die auf uns geschossen haben.«

Henrik war mit einem Schlag hellwach. »Hast du was gesehen?«

»Ich weiß nicht«, druckste Chrissy herum. »Doch ich meine, dass der Wagen vor ein paar Tagen im Klosterhof geparkt war.«

»Da stehen tagsüber viele Autos.«

»Der Lieferwagen muss über Nacht dortgeblieben sein«, widersprach Chrissy. »Ich bin zurück zum Internat, als gerade die Sonne aufging.«

»Willst du damit sagen, dass du die ganze Nacht unterwegs gewesen bist?« Du lieber Himmel, was für ein feines Früchtchen habe ich mir da bloß angelacht, dachte Henrik genervt. Kein

Wunder, dass das Mädchen Schwierigkeiten in der Schule und wohl auch sonst hatte.

»Reg dich ab. Ich habe bei einer Freundin übernachtet, die in der Innenstadt wohnt. Doch das müssen die vom Internat ja nicht mitbekommen. Wenn es nach denen geht, darf man eh nix. Die behandeln uns wie Gefangene.«

Henrik zog es vor, den Vorwurf an die Internatsleitung zu ignorieren, und kam auf das ursprüngliche Gesprächsthema zurück. »Was ist dir an dem Morgen aufgefallen?«

»Als ich da vorbeiging, stand ein Mann neben dem Auto und hat eine geraucht. Die beiden Hintertüren waren offen, deshalb konnte ich reingucken. Im Wagen sah es ein bisschen aus wie hier bei dir. Mit einem Bett und einem Schrank und so.«

»Willst du damit sagen, dass der Lieferwagen zum Wohnmobil ausgebaut war?«

»Ja, aber kleiner und nicht so edel. Mehr so, als ob das meiste vom Baumarkt oder von Ikea stammte.«

Henrik schwieg ein paar Sekunden, um das Gesagte zu verdauen. Das ist ja interessant, dachte er. Da verfolgte anscheinend ein Camper einen anderen. Er hatte im Internet gelesen, dass es in gewissen Kreisen derzeit total angesagt war, Kleintransporter, Vans oder geräumige Kombis in »Stealth Camper« zu verwandeln. Dabei wurde das Innere für Campingzwecke hergerichtet, die Wagenaußenhülle jedoch unverändert gelassen, wodurch der Wagen von außen wie ein normaler Pkw aussah. Man konnte damit aber problemlos auch dort übernachten, wo es für Wohnmobile eigentlich verboten war. Mit einem »Stealth Camper« war man unterhalb des behördlichen Radars unterwegs und konnte die oft proklamierte Freiheit und Grenzenlosigkeit, die für die meisten Camper längst nicht mehr existierte, ein Stück weit auskosten.

Doch wer war der Mann mit dem angeblichen Tarncamper? Bis jetzt wusste Henrik lediglich über ihn, dass er eine Mütze aufhatte und eine Halskette getragen hatte. Und dass er eine Waffe bei sich führte, von der er auch Gebrauch machte.

»Ist dir noch was aufgefallen?«, wollte er von Chrissy wissen.

»Ich fand es komisch, dass er schon morgens eine Beanie aufhatte.«

»Eine dunkle Mütze? Wie eine Pudelmütze, nur ohne Bommel?«

»Ja, genau so eine.«

»Was hat er denn sonst noch gemacht, außer geraucht?«

»Er hat telefoniert. Und dabei mit so einem komischen Akzent gesprochen.«

»Ist er Ausländer?«

»Nee, glaube ich nicht, dafür war sein Deutsch zu flüssig.«

»Kannst du ein Beispiel nennen, wie sein Akzent geklungen hat?«

»Ich bin nicht so der Sprachenmensch«, gestand Chrissy. »Doch bei dem hat sich alles irgendwie so weichgespült angehört. Und er hat viel ›isch‹ und ›nu‹ gesagt. Ich hab beim Vorbeigehen extra ein bisschen getrödelt, weil es für mich lustig klang.«

»Da gönndsch misch offräschn. In etwa so?«

»Häh? Was soll das denn heißen?«

»Da könnte ich mich aufregen.«

»Echt?« Chrissy gluckste vor Lachen.

»So hört sich ein sächsischer Dialekt an.«

»Haste noch mehr davon drauf?«

»Nicht wirklich. Höchstens noch: Erstma ä Schälchn Heeßn trinkn.«

»Kann gut sein, dass es so eine Art Sächsisch war«, meinte Chrissy, nachdem der Lachanfall abgeebbt war. »Aber sicher bin ich mir nicht, dazu habe ich zu wenig mitbekommen. Ist es für dich wichtig, das zu wissen?«

»Nein, nein«, versuchte Henrik, das Ganze herunterzuspielen. »Und jetzt versuch weiterzuschlafen. Das Wetter wird allmählich besser, wir werden morgen in aller Frühe aufbrechen.«

»Ist bequem dein Bett, gute Nacht«, nuschelte Chrissy.

Ein frommer Wunsch, dachte Henrik. Ein beklemmendes Gefühl hatte sich in seiner Brust breitgemacht. Vor zehn Jahren hatte er eine Gruppe von Pushern auffliegen lassen, die mit Crystal Meth und anderen illegalen Drogen aus Tschechien gute Geschäfte gemacht hatten. Der Hauptangeklagte stammte ursprünglich aus Dresden, hatte aber in halb Europa auf der Fahndungsliste gestanden. Konnte es sein, dass er sich inzwischen wieder auf freiem Fuß befand? Und dass er wegen der Auszeit im Knast noch eine Rechnung mit ihm offen hatte? Der Waffengebrauch könnte dafürsprechen. Doch warum trug er anscheinend Tag und Nacht eine Mütze? Und wieso war er in einem »Stealth Camper« unterwegs? Lieferte er damit den Stoff aus? Wenn es so wäre, hätte er sich eine verdammt gute Tarnung ausgedacht. Vor seiner Festnahme hatte er ein Mercedes Coupé als »Dienstwagen« gefahren und dunkelblaue Anzüge mit blütenweißen Hemden getragen. Wie ein seriöser Banker gewirkt. War der Mann ein menschliches Chamäleon? Henrik starrte nachdenklich in die stürmische und regnerische Nacht.

16

Es lief nicht so, wie Kathrin es sich vorgestellt hatte. Ihr ursprünglicher Plan war gewesen, von Ladenburg unverzüglich nach Sasbachwalden zu fahren und Henrik dort zu treffen. Auf ihre Anfrage per WhatsApp hatte er jedoch geantwortet, dass er einen unvorhergesehenen kleinen Zwischenauftrag angenommen hatte und frühestens morgen, höchstwahrscheinlich aber erst übermorgen im Schwarzwald eintreffen würde. Danach hatte er sich, trotz ihrer Bitte um eine Erklärung, nicht mehr bei ihr gemeldet und war auf dem Handy nicht zu erreichen. Bei einer kurzen Tankpause war Kathrin zu dem Entschluss gekommen, ihre Pläne ebenfalls zu ändern: Da sie weder auf Finn noch auf Henrik Rücksicht nehmen musste, konnte sie sich einen lang gehegten Wunsch erfüllen. Campingfreunde hatten ihr von einem Platz am Kaiserstuhl vorgeschwärmt, auf dem der Genuss großgeschrieben wurde. Jetzt bot sich ihr die Gelegenheit herauszufinden, ob sie zu viel versprochen hatten.

»So, das hast du nun davon«, sagte sie im Geiste zu Henrik und drückte aufs Gaspedal. Töfftöff schien sich ebenfalls über die Änderung ihres Reiseziels zu freuen, denn sein Motor schnurrte wie ein Kätzchen.

Als Kathrin am späten Nachmittag auf dem Kirschenhof in Endingen ankam, war ihr das Camperglück hold: Wegen einer Stornierung ergatterte sie den letzten freien Platz. Sie parkte Töfftöff vorschriftsgemäß auf der Schotterfläche ein, stellte die Stromverbindung her und bereitete sich mit ihrer Espressokanne einen Kaffee zu. Den genoss sie im Campingstuhl auf der kleinen Rasenfläche, die zu jedem Stellplatz gehörte, und bewunderte dabei die Aussicht auf die weitläufigen Kirsch- und Obstplantagen und die sanft ansteigenden Weinberge des Kaiserstuhls. Die französischen Vogesen zeichneten sich in verschiedenen Blau- und Grautönen im Hintergrund ab. Hier kann man es aushalten, dachte sie und atmete tief durch. Nach der tagelangen Anspannung tat ihr ein bisschen Ruhe gut. Sie beschloss, den Abend mit einer hausgemachten Vesperplatte und dazu passendem Wein auf der Terrasse des Kirschencafés ausklingen zu lassen.

Am nächsten Morgen verschlief sie prompt und wurde erst geben halb elf wach. Macht nichts, dachte sie und ließ sich auch im Bad viel Zeit. Trotz des reichhaltigen Abendmahls knurrte ihr Magen. Sie öffnete die Kühlschranktür und musste feststellen, dass sie vergessen hatte, unterwegs einzukaufen. Außer einem Joghurt und ein paar Scheiben Schinken, die eigentlich für Leo gedacht waren, herrschte gähnende Leere. Kurzerhand schnappte sie sich ihren Rucksack und stiefelte ins Café.

Beim Anblick der üppig bestückten Kuchentheke wurde sie schwach und verzichtete auf ein normales Frühstück. Stattdessen bestellte sie sich ein verführerisch aussehendes Stück Heidelbeer-Sahne-Torte und ein Stück Nusstorte. Im Anschluss hätte sie sich gern die Kalorien auf einer Radtour um den Kaiserstuhl wieder abgestrampelt. Doch sie hatte sich überlegt, dass sie es wagen wollte, dem nahe gelegenen Winzerhof von Pascal Ott einen Besuch abzustatten. Dadurch würde sie Henrik ein wenig entlasten und, wie sie sich eingestehen musste, ihre eigene Neugier stillen. Sie wollte sich selbst ein Bild von der Situation vor Ort machen und vielleicht die eine oder andere nützliche Information aus Pascal Ott herauskitzeln.

Sie verabschiedete sich mit Bedauern vom Kirschenhof und nahm sich vor, nochmals für einen längeren Aufenthalt zurückzukommen. Ab Mitte September, so hatte ihr die nette Stellplatzbetreiberin gesagt, würde das Weinlaub in allen Gelb- und Rottönen schillern und die Landschaft in ein einzigartiges Licht tauchen. Außerdem würde um die Zeit der frisch gepresste neue Wein in den zahlreichen Straußenwirtschaften der Region ausgeschenkt. Bis bald, dachte Kathrin und steuerte Töfftöff in Richtung des Rheins und auf die französische Grenze zu.

Der Winzerhof der Familie Ott lag oberhalb des Rheins und seiner Altarme, war idyllisch in weitläufige Rebflächen eingebettet und nicht weit von der Burgruine Limburg entfernt. Ein paar braune Hennen stolzierten auf der Auffahrt herum, sodass Kathrin nur Schritttempo fuhr. Sie parkte Töfftöff im Schatten einer riesigen Kastanie und ging zum Verkaufsraum, wo sie Pascal Ott oder seinen Sohn vorzufinden hoffte. Zu ihrer Enttäuschung war der Shop geschlossen. Eine grau getigerte Katze, die auf der Fußmatte gedöst hatte, strich ihr um die Beine.

Kathrin bückte sich, um sie zu streicheln. Da vernahm sie Stimmen, die aus einer mit hellem Kiefernholz verkleideten Halle kamen. Kurz entschlossen stiefelte sie los und näherte sich dem Hallentor. Ein Mann mittleren Alters und eine grauhaarige Frau standen sich gegenüber. Die Frau hatte die Hände in die Hüften gestemmt und funkelte den Mann wütend an.

»Habe ich nicht schon hundertmal gesagt, dass er dem ganzen Irrsinn ein Ende setzen soll?«

»Warum sollte er das tun?«, erwiderte der Mann. »Es hat, bis auf diese eine leidige Angelegenheit, bis jetzt doch immer funktioniert. Wie heißt es so schön: Never change a winning team.«

»Die sind kein Team«, widersprach die Frau heftig. »Die sind so eine Art Zweckgemeinschaft. Ich bezweifele sogar, dass sie einander wirklich grün sind. Und du siehst ja, wohin das alles geführt hat. Beim nächsten Mal wird dein Vater nicht so glimpflich davonkommen.«

»Es wird kein zweites Mal geben«, sagte der Mann, von dem Kathrin annahm, dass es sich um Pascal Otts Sohn handelte. Sie setzte, wie sie hoffte, ein gewinnendes Lächeln auf.

»Tut mir leid, wenn ich hier so hereinplatze. Aber ich bin auf der Durchreise, und man hat mir Ihr Weingut wärmstens empfohlen. Ich würde gern ein paar Flaschen Wein kaufen. Ihr Shop war geschlossen, doch ich habe Sie reden gehört.«

»Entschuldigung.« Der Mann fuhr sich mit der Hand durch das lockige schwarze Haar, das an den Schläfen erste silberne

Strähnen aufwies. »Ich bin Frederic Ott, der Juniorchef. Und das ist meine Mutter.«

Die Frau nickte Kathrin kurz zu. »Mein Sohn wird sich um alles kümmern, ich habe im Garten zu tun. Wir bekommen in zwei Stunden Bienenstöcke von einem Imker aus dem Bühlertal angeliefert. In ein paar Wochen können Sie auch Honig bei uns kaufen. Selbstverständlich in Bioqualität.«

»Ich werde beim nächsten Besuch daran denken«, versprach Kathrin.

»Wollen wir in den Verkaufsraum gehen, oder soll ich Ihnen hier ein paar Flaschen zeigen? Sie können natürlich auch gern probieren. An was hatten Sie denn gedacht? Weißer oder grauer Burgunder? Scheurebe, Ruländer, Rivaner, Silvaner oder Müller-Thurgau? Wir haben außerdem hervorragende rote Spätburgunder, aus dem Barriquefass. Oder soll es lieber ein Rosé Weißherbst sein?«

Kathrin, die gern einen Schoppen Wein trank, doch von Weinanbau und den verschiedenen Sorten nur begrenzte Ahnung hatte, fühlte sich überfordert. »Ich dachte an einen Weißwein zum Abendessen. Nicht zu trocken und nicht mit zu viel Säure. Süffig halt, wie man so sagt.«

Sie konnte Frederic Ott anmerken, dass er sich ausgebremst fühlte. Dennoch besaß er genügend Professionalität, sich seine Enttäuschung nicht anmerken zu lassen.

»Wie wäre es, wenn ich Ihnen ein kleines Weinpaket aus unterschiedlichen Burgunderweinen zusammenstelle? Sie können dann bei Bedarf online nachbestellen.«

»Eine prima Idee«, stimmte Kathrin zu. Der Gesichtsausdruck von Frederic Ott hellte sich augenblicklich wieder auf. Sie hatte den Eindruck, dass sie es wagen könnte, mit ihrem eigentlichen Anliegen herauszurücken. »Ich bin nicht nur wegen des Weins gekommen«, gestand sie. »Ich hätte noch die eine oder andere Frage an Ihren Vater. Ich meine, zu dem, was ihm passiert ist.«

»Mein Vater ist nicht hier.«

»Das ist schade«, bedauerte Kathrin. »Er hätte mir vielleicht helfen können.«

»Inwiefern?« Frederic Otts Stimme hatte einen barschen Tonfall angenommen.

»Ich befürchte, dass ein guter Freund von mir und ich selbst ebenfalls in die Angelegenheit verwickelt sind.« Kathrin berichtete in knappen Worten, was in Bad Krozingen vorgefallen war. »Ich mache mir inzwischen große Sorgen um meinen Freund. Ich habe Angst, dass er dasselbe Schicksal wie Ihr Vater erleiden wird. Oder schlimmer.«

Frederic Ott stieß einen Seufzer aus und lehnte sich mit dem Rücken gegen ein senkrecht aufgestelltes Holzfass, das als Stehtisch diente. »Ich habe absolut keine Ahnung, wer ihm das angetan hat. Aus welcher Richtung der Angriff kam. Wissen Sie, wir sind im Grunde genommen einfache Leute. Ein kleiner Familienbetrieb in der dritten Generation, der sich redlich bemüht, mit harter Arbeit und viel persönlichem Einsatz ordentliche Weine zu produzieren. Wer sollte uns derart schaden wollen, meinen Vater so hassen, dass er versucht, ihn umzubringen?«

»Sie würden also sagen, dass Sie hier keine Feinde haben?«

»Nein, ganz im Gegenteil«, beteuerte Frederic Ott. »Mein Vater ist schon seit Jahrzehnten bei der freiwilligen Feuerwehr aktiv, und ich selbst trainiere die C-Junioren unserer Fußballmannschaft.«

»Hatten Sie Pläne, etwas zu verändern? Wollte Ihr Vater die Rebflächen erweitern? Oder gibt es irgendwelche Projekte, die Sie angehen möchten? Es könnte doch sein, dass sich jemand wirtschaftlich von Ihnen beziehungsweise Ihrem Vater bedrängt fühlte. Dass er glaubte, die Bedrohung nur dadurch abwenden zu können, dass er Ihren Vater beseitigt und Sie in Ihrem Vorhaben stoppt.«

»Nun, es verhält sich so.« Ott griff nach einem Korken, der auf dem Tisch lag, und ließ ihn nervös zwischen Daumen und Zeigefinger kreisen. »Wir haben ein paarmal über gewisse Veränderungen geredet, nachgedacht, was wir verbessern könnten.

Stillstand ist Rückstand, wie man so schön sagt. Deshalb haben wir ja auch auf Bio umgestellt. Doch ansonsten steht für uns derzeit nichts Konkretes im Raum. Wir müssen erst einmal abwarten, wie die nächste Lese verläuft, was sie für eine Qualität hervorbringt, mit welchen Mengen wir rechnen können. Nichts ist in der Landwirtschaft und im Weinanbau sicher. Gestern hat es über dem Schwarzwald ein Unwetter gegeben, dabei sind einige Hektar Rebflächen verwüstet worden. Mit so etwas müssen wir, wo der Klimawandel sich von Jahr zu Jahr deutlicher bemerkbar macht, immer öfter rechnen.«

»Ja, nichts scheint mehr so, wie es war«, stimmte Kathrin zu. Dann erinnerte sie sich, dass in dem von ihr belauschten Gespräch von einem Team die Rede gewesen war. Sie beschloss, diesbezüglich dezent nachzuhaken. Sie beschrieb mit der ausgestreckten Hand einen Halbkreis. »Bewirtschaften Sie das alles allein? Das sieht nach einer Menge Arbeit aus. Oder haben Sie Unterstützung?«

»Wir haben einen fest angestellten Mitarbeiter, der gerade im Urlaub ist. Und für die Weinlese beschäftigen wir Saisonkräfte. Das machen fast alle hier.«

»Die Gemüsebauern bei uns halten es ebenso. Anders geht es wohl nicht. Ich wundere mich nur«, Kathrin setzte einen fragenden Gesichtsausdruck auf, »warum Ihr Vater hier auf dem Hof gelandet ist. Wenn ich meinen Freund richtig verstanden habe, hat Ihr Vater doch in den 1980er Jahren Betriebswirtschaft studiert, war also bestens für einen gut dotierten Job in der Industrie gerüstet. Mein Freund, der ein Kommilitone Ihres Vaters war, hat nicht nachvollziehen können, warum Ihr Vater letztlich zum Kaiserstuhl zurückgekehrt, nicht in der Großstadt gelandet ist. Wissen Sie, mein Freund hatte bis vor Kurzem eine gut gehende Anwaltskanzlei in Hamburg.«

»Wie heißt Ihr Freund noch mal?«, wollte Frederic Ott wissen. Kathrin konnte ihm ansehen, dass er misstrauisch wurde. Sie musste vorsichtig taktieren, damit er das Gespräch nicht vorzeitig abbrach.

»Carsten Heinemann«, sagte sie. »So ein großer Hagerer mit typisch hanseatischem trockenen Humor. Er trägt übrigens ein Tattoo auf dem Handgelenk. Wie Ihr Vater wohl auch. Die beiden müssen sich zuerst während des Studiums und später bei den Corpstreffen begegnet sein. Hat Ihr Vater nichts von Carsten erzählt?«

»Nein, einen Carsten hat er nie erwähnt.«

»Komisch«, sagte Kathrin. »Carsten erzählt immer gern von seinen Jahren in Heidelberg, er hat schöne Erinnerungen daran. Deshalb war er ja auch so betroffen, als er hörte, was Ihrem Vater widerfahren ist. Der Arme war total fertig. Zwei seiner Studienfreunde, die kurz hintereinander zu Schaden gekommen sind. Das macht doch was mit einem«, schloss sie, ohne auf Bertram Hübners Schicksal einzugehen.

»Sicher macht das was mit einem. Fragen Sie mal, wie wir uns gefühlt haben.«

»Klar, das muss man erst einmal verdauen. Ich hoffe, dass es Ihrem Vater den Umständen entsprechend gut geht.«

»Es hätte alles noch deutlich schlimmer enden können, doch so einen Angriff vergisst man nicht so leicht. Mein Vater wird vermutlich Monate brauchen, um darüber hinwegzukommen. Da zurzeit bei uns nicht viel los ist, gönnt er sich eine Pause und besucht einen befreundeten Winzer im Elsass.«

»Oh, ein gegenseitiger Austausch ist immens wichtig.« Kathrin nickte zustimmend. »Zumal Ihr Vater als Volkswirt ja nicht ganz vom Fach ist, mehr so ein Quereinsteiger ist, nicht wahr?«

»Nun, sein Vater, also mein Opa, hat den Betrieb nach dem Krieg aufgebaut. Mein Vater hat also schon in den Kinderschuhen einiges über Reben und Weinanbau mitbekommen. Doch ja, er hatte ursprünglich andere Pläne, da hat Ihr Freund recht.«

»Ehrlich gesagt«, Kathrin schenkte Ott ein verschwörerisches Lächeln, »ich kann mir Schlimmeres vorstellen, als in einer so wunderschönen Gegend zu leben und zu arbeiten. Und dabei noch sein eigener Boss zu sein.«

»Wie man es nimmt.« Ott erwiderte ihr Lächeln nicht. »Es

ist so: Mein Onkel sollte eigentlich den Hof übernehmen. Doch er ist bei einem Autounfall ums Leben gekommen, kurz bevor mein Vater sein Studium beendet hatte. Dadurch fühlte mein Vater sich verpflichtet, seine Stelle einzunehmen, den Betrieb weiterzuführen. Mein Opa ist über den Verlust seines ältesten Sohns nie hinweggekommen, er wurde zunehmend seltsamer und war zuletzt nicht mehr klar im Kopf. Tja, wie heißt es so schön: Das Leben ist manchmal nicht fair.«

»Nein, das ist es nicht«, pflichtete Kathrin ihm bei. »Ich weiß, was so ein Schicksalsschlag bedeutet. Ich habe meinen Mann auch viel zu früh verloren und muss seitdem schauen, wie ich allein klarkomme. In manchen Nächten denke ich noch immer, ich drehe gleich durch. Ich frage mich, ob dieses Gefühlschaos jemals enden wird.«

Ihr persönliches Geständnis schien ihr bei Ott Sympathiepunkte eingebracht zu haben, denn er taute sichtbar auf. »Wissen Sie, ich glaube, dass die Winzergene bei uns in der Familie eine Generation übersprungen haben. Für meinen Onkel war und für meinen Vater ist der Hof, wie es mir manchmal vorkommt, nur ein notwendiges Übel. Beide machten beziehungsweise machen ihren Job, doch sie sind nicht mit dem Herzen dabei. Ich vermute, mein Vater fühlt sich tatsächlich zu etwas Größerem berufen. Und höchstwahrscheinlich wäre es für ihn besser gewesen, mit Menschen statt mit Reben und Grünzeug zu arbeiten. Das entspricht wohl eher seinem Naturell. Doch er hatte keine andere Wahl. Und jetzt ist es halt so, wie es ist.«

»Das ist jammerschade«, murmelte Kathrin.

»Aber ich, ich brenne für das, was ich tue.« In Frederic Otts Augen hatte sich ein Glänzen breitgemacht, und seine Stimme klang rau vor Emotionen. »Ich liebe diese Erde, meine Scholle, jeden einzelnen Rebstock darauf. Und für mich gibt es nichts Schöneres, als zu sehen, wie die Trauben gedeihen, sie dann bei voller Reife zu ernten und mitzuerleben, wie aus dem Most ein guter Wein entsteht. Und er wird in den nächsten Jahren noch viel besser werden, das verspreche ich Ihnen.«

»Ich bin mir sicher, dass er schon jetzt ausgezeichnet ist«, sagte Kathrin. »Und ich freue mich darauf, Ihr Probierpaket zu Hause ausgiebig zu testen. Woran hatten Sie denn gedacht, was wollen Sie mir Schönes zusammenstellen?« Sie spürte, dass es an der Zeit war, das Gespräch zu beenden. Sie hatte eine Menge über Ott erfahren und musste die vielen Informationen erst einmal verdauen. Versuchen, ihre neuen Erkenntnisse mit den Geschehnissen der letzten Tage in Zusammenhang zu bringen. Das Puzzle schließlich mit Hilfe von Henrik Stück für Stück zu lösen.

Frederic Ott machte sich an die Arbeit und nahm eine Auswahl von Weinen aus den Regalen. »Soll ich die Kartons für Sie ins Wohnmobil laden?«

»Das wäre lieb.«

Kathrin eilte voraus, um eine der Seitenklappen zu öffnen, wo sie den Weinvorrat unterbringen wollte. Sie bezahlte in bar und rundete die Rechnungssumme mit einem üppigen Trinkgeld auf. »Vielen Dank, auch für Ihre Auskünfte. Ich bin mir sicher, dass mein Freund sich in Kürze mit Ihrem Vater in Verbindung setzen wird.«

»Passen Sie gut auf sich auf. Dasselbe gilt selbstverständlich für Ihren Freund.«

»Das werden wir tun«, versprach Kathrin. Ihr Blick fiel auf die kleine runde Uhr, die sie mit Klettband auf Töfftöffs Armaturenbrett befestigt hatte. Sie hatte länger mit Ott geplaudert, als sie vorgehabt hatte. Jetzt noch nach Sasbachwalden aufzubrechen machte keinen Sinn. Es wäre vernünftiger, sich hier in der Nähe einen Übernachtungsplatz zu suchen. »Hätten Sie vielleicht einen Tipp, wo ich für eine Nacht unterkommen könnte?«, wandte sie sich an Ott. »Am besten an irgendeiner Stelle, wo nicht schon zwanzig andere Wohnmobile stehen.«

»Hm, lassen Sie mich überlegen.« Ott zog die Augenbrauen zusammen. »Ich weiß, dass es im Nachbarort eine Straußenwirtschaft mit Übernachtungsmöglichkeit für Wohnmobile gibt. Und dann wäre da noch der große Stellplatz in Breisach, direkt unterhalb des Münsters.«

»Klein und gemütlich wäre mir lieber«, erwiderte Kathrin.

»Ein paar Franzosen, aber auch Deutsche übernachten ab und an auf der Schleuseninsel dort drüben.« Ott wies mit der Hand in Richtung des Rheins. »Das wird von den französischen Behörden toleriert, solange keine ausschweifenden Partys gefeiert, Müllberge hinterlassen oder Chemieklos im Wald entleert werden.«

»Nichts von dem habe ich vor«, versicherte Kathrin. »Ich möchte nur eine Nacht in Ruhe stehen. Wo finde ich denn diesen Platz?«

»Sie werden keine Schwierigkeiten haben, dorthin zu kommen. Also, Sie fahren am besten von hier aus direkt über die Rheinbrücke. Vor der Schleuse und dem Wasserkraftwerk halten Sie sich links. Eine kleine Straße führt zum ehemaligen Fähranleger und zu einer Grünfläche, wo Sie parken können.«

»Danke, das werde ich gern ausprobieren.«

»Warten Sie einen Moment«, bat Ott. »Ich habe noch etwas für Sie.«

»Okay.« Ein wenig verwundert blieb Kathrin neben Töfftöff stehen.

»Mögen Sie Eier?« Ott kam mit einem kleinen Eierkarton in der Hand zurück.

»Ja gern.«

»Die sind von unseren eigenen Hühnern, gestern frisch gelegt. Ich habe mir gedacht, dass Sie die Eier vielleicht gut gebrauchen könnten. Seitdem der kleine Campingplatz gegenüber dem ehemaligen Fähranleger in Konkurs gegangen ist, gibt es dort auf der Rheininsel ja nichts mehr, kein Restaurant, keinen Kiosk oder so.«

»Ach, das ist aber lieb.« Kathrin war gerührt. »Ich werde mir Rührei daraus zubereiten.«

Da kam ihr spontan ein Gedanke.

»Sie haben einen so idyllisch gelegenen Hof und wahrscheinlich auch genügend Freiflächen. Haben Sie nie daran gedacht, einen Wohnmobilstellplatz einzurichten? Ich könnte mir vorstellen, dass Sie bei den ausgezeichneten Bedingungen hier viel Erfolg haben würden. Wenn Sie zusätzlich noch so etwas wie Rebwanderungen und Camping-Dinner anbieten würden, wäre das echt genial.«

Ott machte abrupt eine Seitwärtsdrehung, wodurch ihm die Eierpackung um ein Haar entglitten wäre. Kathrin streckte instinktiv die Hände danach aus, doch Ott war schneller und brachte sich und den Eierkarton wieder in die Balance.

»Mit so etwas will ich nichts zu tun haben«, sagte er barsch und überreichte Kathrin den Karton.

»Schade. War auch nur so eine Idee.«

Kathrin verstaute die Eier im Kühlschrank, stieg auf den Fahrersitz und machte sich mit einem freundlichen Winken auf den Weg.

Der Platz, den Ott ihr empfohlen hatte, war wirklich ein Geheimtipp, dachte Kathrin dankbar. Nach ihrer Ankunft hatten sich nur zwei weitere Fahrzeuge auf der Rheininsel eingefunden, beide mit französischem Kennzeichen. Die Insassen hatten freundlich gegrüßt, sie aber ansonsten in Ruhe gelassen. Kathrin hatte beschlossen, sich die Beine zu vertreten, und war bis zur Nordspitze der schmalen und lang gestreckten Insel gelaufen. Dort hatte sie feststellen müssen, dass die abgewandte Inselseite weniger attraktiv und nicht so ruhig war, weil am gegenüberliegenden Ufer die Schleuse rund um die Uhr in Betrieb war und sich zwischen Maisfeldern Industrieanlagen auftürmten.

Zum Glück merkte man auf der Grünfläche am Fähranleger, wo sie Töfftöff geparkt hatte, nichts davon. Hier bot sich ihr ein idyllisches Bild: Vor ihrem Wohnmobilfenster floss das Wasser des Rheinaltarms träge dahin, und im Hintergrund erhoben sich die Weinberge gegen den blauen Abendhimmel. Ab und zu sprang ein Fisch mit gekrümmtem Rücken aus dem Fluss und brach glitzernd die Oberfläche. Ein paar Enten und Wasserhühnchen schnatterten um die Wette. Die Äste der Weiden hingen tief in sattem Grün hinunter bis zum Uferbereich. Genau der richtige Ort, um die Seele baumeln, ein bisschen Urlaubsfeeling aufkommen zu lassen.

Dennoch gingen ihr Henrik und sein für ihn eher ungewöhnliches Schweigen nicht aus dem Kopf. Sie versuchte ein weiteres Mal, ihn auf dem Handy zu erreichen. Wieder kam nur eine Verbindung mit der Mailbox zustande.

»So langsam mache ich mir aber wirklich Sorgen«, murmelte sie und wählte sofort eine andere Nummer. Carsten ging nach dem zweiten Klingelton an den Apparat. »Na, bist du gut im hohen Norden angekommen?«, fragte sie ihn.

»Ach, ich habe mir Zeit gelassen, habe ein bisschen herumgetrödelt. Das Gästezimmer meines Freundes wird ja nicht weglaufen.«

»Sag mal: Hast du was von Henrik gehört? Ich bekomme ihn partout nicht an die Strippe.«

»So ist er halt«, antwortete Carsten. »Manchmal klinkt er sich aus allem aus. Da will er für sich allein bleiben, will, ohne gestört zu werden, nachdenken. Am besten, man lässt ihn in solchen Phasen in Ruhe. Wo bist du denn jetzt gerade?«

»Ich stehe mitten auf der deutsch-französischen Grenze«, sagte Kathrin mit einem Lachen und erklärte, wo sie gelandet war. Dann berichtete sie von ihrem Gespräch mit dem Sohn von Pascal Ott. »Ich hatte so ein bisschen das Gefühl, dass Ott eine eher tragische Figur ist«, schloss sie. »Er hat den Winzerhof nicht aus Überzeugung, sondern durch familiären Druck übernommen. Sein Sohn Frederic hat angedeutet, dass ihm das, was er dort macht, eigentlich nicht genügt, dass er höhere Ambitionen hat.«

»Diesen Drang, immer mehr zu wollen und mehr zu haben, den hat er anscheinend mit Bertram gemeinsam«, antwortete Carsten. »Allerdings mit dem Unterschied, dass für Bertram die Weinberge nicht die Endstation, sondern ein Sprungbrett in die Zukunft waren. Seine Eventgastronomie läuft doch wie geschmiert.«

»Leider hat er selbst nichts mehr davon.«

»Nein, für ihn ist jetzt alles vorbei. Wirklich traurig.«

»Ja, das ist es. Aber mir fällt gerade ein: Die Frau von Ott hat so eine komische Bemerkung gemacht. Sie hat gefordert, dass Ott endlich mit dem Blödsinn aufhört. Hast du eine Ahnung, was sie damit gemeint haben könnte?«

»Hängt vielleicht mit seiner Arbeit auf dem Hof zusammen. Kann doch sein, dass sie mit seinen Plänen für die Bewirtschaftung nicht einverstanden ist.«

»Nein, das glaube ich nicht, das hörte sich für mich ernster an. Die Frau war ziemlich geladen.«

»Tut mir leid, aber ich bin schon seit Ewigkeiten raus aus den Kreisen. Ich habe keinen blassen Schimmer, was Ott antreibt, wie er tickt.«

»Ist vielleicht auch nicht von Bedeutung«, meinte Kathrin. »Ich habe ja nur ein paar Bruchstücke von dem Gespräch mitbekommen. Da sollte ich im Nachhinein wohl nicht zu viel hineindeuten.«

»Warte mal, lass mich kurz nachdenken. Ich glaube, damals war irgendetwas mit Ott. Er hatte so einen Tick oder ein Hobby, etwas, was aus der Reihe fiel und eigentlich nicht zu ihm passte.« Carsten schwieg eine Weile. »Wenn ich das richtig in Erinnerung habe«, sagte er schließlich, »dann hat der Ott gern gezockt.«

»Wie? Mit Geld?«

»Also Geld und Aktien, das war ja das, womit er sich im Studium beschäftigte, damit kannte er sich aus. Aber zum Zocken im eigentlichen Sinn ist er in Spielhallen gegangen, hat dort sein Glück versucht.«

»Hatte er Schulden?«

»Bei mir wenigstens nicht. Aber wir haben uns ja auch kaum gekannt.«

»Hm, wenn das kein Zufall ist«, sagte Kathrin nachdenklich. »Ich bin vom Hof der Otts aus kurz durch den Ort gefahren, weil ich noch ein paar Kleinigkeiten fürs Essen einkaufen wollte. Am Ortsrand gibt es ein Industriegebiet mit einigen

Handwerksbetrieben, einem Lebensmittelgeschäft und einem Küchenausstatter. Und, du wirst es nicht glauben, mit einer Spielothek. Auf einem Poster am Parkplatz steht Werbung für Glücksspielautomaten, ich meine so einarmige Banditen oder wie man die Dinger nennt. Ich habe mich gefragt, wer da reingeht. Doch der Parkplatz war gerammelt voll, viele Pkws mit französischen Kennzeichen.«

»Wenn Pascal das alte Laster nicht abgelegt hat, ist er dort sicherlich an der richtigen Adresse.«

»Sein Sohn hat von einem Team gesprochen, einem ›winning team‹«, sagte Kathrin.

»Kann doch gut sein, dass sie zu zweit zocken. Vielleicht haben sie ein System, um mehr aus diesen Geldspielgeräten herauszuholen.«

»Wenn Ott die Geräte, wie du vermutest, tatsächlich ausgetrickst hat und damit aufgeflogen ist, dann war es womöglich so eine Art Strafaktion, dass er in der Traubenabbeermaschine gelandet ist.«

»Ich weiß aus Hamburg, dass es in den Kreisen durchaus mafiöse Strukturen gibt. Sollte Pascal sich mit denen eingelassen haben, kann er sich warm anziehen. Die lassen nicht locker.«

»Es wird immer verzwickter.« Kathrin gähnte herzhaft. »Aber ich kann heute nicht mehr klar denken, ich bin müde und wahrscheinlich auch total unterzuckert. Meine Gehirnzellen streiken. Ich mache mir noch schnell etwas zu essen, und dann geht es für mich ab ins Alkovenbett.«

»Ich wünsche dir einen geruhsamen Abend.« Carsten beendete das Gespräch.

Kathrin schlug die Eier in die Pfanne, goss sich ein Glas Wein ein und genoss ihre Mahlzeit. In der Nacht plagten sie wirre Träume, in denen sie von einem »einarmigen Banditen«, dem zwei Beine und ein weiterer Arm aus Metall gewachsen waren, verfolgt wurde. Dreimal hörte sie im Laufe der Nachtstunden ein Auto an ihrem Wohnmobil vorbeifahren. Beim dritten Mal schaute sie aus dem Alkovenfenster und glaubte, im schwachen

Licht des zunehmenden Mondes einen alten schwarzen Jeep zu erkennen, wie er bei den Otts auf dem Hof gestanden hatte.

Komisch, dachte sie im Halbschlaf. Warum sollte Frederic Ott hier auf der Rheininsel Patrouille fahren? Wollte er etwa nachschauen, ob es ihr gut ging? Oder war es sein Vater, der sich nicht, wie Frederic behauptet hatte, im Elsass aufhielt, sondern sich hier in der Abgeschiedenheit mit einem Zockerkumpel traf? Ehe Kathrin eine Antwort auf ihre Fragen hätte finden können, war sie erneut eingeschlafen.

»Noch eine Tasse?« Chrissys Tante hob einladend die Kaffeekanne in die Höhe.

»Nein danke, ich muss jetzt wirklich los«, sagte Henrik. Seit einer geschlagenen Stunde saß er mit Chrissys Tante am Wohnzimmertisch. Hatte all seinen Charme und seine Überzeugungskraft in die Waagschale geworfen, um die Tante zu beruhigen und zu beweisen, dass er kein Kindesentführer und erst recht kein Mädchenschänder war. Dass Chrissy mitten im Schuljahr und in Begleitung eines wildfremden Mannes plötzlich auf der Matte gestanden hatte, hatte die Tante nicht gut aufgenommen. Es hätte nicht viel gefehlt, und sie hätte die Polizei gerufen. Selbst Chrissys Beteuerungen, dass Henrik völlig harmlos sei und dass er sie auf ihren eigenen Wunsch nach Freiburg gebracht habe, waren anfänglich auf taube Ohren gestoßen.

Drei Tassen Kaffee und ein Stück Schokoladenkuchen später hatte sich die Lage spürbar entspannt. Chrissy tobte draußen mit dem Beagle herum, und Henrik wurde schon fast wie ein Familienmitglied behandelt.

»Ich muss mit meinem Bruder ein ernstes Wörtchen reden.« Chrissys Tante, eine gut aussehende Brünette mit wachen dunkelblauen Augen und einem energischen Kinn, straffte die Schultern. »So geht es nicht weiter. In diesem Jahr ist sie schon das dritte Mal getürmt. Das Internat hat zwar einen ausgezeichneten Ruf, doch es ist eindeutig nichts für Chrissy. Dafür ist sie zu freiheitsliebend, revoltiert schnell gegen Regeln, die sie für unlogisch oder übertrieben hält. Außerdem bekommt ihr das ständige erzwungene Zusammensein mit den anderen Jugendlichen nicht. Sie braucht Raum und Zeit für sich allein. Auch wenn sie alles dafür tut, dass man es ihr nicht ansieht: Im Innersten ist sie ein äußerst sensibles Kind.«

Henrik sympathisierte im Stillen mit Chrissy. Auch er hatte schon als Schüler Probleme gehabt, sich in eine Gruppe zu integrieren, Teil eines größeren Ganzen zu sein. Klassenfahrten waren für ihn der Horror pur gewesen. Er war froh, dass er mit seinem Job keine Betriebsausflüge oder Weihnachtsfeiern über sich ergehen lassen musste.

»Kann Chrissy nicht bei Ihnen bleiben?«

»Uh, das wäre schwierig, sehr schwierig. Ich bin ganztägig berufstätig. Und habe abends manchmal noch einen Nebenjob, um finanziell über die Runden zu kommen. Das Haus bezahlt sich ja nicht von allein.«

»Nein, mit einer eigenen Immobilie muss man sicherlich über Jahrzehnte hinweg klug wirtschaften«, stimmte Henrik zu. Er vermutete, dass man selbst für ein schmales Reihenhaus ohne Keller, wie es Chrissys Tante besaß, in der Lage ein Vermögen berappen müsste. »Aber Ihr Bruder würde doch sicherlich für Chrissys Unterhalt und Ihre Ausgaben aufkommen. Das Internat kostet ja auch Geld.«

»Ja, vielleicht haben Sie recht, das wäre eine Möglichkeit. Wissen Sie«, die Frau schaute ihn über den Rand ihrer Kaffeetasse an, »ich habe einen heftigen Schicksalsschlag hinter mir. Der Mann, mit dem ich gemeinsam das Haus gekauft habe und mit dem ich vor den Altar treten wollte, hat sich als skrupelloser Betrüger und Heiratsschwindler entpuppt. Er hat mein Konto geplündert und ist danach über alle Berge. Seitdem bin ich nicht so gut auf fremde Männer zu sprechen. Tut mir leid, wenn ich Sie eben rüde angegangen bin.«

»Ist schon okay.« Henrik winkte versöhnlich ab. »Ich kann verstehen, dass Ihnen die Umstände suspekt vorkamen. Doch Sie müssen Chrissy eins lassen: Das Mädchen hat eine Menge

Phantasie und Durchsetzungskraft. Und sie kann mit Fotos und Fotobearbeitungsprogrammen verdammt geschickt umgehen«, fügte er in einem Nachgedanken hinzu.

»Ja, aus meiner Nichte wird mal was«, stimmte die Tante zu. »Immer vorausgesetzt, dass sie nicht die Schule hinschmeißt.«

»Sie wird ihren Weg gehen, ihre Zukunft meistern. Aber nicht auf dem Internat in Maulbronn, das ist für mich klar. Und Sie haben es ja auch erkannt. Ich bin mir sicher, dass Sie gemeinsam eine Lösung finden werden.«

Henrik stand vom Sofa auf und ging hinaus in den Garten, um seinen Hund zurückzufordern. Der Beagle fühlte sich in Chrissys Begleitung schon recht heimisch und verspürte keine Lust, in den Kastenwagen einzusteigen.

Beim Abschied überraschte ihn das Mädchen. Sie löste eins der zahlreichen bunt geflochtenen Bänder, die sie um das schmale Handgelenk trug, und reichte es Henrik.

»Dein neuer Glücksbringer. Wirkt fast so sicher wie eine schusssichere Weste. Und schsch«, sie führte den Zeigefinger an die Lippen, »von der Actionszene mit dem weißen Sprinter werde ich meiner Tante nichts verklickern. Sei unbesorgt.«

Gerührt legte Henrik das Armband an. »Du kannst mich ja mal anrufen. Erzählen, wie es bei dir so läuft.«

»Echt?« Chrissy strahlte. »Aber ich warne dich, ich habe eine Flatrate.«

»Wenn es mir zu viel wird, kannst du mit Leo weiterreden«, meinte Henrik mit einem Augenzwinkern und stieg auf den Fahrersitz.

Auf der Autobahn grübelte er über das nach, was Chrissys Tante soeben gesagt hatte. Mit Heiratsschwindlern und Stalkern hatte er es in den letzten Jahren oft zu tun gehabt, sie hatten in etwa ein Drittel seiner Beschattungsobjekte ausgemacht. Die meisten von ihnen hatte er dingfest machen und ihrer gerechten Strafe zuführen können. Doch war da nicht einer unter ihnen gewesen, der sich stets mit Halsketten und anderem Klunker ge-schmückt hatte? Der ein Faible für auffälligen Schmuck gehabt hatte? Dummerweise hatte Henrik in dem Moment trotz seines ausgezeichneten Gedächtnisses weder ein Gesicht vor Augen noch den dazugehörigen Namen parat. Und die leistungsstarke Speicherplatte, auf der er seine abgeschlossenen Fälle digital archivierte, befand sich in seiner Hamburger Wohnung.

»So ein Schlamassel«, brummte er und setzte den Blinker, um zum Überholen auf die mittlere Fahrspur zu wechseln.

17

»Wenn Sie nicht sofort unser Grundstück verlassen, rufe ich die Polizei.«

Alexander Hübner klang heiser. Seit zwei Stunden gab er alle paar Minuten annähernd dieselbe verbale Drohung von sich. Die kompakte Menschenmauer aus Demonstranten, die sich auf dem Stellplatzgelände versammelt hatte, schien das nicht zu beeindrucken. Im Gegenteil: Sie johlten, klatschten in die Hände oder veranstalteten mit Trillerpfeifen einen Höllenlärm.

»Sie befinden sich auf Privatbesitz«, versuchte es Alexander erneut. Der Geräuschpegel stieg um weitere Dezibel.

»Was ist hier los?«

Henrik war schräg hinter den jungen Mann getreten. Bei seiner Ankunft hatte er die Zufahrtsstraße und die Einfahrt zu den Hübners mit Pkws und Traktoren blockiert vorgefunden, sodass er seinen Wagen auf dem öffentlichen Parkplatz abgestellt hatte und das letzte Stück zu Fuß gelaufen war.

Alexander drehte sich zu ihm um und hob fragend die Augenbrauen in die Höhe.

Henrik verstand ihn auch ohne Worte. »Was geht hier ab?«, schrie er in Alexanders Ohr.

»Demonstranten«, brüllte der zurück.

»Das sehe ich. Warum?«

»Weil …« Ein paar der Protestierenden hatten Topfdeckel mitgebracht, auf die sie mit Kochlöffeln einschlugen, um den allgemeinen Radau noch zu verstärken. Alexander gab auf.

»Können wir woanders reden?« Henrik sprach betont deutlich, damit Alexander im Zweifelsfall von seinen Lippen ablesen konnte.

Alexander nickte. Er ging ein paar Schritte zurück auf ein Grüppchen seiner Mitarbeiter zu, das mit gebührendem Sicherheitsabstand zu den Demonstranten Position bezogen hatte.

»Passt auf, dass sie nicht ins Restaurant eindringen. Und wenn einer von den Deppen hier etwas beschädigt, dann macht mit euren Handys Fotos. Wir brauchen Beweise. Kommen Sie, wir gehen in mein Büro. Da ist es ruhiger«, wandte er sich an Henrik.

»Feigling, Feigling«, skandierte die Menge.

»Arschlöcher«, brummte Alexander und setzte sich in Bewegung.

Henrik folgte ihm. Alexander wies mit der Hand auf einen der Stühle in seinem Büro und ließ sich selbst auf seinen Schreibtischstuhl fallen. Für einen Moment vergrub er den Kopf in den Händen, stöhnte laut auf. Dann riss er sich merklich zusammen und blickte auf. Sein Gesicht war blass, und sein stets so perfekt geschlungener Männerdutt hatte deutliche Schieflage bekommen. Henrik verspürte Mitleid mit ihm.

»Das geht jetzt schon seit zwei Tagen so. Die geben keine Ruhe«, beschwerte sich Alexander. »Unsere Gäste haben alle die Flucht ergriffen. Die treiben uns in den finanziellen Ruin.«

»Warum lassen Sie das Gelände nicht durch die Polizei räumen«, wollte Henrik wissen. »Was die dort draußen veranstalten, ist Hausfriedensbruch.«

»Ich habe mit meiner Mutter und meiner Schwester diskutiert, und wir sind zu der Übereinstimmung gekommen, dass wir die Lage nicht eskalieren lassen wollen.«

»Wo ist Ihre Mutter jetzt?«

»Irgendwohin zum Einkaufen, da bekommt sie von dem Tumult nichts mit. Während ich hier die Stellung halten muss.« Alexander klang verbittert.

»Und Ihre Schwester? Warum steht sie Ihnen nicht bei?«

»Die hat ein Beruhigungsmittel eingenommen. Sie war heute Morgen so aufgebracht, dass sie beinahe mit der Rebschere auf den Mob losgegangen wäre. Ich konnte sie gerade noch stoppen. Ich habe sie in ihre Wohnung geschickt, damit sie sich ausruht. So ein Trubel ist nicht gut für sie.«

Henriks Mitgefühl verstärkte sich. Er wollte nicht in der

Haut von Alexander stecken. »Sie müssen sich das nicht bieten lassen«, sagte er eindringlich.

»Ach, wir haben öfter mal Stress mit denen. Früher hat sich mein Vater um die gekümmert, und dann sind sie meist relativ schnell wieder abgezogen. Doch mich nehmen sie nicht ernst, ich komme einfach nicht an sie heran.«

»Worum geht es bei dem ganzen Theater?«

»Ihnen passt der Stellplatz nicht.«

»Aber den gibt es doch seit ... wie vielen Jahren?«

»Gut zehn.«

»Und da fällt denen jetzt ein, dagegen zu protestieren?«

»Nein, wie gesagt, solche Vorfälle hatten wir schon öfter. Doch nun haben die wohl herausbekommen, dass wir eine Erweiterung des Geländes planen. Hin zum Wald und zu den Obstwiesen. Es sollen dreißig zusätzliche Parzellen für Campingfahrzeuge entstehen.«

»Haben Sie schon die behördliche Genehmigung?«

»Ja sicher. Die haben wir, kurz bevor mein Vater ...«, Alexander schluckte, »bevor er ermordet wurde, erhalten.«

»Glauben Sie, dass es da einen Zusammenhang gibt?«

Alexander zuckte mit den schmalen Schultern. »Was fragen Sie mich das? Sie sind doch der Privatdetektiv. Den ich bezahle«, fügte er nach kurzem Schweigen schnippisch hinzu. »Haben Sie überhaupt schon etwas Brauchbares herausbekommen?«

»Deswegen bin ich hier«, sagte Henrik. »Aber ich schlage vor, dass wir den Teil unseres Gespräches auf einen späteren Zeitpunkt verschieben. Wenn sich die Lage bei Ihnen etwas beruhigt hat und auch Ihre Mutter und Schwester daran teilnehmen können.«

»Meine Mutter wird das nicht interessieren«, presste Alexander zwischen den Lippen hervor.

»Okay. Ich bestehe jedoch darauf, dass Ihre Schwester mit dabei sein wird. Mein Auftrag lautet in Ihrer beider Namen.«

»Von mir aus. Werden Sie hier in der Region bleiben? Leider

kann ich Ihnen auf unserem Gelände keine Übernachtungsmöglichkeit anbieten.«

»Ich schätze, dass ich wieder an der Winzergenossenschaft unterkommen werde. Dort bin ich mit allem bestens versorgt.«

»Da hat noch niemand protestiert«, sagte Alexander.

»Ich an Ihrer Stelle wäre nicht so zimperlich«, riet Henrik. »Sie sollten die Demonstration von der Polizei auflösen lassen und Ihren Anwalt konsultieren.«

»Wir wollen denen keine weitere Angriffsfläche bieten«, erklärte Alexander. »Bis jetzt ist ja alles friedlich abgegangen, bis auf den Höllenlärm, den sie machen. Vielleicht hat sich der Spuk morgen von selbst erledigt. Da ist Montag, da müssen sie alle wieder arbeiten.«

Henrik erhob sich vom Stuhl. »Wir sehen uns dann später. Sollte die Lage eskalieren, können Sie mich gern anrufen. Sie haben ja meine Nummer.«

Er verließ das Büro und machte sich auf den Rückweg zu seinem Kastenwagen. Auf halber Strecke blieb er stehen und drehte abrupt um. Ihm war aufgegangen, dass er bis jetzt nur Alexanders Einschätzung der gegenwärtigen Situation gehört, sie unter Umständen ein bisschen zu unkritisch für bare Münze genommen hatte. Was wäre, wenn sich hinter den Protesten mehr verbarg als nur der Ärger über die geplante Stellplatzerweiterung?

Um das herauszufinden, wollte er sich unter die Demonstranten mischen und sich dezent umhören. Er hielt sich links und folgte einem sich neben dem Grundstück der Hübners den Hang hinaufwindenden Pfad, bis er die rückseitige Grenze des Stellplatzareals erreicht hatte. Er suchte eine Lücke im Gebüsch, zwängte sich hindurch und näherte sich den Protestierenden. Anscheinend waren sie ihres eigenen Lärms überdrüssig geworden, denn der Geräuschpegel hatte sich deutlich verringert. Ein paar der Teilnehmer traten von einem Fuß auf den anderen, schienen zu überlegen, ob sie gehen oder bleiben sollten. Henrik schob sich neben ein junges Pärchen, das Schulter an

Schulter stand und ein Plakat mit der Aufschrift »Stoppt die Blechlawinen jetzt! Rettet unsere Natur, bevor es zu spät ist!« in die Höhe hielt.

»Glauben Sie, dass es tatsächlich so schlimm werden wird?«, versuchte er, ein Gespräch in Gang zu bringen, und hoffte gleichzeitig, dass sie ihn vorhin nicht bemerkt hatten.

»Schlimmer«, sagte der junge Mann.

»Das ist erst der Anfang«, zischte die Frau.

»Aber es handelt sich nur um ein paar mehr Stellplätze«, wandte Henrik ein.

»So geht es doch immer los«, konterte die junge Frau und funkelte Henrik empört an. »Erst sagen sie, dass es kaum Veränderungen geben wird, und in einem halben Jahr stehen hier kein Baum und kein Strauch mehr, stattdessen wird alles platt gewalzt, und wir haben eine Betonwüste.«

»Ich glaube nicht, dass es hier kein Grün mehr geben wird«, wagte Henrik einzuwenden. »Wenn die Hübners das beabsichtigten, hätten sie die Bäume und Hecken dort doch auch nicht gepflanzt.« Er wies mit der ausgestreckten Hand auf die gepflegt wirkende Anlage.

»Pah, Thuja und Kirschlorbeer. Das sind keine heimischen Gehölze, die sind artenfremd und passen nicht in unser Ökosystem. Damit zerstören sie auf Dauer unseren schönen Schwarzwald.«

Mangels botanischer Kenntnisse wusste Henrik nicht, was er dagegen einwenden könnte. Er wechselte das Thema. »Sind alle hier im Ort so kritisch wie Sie?«

Die junge Frau musterte ihn misstrauisch. »Warum wollen Sie das wissen? Sind Sie Journalist oder so?«

»Nein, ich bin Urlaubsgast. Ich bin zum Wandern hierhergekommen«, flunkerte er. »Auf dem Weg hinunter zur Ortsmitte ist mir die Demo aufgefallen. Und da ich ein neugieriger Mensch bin, habe ich gedacht, dass es nicht schadet, mal nachzufragen.«

Er setzte ein, wie er hoffte, gewinnendes Lächeln auf, das die junge Frau ignorierte.

»Leute wie Sie sind Teil des Problems«, behauptete sie.

»Nein, das stimmt so nicht«, widersprach ihr Partner. »Wir sind ja nicht gegen jede Form von Tourismus. Wir wollen nur, dass die Umweltbelange nicht außer Acht gelassen werden. Viele sehen doch nur das Geld, das durch die Touristen in die Region gespült wird. Dabei vergessen sie, dass mitunter das Doppelte und Dreifache aufgewandt werden muss, um die durch den Fremdenverkehr entstandenen Schäden zu beseitigen.«

»Also auf mich wirken der Ort und die Region noch sehr intakt«, sagte Henrik und meinte es auch so.

»Weil Sie nur oberflächlich hinschauen. Wissen Sie, was es bedeutet, wenn sich an Sonntagen und Feiertagen zigtausend Fahrzeuge durch die Dörfer quälen, um auf die Höhen zu gelangen? Der Lärm und die Emissionen sind das pure Gift für die Natur«, ereiferte sich die junge Frau.

»Und für die Einwohner«, fügte ihr Partner hinzu.

»Ich sehe trotzdem noch nicht, wo das Problem mit diesem Stellplatz liegt.« Henrik zeigte sich störrisch. »Wir reden hier von maximal siebzig Campingfahrzeugen, die das Areal zur Übernachtung nutzen werden, nicht wahr? Ich bin an der italienischen Adria an einem Campingplatz vorbeigefahren, da kommen täglich mehr als zehntausend Menschen unter. Das ist eine Kleinstadt nur für den Urlaub. Davon sind wir hierzulande noch weit entfernt.«

»Dem Himmel sei Dank«, fauchte die Frau.

»Man muss die Gesamtsituation kennen, um die Pläne der Hübners richtig einschätzen zu können«, sagte der junge Mann und gab seiner Partnerin mit einem Handzeichen zu verstehen, das Plakat sinken zu lassen. »Es ist ein offenes Geheimnis, dass die Hübners sich mit der bevorstehenden Erweiterung nicht zufriedengeben werden. Was vor Jahren mit einem kleinen urigen Restaurant angefangen hat, ist zu einem Megagastrospektakel angewachsen. Und sie wollen ihr Konzept auf ganz Deutschland ausweiten, Franchiseunternehmen gründen.«

»Diese Eventhöfe werden sich wie eitrige Geschwüre in die Landschaft fressen«, klagte die Frau.

Wenn er die Wahl hatte, zog Henrik es zwar auch vor, in freier Natur jenseits von großen Campinganlagen zu übernachten, doch so negativ wie die beiden jungen Protestler sah er das Konzept der Hübners nicht.

»Ich persönlich finde diese Bettenburgen aus Beton abscheulicher, die man in vielen Küstenorten an der Nordsee und der Ostsee vorfindet. Und Camping gilt doch als eine der umweltfreundlichsten Reiseformen.«

»Was reden Sie da für einen Scheiß!« Die junge Frau sah aus wie eine Katze, die kurz davorstand, ihre Krallen auszufahren. »Diese Wohnmobile sind allesamt Dreckschleudern, elende Umweltverpester. In den Schulferien und an den Wochenenden sieht man hier auf den Wanderparkplätzen nur Blech und Plastik aneinandergereiht. Außerdem müllen sie die Natur zu und ignorieren Verbotsschilder. Eine echte Heimsuchung sind die. Wie kann man sich nur so ein Schlachtschiff auf Rädern kaufen?«

»Manche sind ja fast so groß wie Einfamilienhäuser. Und teilweise genauso ausgerüstet, mit Kühlschrank, TV, Dusche und allem Pipapo«, legte der junge Mann noch eins drauf.

Henrik dachte an Carstens nagelneuen Neun-Meter-Liner und widerstand dem Impuls, den Kopf einzuziehen. »Die Wohnmobilisten und Camper sind auch ein Wirtschaftsfaktor«, gab er zu bedenken.

»Ja klar. Und genau darum geht es hier«, stimmte der junge Mann in verbittertem Ton zu. »Die Hübners wollen Schotter machen. Ferienwohnungen und Hotels werden kaum noch genehmigt, jetzt haben die Campinganlagen Vorrang. Für diese Plastebomber wird alles freigeräumt.«

»Dagegen werden wir ankämpfen. Bis zum letzten Blutstropfen.« Die Frau hatte sich in Rage geredet.

»Meinen Sie das ernst?« Henrik war ein bisschen geschockt, aber gleichzeitig auch fasziniert. Kam er der Lösung des Falles gerade um einen Quantensprung näher? Hatte sich die aufgestaute Wut auf Bertram Hübner und seine Eventgastronomie in einer Bluttat entladen? Hatte ein grüner Umweltaktivist rotgesehen? »Würden Sie tatsächlich Gewalt anwenden, um die Stellplatzerweiterung zu verhindern?«, fragte er und musterte das Pärchen kritisch.

»Natürlich nicht«, versicherte der junge Mann. »Meine Freundin hat ein bisschen übertrieben. Doch wir werden alles, was in unserer Macht steht, unternehmen, um das Projekt zu verhindern. Wir brauchen die Natur und den Wald. Keine neuen Stellflächen für Camper.«

»So ist es.« Ein zweiter Mann, der etwas älter als Henrik sein mochte, hatte sich zu ihnen gesellt. »Leute wie die Hübners sind für mich asoziale Schmeißfliegen. Die nehmen sich ohne Rücksicht auf Verluste, was sie wollen. Haben keine Achtung vor den Bedürfnissen anderer und der Natur. Plündern unseren Planeten aus. Hauptsache, ihr Konto wächst und gedeiht.«

»Uh, ist das so?« Henrik gab sich naiv.

Der Mann, der ein T-Shirt mit dem Logo einer radikalen Umweltorganisation trug, gab ein verächtliches Schnauben von sich. »Am Anfang haben wir es mit Reden versucht. Wollten dem alten Hübner klarmachen, was seine Pläne für die Region bedeuten. Was dabei an Fauna und Flora zerstört wird. Doch wir sind auf taube Ohren gestoßen.«

»Der Hübner war null kompromissbereit«, empörte sich die Frau. »Der hat uns wie dumme, unmündige Kinder behandelt.«

»Tja, da mussten wir halt andere Saiten aufziehen.« Der Umweltaktivist grinste selbstzufrieden.

»Die da waren?«, beeilte sich Henrik zu fragen.

»Wir haben die Campinggäste ein bisschen aufgemischt«, tat der Aktivist mit dem Vollbart kund. »Hat einen Heidenspaß gemacht, nicht wahr, Moni?«

Die junge Frau nickte so heftig, dass ihr dunkelblonder Pferdeschwanz auf und ab wippte. »Aber hallo. Ich schätze, dass drei Viertel von denen nicht wiederkommen.«

»Dafür stehen dann neue auf der Matte«, murmelte ihr Freund.

»Mag sein, aber wir haben in der Hinsicht noch einiges mehr auf dem Kasten.« Der Umweltaktivist machte den Eindruck, als ob er sich selbst auf die Schulter klopfen wollte. »Wir sind noch lange nicht am Ende. Ein bisschen Schiss haben wir den Hübners inzwischen ja schon eingejagt, doch glaubt mir: Bald werden wir sie das Fürchten lehren.«

Mit diesen Worten machte er ein paar Schritte zur Seite und schaute um sich. Das, was er sah, schien ihm nicht zu behagen, denn er spurtete nach ganz vorn und hob beschwörend die Arme.

»Hey, was ist mit euch los? Seid ihr etwa schon müde? Ihr wollt doch jetzt nicht schlappmachen. Zeigt ihnen, wer hier das Sagen hat.« Er führte die Trillerpfeife, die er an einer Kordel um den Hals trug, an die Lippen und gab ein paar schrille Töne von sich. »Weg mit dem Stellplatz«, schrie er sodann.

»Weg, weg damit«, antwortete die Menge.

»Keine Ökoschweine im Schwarzwald.«

»Nein, nein, nein, kein Ökoschwein«, skandierten die Demonstranten.

»Er scheint ja ziemlichen Einfluss zu haben«, sagte Henrik in Richtung des streitbaren Pärchens und hoffte, dass seine Stimme gebührende Bewunderung ausdrückte, während es ihm innerlich graute.

»Der Stefan ist in der Bewegung ein ganz großes Tier. Er hat die besten Ideen und bewegt was. Der lässt sich nicht unterkriegen, fürchtet nichts und niemanden. Der Stefan ist unser Hero, nicht wahr?«, wandte sich die junge Frau mit glänzenden Augen an ihren Freund.

Hört sich fast so an, als ob sie über einen Gott redet, dachte Henrik. War der Aktivist mit dem Vollbart so etwas wie ein Guru für die Szene? Wie weit ging sein Einfluss auf die Demonstranten?

»Nun ja.« Der junge Mann wirkte nicht ganz so enthusiastisch wie seine Freundin. »Der Stefan hat den nötigen Background, er weiß, wovon er redet. Fachlich kann ihm kaum einer was wollen, er ist studierter Biologe und Forstwissenschaftler.«

»Hat er auch eine Webseite oder so? Wo ich mich informieren kann?« Henrik tat interessiert.

»Klar doch.« Die junge Frau gab bereitwillig Auskunft.

Henrik verabschiedete sich und eilte zurück zu seinem Kastenwagen. Dort zog er sein Handy aus der Tasche und rief die Internetpräsenz des Umweltaktivisten auf. Beim Lesen bildeten sich tiefe Furchen auf seiner Stirn. Zugegeben, der Mann hatte Visionen. War von seiner Vorstellung einer besseren Welt beseelt. Doch er schien auch gefährlich. Fischte am politischen rechten wie linken Rand nach Mitstreitern. Rief unterschwellig zur Gewalt gegen Andersdenkende auf. Wie weit würde er gehen, um seine Ziele durchzusetzen? Würde er selbst vor einem Mord nicht zurückschrecken? Hatte er Bertram Hübner wegen der Pläne zur Erweiterung seines Geschäftsmodells kaltblütig umgebracht? Und schwebte nun auch der Rest der Familie in tödlicher Gefahr?

In Gedanken versunken fuhr Henrik zum Wohnmobilstellplatz an der Winzergenossenschaft. Er nahm sich vor, nachher nochmals mit Alexander zu telefonieren.

18

Als Henrik auf der Zufahrt zum Stellplatz ankam, glaubte er seinen Augen nicht zu trauen. Auf dem Stellplatzareal hatten sich etwa fünfzehn ihm fremde Freizeitfahrzeuge eingefunden. Zwei Wohnmobile kannte er dagegen ausgesprochen gut: den Oldtimer von Kathrin und den Liner von Carsten.

»Das darf doch wohl nicht wahr sein«, knurrte er und parkte rückwärts in die Lücke zwischen den beiden Fahrzeugen ein. Sein Wagen war kaum zum Stehen gekommen, da hatte er schon die Tür aufgerissen und war auf den Liner zugeprescht. Dort saßen Kathrin und Carsten gemütlich bei einem Glas Wein zusammen.

»Auch ein Gläschen Grauburgunder?« Carsten hob einladend die Flasche hoch.

»Du hast wohl nicht alle Tassen im Schrank, oder?«, bellte Henrik los. »Hatte ich dir nicht eindringlich erklärt, warum es besser ist, dass du für eine Weile untertauchst, dich dünnemachst? Glaubst du etwa, ich hätte das nur so zum Spaß gesagt?«

Kathrin warf Carsten einen vielsagenden Blick zu. »Ich hatte dich gewarnt.«

»Ach komm, jetzt übertreibe mal nicht«, versuchte Carsten, die Angelegenheit herunterzuspielen. »Ja, es ist mir durchaus klar, dass ich ebenfalls in die Schusslinie des Verrückten geraten könnte, der Bertram und Maximilian auf dem Gewissen hat.«

»Er benutzt keine Schusswaffe, sondern ein Messer«, sagte Henrik.

»Schusslinie war mehr bildlich gedacht«, verteidigte sich Carsten. »Anders gesagt: Es könnte unter Umständen möglich sein, dass auch ich in Gefahr geraten würde.«

»Vergiss den Konjunktiv«, widersprach Henrik. »Du bist in Gefahr. Punkt.«

Kathrin setzte ein versöhnliches Lächeln auf. »Es freut mich auch, dich wiederzusehen, Henrik. Wie ist es denn bei dir so in den letzten Tagen gelaufen? Ich konnte dich auf dem Handy nicht erreichen.«

Henrik winkte ab. »Später.«

»Wie du meinst.« Kathrin zuckte mit den Schultern und nahm einen langen Schluck aus ihrem Glas.

»Du fährst sofort los, schleunigst weg von hier«, befahl Henrik.

»Geht nicht«, triumphierte Carsten. »Ich habe schon zwei Gläser Wein getrunken. Ich bin nicht mehr fahrtüchtig.«

»Wie du willst. Dann schlafe ich heute Nacht bei dir im Liner«, sagte Henrik.

»Prima.« Carsten ließ sich nicht aus der Ruhe bringen. »Welche Seite des Bettes möchtest du? Rechts oder links?«

»Und Leo kommt als Anstandswauwau in die Mitte«, feixte Kathrin.

»Wisst ihr was?« Henrik schaute die beiden Freunde tadelnd an. »Ihr seid wirklich unmöglich. Und im Doppelpack schon gar nicht zu ertragen.«

»Hier. Trink was, damit du runterkommst.« Carsten war aufgestanden, hatte ein Weinglas aus der Vitrine geholt und für Henrik eingeschenkt. »Und dann überlegen wir, wo wir für heute Abend bestellen«, schlug er vor. »Also ich hätte mal so richtig Lust auf Wild. Was meint ihr? Den passenden Wein kann ich noch schnell in der Winzergenossenschaft besorgen.«

Henrik raufte sich das kurz geschnittene Haar. »Kann es sein, dass ihr mich nicht ernst nehmt?«

»Natürlich nehmen wir dich ernst«, beteuerte Carsten mit Unschuldsmiene.

»Du merkst doch, dass wir ganz Ohr sind. Ehrlich.« Kathrin legte die rechte Hand aufs Herz.

Henrik gab sich geschlagen. »Das wird Folgen haben.« Dann konnte er sich trotz besseren Wissens ein Grinsen nicht verkneifen. »Von mir aus auch Wild. Aber bitte mit Spätzle statt

mit Pommes. Und einen großen Salat vorweg. Und ein Schokodessert zum Schluss. Ich habe seit einer gefühlten Ewigkeit
nichts Richtiges zu essen bekommen.«

»Hast du dich etwa auf Diät gesetzt?«, fragte Kathrin.

»Nein, ich musste einen ausgebüxten Teenager bändigen«,
sagte Henrik.

Dann leerte er sein Glas und erzählte, was in den letzten
Tagen vorgefallen war.

Kathrin legte das Besteck auf dem Teller ab. »Ich kann nicht
mehr. Noch einen Bissen und ich platze.«

»Genau, was ich brauchte.« Henrik kratzte den letzten Rest
vom Schokodessert aus dem Glas.

»Wusste ich's doch.« Carsten strahlte. »Gutes Essen hält Leib
und Seele zusammen.«

»Leider scheint es meine Gehirnzellen nicht zu beflügeln«,
stöhnte Henrik. »Ich weiß beim besten Willen nicht, wie ich
Alexander morgen beibringen soll, dass ich zwar jede Menge
Anhaltspunkte, aber noch immer keinen konkreten Verdacht
habe.«

»Leute, denen man es zutrauen könnte, haben wir ja zur Ge-
nüge. An potenziellen Verdächtigen mangelt es uns also nicht«,
meinte Kathrin nachdenklich. »Doch leider kann es letztendlich
ja nur einer oder eine gewesen sein. Ich habe übrigens meine
Meinung revidiert. Ich glaube inzwischen auch, dass wir es mit
einem einzigen Täter zu tun haben.«

»Sehe ich ebenso«, stimmte Carsten zu.

»Mein Ermittlerinstinkt flüstert mir nach wie vor zu, dass
Susanne Hübner etwas damit zu tun hat.« Henrik spielte gedankenverloren mit dem Dessertlöffel. »Sie hat so gar nichts
von einer trauernden Witwe an sich. Außerdem kannte sie Maximilian. Und ich gehe davon aus, dass sie auch Ott bei einem
der Treffen kennengelernt hat.«

»Tut mir leid, wenn ich dir widerspreche.« Carsten war das
Lächeln aus dem Gesicht gewichen. »Ich bin mir sicher, dass

dich dein Instinkt in der Beziehung trügt und du dich gedanklich auf dem Holzweg befindest. Kannst du dir allen Ernstes vorstellen, dass Susanne Maximilian im Kräutergarten aufgelauert und ihn dort kaltblütig erstochen hat? Während ich nur ein paar Meter von ihm entfernt gewartet habe?«

»Ja, kann ich.« Henrik nickte.

»Warum?«, hakte Kathrin nach.

»Sie hat ein Motiv, und sie kann gut mit einem Messer umgehen. Sie braucht es schließlich täglich in den Reben.«

»Benutzen die Winzer nicht eher ein gebogenes, sichelförmiges Messer?«, wandte Carsten ein. »Ich meine, dass ich das bei einem Weinseminar so gelernt habe.«

»Bei Frederic Ott lag in der Weinhalle auch ein gebogenes Messer mit Holzgriff auf dem Tisch«, erinnerte sich Kathrin.

»Hippe. In den Reben benutzt man eine Hippe«, rief Carsten triumphierend aus. »Damit kannst du niemanden auf die Art töten, wie es bei Maximilian der Fall war. Für einen Stich in die Lunge oder das Herz benötigst du ein Messer mit langer, schmaler und gerader Klinge.«

»Ich nehme an, dass Susanne mehr als nur ein Messer besitzt.« Henrik ließ Carstens Argument nicht gelten.

»Ich habe hier im Wohnmobil auch verschiedene Messer in der Schublade. Deiner Argumentation nach käme ich somit ebenfalls als Täter in Frage.«

»Rede keinen Blödsinn.«

»Was ist mit diesem Umweltaktivisten, von dem du eben erzählt hast?«, wollte Kathrin wissen. »Der führt doch eindeutig eine Fehde gegen die Hübners. Und zimperlich scheint er auch nicht gerade zu sein.«

»Ich bin mir sicher, dass er für seine Überzeugung Grenzen überschreiten würde, sich sogar nicht scheuen würde, eine Straftat zu begehen«, stimmte Henrik zu. »Doch mit etwas Abstand und mit zwei Gläsern Grauburgunder intus erscheint er mir eher als ein Typ, der mit seinem Tun ein Zeichen setzen will. Jemanden einfach so umzubringen, zu zerstückeln und klammheimlich im See zu versenken, das ist, wie ich glaube, nicht seine Art. Er würde sich etwas Spektakuläreres einfallen lassen.«

»Vielleicht wollte er sich nicht selbst die Hände schmutzig machen. Es kann doch gut sein, dass er Helfershelfer hatte, dass er den Mord in Auftrag gegeben hat«, meinte Kathrin. »Ein Mord in den Diensten der Umwelt.«

»Oder in den Diensten von Susanne Hübner«, wandte Henrik ein.

»Aber wie passt der Mord an Maximilian da mit ins Bild?«, fragte Carsten skeptisch. »Dieser Umweltaktivist und Maximilian, die hatten doch keine Berührungspunkte, oder?«

»Das müsste ich noch abchecken.«

»Und welche Rolle spielt Pascal Ott dabei?«, warf Kathrin ein. »Ist diese Umweltgruppe auch am Kaiserstuhl aktiv?«

»Sie behaupten auf ihrer Internetseite, dass sie überall dort unterwegs sind, wo die Natur bedroht ist. Sie sind wie Sea Shepherd, deren Mitglieder die Meere nach Umweltfrevlern durchkämmen und sie zur Strecke bringen. Die Gruppe von diesem Stefan handelt genauso, nur halt an Land.«

»Ott hat auf Biowein umgestellt«, sagte Kathrin. »Das müsste in ihrem Sinn sein. Welchen Grund sollten sie haben, Ott durch diese Traubenabbeermaschine tödlich verletzen zu wollen?«

»Wein ist ja, wenn man es kritisch sieht, auch eine Monokultur«, gab Carsten zu bedenken. »Möglicherweise glauben sie, dass die Artenvielfalt durch den Weinanbau bedroht ist.«

Henrik spürte, wie es hinter seinen Schläfen schmerzhaft zu pochen begann. Was für ein vertrackter Fall! Er hatte den Eindruck, ständig gegen eine Wand zu laufen, kam kaum einen Schritt voran. Und während er verzweifelt nach einer erfolgversprechenden Spur suchte und auf einen Hinweis hoffte, der die Wende bringen würde, gerieten weitere Menschen in Gefahr. Was hatte er bis jetzt übersehen? Auf welchem Auge war er blind?

Der letzte Schluck Wein in seinem Glas schmeckte bitter. Henrik stand auf.

»Seid mir nicht böse, aber ich muss ins Bett. Ich muss morgen fit sein.«

»Du willst mich heute Nacht doch nicht allein lassen?« Carsten hob in gespieltem Entsetzen die Hände.

»Sieh zu, dass du alle Fenster und die Türen verriegelst, und schalte die Alarmanlage auf scharf«, erklärte Henrik. »Dann kommst du sicher durch die Nacht. Und morgen schauen wir weiter.«

19

Acht Stunden später hatte sich das leichte Hämmern hinter Henriks Schläfen zu ausgewachsenen Kopfschmerzen gesteigert. Seine Nacken- und Schultermuskeln fühlten sich total verspannt an. Er kam beinahe in Versuchung, Kathrin zu bitten, ihm eins ihrer homöopathischen Mittel aus der Reiseapotheke zu überlassen, entschied sich aber letztendlich dagegen. Er schnallte Leo das Laufgeschirr an und öffnete die Schiebetür seines Kastenwagens. Aus Carstens Liner konnte er Stimmen vernehmen und vermutete, dass die beiden Freunde bei einer Tasse Kaffee zusammensaßen.

Henrik steckte kurz den Kopf durch die Tür und sagte: »Ihr bleibt heute den ganzen Tag auf Sichtkontakt, lasst einander nicht aus den Augen. Verstanden? Ich gehe eine Runde mit Leo, wir brauchen beide frische Luft.«

»Und dein Termin mit Hübner?«, fragte Kathrin.

»Später. Hübner muss warten, bis ich wieder zurück bin.« Henrik zog den Beagle, der ganz offensichtlich lieber bei Carsten und Kathrin geblieben wäre, hinter sich her, überquerte den munter plätschernden Sasbach auf der kleinen Holzbrücke und machte sich auf in Richtung Kurpark. Nach nur wenigen Minuten hatte er die Talstraße erreicht und eilte den steil ansteigenden Kirchweg hoch, bis er das Eingangsportal der Pfarrkirche zur Heiligen Dreifaltigkeit erreicht hatte. Er verzichtete darauf, einen Blick ins Innere der Wallfahrtskirche zu werfen, weil er bezweifelte, dass Hunde dort willkommen waren. Stattdessen legte er eine kurze Pause ein und genoss das Panorama, das sich ihm von der Rheinebene bis hin zu den französischen Vogesen bot.

Schließlich stapfte er weiter den Hang hinauf, bis die letzten Häuser und kleinen Gästepensionen hinter ihm lagen und er sich inmitten der Weinberge befand. Dort roch die Morgenluft nach Reben, Blüten und dem Gestein, in dem die Wurzeln der Weinstöcke verankert waren. So früh am Morgen war es noch angenehm kühl, sodass auch der Beagle seine anfängliche Trägheit überwand und eifrig an der Leine mitlief. Henrik spürte, wie seine Muskeln sich lockerten und der Spannungskopfschmerz nachließ.

Der Panoramaweg führte ihn zum Bildstock »Alde Gott«, wo er sich vor ein paar Tagen mit der jungen Winzerin getroffen hatte. Heute schien er allein in den Reben unterwegs zu sein, es kam ihm vor, als ob die anderen Gäste und die Weinbauern noch schliefen oder anderweitig beschäftigt waren. Henrik setzte sich auf die Holzbank am Bildstock und ließ die Augen über das pittoreske Wein- und Blumendorf schweifen. In dem Moment klingelte sein Handy.

»Na, hast du heute schon einen Verbrecher hopsgenommen?«

»Dir auch einen guten Morgen, Chrissy«, brummte Henrik. Er hörte das Mädchen laut gähnen. »Nicht ausgeschlafen?«, neckte er sie.

»Nee, ich habe die ganze Nacht durchgemacht.«

»Nicht wirklich, oder? Was sagt denn deine Tante dazu?«

»Die ist froh, dass ich das Geschichtsreferat endlich fertig habe.«

»Bist du schon auf der neuen Schule?«, fragte Henrik. »Ich hätte nicht gedacht, dass ein Schulwechsel quasi über Nacht möglich ist.«

»Ist er auch nicht«, sagte Chrissy mit hörbarem Bedauern in der Stimme. »Ich musste mit meinem Vater einen Deal machen. Wenn ich das Schuljahr im Internat zu Ende bringe, darf ich nach Freiburg zu meiner Tante.«

»Und wirst du dich an die Vereinbarung halten?« Henrik war skeptisch.

»Ich habe ja keine andere Wahl. Meine Tante wird mich übermorgen wieder nach Maulbronn bringen. Deshalb das blöde Referat.«

»Die paar Wochen sitzt du auf einer Pobacke ab.«

»Wenn ich endlich aus diesem Schulknast rauskomme, bin ich halb tot.« Chrissy stöhnte theatralisch auf. »Nach dem Monat, den ich da noch durchziehen muss, werde ich um Jahrzehnte gealtert sein. Meine Jugend, meine Schönheit, alles ist dann futsch.«

»Ich habe gestern im Discounter so Gehhilfen für Senioren gesehen. Rollatoren. Soll ich dir einen davon besorgen?«

»Ein Moped wäre mir lieber«, konterte Chrissy. »Vielleicht kann ich ja meine Tante bequatschen, dass sie mir von dem Geld, das mein Vater für mich rüberwachsen lässt, eins kauft. Muss ja kein nagelneues sein.«

»Deine Sorgen möchte ich haben.«

»Apropos Geld.« Chrissy gähnte nochmals. »Du hattest mich doch nach diesem Lehrer gefragt. Der in seinem Campingbulli abgemurkst worden ist.«

»Nicht im Bulli«, widersprach Henrik. »Aber egal, was ist mit dem?«

»Ich selbst hatte bei dem ja nie Unterricht. Der hat die Oberklassen in Griechisch und Latein gequält.«

»Ja und?«

»Ich habe mit einem Kumpel gesprochen, der bei diesem Darmausgang auf zwei Beinen das Latinum macht. Oder besser gesagt machte. Also nicht bei uns auf dem Internat, sondern drüben am Gymnasium, wo die Freigänger sind.«

»Deine Ausdrucksweise wird von Minute zu Minute gewählter«, stellte Henrik mit Sarkasmus in der Stimme fest.

»Ich sage nur die Wahrheit. Der Typ war ein Superduperarschloch.«

»Warum?«

»Mein Kumpel meint, der war stets so von oben herab, dem konnte man nichts recht machen. Der wusste sowieso immer alles besser. Und wenn jemandem im Unterricht ein Patzer unterlief, dann hat der Typ sich über ihn lustig gemacht. Hat ihn spüren lassen, dass er in seinen Augen nur Shit ist.«

Henrik hatte Maximilian zwar nicht als so unangenehm in

Erinnerung, doch er vermutete, dass der Lehrer bei ihrem gemeinsamen Wochenende im Freizeitmodus gewesen war und sich deshalb entspannt und locker gegeben hatte. Außerdem hatte er keine Pennäler vor sich gehabt, sie hatten auf Augenhöhe miteinander gesprochen. Dennoch konnte sich Henrik eines gehörigen Mitgefühls für Maximilians Schüler nicht erwehren.

»Ein begnadeter Pädagoge war er also nicht, wenn ich dich beziehungsweise deinen Kumpel richtig verstehe.«

»Der hat seine Schüler gehasst, hat seinen Frust an ihnen ausgelassen«, behauptete Chrissy. »Außerdem hat er wohl ständig herumgejammert, dass er sich mit Unfähigen und Hirnlosen abgeben muss und dafür viel zu wenig Schotter bekommt.«

»Nun ja, das sichere Beamtengehalt eines Oberstudienrates könnte mir schon gefallen.« Henrik dachte an sein Konto, das derzeit wieder mehr zur Leere als zur Fülle neigte.

»Mein Kumpel meint, der Typ wäre chronisch knapp bei Kasse gewesen. Wahrscheinlich hat er die ganzen Lappen bei seinen Wochenendausflügen und in den Ferien rausgeschmissen. Der war ja ständig auf Achse.«

»Das mag gut sein«, stimmte Henrik zu. Maximilian war ihm nicht wie ein Kostverächter vorgekommen – in jeder Hinsicht.

»Aber in den letzten Monaten, da scheint sich für den Scheißkerl was geändert zu haben.«

»Wie meinst du das?«

»Meinem Kumpel ist aufgefallen, dass er mit einem Mal eine wertvolle Uhr trug. So einen Hightechklunker, mit dem man ein U-Boot steuern oder zum Mond fliegen kann. Und mit besseren Klamotten von teuren Labels ist er im Unterricht aufgeschlagen. In der Kantine hat er damit geprahlt, dass er in den Sommerferien eine Kreuzfahrt in die Karibik machen will. Du weißt schon: so eine Reise, bei der die alten Säcke den ganzen Tag über an der Bar sitzen, sich die Bäuche vollschlagen und Whisky schlürfen.«

»Dann doch lieber Camping?«, neckte Henrik sie.

»Ja, aber das nächste Mal bitte mit vollem Kühlschrank. Und mit Cola Light, der echten, nicht mit so einem wässrigen No-Name-Produkt, das du mir andrehen wolltest.«

Henrik lachte laut auf. »Dein Wunsch ist mir Befehl.«

»Hey, so ein Verwöhnprogramm, das steht mir zu. Ich bin schließlich ein Luxusweib.«

»Du bist eine Spinnerin, Chrissy.« Dann wurde Henrik wieder ernst. »Hat dein Kumpel eine Ahnung, woher Leitholds plötzlicher Geldsegen stammte?«

»Nee, wollte ich auch von ihm wissen. Aber mein Kumpel und seine Kumpel haben keinen blassen Schimmer. Doch ich bin mir sicher, dass du das rauskriegst. Du bist ja Mister Spürnase.«

»Danke für die Info.«

»Ich hau mich jetzt in die Falle. Hoffentlich träume ich nicht von der Konföderation und den armen Sklaven. Oder dem Ku-Klux-Klan.«

»Sweet dreams.«

Henrik beendete das Gespräch. Nachdenklich blickte er über die Weinberge hinunter zur Winzergenossenschaft, wo er auf dem danebenliegenden Wohnmobilstellplatz auch seinen Kastenwagen ausmachen konnte. Woher kam Maximilians plötzlicher Wohlstand? Hatte er geerbt? Im Lotto gewonnen? Oder gab es eine andere Erklärung dafür? Und wie hing dies alles mit seinem unfreiwilligen Ableben zusammen? Henrik stieß einen lang gezogenen Seufzer aus. Je mehr er sich abmühte, Licht in die Angelegenheit zu bringen, desto tiefer tappte er im Dunkeln. Hatte er etwa seinen legendären Spürsinn eingebüßt? Würde er seine Karriere als Privatdetektiv an den Nagel hängen und sich einen öden Bürojob suchen müssen? Stand er kurz davor, das Herumvagabundieren im Dienst von Wahrheit und Gerechtigkeit aufgeben zu müssen?

Er spürte, wie das Kopfweh, das er überwunden geglaubt hatte, erneut aufzog. Er rieb sich hart mit dem Daumenballen über die Stirn. Der Beagle winselte. Henrik tätschelte die samtweichen Ohren.

»Ist gut, wir gehen sofort weiter.«

Leo leckte tröstend seine Hand.

»Keine Sorge, ich gebe nicht auf. So schnell schmeißt ein Henrik Richtersen die Flinte nicht ins Korn«, versicherte er dem Beagle und stand auf.

Der Hund machte erwartungsvoll einen Satz nach vorn, wodurch die Leine sich spannte. Henrik schaute kurz um sich. In die Weinberge, die zum Beginn seiner Wanderung wie ausgestorben gewirkt hatten, war mittlerweile Leben eingekehrt. Grüne, rote oder blaue Rebtraktoren bahnten sich zwischen den Weinstöcken ihren Weg. Wanderer stiefelten auf den sich an die Hänge schmiegenden Pfaden entlang. Er konnte Lachen und Rufe vernehmen. Doch für Henrik war gerade nur eins wichtig: Er konnte keinen anderen Hund in Sichtweite entdecken.

»Nutze es bloß nicht aus«, warnte er Leo und ließ ihn von der Leine.

Der Beagle schien ihn verstanden zu haben, denn er trottete brav neben seinem Herrchen her. Henrik checkte seine eingegangenen E-Mails auf dem Handy und registrierte mit einem Mal, welches Datum heute war.

»Mist«, entfuhr es ihm, und er wählte eine Hamburger Nummer. »Alles Gute zum Geburtstag, Vatter«, sagte er, als die Verbindung zustande gekommen war. »Ich hoffe, du lässt dich ordentlich feiern.«

»Hm, hm, geht so«, brummte sein Vater ausweichend.

»Sag nicht, dass du am Schreibtisch sitzt.«

»Nur zwei, drei Stündchen. Du weißt doch, dass der Papierkram sich nicht von selbst erledigt.«

»Du bist seit anderthalb Jahren im Ruhestand«, erinnerte Henrik seinen Vater. Der litt offenbar unter denselben Entzugserscheinungen wie Carsten.

»Ich muss ein paar Rechnungen überprüfen und die Summen überweisen. Das ist für mich Gehirnjogging«, verteidigte sich Henriks Vater. »Einmal Kaufmann, immer Kaufmann.«

»Und Muttern?«

»Steht in der Küche und rührt einen Kuchen an. So einen ohne Backen.«

»Ich dachte, es gibt wie immer Mandel-Butterkuchen. Ist doch dein Lieblingskuchen.«

»Ja schon. Aber diesmal müssen wir was Neues ausprobieren. Es gab eine Panne mit dem Backofen.«

»Ausgerechnet zum Geburtstag, das ist bitter«, sagte Henrik mitfühlend. »Was ist denn passiert? Kurzschluss?«

»Gestern Nachmittag ging er noch. Zumindest hat er wenigstens ein bisschen Hitze abgegeben. Von oben. Da habe ich mir gedacht, dass ich mir den Innenraum mal näher ansehe. Ich habe ja die Zeit, wie du eben selbst betont hast.«

Henrik schwante Böses. Sein Vater war ein eingefleischter Zahlenmensch und liebte mentale Herausforderungen. In allen praktischen Lebensbereichen war er dagegen mehr als ungeschickt, hatte die sprichwörtlichen zwei linken Hände. »Oh nein. Was hast du angestellt?«

»Da waren so ein paar Schrauben, die hervorlugten. Das kam mir verdächtig vor, weshalb ich sie herausgedreht habe. Dann hat sich ein Stück von der Wandverkleidung gelöst. Ich habe alles versucht, sogar mit einem Hammer dagegengeklopft, aber ich bekam das Teil nicht mehr richtig befestigt. Jetzt fehlen die Schienen für die Backbleche. Und die Wand sieht auch ein bisschen komisch aus.«

»Der Ofen ist also ein Totalschaden.«

»Ich habe vorgeschlagen, den Kundendienst zu rufen, aber deine Mutter …«

Da vernahm Henrik hinter sich ein Geräusch, das so überhaupt nicht zum Telefongespräch passte. Er schnellte herum und riss vor Schreck die Augen auf. Der weiße Lieferwagen, der ihn schon einmal fast ins Jenseits befördert hatte, raste auf ihn zu.

»Henrik, was ist? Ich kann dich nicht mehr richtig verstehen«, hörte er seinen Vater rufen.

Der Wagen war nur noch drei bis vier Körperlängen von ihm entfernt. Und der Beagle trottete mit der Nase nach unten mitten auf dem Schotterweg und war sich der Gefahr nicht bewusst.

Henrik rammte das Handy in die Jeanstasche und machte einen Hechtsprung. Er erwischte den Hund an den Hinterbeinen, wodurch dieser erschrocken quiekte und ihm den Oberkörper zuwandte. Henrik schob die Hände weiter nach vorn und verstärkte seinen Griff. Dann rollte er sich, den Beagle fest an seine Brust gepresst, nach links. Ein paar Steinchen, die von den Reifen des Wagens hochgeschleudert wurden, streiften seinen Rücken. Der Beagle jaulte auf. Henrik hob den Kopf und sah, wie der Lieferwagen bremste und schlingernd zum Stehen kam. Ein Klumpen aus Eis machte sich in seinem Magen breit. Sollte der Fahrer erneut das Bedürfnis verspüren, seine Waffe zu zücken – und davon ging Henrik aus –, gäbe er ein leichtes Ziel ab. Das Laub der Rebstöcke bot nicht genügend Schutz, um sich dahinter zu verbergen.

Hektisch schaute er um sich, in der vagen Hoffnung, dass ihm jemand in der näheren Umgebung zu Hilfe eilen könnte. Doch die Winzer und die Wanderer befanden sich allesamt weiter unten und ahnten nicht, welches Drama sich oben am »Alde Gott« abspielte. Ihm blieb nur eine Möglichkeit. Henrik stieß den Hund von sich.

»Lauf«, brüllte er.

Er ging auf alle viere und kroch unter den Spanndrähten durch, an denen sich die Reben den Hügel hinauffrankten. Wie ein Käfer auf staksigen Beinen krabbelte er ein Stück seitwärts, rutschte unter den nächsten Drähten durch und robbte weiter. Der Beagle hielt dies für ein neues Spiel und versuchte immer wieder, ihm über das Gesicht zu lecken. Noch fünfzig Meter, vierzig, dreißig, und die letzte Rebreihe lag hinter ihm.

Henrik hörte den Motor des Sprinters im Standgas laufen. Japsend sog er Luft in seine Lungen und richtete sich auf. Rannte so schnell er konnte über eine von alten Rebstöcken befreite, frisch gepflügte Fläche. Er wusste, dass er nur diese eine Chance hatte: Er musste das kleine Wäldchen zu seiner

Linken erreichen. Nur ein paar wenige Schritte, und er hätte es geschafft. Da fiel der Schuss.

Noch im Laufen wappnete er sich gegen den zu erwartenden Einschlag, stellte sich mental darauf ein, getroffen zu werden. In dem Augenblick jaulte der Hund auf. Henrik stoppte und drehte sich um, sah, wie Leo auf die Seite kippte und sich nicht mehr rührte.

»Du mieses Schwein«, presste er zwischen den Zähnen hervor.

Er hob den Hund auf, drückte ihn an seinen Oberkörper und rannte, bis er die erste Baumreihe erreicht hatte. Keuchend lehnte er sich gegen den rauen Stamm einer Eiche. Spürte, wie Blut seine Finger und sein T-Shirt benetzte. Ein Vogel, vermutlich ein Eichelhäher, gab eine krächzende Warnung von sich.

Der Lieferwagen setzte sich mit quietschenden Reifen in Bewegung. Eine Mischung aus Furcht, Wut und Rachelust machte sich in Henriks Brust breit. Er reagierte instinktiv, bettete den Hund in eine flache, mit Laub gefüllte Erdkuhle, holte tief Luft und preschte los. Ohne sich nochmals umzusehen, verließ er den Schutz der Bäume und bahnte sich einen Weg zwischen zwei parallel verlaufenden Rebreihen. Die Ranken peitschten seine nackten Unterarme und manchmal auch sein Gesicht. Auf dem abschüssigen Hang wurde er schnell und immer schneller, musste aufpassen, nicht das Gleichgewicht zu verlieren. Aus den Augenwinkeln konnte er erkennen, wo der Lieferwagen abgeblieben war.

Erleichtert stellte er fest, dass sein spontaner Plan aufzugehen schien. Der Lieferwagen war zuerst auf dem Wirtschaftsweg weitergefahren, bis er die erste Abzweigung erreicht hatte. Dort hatte er sich links gehalten und war der schmalen Wegstrecke, die sich am Hang in Richtung Osten entlangschlängelte, gefolgt. Nur noch zwei, drei Minuten, und der Wagen würde eine weitere Gabelung erreichen, von der aus es entweder wieder steil bergauf oder bergab ins Tal ging. An genau dem Punkt beabsichtigte Henrik, ihn eingeholt zu haben.

Nochmals beschleunigte er seine Schritte, schoss pfeilschnell die Schneise zwischen den Rebstöcken hinunter. Der Wagen wurde für ein paar Sekunden langsamer, so als überlegte der Fahrer, wie er sich verhalten sollte. Dann nahm das Fahrzeug schnell wieder Geschwindigkeit auf, raste vorwärts. Henrik spürte, wie seine Kräfte nachließen, doch er zwang sich, seinen Laufrhythmus beizubehalten. Bis zur Wegkreuzung war es nicht mehr weit. Obwohl seine Lungen brannten, holte er das Letzte aus sich heraus.

Da traf sein rechter Vorderfuß auf einen Wurzelausläufer, der sich zwischen den Reben entlangschlängelte. Henrik wurde jäh hoch und nach vorn katapultiert. Er versuchte, den unweigerlichen Aufprall abzumildern, indem er sich seitwärts abrollte, so wie er es in den Selbstverteidigungskursen gelernt hatte. Trotzdem war seine Landung alles andere als sanft. Für ein paar Sekunden sah er Sterne vor den Augen, und er japste nach Luft wie ein Fisch auf dem Trockenen. So schnell wie unter den Umständen möglich, rappelte er sich hoch, doch zu spät. Der Lieferwagen war außerhalb seiner Reichweite. Er hatte den Wettlauf verloren.

»Verdammter Mist«, fluchte Henrik und trat mit dem Fuß gegen einen der schmalen Betonpfeiler, zwischen denen die Rebdrähte gespannt waren.

Hilflos musste er mit ansehen, wie der Lieferwagen mit hoher Geschwindigkeit den Berg hinunterschoss. Es fehlte nicht viel, und er hätte die Talstraße erreicht, wäre endgültig aus seinem Sichtfeld verschwunden. Henrik spuckte aus, weil sich in seinem Mund ein bitterer Geschmack breitgemacht hatte und weil er bei seinem Fall etwas Erde geschluckt hatte. Es tröstete ihn ein bisschen, dass er diesmal wenigstens die Autonummer erkannt hatte. Er würde nachher seinen Freund bei der Hamburger Schutzpolizei anrufen und ihn bitten, das Kennzeichen im System abzuchecken. Er konnte sich des Gefühls nicht erwehren, dass er es hier mit einem alten Bekannten zu tun hatte, der aktenkundig war.

Henrik setzte sich wieder in Bewegung, diesmal jedoch deutlich langsamer. Seine Knie und die rechte Schulter schmerzten. Der Boden zwischen den Rebstöcken war knallhart gewesen. Den nächsten Salto lege ich besser auf der gepolsterten Judomatte hin, dachte er mürrisch. Da glaubte er plötzlich, seinen Augen nicht zu trauen. Der weiße Lieferwagen war unvermittelt zum Stehen gekommen. Henrik zögerte nicht den Bruchteil einer Sekunde und spurtete los. Die letzten Meter lief er gebückt, weil er im Sichtschatten der Reben bleiben wollte.

Schließlich hatte er die Hecktüren des Sprinters erreicht. Für einen Moment erwog er zu prüfen, ob die Türschlösser nicht verriegelt waren und ob er sich dem Fahrer von hinten nähern konnte. Dann verwarf er den Gedanken. Da der Wagen nach Chrissys Schilderungen nicht als klassisches Wohnmobil, sondern als Tarncamper ausgebaut war, konnte er davon ausgehen, dass sich zwischen der Ladefläche und der Fahrerkabine eine Trennwand befand. Er duckte sich ein Stückchen tiefer, um nicht im Seitenspiegel entdeckt zu werden, und schlich vorwärts. Schritt für Schritt.

Zu seiner Erleichterung sah er, dass ihm das Glück diesmal hold war. Das Fenster auf der Fahrerseite war heruntergelassen. Henriks rechter Arm schnellte hoch und legte sich wie eine Würgeschlange um den Hals des Fahrers. Die Augen des Mannes mit der schwarzen Beanie weiteten sich vor Schreck und poppten fast aus den Höhlen.

»Mach keine Dummheiten«, knurrte Henrik und drückte noch ein wenig fester zu.

Als er spürte, wie der Mann aufgrund der unterbrochenen Blutzufuhr in der Carotis wegdämmerte, riss er die Tür auf, zog ihn unsanft vom Fahrersitz und ließ ihn draußen wie einen nassen Mehlsack zu Boden fallen. Im Anschluss bemächtigte er sich der Waffe, die auf dem Beifahrersitz lag, lud sie durch und drückte die Mündung gegen die Stirn des halb Bewusstlosen.

»Na, wie fühlt sich das an?«, fragte er, als der Fahrer wieder zu sich kam. Sein Widersacher antwortete mit einem leisen Stöhnen.

»Hey, was machen Sie da? Lassen Sie den Mann los.«

Eine schwielige Hand legte sich auf Henriks Schulter und versuchte, ihn wegzuziehen. Henrik beließ den Waffenlauf auf der Stirn des Fahrers und wandte den Kopf zur Seite.

»Ich bin Privatdetektiv. Der Mann hat eine Straftat begangen und war flüchtig.«

»Kann ja jeder behaupten«, mischte sich eine zweite Männerstimme ein.

»Rufen Sie die Polizei. Jetzt sofort«, befahl Henrik.

Aus den Augenwinkeln sah er, wie der Mann sein Handy aus dem Arbeitsoverall fischte und eine Nummer tippte. Höchstwahrscheinlich tat er es nicht, weil er ihm glaubte, dachte Henrik, sondern weil er die Waffe gesehen und es mit der Angst zu tun bekommen hatte, dass die Situation eskalierte. Ein frisch Erschossener mitten in den Reben und dazu noch in der Hochsaison würde sich nicht positiv auf den Tourismus auswirken.

»Was hat er ausgefressen?«, wollte der andere Mann wissen.

»Er wollte mich erschießen. Zweimal. Und er hat meinen Hund schwer verletzt«, presste Henrik zwischen den Zähnen hervor.

»So ein elendiger Mistkerl. Ich habe auch einen Hund. Mein Fips sitzt bei mir auf dem Traktor, ist immer mit dabei, wenn ich in den Reben arbeite.«

»Die Polizei wird in wenigen Minuten hier sein«, sagte der andere Mann, dessen Gesichtsausdruck allmählich freundlicher wurde.

Henrik senkte die Waffe, packte den Fahrer mit der freien Hand am Kragen seines schmuddeligen T-Shirts, zog ihn in eine aufrechte Sitzposition und drückte die Schultern gegen den Vorderreifen. Danach richtete er erneut die Mündung der Heckler & Koch auf ihn.

»Du willst sicherlich nicht, dass ich sie benutze.«

Der Fahrer verneinte durch eine Kopfbewegung.

»Ich hätte da was für Sie«, sagte der Mann, der die Polizei alarmiert hatte, und hielt Henrik zwei lange und äußerst stabil wirkende Kabelbinder entgegen. »Die benutze ich in den Reben. Ich denke, man kann sie auch zweckentfremden.«

Henrik verstand sofort. Er zog die Arme des Fahrers nicht gerade sanft hinter dessen Rücken und fesselte die Handgelenke mit dem ersten Kabelbinder. Mit dem zweiten band er die Füße zusammen.

»Ein hübsch verschnürtes Paket«, sagte er grinsend und steckte die Waffe in den Hosenbund. Die Männer atmeten sichtbar auf.

»Danke, dass Sie sich ihm in den Weg gestellt haben«, sagte Henrik.

»Ach, das war eher ein Zufall«, winkte der Mann im Arbeitsoverall ab. »Mein Schlepper ist mitten auf der Fahrbahn verreckt. Der Erwin hat's bemerkt und ist von der anderen Seite her angefahren gekommen, um mir beizustehen.«

Erst jetzt bemerkte Henrik, dass die beiden Rebtraktoren mit einander zugewandten Fronthauben mitten auf dem Schottersträßchen standen und ein solides Bollwerk bildeten.

Henrik musterte den Fahrer des Lieferwagens mit gerunzelter Stirn. »Wir zwei kennen uns doch, oder?«

Der Fahrer wandte den Kopf zur Seite und spuckte verächtlich aus.

»Steht der auf Ihrer Fahndungsliste?«, wollte der Winzer im Arbeitsoverall wissen.

»Nein. Aber ich glaube, wir hatten schon mal das Vergnügen.«

Zu seinem Bedauern schaffte er es noch immer nicht, dem Gesicht einen Namen zuzuordnen. Irgendetwas passte nicht ins Bild. Kurz entschlossen riss er dem Fahrer die Beanie vom Kopf. Und stutzte. Der Oberkopf des Mannes war punktförmig mit rotbraunen Krusten überzogen. Im Stirnbereich wirkte die Kopfhaut aufgedunsen. Am Hinterkopf war ein etwa vier Mal vier Zentimeter großes Quadrat mit dickem Schorf bedeckt.

»Uh, das ist ja widerlich.« Der Winzer machte zwei Schritte rückwärts. »Hat der die Krätze, oder was?«

»Nein, der ist frisch haartransplantiert.« Henrik beugte sich ein Stück hinunter und klappte das Ohrläppchen des Mannes nach vorn. Dahinter entdeckte er eine kleine, weiße, senkrecht verlaufende Narbe. »Geliftet bist du auch, gell? Aber so richtig hat es mit der Transplantation nicht gefunzt. Du hast dir eine fette Entzündung deines hirnlosen Schädels eingefangen.«

Der Fahrer schwieg beharrlich.

Henrik studierte das Gesicht ein weiteres Mal aufmerksam. Er sah die feine, schnurgerade Nase, die hohen Wangenknochen, die dank der OP perfekt geschwungenen Lippen und das winzige sternförmige Muttermal am linken Kinnrand. Da machte es bei ihm klick.

»Sieh mal an, der Lars Thiele aus Leipzig. Frisch aus dem Knast entlassen und mit neuem Gesichtsoutfit. Alles bereit für einen beruflichen Neustart. Pech, dass du in Kürze wieder dort landen wirst, wo du hergekommen bist. Das Geld für deine optische Verwandlung hättest du dir sparen können.«

»Was hat er ausgefressen?« Der Winzer beäugte Thiele neugierig.

»Der Lars war ein äußerst geschickter Romance-Scammer.«

»Was ist das denn?« Beide Winzer sahen ihn ratlos an.

»Unser Lars hier gehörte zur sogenannten Nigeria Connection«, erklärte Henrik. »Er hat sich in den Social-Media-Kanälen eine passende Identität geklaut, war mal Tierarzt oder Ranger in Namibia, mal Ingenieur auf einer Ölplattform, mal Soldat im Auslandseinsatz oder auch Entwicklungshelfer. Hat sich als Gutmensch ausgegeben, wo er doch tief im Betrugsdreck steckte.«

Die beiden Winzer hingen jetzt förmlich an Henriks Lippen, waren begierig, die Geschichte zu Ende zu hören.

»Das war aber nicht alles, oder?«, fragte der Ältere. »Der hat doch sicherlich noch mehr Dreck am Stecken.«

»Oh ja, das hat er. Er war nicht nur ein Herzensbrecher, sondern auch ein geschickter Kontenplünderer. Der Lars hat seine Opfer, allesamt weiblich und einsam, auf Online-Partnerbörsen oder in den sozialen Netzwerken aufgespürt. Anfangs hat er ein bisschen mit ihnen über Facebook geplauscht und sie dann über den Messengerdienst oder auch über ihre E-Mail-Adressen mit romantischen Mails bombardiert. Hat sich bei ihnen eingeschleimt und ihnen online schöne Geschichten über sein angeblich so aufregendes Leben im Ausland erzählt. Für die Frauen war der Austausch mit ihm bald wie eine Droge, sie waren süchtig danach, dass er sich bei ihnen meldete, ihnen Beachtung schenkte und sie mit Komplimenten überhäufte.«

»Ich weiß, warum ich gegen den ganzen Facebookkram bin«, brummte der andere Winzer.

»Ja, Facebook hat viel Potenzial, was auch der Lars erkannt hat«, fuhr Henrik fort. »Sobald die Frauen richtig angefixt waren, ging er eine Stufe weiter, redete plötzlich von Liebe und ewiger Treue. Bald darauf fiel sogar das magische Wort Heirat. Er brachte die Frauen dazu, sich Hoffnungen auf eine gemeinsame Zukunft zu machen.«

»Das ist aber nicht strafbar«, wandte der jüngere Winzer ein.

»Nein, ist es nicht«, stimmte Henrik zu. »Kriminell wurden seine Aktionen erst, als er ihnen das Geld aus der Tasche zog.«

»Wie hat er das geschafft?«

»Auf ganz perfide Art.« Henrik warf Thiele einen verächtlichen Blick zu. »Um den angeblichen Plan in die Tat umzusetzen, die Frauen wie versprochen zum Traualtar zu führen, hätte er ja erst wieder nach Deutschland kommen müssen. Wie gesagt, offiziell war er ein Ranger, Soldat im Auslandseinsatz oder Ingenieur auf einer Bohrinsel. Also weit weg von good old Germany.«

»Die abgewrackten Schnecken waren doch selbst schuld. Wenn die so blöd sind, alles zu glauben, was man ihnen auf die Nase bindet. Dafür kann ich doch nichts«, meldete sich Thiele mit unüberhörbarem sächsischen Akzent zu Wort.

»Sie waren nicht blöd, sie waren verzweifelt. Haben sich nach menschlicher Wärme und Zuneigung gesehnt«, konterte Henrik mit schneidender Stimme. »Deshalb sind bei ihnen auch nicht alle Alarmglocken angesprungen, als du sie um Geld gebeten hast, damit du von deinem Pseudoaufenthaltsort nach Deutschland kommen kannst. Selbstverständlich hattest du immer eine gute Ausrede parat, warum du gerade knapp bei Kasse warst.«

»Ich musste halt ein bisschen kreativ werden.«

»Oh ja, das bist du geworden«, stimmte Henrik zu. »Angeblich hatte man dir deinen Pass gestohlen, oder du hattest einen Unfall, warst von den örtlichen Behörden festgesetzt worden und wärest nur durch Zahlung einer saftigen Kaution freigekommen. Deine Bettelmails waren, wie ich mich erinnere, wirklich sehr phantasievoll. Du hast die armen Frauen reihenweise ausgenommen und danach wie eine heiße Kartoffel fallen gelassen. Sie haben dir per Bargeldtransfer ihre mühsam verdienten Ersparnisse überwiesen, mit denen du dir ein schönes Leben finanziert hast. Bis ich dir auf die Schliche gekommen bin.«

»Ich war in der Zeit nicht gut drauf, hatte Probleme mit ein paar Leuten, die hinter mir her waren. Da hab ich halt mal einen Fehler gemacht.« Thiele starrte Henrik hasserfüllt an.

»Dein Pech.« Henrik zuckte nonchalant mit den Schultern. »Bei mir lief es genau andersherum. Ich hatte damals eine echte Glückssträhne. Eins fügte sich ermittlungstechnisch zum anderen, und schwupps hatte ich dich in die Falle gelockt und an die Kollegen von der Polizei übergeben.«

»Das habe ich dir nie vergessen«, stieß Thiele heiser hervor. »Du hast mir alles vermasselt.«

»Und deswegen hast du dieses Theater mit dem Tarncamper veranstaltet, warst mir seit Mittelhessen auf den Fersen?«

»Mit dem Auto konnte ich dir auf der Spur bleiben, musste in kein Hotel einchecken und dumme Fragen wegen meiner OP beantworten. Alles, was ich tun musste, war, den richtigen Moment abzuwarten. Wo du endlich das bekommen solltest, was so einem Ermittlerschwein wie dir zusteht.«

»Zusteht? Oh ja. Ich erinnere mich, dass ich damals, als sie dich eingebuchtet haben, ein nettes Sümmchen ausbezahlt bekommen habe. Ich gehe davon aus, dass ich jetzt wieder so eine Art Finderlohn kassieren werde. Das wird meinem Konto richtig guttun. Vielleicht mache ich mal zwei, drei Wochen Urlaub. In einem schicken Hotel an der Côte d'Azur. Oder ich fliege nach Kalifornien.« Henrik provozierte bewusst.

Thiele stemmte sich gegen seine Fesseln, versuchte, sie abzustreifen. Vergeblich. »Wenn ich am Kloster nur zwei Sekunden schneller gewesen wäre, hätte ich dich vom Asphalt geputzt«, presste er zwischen den Zähnen hervor.

»Hätte, hätte, Fahrradkette.«

»Ich warn dich. Das Spiel ist noch lange nicht vorbei. Ich krieg dich. Auch wenn es das Letzte ist, was ich tun werde. Wenn ich wieder draußen bin, biste dran. Darauf kannste Gift nehmen.«

»Wir werden sehen.«

Henrik gab sich betont gelassen, obwohl ihn die Worte von Thiele natürlich nicht kaltließen. Das Erlebnis, wie ihm die Kugeln um die Ohren geflogen waren und er sich auf Chrissy geworfen hatte, wollte er nicht wiederholt wissen. Zum Glück war fürs Erste alles überstanden. Er sah, wie zwei Polizeiwagen mit hoher Geschwindigkeit den Berg hinauffuhren.

»Dein Shuttleservice zur Justizvollzugsanstalt in Offenburg ist angekommen«, sagte er zu Thiele und eilte den Beamten entgegen. Er überreichte ihnen seine Karte und erklärte in wenigen Worten, was vorgefallen war.

»Natürlich gebe ich Ihnen das später alles gern zu Protokoll«, sagte er. »Doch vorher habe ich noch eine Bitte. Mein Hund ist von dem Mistkerl angeschossen worden und liegt dort oben im Wäldchen. Ich muss ihn so schnell wie möglich bergen. Und könnte mich dann jemand in die nächstgelegene Tierklinik bringen?«

Die junge Beamtin, die den zweiten Wagen gesteuert hatte, berührte ihn kurz am Arm. »Kommen Sie, ich fahre Sie.«

20

Am frühen Nachmittag stoppte ein Taxi vor Henriks Kastenwagen auf dem Wohnmobilstellplatz. Mit dem reglosen Hund in den Armen stieg er aus.

Kathrin, die er von der Klinik aus angerufen und kurz informiert hatte, stürmte ihm entgegen.

»Wie geht es ihm?«

»Er ist noch voll mit Medikamenten gedopt, aber der Kreislauf ist wieder stabil. Deshalb durfte er auch vom Tropf ab und mit nach Hause.«

»Armer Leo.« Kathrin fuhr dem Beagle mit der Fingerspitze vorsichtig über den Kopf. »Was haben sie bloß mit dir gemacht.«

»Sie haben ihn zusammengeflickt.« Henrik wies mit dem Kinn auf den Verband, der vom linken Hinterlauf bis über die Bauchmitte reichte. »Er, ich meine wir, haben verdammtes Glück gehabt. Leo hat letztendlich nur eine lang gezogene Fleischwunde abgekriegt, die genäht werden musste. Hätte dieses Arschloch besser gezielt und wäre die Kugel tiefer eingedrungen, hätte sie wahrscheinlich die Milz, den Magen und die Leber durchlöchert.«

Kathrin schüttelte sich. »Das mag ich mir gar nicht vorstellen.«

»Machst du mal den Wagen auf? Der Schlüssel steckt in meiner Gesäßtasche«, bat Henrik. Nachdem Kathrin die Schiebetür weit geöffnet hatte, legte er den Hund behutsam auf sein Kissen unter dem Tisch. »Ich lasse ihn am besten in Ruhe schlafen. Ich werde mal bei Carsten anklopfen und fragen, ob ich in seinem Liner duschen darf. Ich fühle mich total dreckig.«

»Das wird nicht möglich sein«, erwiderte Kathrin, ohne ihn dabei anzuschauen.

»Ach was, Carsten hat bestimmt nichts dagegen. Wir gehen doch auch gemeinsam in die Sauna.«

»Es ist so ... Ich meine ...«, druckste Kathrin herum.

Henrik lachte laut auf. »Sag bloß nicht, dass mein alter Freund Damenbesuch hat.«

»Nein. Er ist nicht da.«

»Wie *nicht da*?«

»Er ist verschwunden.«

Henrik blickte sie mit zusammengezogenen Augenbrauen an. »Das kann nicht sein.«

»Doch«, musste Kathrin kleinlaut eingestehen.

»Ich hatte euch extra eingebläut, dass ihr, komme was wolle, zusammenbleibt.«

»Sind wir ja auch.«

»Und wieso bist du jetzt hier und Carsten nicht?«

»Ich bin nur kurz zum Lebensmittelladen gelaufen, um Milch und Saft zu kaufen. Als ich wiederkam, war Carsten nicht mehr hier.«

»Ist der Liner abgeschlossen?«

Kathrin nickte.

»Vielleicht ist er in den Shop der Genossenschaft gegangen, um Wein zu kaufen?«

»Nein, da habe ich schon nachgeschaut. Und die Mitarbeiterin an der Kasse hat gemeint, dass sie ihn heute auch noch nicht gesprochen hat.«

»Vielleicht vertritt er sich auf der anderen Bachseite die Füße.«

»Seit zwei Stunden?«

Henrik spürte, wie sich ein flaues Gefühl in seinem Magen breitmachte. Er eilte hinter Carstens Liner und suchte die steil abfallende Böschung und das von Büschen und Bäumen gesäumte Bachgelände mit den Augen ab.

»Er wird doch keinen Schwächeanfall oder so etwas gehabt haben und gestürzt sein«, murmelte er.

»Beim Frühstück schien er mir noch in bester Verfassung.«

»Es muss doch einen Grund geben, dass er so plötzlich wie vom Erdboden verschluckt ist. Hast du versucht, ihn auf dem Handy zu erreichen?«

»Mehrmals, aber er hat es ausgeschaltet.«

Henrik zog sein iPhone hervor, um sich selbst zu vergewissern. »Nichts«, sagte er niedergeschlagen.

Der Tag entwickelte sich zu einem echten Alptraum. Er rieb sich mit der Hand über das Gesicht, um die Müdigkeit zu vertreiben und einen klaren Kopf zu bekommen.

»Lass uns mal zusammenfassen, was geschehen ist, damit ich es besser verstehe«, bat er. »Als ich heute früh mit Leo losgegangen bin, wart ihr beim Kaffee. Wie ging es dann weiter?«

»Eigentlich ganz normal«, antwortete Kathrin, der das schlechte Gewissen anzumerken war. »Wir haben beide nach dem Frühstück ein paar Telefongespräche geführt, Carsten in seinem Liner, ich in Töfftöff. Ich hatte mehrere Beratungsgespräche. Jeder von uns war so etwa anderthalb Stunden beschäftigt.«

»Hast du Carsten dabei gesehen?«

»Nein, nicht direkt, ich saß ja bei mir im Wohnmobil. Aber ich konnte ihn hören. Er hatte offenbar viel Spaß beim Telefonieren, hat ein paarmal laut gelacht.«

»Und was habt ihr im Anschluss gemacht?«

»Einen Spaziergang. Carsten wollte sich unbedingt die Kirche anschauen, vor allem der Hochaltar aus dem 18. Jahrhundert hat ihn interessiert. Und ich habe ein paar Runden im Kneippbecken gedreht. Tut bei dem Wetter echt gut.«

»Wart ihr ständig zusammen?«

»Ja klar, die ganze Zeit«, versicherte Kathrin. Dann stutzte sie. »Nein, das stimmt so nicht. Carsten war eine Viertelstunde oder auch zwanzig Minuten allein in der Kirche.«

Henrik sog scharf die Luft ein.

»Ich bin davon ausgegangen, dass ihm in der Kirche schon nichts passieren wird«, rechtfertigte sich Kathrin. »Weißt du, ich stand ein bisschen unter Stress. Just in dem Moment, als wir dort oben angekommen waren, musste ich einen Anruf von einer Klientin entgegennehmen, mit der ich schon am Morgen gesprochen hatte. Es ging um die richtige Zusammensetzung ihrer Medikation, sie war mit dem, was ich ihr empfohlen hatte, nicht einverstanden.«

»Und was passierte, nachdem Carsten aus der Kirche herauskam?«

»Wir sind auf direktem Weg zum Wohnmobilstellplatz zurückgekehrt und haben uns draußen in die Sonne gesetzt.«

»Und dann?«

»Gegen halb eins oder so wollte ich Kaffee kochen. Da habe ich gemerkt, dass die Milch im Kühlschrank alle war, und bin schnell zum Lebensmittelladen gelaufen, bevor der um ein Uhr Mittagspause macht.«

»War das mit Carsten abgesprochen?«

»Ja klar.« Kathrin nickte. »Er saß auf seinem Campingstuhl und hat gelesen.«

»Und als du wiederkamst?«

»Stand der Stuhl noch da, aber Carsten war fort. Ich habe sofort an die Tür geklopft, doch keine Antwort bekommen. Das Wohnmobil war verriegelt.«

»Seltsam.« Und sehr beunruhigend, fügte Henrik im Stillen hinzu.

»Ich habe natürlich gedacht, dass er wie ich nur kurz was besorgen ist«, sagte Kathrin. »Doch als er nach einer halben Stunde noch immer nicht aufgetaucht war, habe ich angefangen, mir Sorgen zu machen. Was ist bloß geschehen?« In Kathrins Stimme schwang Verzweiflung mit.

»Wenn ich es nur wüsste«, seufzte Henrik. »Hat er dir keinen Hinweis gegeben, was er vorhatte? Keinen Zettel, keine Nachricht auf dem Handy?«

»Nein, nichts.«

»Er kann sich doch nicht in Luft aufgelöst haben«, meinte Henrik. »Irgendetwas muss geschehen sein, das ihn dazu bewegt hat, hier alles stehen und liegen zu lassen. Aber wo wollte er denn hin, zudem noch zu Fuß?«

»Ich habe ja erst vor Kurzem seine Bekanntschaft gemacht und kenne ihn nicht so gut wie du. Doch ich glaube nicht, dass er ein Mensch ist, der spontane Entscheidungen oder kurzfristige Änderungen liebt.«

»Bei Carsten muss alles gut durchdacht und im Voraus geplant sein«, gab ihr Henrik recht. »Deshalb passt dieses Verhalten nicht zu ihm. Ich befürchte, sein Verschwinden bedeutet nichts Gutes.«

Kathrin war blass geworden. »Du glaubst doch nicht, dass der Mörder von Hübner und Maximilian …?«

»Klar ist mir der Gedanke sofort gekommen«, gestand Henrik. »Doch es hilft nichts, wenn wir jetzt panisch werden. Wir müssen weiter analytisch vorgehen, logisch und zielgerichtet denken.« Er verstummte.

Kathrin schwieg ebenfalls, kaute auf ihrer Unterlippe.

»Wenn ich das, was du eben gesagt hast, richtig deute«, sagte Henrik schließlich, »gibt es nur zwei Erklärungen für sein Verschwinden.«

»Ich muss mich mal setzen.« Kathrin zog den Campingstuhl zu sich heran und ließ sich darauffallen. »Schieß los.«

»Die erste Möglichkeit wäre die, dass so eine Art Notfall eingetreten ist und Carsten sich gezwungen sah, jemandem zu Hilfe zu eilen. Es könnte doch gut sein, dass er während deiner Abwesenheit abgeholt wurde.«

»Der Gedanke ist mir auch schon gekommen. Deshalb bin ich auf dem Platz rumgegangen und habe mich bei den Campern, die in ihren Wohnmobilen waren, umgehört. Leider ist niemandem etwas aufgefallen.«

»Schade, dann hätten wir wenigstens einen Anhaltspunkt«, sagte Henrik. »Obwohl ich es für wahrscheinlicher halte, dass irgendetwas in der Kirche vorgefallen ist. In den wenigen Minuten, in denen ihr nicht zusammen wart.«

»Was sollte das gewesen sein?«

»Ich könnte mir da verschiedene Szenarien vorstellen. Es könnte doch gut sein, dass Carsten etwas beobachtet hat und sich daraufhin gezwungen sah zu handeln. Oder dass er jemanden getroffen hat, mit dem er sich für kurze Zeit später verabredet hat. Oder der ihn weggelockt hat«, fügte er in einem Nachgedanken hinzu.

»Hätte ich den blöden Telefonanruf nicht entgegengenommen, wäre das nicht passiert«, jammerte Kathrin.

»Das wissen wir doch gar nicht«, widersprach Henrik. »Um das herauszufinden, müssten wir zuerst mit Carsten sprechen. Aber sag mal: Hast du beim Telefonieren jemanden in die Kirche gehen oder aus der Kirche kommen sehen?«

»Ich war ganz in das Gespräch vertieft.«

»Vor der Kirche ist doch ein Parkplatz, nicht wahr?«, erinnerte sich Henrik. »Ist dir dort etwas Ungewöhnliches aufgefallen?«

»Ich habe, ehrlich gesagt, nicht darauf geachtet. Ich habe die meiste Zeit in Richtung Rheinebene geschaut.«

»Versuch, dich zu erinnern«, drängte Henrik. »Was für Autos standen da auf dem Parkplatz? Waren es große oder kleine? Alte oder neue? Waren sie schwarz oder silberfarben oder rot oder sonst welche Farbe?«

Kathrin stöhnte auf. »Du weißt doch, dass ich es nicht so mit Autos habe. Ein Auto ist für mich ein fahrbarer Untersatz, mehr nicht. Bei Wohnmobilen ist das was anderes, da kenne ich mich besser aus. Ein Wohnmobil stand aber dort oben definitiv nicht.«

»Vielleicht aber ein Pkw, der in irgendeiner Weise auffällig war?«

»Nein, nein, es waren alles ganz normale Autos.«

»Schade.«

»Oder doch.« Kathrin klang plötzlich aufgeregt. »Da war dieser große SUV. Nicht direkt vor der Kirche geparkt, sondern etwas höher. Da, wo es zum Rathaus abgeht.«

»Inwiefern war er besonders?«

»Er war in so einem dunklen Grauton, in Metallic. Die Felgen, ein Teil der Stoßstangen und vorn dieses Teil, wie heißt das noch?«

»Der Kühlergrill?«

»Ja, auch der Kühlergrill war in Feuerwehrrot. Das sah richtig schick aus, deshalb ist mir der Wagen im Gedächtnis geblieben. Aber das ist für Carstens Verschwinden bestimmt nicht von Bedeutung.«

»Du irrst dich«, erwiderte Henrik und spürte, wie sich sein Puls beschleunigte. »Ich muss noch mal los. Kümmerst du dich um Leo?«

»Sicher doch. Aber wo willst du denn hin?«

»Erklär ich dir später«, winkte Henrik ab und hob sein Mountainbike vom Fahrradträger am Heck.

Als er zum Eventgelände der Hübners hochgestrampelt war, klebte ihm das T-Shirt am Rücken. Auf der Kiesfläche vor dem Restaurant kam er schlingernd zum Stehen. Janine Hübner, die gerade die Fahrertür ihres Pkws, ein alter silberfarbener Subaru Forester, aufgeschlossen hatte, wandte sich ihm missmutig zu.

»Was wollen Sie?«, fragte sie barsch, noch bevor Henrik sein Fahrrad abgestellt hatte. Dabei ruckte sie mehrfach mit dem Kopf.

»Ist Ihre Mutter im Büro? Ich muss sie dringend sprechen.«

»Ist nicht da.« Nochmals ruckte Janines Kopf. Sie wirkte auf Henrik seltsam weggetreten.

»Wissen Sie, wo sie ist?«, fragte er trotzdem.

»Nein. Vielleicht shoppen.«

»Weiß Ihr Bruder eventuell, wo ich sie finden könnte?«

Ohne ein weiteres Wort stieg Janine in ihr Auto, knallte die Tür zu und schoss vom Parkplatz, wobei sie offensichtlich Mühe hatte, den Wagen unter Kontrolle zu halten.

»Reizend und zuvorkommend wie immer«, brummte Henrik und machte sich auf den Weg zur Rezeption.

Dort fragte er nach Alexander Hübner. Diesmal hatte er mehr Glück, denn die Empfangsdame teilte ihm mit, dass sich Alexander auf dem Freigelände befand, wo er bei den letzten Vorbereitungen für den »Spanischen Abend« half. Erst jetzt fielen Henrik die rot-gelben Girlanden auf, die von der Decke hingen. Fähnchen in denselben Farben zierten die Ränder der Fußwege.

»Nein, so nicht. Die Paellapfannen etwas weiter nach hinten, näher an die Grillstellen heran«, hörte er Alexander beim Näherkommen befehlen.

»Wie ich sehe, hat sich die Lage inzwischen beruhigt«, sagte Henrik zur Begrüßung.

Alexander legte den Stapel rot-gelber Papiertischdecken, den er in den Händen hielt, auf einen Stuhl.

»Ich hatte recht mit meiner Einschätzung, dass der Spuk am Montagmorgen vorbei sein würde. Die meisten Demonstranten waren schon am Sonntagabend verschwunden. Zum Glück. Kurze Zeit später haben sich die ersten Gäste wieder eingefunden. Und für heute Abend sind wir komplett ausgebucht. Unsere Fiestas sind sehr beliebt.«

Ein paar Sekunden beobachtete Henrik das emsige Treiben von Alexanders Mitarbeitern, die die Bühne und die Tische schmückten. »Geht es bei Ihnen heute Abend wie auf dem Ballermann ab? Schlagerparty mit Polonaise und Sangria mit Strohhalmen aus dem Eimer?«

»Natürlich nicht«, empörte sich Alexander. »Wir kredenzen unseren Gästen hausgemachte Tapas und original Paella. Für unsere Sangria verwenden wir ausschließlich Rotwein aus eigenem Anbau, die Früchte liefert ein Biohändler. Alles wird frisch zubereitet, wir bieten kein lieblos zusammengepanschtes Gesöff aus dem Fünf-Liter-Kanister an.«

Nein, in der Hinsicht seid ihr wahrscheinlich sauber, dachte Henrik. Aber wie steht es mit euren Burgunderweinen? Sind die so rein und unverfälscht, wie ihr immer vorgebt? Doch er verkniff sich, diesen Vorwurf zu äußern, er hatte im Augenblick Wichtigeres zu klären.

»Ich muss mit Ihrer Mutter reden.«

»Die hat sich freigenommen. Ich schaffe das mit meinem Team allein.«

»Ist sie in ihrer Wohnung?«

»Soweit ich weiß, wollte sie wegfahren. Einkaufen oder so.«

»Kommt sie vor heute Abend zurück?«

»Das kann ich Ihnen nicht sagen, wir haben nichts verabredet.«

»Sie wissen also nicht, wo ich sie finden könnte?«

»Nein.« Alexanders Stimme war lauter geworden. »Ich habe Ihnen doch von Anfang an gesagt, dass Sie meine Mutter aus dem Spiel lassen sollen. Wenn es etwas zu besprechen gibt, dann zwischen uns beiden. Oder zwischen mir und meiner Schwester und Ihnen.«

»Ihre Schwester habe ich eben kurz gesprochen. Sie schien nicht besonders erpicht darauf, sich mit mir auszutauschen.«

»Könnte es daran liegen, dass Sie uns noch immer keine Antwort auf die Frage gegeben haben, wer für den Tod unseres Vaters verantwortlich ist?«, schoss Alexander zurück.

»Ich denke eher, dass es was Persönliches ist. Vielleicht passt ihr meine Nase nicht«, widersprach Henrik. »Aber egal. Sie wissen, dass es inzwischen noch andere Opfer zu beklagen gibt?«

»Ich habe davon gehört.«

»Der Fall ist komplexer, als wir ursprünglich angenommen hatten. Die Anzeichen verdichten sich, dass alles mit der Studienzeit Ihres Vaters und diesem Corps Heidelbergensis zusammenhängt.«

»Das glaube ich nicht.« Alexander schüttelte so heftig den Kopf, dass sein Dutt in Schieflage geriet. »Mit den Leuten hatte mein Vater seit Ewigkeiten nichts mehr zu tun, das ist doch Schnee von gestern. Ich sage Ihnen, wo Sie den Mörder suchen müssen.« Alexander schaute ihn bedeutungsvoll an.

»Ja, wo denn?«, fragte Henrik prompt.

»Bei denen, die gegen unsere Eventgastronomie sind. Die nichts unversucht lassen, um unsere Projekte zu torpedieren. Die uns nicht nur Steine, sondern ganze Gebirgslandschaften in den Weg legen.«

»Könnten Sie mir da ein paar konkrete Namen nennen? Das würde mir bei meinen Ermittlungen enorm helfen.«

»Wer ist denn hier der Detektiv?«, schnaubte Alexander. »Ich bezahle Sie doch dafür, dass Sie nachforschen und Dinge herausfinden.«

»Meinen Sie mit Ihren Andeutungen diese Investorengruppe, die verhindert hat, dass Ihr Vater ein Hotel baut? Wem könnte ich da auf den Zahn fühlen?«

»Das hätten Sie meinen Vater fragen müssen«, erwiderte Alexander unwirsch. »Mich interessiert nicht, was damals war. Ich will wissen, wer der Mörder meines Vaters ist. Und das möglichst bald.«

»Denken Sie, dass einer der Demonstranten etwas mit dem Tod Ihres Vaters zu tun haben könnte? Da hatte sich am Wochenende ja ein buntes Trüppchen auf Ihrem Gelände versammelt. Von dem, wie ich recherchiert habe, der eine oder andere zu Gewalt neigen mag.«

»Meinen Sie dieses Pseudogroßmaul Stefan?«

»Unter anderem.«

Alexander gluckste in sich hinein.

»Ich habe mir ein paar seiner Äußerungen auf Social Media und im Internet angeschaut«, sagte Henrik. »Was ich dort gelesen habe, hat mich nicht erheitert.«

»Ach was, das ist alles ein abgekartetes Spiel. Er muss da mitmachen«, winkte Alexander ab. »Er muss so tun, als ob er direkt an der Front steht, der Oberguru bei diesen Umweltaktivisten ist. Doch glauben Sie mir, der Stefan wird uns nichts tun.«

»Das hörte sich auf der Demo aber ganz anders an. Ich habe mit ihm gesprochen.«

»Nichts als Lippenbekenntnisse. Was den Stefan betrifft, da sind wir safe.«

»Weil?« Henrik zog fragend die Augenbrauen hoch.

»Ist eine persönliche Angelegenheit«, sagte Alexander.

»Wie soll ich das verstehen?«

»So wie ich es gesagt habe. Das geht nur den Stefan und mich was an.«

»Hat es etwas mit Ihrer Homosexualität zu tun?«

Alexander wurde erst blass, dann rot im Gesicht. Schaute kurz um sich, als wollte er checken, ob jemand in Hörweite wäre.

»Woher wissen Sie davon?«, flüsterte er.

Henrik zuckte nonchalant mit den Schultern. »Sie haben es eben selbst gesagt: Mein Job ist es, Dinge herauszufinden.«

»Sollte ich erfahren, dass etwas über meine persönlichen Präferenzen von Ihrer Seite aus an die Öffentlichkeit gelangt, werde ich alle Anwälte, derer ich habhaft werden kann, auf Sie hetzen«, drohte Alexander mit heiserer Stimme.

»Mir ist es wurscht, wie und mit wem Sie Ihr Liebesleben gestalten. Und es war mir schon immer eine Ehrensache, über die Privatangelegenheiten meiner Klienten Schweigen zu bewahren.« Henrik blieb gelassen. »Mich interessiert lediglich, welche Auswirkungen Ihre amourösen Eskapaden im Hinblick auf die Ermordung Ihres Vaters haben könnten. Also ob ich diesen Stefan von der Liste meiner Verdächtigen streichen kann oder nicht.«

Alexander nestelte an seinem Dutt, brauchte anscheinend eine Weile, um sich wieder zu fangen. »Der Stefan und ich, wir haben eine Zeit lang dieselben Treffs frequentiert. Sind ab und an gemeinsam über die Grenze ins Elsass gefahren. Er weiß, wie ich ticke, und ich weiß, was er so braucht.«

»Hatten Sie eine Affäre?«

»Nicht wirklich. Nach ein paar Gläsern Rotwein zu viel haben wir mal ein bisschen rumgefummelt. Doch langfristig wären wir nie zusammengekommen. Der Stefan steht auf andere Typen als ich und umgekehrt. Wir sind zu verschieden, da springt kein Funken über.«

»Und im Anschluss an Ihr weinseliges Tête-à-Tête sind Sie zu der Übereinkunft gekommen, dass Sie von nun an beide den schönen Schein wahren?«

»So ist es. Der Stefan kann weiter den toughen Umweltaktivisten geben, seinem Ruf in der Szene gerecht werden und seine Machtposition ausweiten. Ich weiß im Umkehrschluss, dass sein Getue hier nur leere Worthülsen sind.«

»Er hat gesagt, dass er die Campinggäste aufgemischt hat. Das hörte sich für mich nicht harmlos an.«

»Wir spielen da ein bisschen ein Spielchen«, gestand Alexander. »Der Stefan baut sich ein paarmal im Jahr vor unseren Gästen auf und bringt sie dazu, ihre Siebensachen zu packen. Von mir bekommen sie vor der Abfahrt als Entschädigung einen attraktiven Gutschein, den die meisten nicht verfallen lassen wollen. Spätestens in einem Monat stehen sie dann erneut bei uns auf der Matte, werden langfristig zu Dauerkunden und verbringen mehr Tage auf unserem Campinggelände, als es der Durchschnittsgast tut. Das nennt man moderne Kundenbindung.«

»Oh du schöne neue Campingwelt«, bemerkte Henrik spöttisch.

»Das uralte Prinzip von ›Brot und Spiele‹. Und wenn es jetzt ansonsten nichts Wichtiges mehr gibt, bitte ich Sie, mich zu entschuldigen. Ich muss unser heutiges Abendprogramm vorbereiten.«

Henrik tippte zum Abschied mit dem Zeigefinger an seine Stirn. »Hasta la vista, muchacho.«

Alexander ließ ihn ohne ein weiteres Wort stehen.

»Du mich auch«, brummte Henrik. Seine Sympathien für die gesamte Familie Hübner waren in den Keller gerauscht. Außerdem fühlte er sich müde, hungrig und war besorgt, weil er noch immer keinen blassen Schimmer hatte, wo Carsten abgeblieben war. Er hatte schon sein Mountainbike aus dem Ständer gelöst, da kam ihm eine Idee. Er stellte das Fahrrad zurück und eilte nochmals zur Rezeption.

»Haben Sie mit Herrn Hübner gesprochen?«, wollte die Empfangsdame mit einem freundlichen Lächeln wissen.

»Ja danke, wir haben fürs Erste alles geklärt«, behauptete Henrik. »Aber ich wollte eigentlich die Chefin sprechen. Sie hatte angeboten, für mich und einen Freund, den sie aus Heidelberg kennt, eine private Führung zu veranstalten. Leider ist mein Freund nur noch wenige Tage in der Region, wir müssten uns also sputen. Mein Freund hat übrigens vor Kurzem ein neues Haus bezogen und möchte seinen nagelneuen Weinkeller bestücken. Er dachte dabei an Ihre hervorragenden Burgunderweine.«

Die Empfangsdame rief eine Seite auf ihrem Computerbildschirm auf und scrollte hoch und runter.

»Wie war noch mal Ihr Name? Ich kann heute und morgen leider keinen Termin für eine Kellerführung finden.«

»Ja, das glaube ich Ihnen gern.« Henrik setzte ein gewinnendes Lächeln auf. »Wie ich schon sagte, ich wollte den Termin ja heute mit Frau Hübner vereinbaren. Wirklich schade, dass wir uns verpasst haben. Ist sie vielleicht unten im Ort, erledigt ein paar Einkäufe? Dann schaue ich mal, ob ich sie dort antreffe.«

»Nein, nein«, widersprach die Empfangsdame. »Frau Hübner hat gesagt, dass sie nach Breisach will. Und dass sie bis morgen oder sogar bis übermorgen Abend nicht zu erreichen ist, weil sie sich eine kleine Auszeit nimmt. Das macht sie hin und wieder, ich glaube, sie trifft sich mit Freunden dort in einem Hotel. Es tut mir leid, dass es wegen des Termins ein Missverständnis gab.«

»Kein Problem. Es wird sich alles klären.« Henrik gab sich großmütig.

»Einen guten Abend«, wünschte ihm die Empfangsdame.

Henrik stürmte zu seinem Fahrrad, schwang sich auf den Sattel und trat kräftig in die Pedale. Er ahnte, dass der Tag für ihn noch lange nicht zu Ende war. Die ersehnte Dusche rückte in weite Ferne.

21

Henrik starrte trübsinnig in seine Kaffeetasse und gähnte so heftig, dass sein Kiefergelenk knackte.

»Ich hätte wissen müssen, dass sie mir am Telefon keine Auskunft geben. Ich habe schließlich keine hoheitlichen Rechte wie die Polizei oder der Grenzschutz. Den Aufwand hätte ich mir sparen können.«

»Wieso bist du dir so sicher, dass Carsten mit Susanne in Breisach ist? Zu amourösen Zwecken, wenn ich dich richtig verstanden habe.« Kathrin streichelte behutsam das linke Ohr des Beagles, der zu ihren Füßen lag.

»Sicher bin ich mir nicht, sonst hätte ich mich ja nicht nur bei sämtlichen Hotels und Pensionen in Breisach, sondern auch am Kaiserstuhl umgehört.«

»Ich bin der Meinung, dass wir so allmählich die Polizei informieren und eine Vermisstenanzeige aufgeben sollten. Carsten ist jetzt seit fast vierundzwanzig Stunden verschwunden und auf dem Handy noch immer nicht zu erreichen.«

»Jedem Erwachsenen, der im Vollbesitz seiner geistigen Kräfte ist, steht es vollkommen frei, seinen Aufenthaltsort zu ändern, ohne vorher Bescheid zu geben«, widersprach Henrik. »Wir würden uns nur lächerlich machen.«

»Gestern hörte sich das bei dir aber ganz anders an«, stichelte Kathrin.

»Gestern wusste ich noch nicht, dass Carsten sich mit der Hübner abgesetzt hat.«

»Tut mir leid, ich kann dir da nicht folgen.« Kathrin rührte so heftig in ihrer Tasse, dass der Kaffee überschwappte. »Mist«, fluchte sie und stand auf, um die Flüssigkeit aufzuwischen, bevor sie auf die Polster der Mitteldinette tropfte.

»Für mich ist es eindeutig: Carsten hat mir von Anfang an von Susanne vorgeschwärmt. Du hättest seinen Gesichtsausdruck sehen sollen, als wir bei ihr im Büro saßen. Es fehlte bloß, dass er wie Leo gesabbert hätte, wenn man ihm ein Stück Fleischwurst vor die Nase hält. Carsten stand sofort in ihrem Bann. Warum auch immer«, fügte er mit einem Schulterzucken hinzu. »Ich kann an der Hübner nichts finden.«

»Hat Leo heute eigentlich schon was gefressen?«, wechselte Kathrin abrupt das Thema.

»Ja, er hatte sogar recht guten Appetit, wenn man die Umstände in Betracht zieht. Und drei Pfützen hat er auch schon gemacht. Draußen und ohne Hilfe auf allen vier Pfoten stehend. Ich denke, er ist definitiv über den Berg.«

»Dem Himmel sei Dank.« Kathrin war sichtbar erleichtert.

»Allerdings muss ich einen Weg finden zu verhindern, dass er, sobald er munterer wird, den Verband abmontiert und an der Wunde leckt. Wenn die sich entzündet, haben wir ein neues Problem.«

»Es gibt so aufblasbare Halskrausen«, schlug Kathrin vor.

»Wo bekomme ich die?«

»Ich schätze, beim Tierarzt. Oder im Tierbedarf-Shop.

»Auch das noch«, stöhnte Henrik. »Aber zurück zu Carsten. Ich befürchte, dass er sich schwer in Susanne verguckt hat. Bei unseren Diskussionen hat er nie etwas auf sie kommen lassen, hat sie beinahe bis aufs Blut verteidigt.«

»Stimmt«, gab Kathrin ihm recht.

»Obwohl er weiß, dass Susanne auf meiner Liste der Verdächtigen noch immer ganz oben steht. Ich traue der feinen Winzerin ebenso wenig wie ihren preisgekrönten Burgunderweinen.«

»Aber selbst wenn Carsten bis über beide Ohren in sie verliebt wäre«, wandte Kathrin ein. »Wie hätte sie es denn schaffen sollen, ihn so Knall auf Fall wegzulocken? Carsten ist doch ein Vernunftmensch. Er hätte uns einfach Bescheid geben können, und es wäre gut gewesen. Was soll diese Heimlichtuerei?«

»Nun, er war sich schon dessen bewusst, dass ich eine Beziehung mit der Hübner nicht gutheißen würde. Solange der Fall nicht eindeutig geklärt ist.«

»Du bist nicht sein Hüter. Oder sein Vormund. Er kann allein entscheiden, was er tut oder lässt.«

»Ja. Aber ich bin sein Freund, seit Jahren schon. Und ich will nicht, dass er zu Schaden kommt, weder physisch noch psychisch.«

»Glaubst du etwa, dass Susanne ihm Gewalt antun will?«

»Ich möchte es zumindest nicht ausschließen«, antwortete Henrik bedrückt.

»Aber welchen Grund hätte sie dazu?«

»Den Mord oder die Morde zu vertuschen?«

»Dann hätte sie eher dich als Carsten kapern müssen. Er glaubt anscheinend doch jedes Wort, was sie sagt. Von Carsten geht für sie keine Gefahr aus.«

»Sie weiß, dass sie mich mit Carsten in der Hand hat. Er ist ihr Pfand.«

»Du gehst allen Ernstes davon aus, dass sie dich erpressen will?«

»Erpressen ist vielleicht nicht das richtige Wort. Ich denke, sie will verhindern, dass ich meine Nase zu tief in ihre Angelegenheiten stecke.«

»Das hört sich für mich, ehrlich gesagt, alles ziemlich weit hergeholt an.« Kathrin blieb skeptisch. »Wie soll das denn zwischen den beiden abgelaufen sein? Wir haben nichts als Vermutungen.«

»Nach dem, was du mir gestern geschildert hast, stelle ich mir die Situation wie folgt vor.« Henrik wies auf sein Handy, das neben der Kaffeetasse lag. »Ihr habt am Vormittag beide lange telefoniert. Dabei hast du Carsten ein paarmal laut lachen gehört, und er war im Anschluss bester Laune. Folglich können wir davon ausgehen, dass es für ihn ein sehr angenehmes Gespräch war.«

»Anders als bei mir und meiner Klientin, der man es nie recht machen kann«, grummelte Kathrin.

»Ich gehe davon aus, dass Susanne Carsten vorgeschlagen hat, ihn in der Kirche zu treffen. Von wem kam denn überhaupt der Vorschlag, einen Spaziergang zu machen? Von dir oder von Carsten?«

»Von Carsten.«

»Dachte ich's mir doch. In der Kirche hat sich Carsten nicht nur den berühmten Hochaltar angeschaut, sondern sich auch mit Susanne ausgetauscht. Vielleicht haben sie dort vereinbart, dass sie ihn später vom Wohnmobilstellplatz abholt.«

»Was wäre gewesen, wenn ich mit in die Kirche gegangen wäre?«

»Dann hätte eben Plan B hergemusst. Vielleicht hätten sie dich abgelenkt oder anders dafür gesorgt, dass sie ein paar Minuten unter sich sind.« Henrik stutzte, runzelte nachdenklich die Stirn. »Hattest du mir bei einem unserer lauschigen Rotweinabende im Wohnmobil nicht gebeichtet, dass du dich nur äußerst ungern in Gotteshäusern aufhältst? Dass du seit deiner Konfirmation wegen dieses übergriffigen Pastors nicht mehr in der Kirche warst?«

»Das stimmt.«

»Wusste Carsten von deiner Aversion?«

»Nun ja, wie ich schon sagte: Der Vorschlag, sich die Wallfahrtskirche anzuschauen, ging von ihm aus. Ich habe dem Spaziergang zugestimmt, allerdings sofort angedeutet, dass ich lieber draußen bleibe, wenn er sein Besichtigungsprogramm abspult. Letztlich musste ich aber keine Ausrede finden, weil mein Handy klingelte und ich beschäftigt war.«

»Carsten hat also nicht darauf bestanden, dass du mit in die Kirche gehst?«

»Nein, natürlich nicht.«

»Ganz schön clever, mein Herr Freund.«

»Nein, das ist doch alles Blödsinn«, entfuhr es Kathrin. »Wenn Carsten auf ein Schäferstündchen mit Susanne aus war, hätte er das einfacher haben können. Wenn sich im Prinzip ja beide einig waren.«

»Ach komm, du willst mir doch nicht weismachen, dass es Susanne tatsächlich um menschliche Zuneigung oder, von mir aus, um heißen Sex geht. Sie wird andere Beweggründe haben.

Und sie versteht es perfekt, Carsten zu manipulieren. Bei ihm laufen trotz seines Alters die Hormone Amok.«

»Auch wenn er sich in einem emotionalen Ausnahmezustand befindet. Ich kann mir noch immer nicht erklären, warum er mir nicht klipp und klar gesagt hat, was er vorhat. Warum nutzte er meine kurze Abwesenheit, um klammheimlich zu verschwinden? Das macht doch keinen Sinn.«

»Ich nehme an, dass Susanne euch beobachtet hat. Und als du dich auf den Weg zum Laden gemacht hast, hat sie möglicherweise eine Notlage oder eine andere Dringlichkeit vorgetäuscht, um Carsten dazu zu bewegen, in ihren schicken SUV einzusteigen. Und als sie ihn dann erst im Auto hatte, war der Drops, wie man so schön sagt, für sie gelutscht. Da hat sie ihn umgarnt, ihm geschmeichelt und ihn total kirre gemacht, wodurch er zu keinem klaren Gedanken mehr fähig war.«

»Das mag ja alles sein. Allerdings sind inzwischen vierundzwanzig Stunden vergangen. Susanne und Carsten haben, wie du annimmst, eine Liebesnacht verbracht. Aber irgendwann müssen sie doch mal raus aus dem Bett, müssen duschen und was essen. Hätte sich da nicht zwischendurch für Carsten die Gelegenheit ergeben, sich bei dir zu melden? Dir zu versichern, dass es ihm gut geht? Du bist sein Freund. Es müsste ihm klar sein, dass du dir Sorgen machst.«

Henrik seufzte. »Ich hoffe wirklich, dass er nur die Zeit vergessen hat, sich ganz seinem Liebesrausch hingibt. Wenn nicht …« Sein Gesicht verdüsterte sich. »Ich mag es mir gar nicht ausmalen.«

»Was willst du jetzt machen?«

»Ich denke, es ist das Beste, wenn ich einen Stellungswechsel vornehme. Ich muss nach Breisach, mich vor Ort umsehen und versuchen, eine Spur von ihnen zu finden.«

»Soll ich mich um Leo kümmern?«, bot Kathrin an.

»Ja, das würde mir eine große Sorge abnehmen. Trotzdem wäre es mir lieber …« Henrik stockte. »Ich weiß nicht, ob ich das jetzt von dir verlangen kann.«

»Was verlangen kann?« Kathrin musterte ihn eindringlich.

»Dass du mitkommst, mich bei der Suche unterstützt.«

Kathrin schwieg ein paar Sekunden. »Mir ist Carsten auch ans Herz gewachsen«, sagte sie schließlich und stand auf. »Dann werde ich Töfftöff mal reisefertig machen.«

»Bist du in einer Viertelstunde startbereit?«

»Geht klar.«

Frederic Ott war unter der ledrigen Gesichtsbräune, die von vielen Arbeitsstunden an der freien Luft und bei Wind und Wetter zeugte, blass geworden.

»Wenn ihr das tatsächlich durchzieht, werde ich gehen.«

Pascal Ott, sein Vater, lachte laut auf. »Wo willst du denn bitte schön hin? Und mit welchem Geld? Du steckst finanziell genauso wie wir mit drin im Betrieb, hast den Kreditvertrag ebenfalls unterschrieben. Glaubst du allen Ernstes, dass du dich aus dem Staub machen und den Berg an Schulden mir und deiner Mutter aufbürden kannst?«

Christel Ott nestelte am Bündchen ihrer verwaschenen Bluse, deren Vorderteil mit tiefroten Spritzern von frisch gekochter Brombeermarmelade überzogen war. »Du weißt doch selbst, dass die Reben und unsere paar Obstbäume zu wenig abgeben. Wir müssen uns andere Einnahmequellen erschließen.«

»Ich will keine Touristen auf dem Hof. Ich will in Ruhe arbeiten und meine Weine herstellen«, presste Frederic zwischen den Zähnen hervor.

»Die Touristen kommen doch eh schon zu uns, um Wein und Eier zu kaufen«, wandte seine Mutter ein.

»Sie bleiben aber nicht über Nacht.«

»Wir werden sie ja nicht bei uns im Haus einquartieren. Wir bewahren uns unsere Privatsphäre«, unternahm seine Mutter einen weiteren Versuch, ihn umzustimmen.

»Du führst dich auf, als ob dir der Hof schon allein gehört«, erboste sich Frederics Vater. »Vergiss nicht, wer hier anteilsmäßig noch immer das Sagen hat. Du kannst erst dann tun und lassen, was du willst, wenn ich unter der Erde liege.«

Christel Ott zuckte sichtbar zusammen. »Viel hätte nicht gefehlt …«, murmelte sie.

»Ist ja noch mal gut gegangen«, brummte Pascal Ott und fuhr mit der Hand über die frischen Narben auf der Stirn, die sich blass rötlich abzeichneten.

»Wenn ich gewusst hätte, dass ihr mit deinem Studienfreund schon eine Vereinbarung getroffen habt, hätte ich den Kreditvertrag nie und nimmer unterschrieben. Ihr habt mich wissentlich hinters Licht geführt.«

Christel Ott senkte betreten den Kopf.

»Schau dich doch an«, explodierte Pascal Ott. »Es hätte überhaupt nichts gebracht, mit dir darüber zu reden. Ich wusste, dass ich Tatsachen schaffen muss. Der Wohnmobilstellplatz wird noch in diesem Jahr fertiggestellt. Und im nächsten Jahr kommt eine zünftige Weinstube dazu. Alles genau nach dem Eventkonzept von Bertram. Der kannte sich aus. Eine Goldgrube hat er aus den paar kümmerlichen Rebflächen seiner Frau gemacht. Und wir, wir werden von seinem Wissen profitieren, endlich aus der finanziellen Misere hinauskommen. Wir haben schon viel zu lange gezögert.«

»Wir brauchen das Geld. Auch für unsere Altersrente«, bettelte Christel Ott und ließ sich müde auf die ausgeblichenen Polster der Kücheneckgarnitur fallen.

Frederic öffnete einen der beige lackierten Oberschränke, nahm ein ehemaliges Senfglas heraus und füllte es am Hahn randvoll mit Wasser. Er trank in gierigen Schlucken, so als ob er kurz davorstände zu verdursten. Im Anschluss gab er das Glas in die fleckige Küchenspüle und wischte sich mit dem Handrücken über die Lippen.

»Was ist, wenn wir Robert kündigen und ich seine Aufgaben übernehme. Dadurch sparen wir sein Gehalt ein.«

»Aber Junge, du hast doch schon jetzt genug um die Ohren«, sagte seine Mutter leise. »Wie willst du das schaffen?«

»Muss halt irgendwie gehen.«

Pascal Ott hieb mit der geballten Faust auf den Küchentisch, wodurch die dort zum Auskühlen auf dem Kopf abgestellten Gläser mit Brombeermarmelade klirrten. »Ich lasse nicht zu, dass mein eigener Sohn mich kleinhält. Ich will, dass es durch unsere Investition in den Wohnmobilstellplatz und den Leasingplan mit den Hübners endlich vorangeht. Ich habe lange genug gekämpft, um das möglich zu machen und Bertram davon zu überzeugen, dass wir als Partner vertrauenswürdig sind.«

»Pascal«, sagte Christel Ott tadelnd.

»Ich werde in meiner eigenen Küche doch wohl die Wahrheit sagen dürfen, oder etwa nicht?«, zischte er zurück.

Frederic lehnte sich mit dem Rücken gegen die Spüle und verschränkte die Arme vor der Brust. »Was ist mit Jean-Luc im Elsass? Ich dachte, ihr wolltet eure Kooperation beim Pinot Gris und Pinot Noir ausweiten? Du hast doch immer behauptet, ihr wäret ein Spitzenteam, zusammen nicht zu schlagen. Sogar von einer Umstellung auf Bio, wie bei uns, war die Rede. Warum willst du jetzt das gute Verhältnis, das ihr seit Jahren miteinander habt, gefährden? Weiß Jean-Luc überhaupt von deinen Plänen?«

»Ich muss ihm ja nicht alles auf die Nase binden.«

»Das ist nicht fair«, stellte Frederic fest.

»Wer glaubt in dem Business noch an Kollegialität oder Solidarität? Auch bei uns Winzern geht es inzwischen zu wie in einem Haifischbecken, da muss jeder selbst zusehen, wo er bleibt. Ich werde weiter Pinot im Elsass anbauen, das Geschäft lass ich mir nicht nehmen. Doch das richtig große Geld, das werden wir langfristig hier auf dem Hof machen.«

»Ich war nie sonderlich glücklich darüber, dass du ständig im Elsass unterwegs bist«, mischte sich Christel Ott erneut ein. »Und die Idee mit der Rebschule, die du mit diesem Franzosen aufmachen wolltest, hat mir auch nicht behagt. Weil so etwas heute nur noch studierte Leute wagen. Solche, die sich damit auskennen.«

»Ich habe studiert«, konterte Pascal Ott.

»Ja, aber nicht Önologie«, warf Frederic verächtlich ein. »Für die Rebenzüchtung und -veredelung benötigt man eine solide Ausbildung.«

»Eben.« Christel Ott nickte. »Um ein Haar hättest du für mehr als hunderttausend Euro minderwertige, nicht pilzresistente Rebsetzlinge gekauft. Wenn ich nicht zum Verbandsbüro gegangen wäre und mich erkundigt hätte, wären wir in eine Katastrophe geschlittert. Mit diesen Vorabschulden hätten wir nie einen weiteren Kreditvertrag bekommen.«

»Genau aus dem Grund ist es mir ja wichtig, in ein seriöses Geschäftsmodell einzusteigen. Ohne den Tourismus geht es nicht mehr. Himmelherrgott!« Pascal Ott ließ die Faust nochmals auf die Tischplatte schnellen, diesmal allerdings etwas weniger heftig. »Was bist du mit deinem ganzen Biogedöns und deinem Gestammel über Naturschutz und Bienenweiden bloß für ein Ewiggestriger. Stell dich doch endlich mal der Zukunft.« Er verdrehte die Augen zur Zimmerdecke.

»Bio ist die Zukunft«, sagte Frederic leise.

»Für dich wird sich langfristig nicht viel ändern.« Christel Ott unternahm einen weiteren Versuch, ihren Sohn umzustimmen. »Ich werde die Betreuung der Übernachtungsgäste übernehmen. Und für die Weinstube werden wir eh noch Personal einstellen müssen. Deine Arbeit in den Reben und im Keller wird so weitergehen wie bisher.«

»Wer's glaubt, wird selig«, konterte Frederic mit einem zynischen Lächeln. Dann stieß er sich von der Küchenspüle ab und ging ein paar Schritte auf seinen Vater zu.

»Was ist, wenn diese Frau mit dem alten Wohnmobil recht hatte? Wenn du in der Traubenabbeermaschine gelandet bist, weil jemandem die Veränderungen, die du vorhast, nicht behagen? Wenn noch jemand gegen den Wohnmobilstellplatz ist? Willst du wirklich das Risiko eingehen, dass das nochmals passiert? Oder sogar Schlimmeres?«

»Alles Quatsch«, widersprach sein Vater vehement. »Das war

Gesindel von über der Grenze, die hatten es auf die Shopkasse abgesehen. Ich bin denen nur in die Quere gekommen.«

»Die Einbrüche hier bei uns in der Grenzregion häufen sich in den letzten Monaten wirklich alarmierend«, gab Christel Ott ihrem Mann recht. »Das sind bestimmt die Auswirkungen der Wirtschaftskrise in Frankreich.«

Frederic schüttelte genervt den Kopf. »Ihr seid so was von naiv.«

Pascal Ott sprang auf. »Ich bin nicht naiv, ich bin Geschäftsmann. Und in dieser Funktion werde ich den Betrieb erweitern und endlich aus den roten Zahlen herausbringen. Glaubst du allen Ernstes, dass ich jahrelang studiert habe, nur um hier tagaus, tagein mit der Rebhacke im harten Vulkangestein herumzukratzen? Ich bin doch kein Hahn.«

Du bist ein eingebildeter, pompöser alter Gockel, dachte Frederic, unterließ es aber, dies laut zu sagen. Stattdessen drehte er sich auf dem Absatz um und verließ die Küche.

»Frederic? Frederic?«, rief seine Mutter.

Er zog es vor, sie zu ignorieren.

22

»Wir haben Glück. Es sind noch zwei Plätze mit direktem Rheinblick frei«, freute sich Kathrin.

»Ich glaube nicht, dass mich das touristische Programm groß interessieren wird«, erwiderte Henrik und reckte sich. Seine Schulter nahm ihm den Sturz noch übel.

»Ich weiß. Aber mir tut es selbst im dicksten Stress immer gut, wenn ich eine Weile aufs Wasser schauen und in mich gehen kann. Das schenkt mir Kraft und Ruhe.«

»Also los, lass uns schnell einparken, bevor jemand dir die Aussicht raubt«, drängte Henrik und stieg zurück auf den Fahrersitz. Nachdem er den Kastenwagen in die gewünschte Position gebracht hatte, hob er den Beagle von seinem Hundekissen und setzte ihn behutsam auf das frische grüne Gras des Rheindamms. »Deine neue Outdoortoilette.«

Der Beagle senkte die Nase, schnüffelte und machte ein paar zögerliche Schritte nach vorn. Dann hatte er den kurzen Anfangsschmerz von der Wunde anscheinend überwunden und trottete in Richtung des ersten sichtbaren Baumes.

»Nicht so schnell«, rief Henrik, »ich habe dir dein Geschirr nicht umgeschnallt.«

Kathrin lachte. »In spätestens zwei Wochen rennt er dir wieder davon und bändelt mit anderen Campinggästen an.« Sie bezog sich auf ihr Kennenlernen in Rotenburg an der Fulda, das durch den ausgebüxten Leo initiiert worden war.

»Hast du ihm heimlich Arnikaglobuli untergeschoben?«

»Ja klar. In Leberwurst«, gab Kathrin freimütig zu. »Und der Erfolg gibt mir wieder einmal recht.«

Henrik stöhnte spielerisch auf. »Wenn ich mir damals nicht den Fuß verbrüht hätte, wäre alles anders gekommen.«

»Wenn ich deinen Fuß nicht sofort verarztet hätte, würdest du heute noch humpeln«, konterte sie.

Der Beagle hatte inzwischen den geteerten Weg erreicht, der zur Straße und zum kleinen Park unterhalb der Befestigungsanlagen des Münsters führte.

»Das nächste Mal verabreichst du ihm besser Antiweglaufglobuli.« Henrik spurtete los.

»Wer die erfindet, wird über Nacht zum Millionär«, sagte Kathrin mit einem Grinsen. »Leider überschreitet dies meine Fähigkeiten. Ich werde mal Kaffee kochen.«

Obwohl Henrik von sich selbst behauptete, fit zu sein, ziepten seine Wadenmuskeln protestierend, und sein T-Shirt klebte ihm am Rücken. Wolken waren von Südwesten heraufgezogen und hatten eine unangenehme Schwüle mitgebracht. Bereits zum zweiten Mal an diesem Tag erklomm er von der Fischerhalde aus die zahlreichen Stufen, die hoch zum Münsterberg mit dem Stephansmünster führten. Auf dem Münsterplatz hielt er kurz inne und sah, dass alle der um die romanisch-gotische Kirche aufgestellten Holzbänke belegt waren. Es tröstete Henrik ein wenig, dass vermutlich nicht nur er heute von Erschöpfung und schweren Beinen geplagt wurde. Er ging weiter, bis er die überlebensgroße Bronzefigur des Europastiers erreicht hatte, und lehnte sich gegen den Vorderkopf mit den ausladenden Hörnern. Seine Zunge klebte ihm am Gaumen, und er wünschte, er hätte eine Flasche Wasser mitgenommen. Die Versuchung, eine der um den Münsterberg verteilten Gaststätten aufzusuchen und sich an einem schattigen Platz ein kühles Bier zu gönnen, war groß. Doch Henrik widerstand ihr, weil es noch immer keinen Anlass gab, die Suche einzustellen.

Von Carsten fehlte weiterhin jede Spur. Dabei hatte Henrik, wie er meinte, alles Menschenmögliche unternommen: Er hatte sämtliche Parkzonen, die öffentlich zugänglichen Parkhäuser, die Hotelparkplätze und die meisten Straßen der Innenstadt abgesucht. In der Hoffnung, dort irgendwo Susannes abgestellten Geländewagen zu entdecken. Leider war der SUV nicht auffindbar. Henrik fragte sich mittlerweile, ob Susanne ihrer

Mitarbeiterin eine Lüge aufgetischt hatte. War sie womöglich nie in Breisach gewesen? Oder hatte sie doch die Wahrheit gesagt, war aber inzwischen weitergefahren? Hatte sie Carsten ins benachbarte Elsass verschleppt? Oder in die Vogesen? Um dort was mit ihm zu machen? An ein amouröses Abenteuer mochte Henrik nach wie vor nicht glauben. Er griff zum Handy und wählte Alexander Hübners Nummer.

»Ist Ihre Mutter wiederaufgetaucht?«, fragte er, ohne sich mit einleitenden Grußworten oder anderen Höflichkeitsfloskeln aufzuhalten.

Alexander verneinte.

»Hat Ihre Familie ein Chalet oder eine Ferienwohnung in Frankreich?«

Alexander lachte auf, es klang bitter. »Schön wär's, dann könnte ich mich wenigstens manchmal dahin verkrümeln und etwas ausspannen.«

»Ein Wohnmobil oder einen Wohnwagen haben Sie auch nicht?«

»Nein, in unserer Familie hat niemand Lust auf Camping. Das ist für uns ein profitables Geschäft, kein Freizeitvergnügen.«

Henrik beendete das Gespräch und schwor sich, den Stellplatz der Hübners zu Übernachtungszwecken für alle Ewigkeit zu meiden. Für Stellplatzbetreiber, die ein derart arrogantes Gehabe an den Tag legten, hatte er kein Verständnis. Er war nicht bereit, auch nur einen Cent seines schwer verdienten Geldes dort zu lassen.

»So allmählich geht ihr mir allesamt auf den Senkel.« Er bedauerte, den Auftrag überhaupt angenommen zu haben. Nichts als Scherereien hatte ihm der Job bis jetzt eingebracht, von den damit verbundenen Mühen ganz zu schweigen. Er fragte sich, ob es nicht doch ratsam wäre, die Polizei einzuschalten. Für ein paar Sekunden starrte er gedankenverloren auf das schwarze Display seines Handys. Dann wählte er nochmals Carstens Nummer. Mehr in der Absicht, für sich und seine Entscheidungsfindung etwas an Zeit zu gewinnen, als in der Hoffnung, dass sich der Freund tatsächlich melden würde. Zu seinem Erstaunen war Carsten sofort am Apparat. Henrik verschlug es fürs Erste die Sprache.

»Hallo? Bist du es, Henrik?«, fragte Carsten.

Henrik atmete tief durch, um sich zu sammeln. »Ja bist du denn total bescheuert?«, brüllte er sodann los. »Was hast du dir dabei gedacht, so mir nichts, dir nichts zu verschwinden? Hast du eine Ahnung, was für Sorgen ich mir gemacht habe? Und wie sich Kathrin fühlt?«

»Ich kann dir alles erklären«, sagte Carsten kleinlaut und schlug einen Treffpunkt vor.

»Ich hoffe, du hast eine verdammt gute Erklärung.«

Henrik beendete das Gespräch und trat vor Wut und Frust mit dem Fuß gegen die harte Flanke des Bronzestiers. Ein paar Passanten warfen ihm misstrauische Blicke zu.

»Kümmert ihr euch um euren eigenen Scheiß«, murmelte er und machte sich leicht humpelnd auf den Weg.

Carsten saß unter einer dicht belaubten Linde in einem Biergarten in der Kapuzinergasse. Bei Henriks Eintreffen standen bereits zwei Flaschen Wasser, zwei Flaschen Apfelsaft und drei Gläser auf dem Tisch.

»Du erwartest noch jemanden?« Henrik ließ sich erschöpft auf einen Stuhl fallen. »Sag jetzt bloß nicht, dass ich die Hübner ertragen muss.«

»Ich habe Kathrin angerufen und sie gebeten, ebenfalls herzukommen. Sie hat mir gesagt, dass ihr beide unten am Rhein auf dem Wohnmobilstellplatz untergekommen seid.« Carstens Stimme klang etwas rau, so als ob er viel geredet hätte oder emotional aufgewühlt wäre.

Henrik schenkte sich vom Wasser ein und leerte sein Glas durstig in einem Zug. Während er nochmals eingoss, musterte er verstohlen den Freund. Wie ein glücklicher Lover, der sich im Testosteron-High befand, sah er nicht aus. Carsten wirkte abgekämpft, und in seinen Augen glaubte Henrik, Furcht oder Beklemmung lesen zu können. Was war mit ihm geschehen? In diesem Augenblick kam Kathrin in den Biergarten geeilt, blieb kurz stehen, entdeckte die beiden Männer am Tisch und stürmte auf sie zu. Ehe Carsten hätte reagieren können, hatte sie ihm schon eine schallende Ohrfeige verpasst.

»Wir kennen uns zwar noch nicht so lange«, brachte sie keuchend hervor. »Doch du bist ein Freund von Henrik und damit auch meiner. Weißt du, was ich mir für Sorgen um dich gemacht habe? Was fällt dir ein, ohne eine Erklärung abzuhauen?«

Carsten hob versöhnlich die Hände. »Auch wenn es sich etwas lahm anhört – ich hatte meine Gründe. Aber setz dich doch erst mal, Kathrin«, fügte er hinzu.

Kathrin wählte den Stuhl an Henriks Seite und funkelte Carsten angriffslustig an. »Ich bin gespannt, was du uns zu sagen hast.«

Carsten räusperte sich und nahm einen Schluck Apfelsaftschorle. »Es tut mir leid, dass ich euch da ungewollt mit reingezogen habe.«

»Wo mit reingezogen?«, hakte Henrik nach.

»In die Situation um mich und Susanne.«

»Wenn du uns von Anfang an reinen Wein eingeschenkt und uns gesagt hättest, dass du mit ihr angebändelt hast, hätten wir das selbstverständlich akzeptiert. Du bist ein freier Mann und erwachsen dazu«, sagte Kathrin.

»Wir sind kein Liebespaar«, widersprach Carsten. »Wenigstens nicht im klassischen Sinn.«

»Wie haben wir das zu verstehen?« Henrik war noch immer zu erbost, um freundlich zu klingen.

»Ihr habt bis jetzt nur eine Facette von Susanne kennengelernt«, antwortete Carsten. »Für euch ist sie die Winzerwitwe, die aus ihrer gescheiterten Ehe keinen Hehl macht und in Verdacht steht, ihren eigenen Mann getötet zu haben.«

»Aber du, du kennst die wahre Susanne? Kannst tief in ihren Kopf und ihre Seele eintauchen?«, provozierte Henrik den Freund.

»Nur so weit sie mich lässt.« Carsten blieb ruhig.

»Dann erzähl doch mal: Was lässt sie dich denn so sehen, und vor allem, was lässt sie dich machen, wenn ihr zwei allein unter der Bettdecke liegt?«

Kathrin legte Henrik warnend die Hand auf die Schulter. »Lass ihn ausreden.«

»Danke, das werde ich.« Carstens Mundwinkel umspielte ein leises Lächeln. »Ihr habt mir bei unseren Diskussionen vorgeworfen, dass ich, was Susanne betrifft, nicht ganz unvoreingenommen bin. Nun, das ist richtig.«

»Gib es zu: Du hast dich Hals über Kopf in sie verknallt«, rief Henrik aufgebracht.

»Nein, in meinem Alter verliebt man sich nicht mehr so leicht«, widersprach Carsten. »Ich bin ja kein Schuljunge mehr, bei dem die Hormone beim Blick in ein üppig bestücktes Dekolleté oder bei einem knackigen Po Amok laufen. Doch ich weiß attraktive und kluge Frauen durchaus zu schätzen.« Er hob sein Glas und prostete Kathrin zu.

»Mit Schmeicheleien kommst du bei mir nicht weiter«, hielt sie dagegen.

»Es ist trotzdem die Wahrheit«, sagte Carsten. »Deshalb habe ich mich sofort zu Susanne hingezogen gefühlt. Übrigens nicht erst, als ich ihr in ihrem Büro gegenübersaß, sondern gleich beim ersten Mal, als Bertram sie zu einem Corpstreffen mitgebracht und als seine Frau vorgestellt hatte. Sie hatte so etwas Berührendes an sich. Eine Mischung aus Verletzlichkeit und Stärke. Und schön war beziehungsweise ist sie natürlich auch.«

»Hast du schon damals was mit ihr angefangen?«, wollte Henrik wissen.

»Selbstverständlich nicht«, empörte sich Carsten. »Sie war bereits vergeben. Wie ich damals annahm, glücklich verheiratet. Das habe ich respektiert.«

»Und dann hat sie nach dem Tod ihres Mannes die Wahrheit rausgelassen, hat erklärt, dass ihre Ehe nur auf dem Papier bestand«, meinte Kathrin. »Standen damit für dich plötzlich Tür und Tor offen? Hast du ab da versucht, die verlorenen Jahre wieder aufzuholen?«

Carsten lächelte. »Um im Bild zu bleiben: Ich bin nicht sofort mit der Tür ins Haus gefallen. Wir haben uns langsam einander angenähert. Haben abends oder morgens, wenn ihr in euren eigenen Wohnmobilen wart, miteinander telefoniert. Und als ihr Maulbronn verlassen hattet, bin ich zurück nach Sasbachwalden gefahren und habe mich mit Susanne getroffen.«

»Entgegen meinem ausdrücklichen Rat. Ich bin davon ausgegangen, dass du im Norden an einem sicheren Ort bist«, sagte Henrik vorwurfsvoll.

»Ich war an einem sicheren Ort. Susanne wird mir nichts tun«, behauptete Carsten.

»Woher weißt du das?« Henriks Stimme klang schneidend.

»Ich bin vielleicht der Einzige, der ihr noch helfen kann.«

»Wie, helfen?« Kathrin ließ das Glas, aus dem sie gerade hatte trinken wollen, zurück auf den Tisch sinken.

»Man sieht es ihr in dem Stadium noch nicht an. Doch Susanne ist krank, todkrank. Ihre Nieren funktionieren nicht mehr einwandfrei, werden in Kürze komplett versagen.«

»Willst du damit sagen, dass sie an die Dialyse muss?« Kathrin war sichtlich geschockt.

»Ja.« Carsten nickte. »Aber die Blutwäsche wird bloß kurzfristig von Nutzen sein. Auf die Dauer wird Susanne nur eine Spenderniere retten.«

»Wie schrecklich, das tut mir leid«, murmelte Kathrin.

»Weiß ihre Familie um ihren Zustand?«, fragte Henrik, der seinen Groll auf Carsten überwunden hatte.

»Ja, sie hat es ihnen gesagt.«

»Vor oder nach Bertrams Tod?«

»Davor. Allerdings hat man ihr nicht viel Mitgefühl entgegengebracht. Bertram hat ihr wohl klipp und klar zu verstehen gegeben, dass die Krankheit ihr Problem ist, dass er mit der ganzen Angelegenheit nichts zu tun haben will.«

»Wie kann er nur? Er war immerhin ihr Mann«, entrüstete sich Kathrin.

»Ja, es muss für Susanne schrecklich gewesen sein«, meinte Carsten.

»So schrecklich, dass sie seine letzte Geschäftsreise dazu nutzte, ihn aus Wut und Frust umzubringen«, platzte es aus Henrik heraus. »Sie wusste, dass die Zeit gegen sie spielte, dass sie bald zu schwach für eine solche Tat sein würde. Sie musste handeln.«

»Nein, das kann ich mir nicht vorstellen.« Diesmal widersprach ihm sogar Kathrin.

»Glaub mir«, wandte sich Carsten an Henrik. »Ich kann inzwischen mit hundertprozentiger Sicherheit sagen, dass sie dazu körperlich überhaupt nicht in der Lage gewesen wäre. Du musst deinen Mörder woanders suchen.«

Henrik schwieg.

»Kommen ihre Kinder als Spender in Frage?«, erkundigte sich Kathrin.

»Leider nein.« Carsten schüttelte bedauernd den Kopf. »Janine hat selbst gesundheitliche Probleme. Bei Alexander ist es so, dass die Blutgruppe und gewisse Gewebemerkmale, die sogenannten HLA-Antigene, nicht kompatibel sind.«

»Hat er einen Gendefekt?« Henrik war verunsichert.

»Nein, das hat damit nichts zu tun. Es bedeutet, dass die Voraussetzungen, die ein späteres Abstoßen der Spenderniere minimieren sollen, nicht gegeben sind.«

»Komisch. Er ist doch ihr Sohn«, wandte Kathrin ein.

»Ihr Adoptivsohn«, stellte Carsten richtig.

»Was?« Henrik verschlug es für ein paar Sekunden die Sprache. »Puh, das nenne ich mal eine Neuigkeit«, sagte er schließlich. »Im Ort wird zwar gemunkelt, dass Alexander nicht Bertrams Sohn ist, aber dass Susanne nicht seine Mutter ist, davon war nie die Rede.«

»Da siehst du mal wieder, was man auf Gerüchte geben kann.« In Carstens Stimme schwang ein leiser Tadel mit. »Susanne ist Alexanders Tante. Ihre Schwester Annette ist die leibliche Mutter. Sie hatte im Urlaub eine Affäre mit Folgen, wollte das Kind aber nicht austragen. Da Susanne gerade eine Fehlgeburt durchgemacht hatte und schrecklich darunter litt, kam man in Familienkreisen überein, dass Annette das Kind zur Welt bringt und Susanne es adoptiert.«

»Und das hat Bertram akzeptiert?«, wunderte sich Kathrin.

»Es war ein Deal«, antwortete Carsten. »Susanne sorgte dafür, dass Bertram die Rebflächen, die er im Auge hatte, bekam, und er bewahrte Stillschweigen über Alexanders Adoption.«

»Was für eine Familie«, stöhnte Kathrin.

»Wenn Alexander nicht Bertrams leiblicher Sohn ist, steht ihm vom Erbe nichts zu«, folgerte Henrik.

»Nein, anders als Susanne und Janine profitiert er nicht direkt von Bertrams Tod. Obwohl er natürlich, wenn es nach Susanne geht, den Betrieb einmal übernehmen soll.«

»Damit ist er dann wohl so ziemlich aus den Ermittlungen raus.« Henrik fühlte sich ein bisschen niedergeschlagen. Wieder eine Spur, die im Sand verlaufen war.

Kathrin machte eine Handbewegung, um eine Wespe zu verscheuchen, die ansetzte, in Carstens Glas zu fliegen. »Ich verstehe allerdings noch immer nicht, wie du da ins Spiel kommst. Und warum du Hals über Kopf mit Susanne abgehauen bist.«

»Wie gesagt«, Carsten leerte das Glas und stellte es kopfüber auf den Tisch, »ich war Susanne in vielen Gesprächen nähergekommen, wusste um ihr Problem, spürte ihre Verzweiflung. Und plötzlich wurde mir klar, dass ich es nicht ertragen könnte, sie zu verlieren. Versteht mich richtig: Ich bin nicht in sie verknallt, doch in mir entstehen Gefühle, die ich bis jetzt bei keiner anderen Frau empfunden habe. Vielleicht ist das ja der Anfang einer späten Liebe. Ich bin in so etwas nicht besonders geschickt.« Er brach ab und blinzelte die Tränen weg, die in seinen Augen aufgestiegen waren.

Kathrin tätschelte ihm tröstend die Hand.

Carsten räusperte sich. »Nun, wie auch immer. Gestern

spitzte sich die Situation unerwartet zu. Susanne ging es deutlich schlechter, und sie bat mich, sie in der Kirche zu treffen.«

»Deshalb unser Spaziergang.«

»Ja.« Carsten nickte. »Ich befand mich in einer üblen Zwickmühle. Ihr wusstet nichts von Susanne und mir, und ich hatte hoch und heilig versprochen, dass wir beide uns den ganzen Tag nicht aus den Augen lassen. Doch mir wurde klar, dass ich Prioritäten setzen, mich um Susanne kümmern musste. Allein. Die Lage war wirklich sehr ernst. Und ich musste schnell handeln.«

»Du hast dich am Telefon so heiter angehört«, erinnerte sich Kathrin.

»Da habe ich nicht mit Susanne, sondern mit einem ehemaligen Kollegen telefoniert«, stellte Carsten richtig. »Mein Gespräch mit Susanne war weniger erfreulich. Sie war total deprimiert, wollte in der Kirche beten und sich von mir einen Rat einholen. Dass du letztendlich nicht mit hineingegangen bist, hat es uns einfacher gemacht. Wir konnten in Ruhe ein paar Worte wechseln. Susanne wollte sich mit ihrem Arzt hier in der Klinik besprechen. Er ist ein angesehener Spezialist für Nierenprobleme, deshalb nimmt sie den weiten Weg in Kauf.«

»Ich hatte mich schon gewundert, warum sie sich, wie ihre Mitarbeiterin sagte, ausgerechnet immer in Breisach mit Freunden trifft«, meinte Henrik.

»Jetzt weißt du es.« Carsten zog eine Grimasse.

»Inwiefern hatte sich ihr Zustand denn verschlimmert?«, wollte Kathrin wissen.

»Sie war fürchterlich erschöpft, hatte Wasseransammlungen in den Beinen, und ihr Herzschlag wurde zunehmend unregelmäßiger. Sie weiß, was das bedeutet, nämlich dass sie nicht länger um die Dialyse herumkommt. Aber noch quälender als die Aussicht, von nun an mehrmals wöchentlich an eine Maschine angeschlossen zu werden, sind die Ängste, die sie nicht mehr loslassen. Susanne macht sich keine Illusionen. Ihr ist klar, was sie letztendlich erwartet. Dass das Ende ohne eine Spenderniere absehbar ist. Bei unserem Treffen in der Kirche zitterte sie am ganzen Körper.«

»Du hättest mit mir reden sollen«, rügte ihn Kathrin.

»Ja, das hätte ich wohl«, stimmte Carsten zu. »Doch ich war wie vor den Kopf geschlagen, hatte selbst mit Panik zu kämpfen. Ich habe mich verzweifelt gefragt, wie ich ihr beistehen könnte.«

»Und was ist dann passiert?«, wollte Henrik wissen.

»Kathrin ist aufgestanden, um zum Lebensmittelladen zu gehen. Da habe ich spontan eine Entscheidung getroffen«, gestand Carsten. »Ich habe Susanne angerufen und sie gebeten, mich sofort abzuholen. Wir sind dann gemeinsam hierher in die Klinik gefahren.«

»Ich war zwischenzeitlich bei den Hübners«, sagte Henrik. »Alexander und Janine gehen davon aus, dass Susanne einen Shoppingausflug macht.«

»Sie hat sich eine Schutzlüge ausgedacht. Wahrscheinlich, weil sie ihre Kinder nicht beunruhigen will«, sagte Kathrin. »Ich kann das sogar verstehen.«

Carsten machte ein Geräusch, das zwischen einem Lachen und einem Stöhnen lag. »Wir haben beide gelogen. Ich habe mich, ohne euch die Wahrheit zu sagen, aus dem Staub gemacht. Susanne wollte alles erst mit ihrem Arzt abklären, bevor sie Alexander und Janine vor vollendete Tatsachen stellt.«

»Himmelherrgott!« Henrik schüttelte missmutig den Kopf. »Wenn ich das mal ganz offen sagen darf: Das war von euch beiden eine ziemlich bescheuerte Entscheidung.«

»Und dennoch die einzig richtige«, murmelte Carsten.

Eine ganze Weile schwiegen sie alle drei, so als ob sie erst einmal verdauen müssten, was gesagt worden und was geschehen war. Kathrin war die Erste, die sich erneut zu Wort meldete.

»Verzeih«, wandte sie sich an Carsten. »Ich würde gern noch das Ende deiner Geschichte hören. Wie ist es bei Susanne und dir dann weitergegangen? Warum sitzt du hier bei uns und nicht bei ihr?«

»Und wieso bist du vielleicht der Einzige, der ihr noch helfen kann?«, fügte Henrik hinzu.

»Susanne ist in der Klinik, wo man sie ein bisschen aufpäppelt. Mir haben sie jede Menge Blut abgenommen und eine Biopsie gemacht.«

»Bist du etwa auch krank?«, rief Henrik geschockt.

»Du willst Susanne eine Niere spenden, nicht wahr?«, sagte Kathrin leise.

Carsten nickte. »Ja. Mir war plötzlich klar, dass ich Susanne mehr helfen will, als nur tröstend ihre Hand zu halten. Ich habe zugestimmt, dass sie im Krankenhaus die ersten Tests machen. Und wir hatten Glück. Anders als bei Alexander sieht es bei mir gut aus. Obwohl natürlich noch jede Menge weitere Untersuchungen durchgeführt werden müssen, bevor wir Gewissheit haben.«

»Bist du dir ganz sicher?« Henrik wusste nicht, ob er die Entscheidung des Freundes guthieß.

»Wenn sämtliche Voraussetzungen stimmen, werde ich spenden.« Carsten klang gefasst und gleichzeitig entschlossen.

»Ich bewundere deinen Mut. Und wünsche dir alles Glück dieser Erde. Dir und Susanne.« Kathrin schenkte ihm ein wässriges Lächeln.

»Oh Mann.« Henrik raufte sich das Haar. »Hättest du dir keine andere Frau aussuchen können, mit der du eine Beziehung eingehst?«

»Ich habe nicht gesucht und trotzdem gefunden«, antwortete Carsten philosophisch.

»Hast du schon einen Termin?«

»Nein. Ich schätze, dass ich vorher nach Hamburg fahren werde, um ein paar Dinge abzuklären und zu erledigen.«

»Was für ein Tag«, stöhnte Henrik.

»Er ist noch nicht zu Ende«, sagte Carsten. »Ich habe Neuigkeiten für dich. Wichtige Neuigkeiten.«

»Ich weiß nicht, ob ich die hören möchte«, protestierte Henrik. »Ich bin hundemüde.«

»Du willst sie unbedingt hören«, versicherte ihm Carsten. »Es geht um die Corpsbrüder in Heidelberg.«

Henrik war mit einem Schlag wieder hellwach. »Was hast du herausgefunden?«

»Zwischen den Untersuchungen hatten wir viel Gelegenheit zu reden. Auch über die Vergangenheit«, sagte Carsten. »Da ist Susanne eingefallen, dass Bertram damals mit drei Kommilitonen enger befreundet war.«

»Maximilian Leithold, Pascal Ott und wer noch?« Kathrin schaute ihn fragend an.

»Ein gewisser Robert Brunner, der damals in Heidelberg Medizin studierte. Brunner ist inzwischen in seinem Metier ein ganz großes Tier, wie ich gegoogelt habe. Er hat eine Professur an der Uni Freiburg inne, empfängt allerdings auch Patienten in seiner eigenen Praxis. Und die liegt, ihr werdet es kaum glauben, nicht weit von hier auf dem Schlossberg.«

»Du machst jetzt keine Witze, oder?«, fragte Henrik misstrauisch.

»Nein. Ich weiß um den Ernst der Lage.«

»Was ist dieser Brunner für ein Arzt? Oder für ein Professor?«

»Ich hatte in der Klinik die Gelegenheit, ein paar Schwestern und einen Assistenzarzt dezent nach Brunner befragen zu können. Sie sind vor lauter Ehrfurcht fast auf die Knie gefallen«, erzählte Carsten. »Brunner ist eine Koryphäe im Bereich Psychiatrie und Psychosomatik bei Kindern und Jugendlichen. Insbesondere bei schwer traumatisierten Kindern kann er anscheinend mit seiner Therapie fast Wunder bewirken. Außerdem setzt er sich für Flüchtlingskinder aus aller Welt ein.«

»Der Brunner ist also ein völlig anderes Kaliber als Hübner, Maximilian und Ott«, stellte Kathrin fest.

»Die können ihm bei Weitem nicht das Wasser reichen. Professor Brunner steht aktuell auf der Vorschlagsliste für das Bundesverdienstkreuz.«

»Puh, das nenne ich mal eine steile Karriere«, sagte Henrik.

»Und doch hat er, wenn ich die Vorkommnisse richtig deute, eins mit den drei ehemaligen Freunden gemeinsam: Er befindet sich in tödlicher Gefahr.«

»So sehe ich es auch.« Carsten nickte. »Deshalb war es mir so wichtig, euch zu treffen. Meine Geheimnistuerei um mich und Susanne zu beenden.«

Henrik stand auf. »Hast du vielleicht die Adresse von Brunners Praxis?«

»Klar doch.« Carsten reichte ihm einen gelben Post-it-Zettel. »Hat mir eine der Schwestern aufgeschrieben. Brunner hat übrigens heute Nachmittag Sprechstunde.«

Henrik stand auf.

»Was hast du vor? Wo willst du hin?«, fragte Kathrin besorgt.

»Ich gehe Professor Brunner warnen«, sagte Henrik und setzte sich in Bewegung.

23

Brunners Villa, in der er auch seine Praxis hatte, zeugte von gediegener Eleganz, gutem Geschmack und einem üppigen finanziellen Polster. Ein Teil des Gartens war mit einem schulterhohen Gitterschutzzaun aus Metall abgetrennt, hinter dem hoch wuchernde Büsche den Blick ins Garteninnere versperrten. Henrik konnte Wasserplätschern vernehmen, das, wie er annahm, von einem Gartenteich oder Pool herkam. Ein Hund fing an zu kläffen, als er die Auffahrt entlangging, und er konnte kurz ein kleines weißes Fellbündel zwischen den Büschen ausmachen. Ein schmiedeeisernes Hinweisschild zeigte ihm, dass sich Brunners Praxis im linksseitigen Nebentrakt des Hauses befand. Vor den Praxisräumen war Kies für einen Parkplatz aufgeschüttet worden, auf dem bei seiner Ankunft nur ein einziges Auto stand.

Henrik runzelte die Stirn. Wo war ihm der alte silberfarbene Subaru schon einmal aufgefallen? Das Fahrzeug kam ihm bekannt vor. Nachdenklich öffnete er die Praxistür und trat in einen lichtdurchfluteten Raum mit Terrakottafliesen und einem Empfangsbereich aus hellem geölten Kiefernholz. Grünpflanzen und Fotos mit Naturszenen verbreiteten eine heimelige Atmosphäre. Ein großes Mobile aus Muscheln und Federn hing von der Decke und schaukelte sanft in der Brise, die durch ein geöffnetes Fenster ins Innere drang. Alles wirkte proper und aufgeräumt. Henrik hoffte, dass man ihn mit seinem zerknitterten T-Shirt und der verwaschenen Jeans nicht sofort des Raumes verweisen würde. Er setzte ein Lächeln auf und wandte sich an die Sprechstundenhilfe, die ihn hinter ihrem großen Computerbildschirm unverhohlen musterte.

»Ich würde gern Professor Brunner sprechen«, sagte er.

»Haben Sie einen Termin?«

»Nein. Ich bin nicht krank. Ich möchte den Professor in einer privaten Angelegenheit sehen.«

Die Gesichtszüge der Sprechstundenhilfe verhärteten sich. »Schicken Sie ihm eine E-Mail und fragen Sie, ob und wann er Zeit für Sie hat. Doch ich befürchte, dass Sie sich in Geduld werden üben müssen. Der Professor ist ein viel beschäftigter Mann.«

»Davon habe ich gehört. Deshalb dachte ich mir, dass ich es ganz spontan versuche. Der Professor ist doch hier, nicht wahr?«

»Er behandelt gerade eine Patientin.«

»Es macht mir nichts aus zu warten. Bitte, die Angelegenheit duldet keinen Aufschub.«

»Der Professor hat heute noch eine Abendveranstaltung«, versuchte die Sprechstundenhilfe nochmals, ihn abzuwimmeln.

»Ich werde ihn nicht davon abhalten. Ich möchte höchstens eine Viertelstunde mit ihm reden, und dann bin ich auch schon wieder weg.« Henrik nahm demonstrativ auf einem der weich gepolsterten Ledersessel Platz.

»Wie Sie meinen«, erwiderte die Sprechstundenhilfe schmallippig und fing an, mit Wucht auf die Tastatur einzutippen.

Henrik gehörte ganz offensichtlich nicht zu der Klientel, die hier geschätzt wurde. Er musterte die auf dem Glastisch ausliegenden Zeitschriften. Es handelte sich ausschließlich um Wellness- und Psychologiemagazine, die sich an eine Zielgruppe im Erwachsenenalter richteten. Hatte Carsten nicht eben gesagt, dass Brunner Facharzt für Psychiatrie und Psychosomatik im Kindesalter war? Hier im Empfangsraum zeugte nichts von Kindern oder davon, dass sich jemand mit ihnen beschäftigte. Vielleicht hat Carsten ja etwas falsch verstanden, dachte Henrik. In dem Moment öffnete sich die Tür rechts neben der Empfangstheke, und eine Frau trat heraus. Henrik glaubte, seinen Augen nicht zu trauen. Die Frau schien ebenso erstaunt, denn sie blieb wie angewurzelt stehen.

»Sie schon wieder«, murmelte sie. Es hörte sich anklagend an.

Henrik schnellte aus dem Sessel und ging auf Janine Hübner zu. »Was machen Sie denn hier?«, fragte er unverblümt.

»Ich hatte einen Behandlungstermin«, sagte Janine und begann, mit dem Fuß zu wippen.

»So ein Zufall«, meinte Henrik und fragte sich, ob es tatsächlich einer war.

Janine schien sich wieder gefangen zu haben, denn sie rückte den Bügel ihrer Handtasche zurecht und straffte die Schultern. »Ich muss los.«

»Wissen Sie, dass Ihre Mutter hier in der Klinik ist?«, platzte es aus Henrik heraus.

»Sie hat mich angerufen.« Das Fußwippen hatte erneut eingesetzt, und Janines Augen flackerten.

»Leiden Sie etwa auch unter Nierenproblemen? Sind Sie deswegen bei Professor Brunner?«, erkundigte sich Henrik. Und fragte sich gleichzeitig, wie ein Psychiater und Psychosomatiker bei einem solchen Krankheitsbild helfen könnte. Wäre da nicht eher ein Nephrologe oder Urologe angebracht?

»Bei mir wurde als Kind ADHS diagnostiziert. Mein Vater hat mich damals zu Dr. Brunner gebracht. Wir kennen uns schon lange, er ist wie ein Freund für mich.« Janine ließ wiederholt den Bügelverschluss ihrer Handtasche auf- und zuschnappen.

»Okay.« Henrik wusste nicht recht, wie er auf die Informationen reagieren sollte. Er sah keinen direkten Zusammenhang zwischen Brunners Gefährdung und der Tatsache, dass Janine seine Patientin war. Für ihn war nur wichtig, Brunner früh genug zu warnen.

Janine hatte sich zwischenzeitlich in Bewegung gesetzt und schon fast die Eingangstür erreicht. Da drehte sie sich noch einmal um.

»Sie können aufhören.«

»Womit aufhören?«

»Nachforschungen anzustellen.«

»Sie meinen zu Ihrem Vater?«

»Ja, ich kündige den Vertrag.«

»Ihr Bruder hat auch unterschrieben«, rief ihr Henrik ins Gedächtnis.

»Lassen Sie uns in Ruhe«, fauchte Janine, knallte die Tür ins Schloss und war verschwunden.

Henrik benötigte ein paar Sekunden, um die Begegnung zu verdauen. Dann schritt er kurzerhand zur Tat. Ehe die Sprechstundenhilfe ihn daran hätte hindern können, war er auch schon in den Behandlungsraum gestiefelt. Der Professor saß an einem ultramodernen Schreibtisch und machte sich ein paar handschriftliche Notizen. Er hielt inne und hob den Kopf. Henrik musste ihm zugutehalten, dass er nicht sonderlich erstaunt aussah. Eher neugierig. Höchstwahrscheinlich war er Patienten mit bizarrem Auftreten gewöhnt. Henrik setzte ein freundliches Lächeln auf, fischte seine Karte aus der Hosentasche und legte sie auf den Schreibtisch.

»Mein Name ist Henrik Richtersen, ich bin Privatdetektiv.«

»Ach tatsächlich? Benötige ich etwa einen Spürhund auf zwei Beinen?« Brunner zog amüsiert die Mundwinkel hoch und setzte die Lesebrille ab.

»Nicht direkt, aber ich möchte Ihnen einen Rat geben.«

»Ohne dass ich Sie darum gebeten habe?« Brunner musterte ihn eindringlich.

So wie er es bei seinen Patienten tut, dachte Henrik und fühlte sich sofort ein wenig unwohl. Er konnte sich des Eindrucks nicht erwehren, dass der Professor die Gabe besaß, tief in ihn hineinzublicken. Von dem Mann ging eine gewisse Aura aus. Er weckte den Wunsch, sich ihm zu offenbaren, Dinge auszuplaudern, die man ansonsten lieber totschwieg. Henrik beschloss, schleunigst zur Sache zu kommen und dann wieder zu verschwinden.

»Ich habe Grund zur Annahme, dass Ihr Leben in Gefahr ist.«

»Wie meinen Sie das?« Brunners Stimme klang ein wenig gepresst.

»Genauso wie ich es sage.«

Brunner wies mit der Hand auf einen der beiden Loungestühle, die vor dem Schreibtisch platziert waren. »Nehmen Sie Platz.« Er stand auf, schloss die Tür und griff zum Telefonhörer.

»Frau Staffl, ich möchte in der nächsten halben Stunde nicht gestört werden.« Dann wandte er sich erneut Henrik zu. »Wer hat es, Ihrer Meinung nach, auf mich abgesehen?«

»Das kann ich zurzeit nicht mit Sicherheit sagen«, musste Henrik gestehen.

Brunner reagierte souverän. Er machte keine Anstalten, das zu tun, was die meisten an seiner Stelle getan hätten. Er lachte weder laut auf, noch unternahm er einen Versuch, Henriks Behauptung als unwahr oder erfunden abzutun. Er wirkte ernst und gefasst.

»Ich nehme an, Sie haben Beweise?«

»Ja, die habe ich, und dazu werde ich gleich kommen. Vorher möchte ich jedoch noch etwas abklären, weil ich diesbezüglich persönlich involviert bin. Ich habe eben auf dem Flur Janine Hübner getroffen. Ist es richtig, dass sie eine Patientin von Ihnen ist?«

»Ja, ich kenne Janine schon seit der Grundschule«, antwortete Brunner, ohne zu zögern. »Ihr Vater und ich, wir waren einst Studienfreunde. Als bei Janine gesundheitliche Probleme auftraten, war es selbstverständlich, dass ich mich auf Bitten ihres Vaters ihrer annahm. Inzwischen haben wir ein sehr enges Verhältnis, das über das von einem Arzt zu seiner Patientin hinausgeht. Manchmal habe ich das Gefühl, dass sie wie eine Tochter für mich ist. Eine eigene war mir leider nie vergönnt.«

»Apropos Tochter«, wagte Henrik nachzuhaken. »Man hat mir gesagt, dass Ihr Fachgebiet psychische Erkrankungen bei Kindern sind. Aber Ihre Praxis ist doch wohl eher für Erwachsene ausgelegt.«

»Richtig.« Brunner nickte. »Kinder und Jugendliche betreue ich mit meinem Team an der Uniklinik in Freiburg. Wir haben dort die größte Fachabteilung in Deutschland. Das hier ist dagegen ausschließlich eine Privatpraxis für Erwachsene.«

»Wie es Janine inzwischen ist.«

»Ja.«

»Ich nehme an, dass Sie über den gewaltsamen Tod ihres Vaters informiert sind?«

»Selbstverständlich, Janine ist zu mir gekommen und hat es mir unter Tränen erzählt. Der Schock hat sie fürchterlich mitgenommen. Ich musste ihr Beruhigungsmittel verschreiben. Aufregung dieser Art ist für ihre Erkrankung das reinste Gift. Da muss man die Medikation ganz neu justieren. Große psychische Belastungen sind bei dem Krankheitsbild, das Janine zeigt, leider immer mit Rückschritten verbunden.« Brunner klang sachlich nüchtern, doch in seinen Augen glaubte Henrik, Traurigkeit zu erkennen.

»Hat Janine Hübner Ihnen erzählt, dass inzwischen ein weiterer Toter und ein Verletzter aus dem Freundeskreis ihres Vaters zu beklagen sind?«

»Nein, davon weiß ich nichts.« Brunner wirkte erstaunt.

»Das habe ich mir gedacht«, sagte Henrik, gab mit wenigen Worten wieder, was sich ereignet hatte, und erklärte, dass er von Alexander und Janine als Privatdetektiv beauftragt worden war. »Da Sie wie Pascal Ott und Maximilian Leithold einst mit Bertram Hübner befreundet waren, ja sogar derselben Studentenverbindung angehören und deren Tattoo tragen«, Henrik wies auf das Wappen auf Brunners Handrücken, »befürchte ich, dass Sie ebenfalls ins Visier des Mörders geraten. Oder bereits geraten sind«, schloss er.

Brunner schwieg ein, zwei Minuten, schien ganz in Gedanken versunken. Dann räusperte er sich. »Ich habe, ehrlich gesagt, Schwierigkeiten zu verstehen, warum mir mit einem Mal jemand nach dem Leben trachten sollte. Ich habe mich stets bemüht, Gutes zu tun, den Menschen zu helfen, der Wissenschaft zu dienen. Außerdem habe ich seit Jahrzehnten keinen Kontakt mehr zu meinen ehemaligen Kommilitonen.«

»Auch nicht zu Bertram Hübner?«

»Nein. Ich war nach dem Studienabschluss schnell so beschäftigt, dass ich den Mitgliederversammlungen der Heidelbergensis fernblieb. Bertram und ich, wir hatten von Janine einmal abgesehen keine Berührungspunkte. Und nachdem er wusste, dass seine Tochter bei mir in guten Händen ist, hat er sich aus allem herausgehalten. Ich habe ihn seit Ewigkeiten nicht mehr getroffen.«

»Hat Hübner seine Tochter nicht gefahren, wenn sie zu Ihnen in die Praxis kam? Breisach liegt von Sasbachwalden aus ja nicht gerade um die Ecke.«

»Meistens hat die Oma das übernommen. Später dann auch Bertrams Frau. Und inzwischen ist Janine alt genug, um sich selbst hinters Steuer zu setzen. Manchmal bleibt sie sogar über Nacht.«

»Allein? Oder mit ihrem Bruder?«

»Allein. Die anderen Mitglieder von Bertrams Familie kenne ich höchstens vom Sehen.«

»Hm.« Henrik schwieg einen Moment. Er dachte über das nach, was Brunner berichtet hatte.

»Ich weiß Ihre Ehrlichkeit und Ihre Besorgnis um mich zu schätzen«, unterbrach Brunner seine Grübeleien. »Doch ich glaube nicht, dass ich es tatsächlich mit der Angst bekommen muss. Dass Bertram und Maximilian Opfer eines Verbrechens geworden sind, tut mir natürlich leid. Aber das hat nichts mit mir zu tun.«

»Das sehe ich anders«, widersprach Henrik. »Ich bin mir mittlerweile sicher, dass der Mörder sehr zielstrebig vorgeht und nichts dem Zufall überlässt. Und ich befürchte, dass er eine Art Liste abarbeitet. Auf der Sie jetzt, wo Hübner und Leithold aus dem Weg geräumt worden sind und Ott vorgewarnt worden ist, an erster Stelle stehen. Ich kann Ihnen nur raten, äußerst vorsichtig zu sein.«

»Was sollte ich Ihrer Meinung nach tun?«

»Wie wäre es mit einer längeren Urlaubsreise? Bis die Polizei den Mörder gefasst hat. Oder ich herausgefunden habe, wer dahintersteckt«, schlug Henrik vor. Obwohl ihm Janine gerade eben den Laufpass gegeben hatte, dachte er nicht im Traum daran, seine Ermittlungen einzustellen. Er würde den Mörder finden. Das war er Alexander und sich selbst schuldig.

»Unmöglich«, protestierte Brunner. »Ich kann meine Patienten nicht im Stich lassen. Wir behandeln seit drei Wochen eine Gruppe schwer traumatisierter Jugendlicher aus den Flüchtlingslagern auf den griechischen Inseln. Die benötigen meinen vollen Einsatz.«

»Sie werden ihnen nicht helfen können, wenn Sie selbst durch einen Angriff traumatisiert sind oder nicht mehr unter den Lebenden weilen«, gab Henrik zu bedenken.

Brunner setzte die Brille wieder auf. »Das Risiko werde ich eingehen müssen. Meine Patienten stehen für mich an erster Stelle.« Er erhob sich und streckte Henrik die Hand entgegen. »Danke, dass Sie sich die Mühe gemacht haben, mich zu warnen.«

»Passen Sie gut auf sich auf. Und sollten Sie noch einen Rat brauchen, Sie haben ja meine Karte.«

»Komm, lass uns ein Eis essen gehen«, schlug Kathrin am nächsten Nachmittag vor. Noch immer lag eine unangenehme Schwüle in der Luft.

»Was mache ich mit dem Papierkram?« Henrik wies auf die Stapel von Blättern und Formularen und den Laptop auf seinem Sitzgruppentisch. Seit acht Uhr in der Früh versuchte er, der vernachlässigten und daher keinen Aufschub duldenden Büroarbeiten Herr zu werden.

»Erledigst du später«, antwortete Kathrin pragmatisch. »Der Bürokram wird dir schon nicht weglaufen.«

»Haha.« Henrik zog eine Grimasse.

»Ich habe eben lange mit Gitta telefoniert«, sagte Kathrin. »Sie werden übermorgen wieder am Werratalsee eintreffen. Es wird Zeit, dass ich mich um Finn kümmere. Ich habe schon ein schlechtes Gewissen.«

»Hast du denn den Eindruck, dass er sich nicht wohlfühlt?«

»Nein, er genießt jede Sekunde mit Aksel und Freja. Sie feiern abends oben im Alkovenbett Pyjamapartys. Mit Chips, Süßigkeiten und Getränken. Was ich ihm so nie erlauben würde. Und Mads hat ihm doch tatsächlich das Schnorcheln beigebracht.«

»Dann sind deine Schuldgefühle fehl am Platz.«

»Mag sein, aber er fehlt mir«, gestand Kathrin. »Nur noch drei Wochen und er muss zurück nach Schweden, zu seinen Großeltern.«

Henrik klappte den Laptop zu. »Also gut, ich schmeiße die Dachklimaanlage für Leo an, und wir gönnen uns ein Eis. Du zahlst.«

»Darüber müssen wir noch reden«, erwiderte Kathrin lachend.

Zehn Minuten später machten sie sich auf den Weg. Am Marktplatz in der Unterstadt erstand Kathrin zwei prall gefüllte Eistüten, die sie im Gehen schleckten.

»Und jetzt?«, fragte Henrik, nachdem er sich die klebrigen Finger an einem Papiertaschentuch abgewischt hatte.

»Jetzt müssen wir die Kalorien wieder abarbeiten.«

»Oh nein. Du willst doch wohl nicht, dass ich die Stufen zum Münsterplatz noch einmal hochkraxele«, empörte sich Henrik. »Das habe ich gestern dreimal hintereinander getan.«

»Dann wird dir ein viertes Mal nicht schaden«, meinte Kathrin und eilte voraus.

»Diese Frau bringt mich über kurz oder lang um«, grummelte Henrik und trottete hinterher.

Als sie oben angekommen waren, lehnten sie sich im Schatten der Kastanienbäume gegen die Balustrade und ließen den Blick über die Ebene schweifen.

»Eigentlich wollte ich noch nach Frankreich hinüberfahren, etwas Käse und diese leckere Nusssalami kaufen«, sagte Kathrin. »Doch ich werde es zeitlich nicht schaffen.«

»Wann willst du los?«

»Morgen direkt nach dem Frühstück. Ich habe mehr als vierhundertfünfzig Kilometer Strecke vor mir, und die A 5 ist chronisch verstopft. Höchstwahrscheinlich schaffe ich es gar nicht in einem Rutsch. Töfftöff ist ja nicht mehr der Jüngste.«

»Bleibt es bei unseren Plänen für Ende September? Wollen wir uns am Kaiserstuhl treffen?«

»Von mir aus gern.«

»Ich hoffe nicht, dass mir ein neuer Auftrag einen Strich durch die Rechnung machen wird«, sagte Henrik. »Oder dass ich diesen bis dahin noch immer nicht gelöst haben werde«, fügte er düster hinzu.

»Wenn Carsten und ich dich von morgen an in Ruhe lassen, wird es bei dir flutschen.«

In dem Moment drang eine laute, schrille Frauenstimme zu ihnen herüber. Sie drehten sich um und schauten in Richtung der hoch aufragenden Westfassade des Münsters. Versuchten zu erkunden, woher die aufgeregt klingende Stimme kam.

»Guck mal. Da ist Janine Hübner. Mit Professor Brunner«, sagte Henrik leise.

»Hast du mir gestern nicht erzählt, dass er ihr Arzt ist? Schon ein bisschen ungewöhnlich, eine Sprechstunde vor dem Stephansmünster abzuhalten.«

»Er ist nicht nur ihr Arzt. Sie sind auch befreundet, hat sie gestern gesagt.«

»Wie innige Freundschaft sieht mir das aber nicht aus«, wandte Kathrin ein.

»Kommt mir auch ein bisschen seltsam vor.« Henrik bugsierte Kathrin hinter den Stamm einer der Kastanien.

Sie sahen zu, wie Janine auf Brunner einredete. Dabei schienen ihre Arme ein Eigenleben zu entwickeln und wedelten wie wild gewordene Windmühlenflügel vor Brunners Gesicht herum. Der Arzt versuchte, die junge Frau an den Handgelenken zu packen, doch Janine gelang es, ihm geschickt auszuweichen.

»Aus, Schluss, vorbei. Ich lasse das nicht mehr mit mir machen«, hörten Henrik und Kathrin sie schreien.

Brunner antwortete leise etwas, das die beiden nicht verstanden. Seine Worte schienen Wirkung zu zeigen, denn Janine ließ die Arme sinken und blieb ruhig stehen. Ihr Gesicht wirkte mit einem Mal wie versteinert. Brunner fasste sie an der linken Schulter und machte Anstalten, sie an sich zu ziehen. Doch sie sperrte sich und senkte das Kinn auf die Brust. Henrik glaubte zu erkennen, wie ihre Unterlippe zitterte, so als ob sie kurz davorstünde, in Tränen auszubrechen.

»Lass uns besser gehen«, flüsterte Kathrin.

»Ja«, stimmte Henrik zu.

In dem Moment sah er, wie Janines Kopf hochruckte. Sie fasste mit der rechten Hand in ihre Handtasche, die sie an einem Ledergurt über der Schulter trug, und näherte sich Brunner. So weit, dass sie direkt vor ihm zum Stehen kam.

»Haben die beiden was miteinander?«, fragte Kathrin. »Sie erinnern mich an ein lang verheiratetes Ehepaar, das Zoff hat.«

»Nein, ich bin mir sicher, dass Brunner sich Janine nie auf diese Weise nähern würde. Er hat gestern auf mich einen durch und durch seriösen Eindruck gemacht, er ist Arzt aus Berufung, ein Philanthrop. Doch er hat auch zugegeben, dass er väterliche Gefühle für sie hegt. Sie kennen sich schon eine Ewigkeit.«

»Dann ist es wohl eher wie bei Finn und mir, nur auf einer anderen Ebene. Wenn Finn partout nicht ins Bett will, reagiert er manchmal auch mit körperlicher Überaktivität, rennt wie ein aufgescheuchtes Huhn hin und her. Es dauert meist eine Weile, bis es mir gelingt, ihn einzufangen und zu beruhigen.«

»Mutter sein ist nicht immer einfach«, merkte Henrik mit einem Grinsen an.

»Möchtegern-Vater sein auch nicht«, konterte Kathrin und wies mit dem Kinn auf Brunner und Janine.

Brunner hatte wieder angefangen, eindringlich auf Janine einzureden, schien seinen Argumenten durch entsprechende Handzeichen mehr Gewicht verleihen zu wollen. Plötzlich stoppte er mitten in der Bewegung. Sein Gesicht nahm einen verblüfften Ausdruck an, und er fasste sich an die Brust. Dann sank er wie in Zeitlupe auf die Knie, machte mit dem Oberkörper eine halbe Rechtsdrehung, fiel zu Boden und blieb gekrümmt liegen.

»Er hat einen Herzinfarkt«, rief Henrik und preschte los. Kathrin zog geistesgegenwärtig ihr Handy hervor und wählte den Notruf. Henrik stieß Janine, die wie zu Eis erstarrt neben dem Professor stand, unsanft zur Seite und beugte sich hinunter.

»Nicht wegdämmern, bleiben Sie wach. Können Sie mich hören?«

Brunners Augen flackerten, und er gab ein leises Stöhnen von sich.

»Versuchen Sie, ruhig zu atmen. Der Rettungswagen wird gleich hier sein.«

Henrik lockerte Brunners Krawatte, um ihm mehr Luft zu verschaffen. Dabei richtete er die Augen auf Brunners Brustkorb und stutzte. Auf der Höhe des Herzens breitete sich auf dem hellgrauen Kurzarmhemd ein Blutfleck aus. Henrik verlor keine Zeit damit, die Hemdknöpfe umständlich einen nach dem anderen zu öffnen. Er griff mit beiden Händen in den Ausschnitt und riss das Hemd auseinander. Aus einer klaffenden Schnittwunde quoll Blut. Henrik befreite Brunner von dem Hemd, knüllte es zu einer Kugel zusammen und presste es auf die Wunde. Von irgendwoher aus der Unterstadt konnte er die Sirene eines Rettungswagens vernehmen. Kathrin hatte sich neben Brunner auf den Boden gekniet und hielt seine Hand.

»Er atmet nur noch ganz flach«, sagte sie.

»Verdammt. Der Notarzt soll sich beeilen.« Henrik hob den Kopf und schaute suchend um sich. Erst jetzt sah er das blutige Messer, das Janine in der Hand hielt.

»Warum?«, fragte er perplex.

Janine ließ das Messer fallen, sodass es klirrend auf das Pflaster fiel. Dann rannte sie los, am Westportal des Stephansmünsters vorbei. Sie schlängelte sich durch eine Gruppe von Touristen, die vor dem Rathaus auf eine Führung warteten, und bog nach links in die Kapuzinergasse ab.

»Kümmerst du dich weiter um ihn?«

Kathrin nickte stumm.

Henrik spurtete los.

24

Janine hatte einen deutlichen Vorsprung, doch Henrik war besser trainiert. Die bis zum Schlossberg fast schnurgerade verlaufende Kapuzinergasse bot ihm eine gute Sicht auf die Fliehende. Auf der Höhe des Franziskaner Klostergartens wurde Janine langsamer und warf einen ängstlichen Blick nach hinten. Ein Fehler, denn Henrik holte auf.

»Bleiben Sie stehen, das hat doch keinen Sinn«, brüllte er.

Janine ließ ihre Handtasche fallen und rannte weiter. Henrik machte sich nicht die Mühe, die Tasche aufzuheben, das könnte später die Polizei erledigen. Janine steigerte ihre Geschwindigkeit, doch Henrik konnte locker mithalten. Die Kohlehydrate, mit denen ihn das Eis versorgt hatte, gaben ihm einen Energieschub. Er wusste, dass es nur eine Frage von ein, zwei Minuten war, bis er sie eingeholt hätte. Doch die Panik schien Janine Flügel zu verleihen, ihr gelang es, das Tempo nochmals zu steigern. Sie schoss über die Kreuzung zwischen der Kapuzinergasse und der Tullagasse und hielt sich rechts, so als wolle sie im angrenzenden Panoramahotel Unterschlupf suchen.

Henrik war ihr hart auf den Fersen, doch ein Pulk von E-Bikern, der vom Augustinerberg her hochkam, zwang ihn zum Anhalten. Keuchend und innerlich vor Wut schäumend musste er ausharren, bis die Biker weitergefahren waren und die Kreuzung wieder freigegeben hatten. Gehetzt versuchte er auszumachen, wo Janine abgeblieben war. Versteckte sie sich etwa im Hotelinneren? Zwischen all den Gästen, die auf der verglasten Terrasse ein Eis oder ein Stück Kuchen genossen? Aber würde man dort nicht sofort auf die verschwitzte und völlig aufgelöste Frau aufmerksam werden? Sie kurzerhand des Hauses verweisen oder die Polizei herbeirufen, fragte er sich. Dieses Risiko wollte Janine sicherlich nicht eingehen. Henrik rannte weiter geradeaus und durch die schmale Gasse, die direkt zum

Eingangsbereich der Breisacher Festspiele auf dem Schlossberg führte. Auf dem von Bäumen beschatteten Streifen zwischen der überdachten Zuschauertribüne und der Freilichtbühne hielt er kurz inne, um sich zu orientieren. Die Bühne unterhalb des aus rotem Sandstein gemauerten Tullaturms lag verlassen vor ihm. Auf der Tribüne konnte er ebenfalls keine Menschenseele entdecken. Bis auf Vogelzwitschern war alles still.

Verdammt noch mal, wo war Janine? Henrik blieb keine andere Wahl, als das Festspielareal nach ihr abzusuchen. Er hielt sich rechts und rannte den schmalen Pfad entlang, an dessen Außenrand ein fast mannshoher Zaun gezogen worden war, weil das Gelände von dort aus steil nach unten abfiel. Eine verwitterte kreisrunde Hinweistafel auf einem schmiedeeisernen Stehtisch zeigte an, welche Städtchen und Berghöhen sich auf der gegenüberliegenden Rheinseite befanden. Neben einem steinernen Monument zu Ehren der Gefallenen des dritten Jägerregiments luden zwei Bänke zum Ausruhen ein. Von der Grillstelle des Vereinsheims der Festspiele strömte ihm ein leichter Geruch nach verglühten Holzkohlen und erhitztem Fett entgegen, so als ob die Festspielgemeinschaft dort vor Kurzem ein Grillfest veranstaltet hätte.

Heute war niemand von den Akteuren zugegen. Und auch von Janine fehlte jede Spur. Hatte sie ihm doch entkommen können, fragte sich Henrik bang. Er rannte weiter, alle seine Sinne waren geschärft. Der Zaun, der als Absturzsicherung diente, endete. Stattdessen war eine etwa hüfthohe Mauer mit einem darauf entlanglaufenden Schutzgeländer aus Metall angebracht worden. Der Pfad wurde breiter. Er war mit feinem Kies bedeckt. Es konnte nicht mehr weit sein, und er hätte das Festspielgelände umrundet, wäre wieder an der Freilichtbühne angekommen.

In dem Moment vernahm er einen Laut, der sich wie ein Schluchzen anhörte. Und dann sah er sie: Janine saß rittlings auf dem Geländer und starrte in die Tiefe. Henrik stoppte.

»Tun Sie das nicht«, sagte er leise.

Ein Zittern durchlief den Körper der jungen Frau. Ihre

Hände umklammerten das Geländer so fest, dass ihre Knöchel sich weiß abzeichneten. Dennoch hatte sie in der äußerst unbequem wirkenden Position schon ein wenig Schieflage bekommen. Tränen liefen ihr über das von der Anstrengung gerötete Gesicht.

»Ich komme jetzt langsam näher und helfe Ihnen, sicher vom Geländer runterzukommen«, verkündete Henrik.

»Nein.«

»Ich werde Sie vorsichtig an den Schultern fassen und Sie zu mir heranziehen. Sie unterstützen, bis Sie wieder festen Boden unter den Füßen haben.«

»Bleiben Sie, wo Sie sind.«

»Ich werde Ihnen nichts tun«, versprach Henrik.

Janines Kopf ruckte hoch und wieder hinunter. Ihr Oberkörper schwankte.

»Sie wollen das nicht wirklich tun.«

»Doch.«

»Denken Sie an Ihren Bruder und vor allem an Ihre Mutter. Die braucht Sie jetzt.«

»Nein.«

»Sie sind noch jung, haben viele Jahre vor sich. Gute Jahre.«

»Im Gefängnis?« Janine gab ein verächtliches Schnauben von sich.

»Ja, Sie haben Professor Brunner verletzt. Das war falsch, und dafür werden Sie sich vor Gericht verantworten müssen. Möglicherweise müssen Sie eine Haftstrafe absitzen. Aber danach liegt noch Ihr ganzes Leben vor Ihnen.«

»Ich komme da nie wieder raus.«

Henrik war es gelungen, von ihr unbemerkt, zwei Schritte näher zu kommen. »Ich kann mir gut vorstellen, dass die Situation für Sie gerade ausweglos erscheint. Aber das ist sie nicht, glauben Sie mir.«

Janine schwieg.

»Sie haben sicherlich im Affekt gehandelt. Mit guter Führung werden Sie ruckzuck wieder aus dem Gefängnis entlassen sein.

Aber nur, wenn Sie jetzt vom Geländer absteigen und mit mir kooperieren.«

»Sie können mich nicht zwingen.«

»Das werde ich nicht. Mein Ehrenwort.« Henrik hob beide Hände.

»Ich lass mich nie wieder zwingen«, sagte Janine mit gepresster Stimme.

»Es ist ganz allein Ihre Entscheidung«, beteuerte Henrik.

»Er wollte es einfach nicht verstehen«, schluchzte Janine.

»Wer? Brunner?«

»Ja, Robert. Und mein Vater auch nicht«, fügte sie nach einer kurzen Pause hinzu.

»Was haben die beiden nicht verstanden?«

»Alles.«

Janine löste die linke Hand vom Geländer, höchstwahrscheinlich in der Absicht, sich die Tränen von den Wangen zu wischen. Die unbedachte Bewegung führte dazu, dass sich ihr Oberkörper weiter in Richtung Abgrund neigte. Henrik war kurz davor loszuspringen, doch Janine schaffte es, die Hand ans Geländer zu bringen und sich wieder in der Waage zu halten. Ihr Gesicht war totenblass geworden.

Verdammt, das war knapp gewesen. Henrik stieß erleichtert den Atem aus. Wie könnte er es nur schaffen, an sie heranzukommen, bevor sie sich den Berg hinunterstürzte? Ihm blieben nur zwei Möglichkeiten: Entweder er setzte alles auf eine Karte, hechtete ohne Vorankündigung auf sie zu und versuchte, sie rechtzeitig vom Abgrund wegzuzerren. Oder er verfolgte weiter seine bisherige Taktik, sie durch gutes Zureden zum Aufgeben zu bewegen. Henrik entschied sich für Letzteres.

»Sagen Sie mir, was ›alles‹ bedeutet.«

»Die vielen Tabletten und die Spritzen. Ich will die nicht mehr, die tun mir nicht gut.«

»Haben Sie das mit Professor Brunner diskutiert?«

»Andauernd.« Janines Stimme klang verächtlich. »Sogar eben noch vor dem Münster. Doch er hat sich geweigert.«

»Nun, er ist Ihr Arzt, kennt seit Langem Ihr Krankheitsbild.«

»Vor einem halben Jahr habe ich eine Frau kennengelernt. Sie war mir sofort sympathisch, und wir sind miteinander ins Gespräch gekommen. Fast so, wie Freundinnen es tun. Sie hat mir geraten, eine Selbsthilfegruppe aufzusuchen.«

Janine schien plötzlich das Bedürfnis zu verspüren, sich ihren Kummer von der Seele zu reden und sich Henrik zu offenbaren. Er tat nichts, um sie zu stoppen. Denn reden war für ihn tausendmal besser, als hilflos anschauen zu müssen, wie ihr Körper am Fuße des Schlossbergs zerschellte.

»Und, haben Sie es gemacht?«, fragte er im Plauderton.

»Ja, heimlich. Meine Familie und Robert sollten nichts davon mitbekommen.«

»Das war sicherlich sehr mutig von Ihnen.«

»Ich war verzweifelt. Hatte das Gefühl, die Kontrolle über mein Leben zu verlieren. Vielleicht habe ich sie nie wirklich gehabt. Meine ADHS und die Medikamente haben mich zu einem Menschen gemacht, der ich nicht sein sollte. Sein wollte.«

»Und wie hat Professor Brunner darauf reagiert?«

»Zuerst verständnisvoll. Er hat mir vorgeschlagen, dass ich mich aus der Medikation langsam herausschleiche. Um dem Körper die Chance zu geben, sich daran zu gewöhnen.«

»Hört sich für mich nach einer vernünftigen Vorgehensweise an.«

»Er hat sich aber nicht an unsere Abmachung gehalten.« In Janines Stimme klang erneut Verzweiflung mit. »Robert hat mir andere Präparate verschrieben. Hat behauptet, dass sie weniger stark wären. Doch statt besser fühlte ich mich immer schlechter, hatte dauernd Zuckungen am ganzen Körper und war im Kopf ständig wie benebelt.«

»Eine Eingewöhnungsphase?«, vermutete Henrik.

»Nein. Mit Ach und Krach habe ich es nochmals geschafft, zur Gruppe zu fahren, um Hilfe zu bitten. Jemand von den anderen Teilnehmern hat meine Medikamentenliste seinem Arzt gezeigt. Und der, der hat gesagt, dass es für mein Krankheitsbild die falschen sind und ich total überdosiert bin.«

Janine schluchzte erneut auf und schaute mit gerunzelter Stirn über die Dächer der Unterstadt. Henrik nutzte die Gelegenheit, sich ihr um weitere zwei Schritte zu nähern.

»Haben Sie Brunner mit den Aussagen des anderen Arztes konfrontiert?«

Janine wandte ihm den Kopf zu. »Ja. Doch er hat alles abgestritten. Hat gesagt, dass der andere Arzt meine Krankheitsgeschichte nicht kennt. Dass er mich nicht persönlich untersucht hat.«

»Haben Sie die Medikamente von da an noch geschluckt?«

»Ja. Ich wusste doch nicht, was passieren würde, wenn ich sie auf einmal absetzen würde. Ich habe befürchtet, dass ich mich ohne Medikamente nicht mehr fokussieren kann. Dass ich noch hektischer, noch unkoordinierter werde. Nicht mehr Auto fahren und arbeiten kann. Ich wollte nicht alles verlieren.«

»Warum sind Sie nicht zu einem anderen Arzt gegangen?«

»Das wollte ich ja«, sagte Janine leise. »Gleich nachdem ich von der Geschäftsreise zurückgekommen wäre, wollte ich mir einen anderen Arzt suchen.«

Henrik horchte auf. »Welche Geschäftsreise?«

»Die nach Eschwege. Mit meinem Vater.«

Henrik glaubte, seinen Ohren nicht zu trauen. »Sie hatten mir bei unserer ersten Begegnung doch gesagt, dass Sie Ihrem Vater zum Abschied zugewunken haben. Dass er allein im Auto saß.«

Janine schwieg ein paar Sekunden. »Das war eine Lüge. Wir sind zusammen losgefahren. Weil er gesagt hat, dass er mich in dem Zustand nicht allein lassen kann. Dass ich eine Zumutung für die Allgemeinheit bin.«

»Was meinte er damit?«

»Mein Vater war wie Robert der Meinung, dass ich die Tabletten weiterhin zu schlucken hätte. Dass ein Absetzen oder eine Reduzierung überhaupt nicht in Frage kämen. Ich glaube sogar, dass sie sich abgesprochen hatten.«

»Ihr Vater stand mit Brunner noch in Kontakt?«, fragte Henrik verdutzt. Der Professor hatte doch genau das Gegenteil behauptet.

»Ja, natürlich.«

Henrik spürte, wie sich sein Puls beschleunigte. Verdammt noch mal, was war mit den Hübners nur los? Es kam ihm so vor, als ob er von Anfang an einem Netz von Lügnern und Betrügern aufgesessen wäre. Alle in der Familie bogen die Wahrheit so zurecht, wie sie sie brauchten. Um sich selbst oder jemand anderen zu schützen? Oder um was zu verbergen?

»Kommen Sie vom Geländer runter«, sagte er barscher, als er eigentlich beabsichtigt hatte.

»Ich kann nicht.«

»Doch, Sie können.«

Henrik streckte die rechte Hand aus. Zwischen seinen Fingerspitzen und denen von Janine lagen nur wenige Zentimeter. Gleich habe ich sie, dachte er.

»Sie verstehen nicht, es ist alles meine Schuld«, wimmerte Janine und beugte sich nach rechts. Sie geriet ins Rutschen. Und fiel. Dem sicheren Tod entgegen.

»Nein!«, brüllte Henrik und sprang vorwärts. Seine Hände griffen ins Leere. Doch er sah, dass sich Janine, wahrscheinlich durch eine instinktive Bewegung im Fallen ausgelöst, von außen an das Absturzgeländer klammerte. Henrik packte sie oberhalb der Handgelenke und zog.

»Versuchen Sie, sich mit den Füßen an der Mauer abzustützen«, presste er zwischen den Zähnen hervor.

Janine war schwerer, als er vermutet hatte. Seine Finger wurden von der Anstrengung schwitzig, und er befürchtete, dass sie ihm entgleiten würde. Er mobilisierte all seine Kraftreserven und brachte es fertig, sie Millimeter für Millimeter weg vom Abgrund und über das Geländer zu ziehen. Sie fiel mit dem Gesicht vorweg auf die Kiesfläche und brach in Tränen aus. Ihr

Schluchzen steigerte sich zu lautem Weinen und innerhalb von wenigen Sekunden zu verzweifeltem Schreien. Henrik wusste sich nicht anders zu helfen, als sie von hinten in die Arme zu schließen und wie ein verängstigtes Kleinkind hin und her zu wiegen.

»Alles gut, alles gut«, flüsterte er. Nach Minuten, die ihm wie eine halbe Ewigkeit vorkamen, beruhigte sich Janine spürbar.

Henrik glaubte, es wagen zu können, seine Umklammerung ein wenig zu lockern, um nach dem Handy zu greifen.

»Ich rufe jetzt einen Krankenwagen.«

»Nein, nein, nein.« Janine wand sich wie ein Aal in seinen Armen, sodass er wieder fester zupackte.

»Sie brauchen Hilfe«, sagte er. »Wir können doch nicht ewig so hier sitzen bleiben.«

»Ich will es Ihnen erzählen«, brachte Janine keuchend hervor. »Jetzt sofort.«

»Okay, ich bin ganz Ohr«, versicherte er.

»Mein Vater hat darauf bestanden, dass ich ihn begleite«, begann Janine mit tonloser Stimme. »Ich habe noch versucht, Ausreden zu finden, doch vergeblich. Er hat eigenhändig meine Sachen gepackt und mich gezwungen, ins Auto zu steigen.«

»War er ständig so dominant?«

»Ja, ich kenne ihn nicht anders. Er war immer sehr streng. Alexander durfte meist alles, ich nichts. Er hat es mit meiner Krankheit begründet. Hat gesagt, dass ich nicht richtig im Kopf sei und dass er sich um mich kümmern müsse, damit ich der Familie keine Schande mache.«

Henrik war geschockt. »Wie alt waren Sie, als er das gesagt hat?«

»Elf oder zwölf.«

»Starker Tobak für ein Kind.«

»Ich hatte stets das Gefühl, dass ich ihm nichts recht machen kann. Selbst als ich regelmäßig zu Robert ging, die Medikamente nahm. In den Augen meines Vaters war ich eine Versagerin, vielleicht auch eine Irre, die überwacht werden muss.«

»Hatten Sie keine Unterstützung durch Ihre Mutter?«

»Meine Mutter interessierte nicht, was mein Vater tat, sie war viel zu sehr mit sich selbst beschäftigt. Ich vermute, sie hat mich irgendwann ebenfalls einfach abgeschrieben.«

»Also sind Sie unter Zwang mit Ihrem Vater nach Eschwege gefahren«, stellte Henrik fest. »Was ist dort geschehen?« Er hatte bereits so eine Ahnung, wie die Antwort lauten würde.

»Mein Vater hatte diese kleine Ferienwohnung außerhalb des Ortes angemietet. Am nächsten Tag wollte er einige Restaurants in der Region besuchen, hatte Proben unserer Weine mit dabei. Meine Aufgabe wäre es gewesen, die richtige Auswahl zu präsentieren und die Bestellungen zu notieren. Ansonsten wurde von mir erwartet, dass ich den Mund hielt und mich unauffällig benahm. Also nicht wegen meiner ADHS austickte.«

»Und? Sind Sie ausgetickt?«

»Anfangs nicht. Doch dann kam am Abend das Gespräch wieder auf meine Medikamente. Ich habe nochmals gesagt, dass ich sie verändern und teilweise absetzen will.«

»Das gefiel Ihrem Vater nicht.«

»Nein. Er hatte außerdem schon was getrunken und ich auch. Manchmal helfen mir zwei, drei Gläser Wein, ruhiger zu werden. Ich bin dann in die Badewanne gegangen.«

»Und Ihr Vater?«

»Der ist nach einer Viertelstunde ins Bad gepoltert und hat mich angeblafft, dass ich mich beeilen solle, er wolle duschen.«

»Sind Sie seiner Forderung nachgekommen?«

»Was blieb mir anderes übrig? Ich habe mich in ein Handtuch gehüllt und bin flott raus aus der Wanne. Dabei ist einiges vom Badewasser auf den Boden geschwappt.«

»Ist Ihr Vater nicht rausgegangen, damit Sie sich in Ruhe anziehen konnten? Sie sind eine erwachsene Frau.«

»Nein, er blieb stehen und hat mich gemustert, so von oben bis unten. Und dann hat er gemeint, dass ich ihm wahrscheinlich sein Leben lang auf der Tasche liegen würde. Weil so eine, wie ich es bin, keiner freiwillig haben will.« Janine schluchzte erneut auf.

Henrik überkam das dringende Bedürfnis, Bertram Hübner noch posthum eins auf sein dummdreistes Maul zu geben. »Das war gemein und entspricht nicht der Wahrheit. Das hätte Ihr Vater nicht sagen dürfen.«

»Ich war mit einmal so wütend«, gestand Janine. »Die beruhigende Wirkung des Weins war total verpufft. Und da habe ich ihn angeschrien und ihm gesagt, dass ich, wenn ich nur endlich von den Medikamenten loskäme, ein anderer Mensch wäre. Dass er schuld ist, wenn ich wie ein Zombie rumrenne. Doch er hat nur gelacht.«

»Und dann?«

»Bin ich mit den Fäusten auf ihn losgegangen. Ich habe gegen seine Brust getrommelt und ihm gegen die Schienbeine getreten. Er hat versucht, sich zu wehren, doch er hatte bestimmt schon eine Flasche Wein intus, war ein bisschen wackelig auf den Beinen. Und dann ist er auf dem nassen Fußboden ausgerutscht. Ist mit dem Hinterkopf auf den Badewannenrand geknallt, auf die Bodenfliesen gerutscht und hat sich nicht mehr gerührt.«

»Gütiger Himmel«, entfuhr es Henrik. Was wie ein kaltblütiger Mord ausgesehen hatte, war in Wirklichkeit ein tragischer Unfall gewesen. Aber wie war Hübner vom Bad der Ferienwohnung in den See gelangt? Und wieso hatte sie ihn in Einzelteile zerlegt? »Warum haben Sie nicht den Notruf gewählt? Warum haben Sie keine Hilfe herbeigeholt?«

»Ich hatte Angst, dass sie mich beschuldigen, meinen Vater umgebracht zu haben.«

Und das nicht ohne Grund, dachte Henrik. »Haben Sie wenigstens versucht, ihn wiederzubeleben?«

»Ich weiß nicht, wie lange ich eine Herzmassage gemacht habe.« Janine klang erschöpft. »Irgendwann musste ich mir eingestehen, dass er tot war. Und dass ich ihn auf dem Gewissen habe.«

»Wie ist es weitergegangen? Haben Sie ihn in die Badewanne

verfrachtet, ein Messer aus der Küche geholt und ihn zerstückelt, um ihn danach im See zu entsorgen?«

»Nein, nein, so war es nicht«, wimmerte Janine.

»Wie war es dann? Erzählen Sie es mir.«

»Ich bin eine ganze Weile in der Wohnung rumgetigert. Wusste nicht, was ich tun sollte. Schließlich habe ich Robert angerufen.«

»Robert Brunner?«

»Ja, er war der Einzige, an den ich mich wenden konnte. Ich hatte doch sonst niemanden.«

Vor Henrik taten sich Abgründe auf. War der honorige Professor, der für das Bundesverdienstkreuz vorgeschlagen worden war, ein Mittäter? Klebte an seinen Händen genauso viel Blut wie an denen von Janine?

»Ist Brunner zu Ihnen gekommen?«

»Ja, er war so gegen drei Uhr in der Früh da. Er hat mir versichert, dass alles halb so schlimm wäre und dass er sich kümmern würde. Dann hat er mich ins Bett gebracht und mir eine Beruhigungsspritze gegeben. Ich bin sofort weggedämmert. Als ich am Nachmittag wieder aufwachte, war in der Wohnung keine Spur mehr von meinem Vater. Robert hat mich zu sich nach Hause mitgenommen und mich mit Tabletten und Spritzen aufgepäppelt. Hat mich kaum aus den Augen gelassen. Seine Frau war in Urlaub in ihrer Ferienwohnung am Gardasee.«

»Wollen Sie damit sagen, dass Sie zu dem Zeitpunkt überhaupt nicht wussten, was letztendlich mit Ihrem Vater geschehen war?«

»Nein, ich habe es erst später von meiner Mutter erfahren. Und da hat es mich total kaltgelassen. Wahrscheinlich haben die Tabletten alles abgedämpft.«

»Haben Sie mit Brunner darüber geredet?«

»Nein, dazu ging es mir nicht gut genug.«

»Warum haben Sie sich nicht der Polizei anvertraut, als es Ihnen wieder besser ging?«

»Mir ging es ja nicht besser«, schniefte Janine. »Es wurde

immer schlimmer. Ich kam mir ständig vor wie komplett weggetreten, so als ob eine Wand zwischen mir und dem richtigen Leben stünde. Derart neben der Spur hatte ich mich noch nie gefühlt. Es gibt Tage, an die kann ich mich überhaupt nicht erinnern.«

»Hat Professor Brunner nichts unternommen, um Ihnen zu helfen?«

»Doch, er hat mir viele Präparate gespritzt. Vitamine, Mineralstoffe und andere Mittel, damit ich wieder auf die Beine komme. Und er hat mir versichert, dass ich nichts zu befürchten hätte. Er hat vorgeschlagen, dass wir die Geschehnisse in der Nacht einfach abhaken und vergessen. Ein paar Tage hat es auch funktioniert. Solange ich bei Robert war, er sich um mich gekümmert hat. Aber irgendwann wurde mir wohl im Unterbewusstsein klar, dass ich niemals würde vergessen können. Weil …« Janine brach erneut in lautes Weinen aus.

»Weil?«, drängte Henrik.

»Weil noch mehr passiert ist«, brachte Janine unter Schluchzen hervor. »In Eschwege, das war doch erst der Anfang. Seitdem ist so viel Schreckliches geschehen.«

Ihre letzten Worte waren für Henrik nur schwer zu verstehen, weil das Weinen sich zu einem hysterischen Kreischen gesteigert hatte.

»Was ist geschehen?«, brüllte Henrik.

»Fragen Sie Robert.« Janine verdrehte die Augen und verlor das Bewusstsein.

25

Knapp eine Woche später hatte Henrik die Gelegenheit, genau das zu tun. Robert Brunner war von der Intensivstation auf die chirurgische Station verlegt worden und ansprechbar. Vor Brunners Krankenzimmer war ein Polizeibeamter stationiert, der freundlich grüßte. Henrik war, nachdem sich das Team des herbeigerufenen Rettungswagens um Janine gekümmert hatte, sofort zur Polizeistation in Breisach gelaufen und hatte Bericht über die Vorfälle erstattet. Inzwischen kooperierte er mit den Kommissaren der Kriminalinspektion in Freiburg, die ebenso wie er daran interessiert waren, den Fall so schnell wie möglich aufzuklären. Bevor Henrik das Krankenzimmer betrat, zupfte er seine Jacke zurecht.

»Das habe ich schon seit Ewigkeiten nicht mehr gemacht«, sagte er zu dem Beamten. »Ich hoffe, Brunner bekommt meine Verkabelung nicht spitz.«

Die Polizeitechniker hatten ihm ein winziges Mikrofon und einen Sender angelegt, damit sie sein Gespräch mitverfolgen konnten. Ein mit Hightech vollgestopfter Überwachungswagen stand auf dem Parkplatz des Klinikgeländes.

»Bestimmt nicht, die Kollegen haben das perfekt getarnt«, versicherte ihm der Beamte.

Henrik klopfte kurz an die Tür und trat ein. Brunner sah, wie er einräumen musste, noch immer mitgenommen aus, obwohl er dank des hochgestellten Kopfteils fast aufrecht im Bett saß und ihm zur Begrüßung ein schwaches Lächeln schenkte.

»Ich hätte doch besser auf Sie hören und mir eine Auszeit nehmen sollen«, sagte er.

»Ja, das hätten Sie wohl. Obwohl ich nicht damit gerechnet hatte, dass der Angriff auf Sie ausgerechnet aus der Richtung kommt. Ich hatte da eine andere Vermutung.«

Brunner seufzte laut auf. »Sie glauben nicht, wie mich das

mitnimmt. Dass gerade Janine sich gegen mich richtet, mich beinahe tödlich verletzt, hätte ich nie im Leben vermutet. Doch ich kann ihr nicht wirklich böse sein. Die Arme war an dem Tag völlig verwirrt. Das passiert manchmal, wenn die Aufmerksamkeitsdefizit- und Hyperaktivitätsstörung im Erwachsenenalter noch stark ausgeprägt ist und die Medikamente nicht optimal eingestellt sind.«

»Darf ich?« Henrik zeigte auf den Stuhl, der neben dem Bett stand.

»Selbstverständlich.«

Er nahm vorsichtig Platz. »Waren Sie es nicht, der dafür sorgte, dass die Medikation nicht Janines Zustand entsprach?«, fragte er.

»Wie meinen Sie das?« Auf Brunners blassen Wangen erschienen zwei rote Flecken.

»Janine hat mir vor ihrem Zusammenbruch anvertraut, dass sie die Medikamente langfristig umstellen und reduzieren wollte. Dass sie sich wie ein Zombie fühlte und das schnellstens zu ändern gedachte.«

»Ach, Janine hatte schon öfter so krude Ideen.« Brunner tat Henriks Vorwurf mit einer Handbewegung ab. »Sie glaubt, aus welchen Gründen auch immer, dass sie geheilt wäre. Frommes Wunschdenken, denn ADHS ist nicht heilbar. Man kann es mit Medikamenten, die die Botenstoffe Dopamin und Noradrenalin im Gehirn freisetzen, und anderen Präparaten unter Kontrolle bringen. Doch ADHS ist ein chronisches Krankheitsbild. Janine wollte das partout nicht akzeptieren.«

»War es vielleicht nicht genau andersherum? Könnte es nicht so gewesen sein, dass Sie Angst hatten, die Kontrolle über Janine zu verlieren?«

Brunners Oberkörper schnellte ein Stück nach vorn, dann lehnte er sich mit schmerzverzerrtem Gesicht wieder gegen die Kissen. »Was reden Sie da für einen Blödsinn. Ich wollte nicht über sie bestimmen, ich wollte ihr helfen. Janine liegt mir am Herzen, hat sie schon immer getan.«

»Haben Sie deshalb auch die fein säuberlich zerteilte Leiche ihres Vaters im Werratalsee entsorgt?«

»Ich soll was gemacht haben?« Brunner sah sichtlich geschockt aus.

»Janine hatte einen Streit mit ihrem Vater, der aus dem Ruder lief. Dabei fiel Bertram Hübner so unglücklich, dass er sich, wie ich vermute, das Genick brach. In ihrer Panik hat sich Janine an Sie gewandt. Sie sind noch in der Nacht nach Eschwege gefahren und haben dafür gesorgt, dass die Leiche Ihres ehemaligen Studienfreundes verschwindet. Ein beinahe perfekter Plan. Bis die abgetrennte Hand von Hübner an einem Angelhaken landete.«

»Das glauben Sie doch selbst nicht«, spie Brunner aus.

»Doch, tue ich.«

Brunner seufzte nochmals theatralisch auf. »Ich hatte eben schon klargestellt, dass Janine wegen der nicht optimal eingestellten Medikamente unter einem verwirrten Geisteszustand leidet. Wenn sie Ihnen so etwas erzählt hat, dann entspricht das nicht der Wahrheit, das sind die Trugbilder eines kranken Gehirns. Ich muss es wissen, ich bin schließlich Psychiater und Neurologe.«

»Wollen Sie mir weismachen, dass Janine ihren Vater selbst zerstückelt hat? Wie ein Stück Wildbret zerlegt hat? Vielleicht in der Badewanne? Oder in der Küche? Und dann hat sie die Leichenteile in Plastiktüten gepackt, sie eine nach der anderen ins Auto getragen, ist an den See gefahren und hat sie hineingeworfen? Wie soll eine Frau in dem Zustand, den Sie mir eben geschildert haben, das bewerkstelligen?«

»Es kommt durchaus vor, dass bei neurologisch Kranken in Stresssituationen enorme Kräfte freigesetzt werden. Sie wachsen dann buchstäblich über sich hinaus«, erwiderte Brunner seelenruhig. »Aber haben Sie schon einmal daran gedacht, dass ihr jemand zur Hilfe gekommen sein könnte? Vielleicht ihr Bruder?«

»Sie streiten also weiterhin ab, dass Sie in der betreffenden Nacht in der Ferienwohnung am Werratalsee waren?«

»Ja, ich hatte in Freiburg Dienst.«

»Ich habe mich erkundigt«, sagte Henrik. »Sie haben ein Studio-Apartment auf dem Klinikgelände, wo Sie sich, wenn keine Notfälle eintreten, aufs Ohr hauen können. Am Abend, an dem Hübner starb, war es nach Aussagen Ihrer Kollegen auf Ihrer Station sehr ruhig. Da hätten Sie durchaus die Gelegenheit gehabt, sich wegzuschleichen und nach Eschwege zu fahren. Die Autobahnen sind nachts leer, Sie haben ein schnelles Auto.«

»Und Sie haben zu viel Phantasie«, konterte Brunner.

»Wie kommt es dann, dass in Ihrem Auto Blutspuren aufgefunden wurden?«, bluffte Henrik. »Die Spurensicherung konnte sie durch den Einsatz von Luminol sichtbar machen. Haben Sie es in der Hektik unterlassen, alle Päckchen mit Leichenteilen akribisch zu verschließen?«

Brunner schien nichts aus der Ruhe zu bringen. »Mein Nachbar ist Jäger. Und wenn ich Zeit und Lust habe, gehe ich mit ihm auf die Pirsch. Er hat vor Kurzem eine Wildsau erlegt, und da sein Auto an dem Abend nicht ansprang, haben wir meins genommen. Die Spurensicherung wird nach der Untersuchung des Blutes bestätigen, dass ich die Wahrheit sage.«

Henrik musste sich zwingen, nicht die Beherrschung zu verlieren und ruhig auf dem Stuhl sitzen zu bleiben. Brunner war aalglatt und um keine Ausrede verlegen. »Nochmals: Sie bleiben dabei, dass Sie nie am Werratalsee waren?«

»Wenn es mich an einen See zieht, dann ist es der Gardasee. Das Klima und Ambiente gefallen mir dort besser als in Mittelhessen.«

»Waren Sie vor Kurzem mal zur Kur? Oder auf einem Kongress in einer Kurstadt?«

»Was soll die blöde Fragerei, bei der Sie von Hölzchen auf Stöckchen kommen?«, brauste Brunner auf. »Ich habe in ein Gespräch mit Ihnen nur eingewilligt, weil ich Ihnen danken wollte. Für die vorherige Warnung und Ihren Einsatz auf dem Münsterplatz. Wenn ich gewusst hätte, dass Sie mich hier quasi an den Pranger stellen, hätte ich meine Zustimmung nicht gegeben. Außerdem bin ich erschöpft, ich muss mich schonen.« Henrik ließ sich nicht abwimmeln und zog einen Gegenstand aus der Jackentasche. »Kennen Sie dieses Metalldöschen?«

Brunner kniff die grauen Augenbrauen zusammen und musterte das Objekt, das Henrik ihm auf der ausgestreckten Handfläche entgegenhielt.

»Nie gesehen«, sagte er schließlich.

»Welche Erklärung haben Sie dann dafür, dass sich Ihre Fingerabdrücke auf dem Döschen befinden?«, wollte Henrik mit einem süffisanten Lächeln wissen.

Die Frage schien Brunner kurzzeitig aus dem Konzept zu bringen, denn er hatte weniger schnell eine Antwort parat und konterte mit einer Gegenfrage.

»Was ist in dem Döschen?«

»Darin befinden sich unter anderem Spuren von Medikinet adult, einem Medikament zur Behandlung von ADHS im Erwachsenenalter mit dem Wirkstoff Methylphenidat. Sollte Ihnen bekannt sein.«

»Sicher, das ist neben Ritalin eins der meistverschriebenen Präparate bei ADHS.«

»Das Döschen gehört Janine, sie bewahrte darin ihre Medikamente für unterwegs auf.«

»Gut möglich, ich kann mich allerdings nicht daran erinnern.« Brunner zuckte mit den Schultern.

»Interessant ist, dass ich das Döschen im Kurpark von Bad Krozingen gefunden habe. An einem Tatort. Was hatten Sie dort zu suchen, Professor Brunner?«

»Ich war nie in Bad Krozingen.«

»Können Sie mir einen Grund dafür nennen, warum das Döschen, auf dem auch Ihre Fingerabdrücke zu finden sind, nur wenige Meter von dem Ort entfernt lag, an dem Maximilian Leithold ermordet wurde?«

Brunner zögerte. »Nein, außer vielleicht, dass Janine damit ebenfalls etwas zu tun hat.«

»Oh ja, das hat sie.« Henrik nickte. »Sie hat zwar nach ihrem Angriff auf Sie einen Nervenzusammenbruch erlitten, doch ihr Zustand hat sich dank der richtigen Medikamente«, diese beiden Worte betonte er besonders deutlich, »stabilisiert. Sie konnte dem ermittelnden Kommissar ein paar Angaben machen.«

»Es freut mich natürlich zu hören, dass es ihr besser geht.«

»Das wage ich zu bezweifeln«, sagte Henrik mit Sarkasmus in der Stimme. »Denn durch Janines erste, wenn auch kurze Aussage und die Medikamentenreste im Döschen tun sich für Sie Abgründe auf.«

»Nur weil ich das Döschen vielleicht mal in der Hand hatte? So ein Schwachsinn.«

»Nein, weil Sie es für Janine bestückt haben. Mit Medikinet, das für ihr Krankheitsbild durchaus angebracht ist. Aber auch mit einem Medikamentenmix, den Sie nicht für Janines Zwecke, sondern ausschließlich für Ihre eigenen zusammengestellt hatten.«

Brunners Augen flackerten kurz auf, dann gab er ein trockenes Lachen von sich. »Ich bin Arzt. In dieser Funktion stelle ich Medikamente nicht für mich, sondern für meine Patienten zusammen. Nun gut: Sollten Sie der Auffassung sein, dass es meine Absicht war, Janines Konstitution durch die gezielte Auswahl von erforderlichen Medikamenten zu verbessern … Ja, in dieser Hinsicht bekenne ich mich voll schuldig.«

»Ganz so, wie Sie behaupten, war es nicht, Professor Brunner«, hielt Henrik dagegen. »Janine hatte mehrere Tablettendosen in Gebrauch, die Sie eigenhändig über einen langen Zeitraum bestückt haben. Dadurch und durch die zusätzlichen Spritzen konnten Sie Janine so mit Medikamenten vollpumpen, dass sie zu einem willenlosen Wesen wurde. Wäre sie ein Tiger im Zirkus gewesen, wäre sie mit Ihrem Arzneicocktail im Blut durch jeden brennenden Reifen gesprungen, selbst wenn sie sich dabei das Fell angesengt hätte.«

»Das ist absurd«, begehrte Brunner auf.

»Dazu kam noch der psychische Druck, den Sie auf Janine

ausübten. Sie haben ihr keine Chance auf ein selbstbestimmtes Leben gelassen, hatten sie völlig unter Kontrolle. Sie war kein Tochterersatz für Sie, sondern Ihr Werkzeug.«

Brunner machte den Arm lang, um nach der Notfallklingel zu greifen.

»Das würde ich nicht tun«, sagte Henrik leise. »Soll das ganze Klinikum schon jetzt mitbekommen, dass der ehrenwerte Professor Brunner mehrere Menschenleben auf dem Gewissen hat?«

Brunner ließ die Hand sinken. »Ich bin kein Mörder.«

»Oh nein. Sie selbst haben sich die feinen Händchen nicht schmutzig gemacht«, stellte Henrik fest. »Das durfte Janine beziehungsweise das Wesen, das Sie aus ihr gemacht hatten, für Sie erledigen. Bis Janine aufbegehrte und Ihre Pillen nicht mehr wie Smarties einwerfen wollte.«

»Diesen hanebüchenen Unfug wird Ihnen niemand abnehmen. Sie haben keine Beweise, Sie werden mir das nicht anhängen können.«

»Da irren Sie, Professor. Die Kollegen aus Freiburg haben eine Erstaussage, aufgrund derer sie weiter ermitteln werden. Und glauben Sie mir: Janine wird nicht anders können, als sich alles von der Seele zu reden. Um noch irgendwie, ich vermute mal, mehr schlecht als recht, weiterexistieren zu können, muss sie die Wahrheit ans Licht bringen, reinen Tisch machen.«

»Soll sie doch!« Eine Ader pochte mit einem Mal an Brunners Schläfe, sein Gesicht und der Hals waren rot angelaufen. »Sie ist eine hinterlistige Mörderin.«

»Ja, wir können inzwischen wohl davon ausgehen, dass sie Leithold auf dem Gewissen hat und es auch bei Ott versucht hat«, stimmte Henrik vordergründig zu, um gleich die nächste Attacke zu starten. »Doch Sie tat es nicht aus persönlicher Mordlust oder aus Rache. Sie tat es, weil Sie sie dazu gebracht haben. Ich frage mich nur, warum. Warum mussten zwei Ihrer ehemaligen Studienfreunde, Corpsmitglieder, wie Sie es selbst sind, sterben? Warum haben Sie damit Ihre Zukunft aufs Spiel gesetzt? Jetzt, wo Sie praktisch auf dem Zenit stehen, das Bundesverdienstkreuz in Aussicht haben.«

»Genau das ist es ja«, brach es aus Brunner hervor. »Sie waren dabei, alles zu zerstören.«

»Leithold und Ott?«

»Leithold, Ott und Bertram.«

»Sagten Sie nicht bei unserem ersten Gespräch, dass Sie seit Jahrzehnten keinen Kontakt zu Ihren ehemaligen Kommilitonen hatten?«

»Das stimmte für einen langen Zeitraum auch. Und glauben Sie mir: Ich habe nicht darauf gedrängt, sie wiederzutreffen. Ganz im Gegenteil.« Brunner zog eine angewiderte Grimasse.

»Die drei sind auf Sie zugekommen?«

»Ja, nachdem wir uns viele Jahre nicht mehr gesehen oder gesprochen hatten. Mit Ausnahme von Bertram, der mich ab und zu wegen Janine anrief. Ich gehe davon aus, dass Leithold und Ott durch ihn die Sache mit dem Bundesverdienstkreuz spitzgekriegt haben.«

»Was haben sie gewollt?«

Brunner lachte bitter auf. »Was so Loser halt immer wollen: Geld, es ging immer nur ums Geld. Bertram war von der Idee besessen, sich mit seiner Eventgastronomie und diesem fürchterlichen Campinggedöns ein persönliches Imperium aufzubauen. Leithold hat mit meinen Zahlungen sein karges Beamtengehalt aufgebessert. Konnte sich endlich den Luxus leisten, nach dem er schon immer gierte.«

Der Professor hielt kurz inne, um durchzuatmen.

»Und Ott?«, drängte Henrik.

»Ott wollte bei Bertram mit einsteigen und brauchte dazu das notwendige Startkapital. Sein Kreditrahmen bei der Bank war völlig ausgeschöpft, da musste er sich eine andere Geldquelle suchen.«

»Die drei haben Sie ausgenommen wie eine Weihnachtsgans?«

»Ja, so war es.«

»Warum haben Sie sich nicht gewehrt? Was hatten die drei gegen Sie in der Hand, dass Sie so freimütig zahlten?«

Brunner fuhr sich mit dem Daumenballen über die Schläfe, dort, wo die Ader pochte. »Ein einziges Mal in meinem Leben habe ich einen Fehler gemacht. Dafür musste ich bitter büßen.«

»Leithold, Ott und Hübner wussten von Ihrem Fehler?«

»Ich war so blöd, mich ihnen anzuvertrauen. Aber damals im Studium waren wir alle oft zusammen, und ich hatte etwas zu viel getrunken. Da habe ich mir die Last von der Seele geredet.«

»Was ist damals geschehen?«

Der Professor schwieg eine Weile, so als ob er sich erst sammeln müsste. »Es war während eines dieser vielen klinischen Praktika, die ich im Studium absolvieren musste«, begann er schließlich zu erzählen. »Die Nacht war der reinste Horror, die Notaufnahme quoll über, der leitende Arzt hatte sich von jetzt auf gleich krankgemeldet, und wir, ein kleines Trüppchen aus Assistenzärzten und ich, wir mussten schauen, wie wir über die Runden kamen. Eine Patientin war kollabiert, ich musste ihr ein den Kreislauf stabilisierendes Mittel spritzen, und da habe ich das falsche Präparat erwischt. Es war der Stress, der Druck, die latente Müdigkeit, keine Absicht.«

»Hat die Frau überlebt?«

»Ja, aber sie hat dauerhafte Schädigungen davongetragen, ihre rechte Körperhälfte blieb gelähmt. Zum Glück hat das damals niemand mit meiner Medikamentengabe in Zusammenhang gebracht, es wurde am nächsten Tag ein Schlaganfall diagnostiziert. Nur ich, ich habe mich schuldig gefühlt. Und unter Alkoholeinfluss nicht den Mund gehalten.«

»Eine Fehlentscheidung, die sich die drei später zunutze machten.«

»Ja, sie haben mich mit dem Wissen erpresst. Im letzten Jahr verging kaum ein Monat, in dem nicht mindestens einer von ihnen mit einer Geldforderung auf der Matte stand.«

»Wieso sind Sie nicht schon früher auf die Idee gekommen,

sich Ihrer ehemaligen Studienfreunde zu entledigen? Warum haben Sie so lang gewartet?«

»Ich habe mich in meine Arbeit gestürzt, habe alles gegeben, um meinen jetzigen Patienten zu helfen, ihnen ein besseres Leben zu ermöglichen. Auf diese Weise glaubte ich, ein bisschen von meiner damaligen Schuld zu kompensieren. Doch dann stand das Bundesverdienstkreuz in Aussicht, und kurz darauf passierte die Sache mit Bertram. Mir kam es vor wie bei einem Dominospiel: Ein Stein war gefallen, daraufhin kippte der nächste um, und die anderen mussten unweigerlich folgen.«

»Sie waren also doch am Werratalsee und haben Hübners Leiche entsorgt.«

»Ja, natürlich.« Brunner seufzte. »Janine hatte mich völlig aufgelöst angerufen, von einem Unfall geredet und gedroht, sich etwas anzutun. Da musste ich doch losfahren.«

»Hat in der Klinik niemand Ihre Abwesenheit bemerkt?«

»Einer meiner Kollegen war mir noch einen Gefallen schuldig. Er hat dafür gesorgt, dass es so aussah, als ob ich die ganze Nacht in meinem Apartment gewesen wäre.«

»Wie praktisch«, sagte Henrik mit Sarkasmus in der Stimme. »Ich nehme an, dass derselbe Kollege Sie dann auch gedeckt hat, als Sie Janine ein falsches Alibi gegeben haben. Als Sie die Einweisungspapiere unterzeichnet und einen mehrtägigen Klinikaufenthalt vorgetäuscht haben.«

»Es schien mir das Sicherste. Für Janine und für mich.«

»Noch mal zurück zu Hübners tödlichem Unfall«, drängte Henrik. »Wollten Sie in dem Moment wirklich nur helfen? Janine schützen?«

»Ja, die anderen Gedanken sind mir erst gekommen, als ich Janine mit zu mir nach Hause genommen hatte. Da fing sie plötzlich wieder an, mir vorzuwerfen, dass ich ihr zu starke und falsche Medikamente geben würde. Sie hat mich angeschrien und gedroht, es der Ärztekammer zu melden. Da hat irgendetwas in mir klick gemacht. Ich wollte mich nicht länger erpressen lassen. Weder von Janine noch von ihrem Vater noch von Leithold und von Ott.«

»Wie ging es von da an weiter?«

»Ich habe mir bei Janines endloser Jammerei gedacht: Wenn du dich schon ständig über die Medikamente beschwerst, dann sollst du ab jetzt eine Dosis bekommen, die es wirklich in sich hat. Die mir hilft, aus der verhängnisvollen Situation unbeschadet herauszukommen. Die klinischen Studien, die ich an der Uniklinik absolvierte, waren mir dabei von großem Nutzen. Ich musste ein bisschen an der Zusammensetzung feilen, aber es hat letztendlich wunderbar funktioniert, besser als ich je zu hoffen gewagt hätte. Mit der richtigen Medikamentenauswahl konnte ich Janine steuern, ihr vorgeben, was sie zu tun und was sie zu lassen hatte. Sie war fast wie ein humanoider Roboter.«

»Und dann haben Sie sie auf Leithold angesetzt.« Henrik spürte, wie es ihn ekelte.

»Ja, ich habe mich bei Leitholds Kollegen in Maulbronn dezent erkundigt, wo er sein Wochenende zu verbringen gedachte. Daraufhin habe ich Janine ins Auto gepackt und bin mit ihr nach Bad Krozingen gefahren. Dort habe ich Leithold heimlich aufgelauert und Janine, als er uns den Rücken zugewandt hatte, mit dem Messer losgeschickt. Ich konnte ja nicht ahnen, dass sie so tollpatschig ist und das Döschen verliert.«

Henrik musste sich beinahe selbst Gewalt antun, um nicht aufzuspringen und den Professor am Schlafanzugkragen zu packen und zu würgen. Er atmete tief durch. »Und bei Ott lief es ebenso?«

»Ott war so blöd, sich über diese Maschine für die Beeren zu beugen. Ich glaube, er dachte, es hätte sich etwas darin verfangen. Janine musste ihm nur einen Schubs geben, und er lag kopfüber drin. Leider näherte sich genau in dem Augenblick sein Sohn, und ich musste Janine zurückpfeifen.«

Wie einen unterwürfigen Hund, dachte Henrik mit Schaudern. »Sind Sie allen Ernstes davon ausgegangen, dass Sie damit langfristig durchkommen?«

»Die Sache hat sich irgendwann verselbstständigt«, gestand Brunner. »Ich war wie im Rausch, glaubte, die Kontrolle über Janine für immer und ewig behalten zu können. Doch sie entglitt mir. Ich vermute, dass sie es irgendwie schaffte, nicht alle Tabletten einzunehmen. Vielleicht hat sie sie unter der Zunge versteckt und später ausgespuckt. Wie auch immer – die Wirkung war nicht mehr dieselbe, ich konnte sie nicht wie früher steuern.«

»Sie machte auf mich, von den Zuckungen und ihrem kapriziösen Benehmen einmal abgesehen, einen recht klaren Eindruck«, bemerkte Henrik.

»Ja, leider«, erwiderte Brunner. »Wie ich schon sagte: Mein Einfluss auf sie begann zu schwinden. Sie verbrachte auch wieder mehr Zeit zu Hause, als mir lieb war. Da hielt ich es für erforderlich, andere Saiten aufzuziehen. Ich habe ihr klargemacht, was passiert, wenn ich sie bei der Polizei anschwärze. Wenn ich sie als Mörderin entlarve. Auf dem Münsterplatz habe ich ihr ein Ultimatum gestellt, wollte sie zwingen, mit mir zurück in die Praxis zu gehen und sich von mir eine Spritze setzen zu lassen. Da ist sie mit dem Messer auf mich losgegangen.«

»Da haben Sie sozusagen eine Dosis Ihrer eigenen Medizin abbekommen«, stellte Henrik mit einem zynischen Lächeln fest.

»Sie war das perfekte Werkzeug«, murmelte Brunner. »Mit ihr hätte ich mir alle Probleme vom Hals schaffen können.«

»Ich befürchte, dass Sie inzwischen mehr Probleme haben, als Sie sich jemals hätten erträumen können.«

Brunner ließ den Kopf auf die Kissen sinken und drehte ihn zur Seite. Er wirkte ausgelaugt, am Ende seiner Kräfte.

»Eine Frage hätte ich noch.«

»Ja?« Brunners Stimme klang schwach.

»Warum haben Sie die Hände von Hübner in Lederhandschuhe gepackt?«

»Es waren meine Handschuhe, die ich bei der Jagd trage«, erklärte Brunner. »Ich hatte sie benutzt, um Bertrams Körper zu zerkleinern. Normale OP-Handschuhe schienen mir dafür nicht stabil genug. Dann wusste ich nicht, was ich mit ihnen machen sollte, und es erschien mir eine gute Idee, sie auf diese Weise mit im See zu versenken.«

»Leider haben Sie die Rechnung ohne das Schicksal gemacht, das in Form eines schwedischen Jungen mit einer Angelrute daherkam und die Ermittlungen ins Rollen brachte«, sagte Henrik und verließ das Krankenzimmer.

»Na, wie ist es gelaufen?«, fragte der wachhabende Beamte.

»Ich glaube nicht, dass Brunner noch ein einziges Mal einen Patienten behandeln wird«, antwortete Henrik. »Und das ist, wenn Sie mich fragen, auch verdammt gut so.«

26

»Auf Carsten«, sagte Kathrin und hob ihr Glas. Sie saßen im Wohnwagen von Nicole und Bernd auf dem Campingplatz am Werratalsee.

»Möge er schnell wieder fit werden und mit uns anstoßen können«, fügte Henrik hinzu.

»Ich glaube nicht, dass ich dazu den Mut hätte«, gestand Nicole.

»Liebe versetzt Berge«, sagte Bernd und gab ihr einen zärtlichen Nasenstüber.

»Oder Nieren«, konnte sich Kathrin nicht verkneifen und nahm einen Schluck vom Grauburgunder. »Lecker«, meinte sie anerkennend. »So allmählich entwickele ich ein Faible für Burgunderweine aus Deutschland.«

»Solang sie nicht gepanscht sind, lasse ich sie mir auch gefallen«, stimmte Henrik zu.

»War da was dran an eurer Theorie? Dass dieser zerstückelte Tote ...«, setzte Nicole, die schon einen kleinen Schwips hatte, an.

»Schsch.«

Bernd machte mit dem Kinn eine Bewegung in Richtung des Schlafzimmers, wo Finn lang ausgestreckt auf dem Bett lag. Der Abschied von Aksel und Freja war zwar nicht ohne Tränen auf beiden Seiten verlaufen, doch das ständige Herumtoben und die vielen Pyjamapartys forderten ihren Tribut. Finn schlief tief und fest.

»Ich meine, hat dieser Hübner seinen Wein nun gefakt oder nicht?«, beendete Nicole ihre Frage.

»Die hoch dotierten und preisgekrönten Burgunderweine nicht, dazu war er zu schlau«, antwortete Henrik. »Doch bei den Weinen, die er seinen Campinggästen vorsetzte, hat er tief in die chemische Trickkiste gegriffen. Die waren billige, aber gut schmeckende Plörre, die er zu überteuerten Preisen an den Mann und die Frau gebracht hat.«

»Wusste seine Familie etwas davon?«, fragte Kathrin und steckte sich eine Olive in den Mund.

»Ich bin mir da nicht so sicher«, gestand Henrik. »Alexander war mit anderen Dingen und wegen seiner nicht öffentlich eingestandenen Homosexualität auch viel mit sich selbst beschäftigt. Bei ihm gehe ich fest davon aus, dass er von Hübners Treiben nichts mitbekommen hat. Doch was Susanne und Janine betrifft, da hege ich so meine Zweifel. Entweder haben sie sein Tun geduldet, oder sie haben bewusst weggeschaut. Bei Janine kann ich mir auch vorstellen, dass sie verängstigt war, sich nicht traute, dem dominanten Vater Paroli zu bieten. Leider können wir sie beide derzeit nicht dazu befragen.«

»Janines Rolle in der ganzen Angelegenheit ist wirklich tragisch«, sagte Kathrin mitfühlend. »Erst die Krankheit, die sowohl von ihrem Vater als auch von Brunner schamlos ausgenutzt wurde. Und dann der Mord und ein Mordversuch, zu denen sie durch heimtückische Manipulation gedrängt wurde. Wie kann sie morgens noch in den Spiegel schauen, ohne daran erinnert zu werden? Wie kann sie ihr Leben, selbst wenn sie einen Großteil davon im Gefängnis verbringen muss, gestalten, ohne von Schuldgefühlen zerfressen zu werden?«

»Ich nehme an, dass sie einer konstanten psychologischen Betreuung bedarf«, meinte Bernd. »Ich könnte mir sogar vorstellen, dass sie suizidgefährdet ist.«

»Sachen gibt's, die gibt's gar nicht«, nuschelte Nicole in ihr Weinglas.

»Ja.« Kathrin nickte. »Aber inzwischen ist ja vieles geklärt, und wir kennen dank Henrik die Hintergründe. Ich bin so was von erleichtert, dass Carsten letztendlich nie wirklich in Gefahr war.«

»Nein, obwohl auch er einst Corpsmitglied war, stand er nicht auf Brunners To-do-Liste«, gab Henrik ihr recht. »Er hatte mit den Erpressungen ja nichts zu tun.«

Kathrin drehte ihr Weinglas nachdenklich zwischen den Händen. »Aber eins hast du uns bis jetzt noch nicht erklärt: Was ist mit der Sache im Kloster? Wie kommt bei allem der Mann mit der Sonnenbrille ins Spiel, und wer hat mich im Refektorium verletzt? Muss ich mir da weiter Sorgen machen?« Sie klang verunsichert.

»Nein, auch diesbezüglich gibt es Neuigkeiten«, beruhigte Henrik sie. »Der Angriff auf dich ging auf das Konto unseres Verwandlungskünstlers Lars Thiele. Mit ein bisschen Druck von der Polizei in Karlsruhe hat er munter geplaudert. Er hat dich verletzt, weil er dachte, dass wir zusammen sind und er mir auf diese Weise schadet.«

»Oh, habe ich da was verpasst?« Nicole gab der Freundin einen kurzen Hieb in die Rippen. »Du gibst mir Bescheid, wenn ich den Polterabend organisieren soll, nicht wahr?«

»Wir sind nur Freunde«, riefen Henrik und Kathrin wie aus einem Mund.

Doch Kathrin hatte rote Ohrenspitzen bekommen.

»Kathrin ist meine beste Undercoveragentin mit Töfftöff als Spezial-Ermittlungsfahrzeug«, fügte Henrik mit einem breiten Grinsen hinzu.

»Die deutsche Miss Bond im Oldtimer-Wohnmobil«, feixte Bernd.

»Ach was, das war doch alles nur Zufall, dass Finn und ich in die Angelegenheit hineingezogen wurden«, wehrte Kathrin ab. »Aber noch mal zurück zum Kloster. Ich habe da niemanden mit einer Mütze, wie du sie beschrieben hast, bemerkt.«

»Thiele hat sicherlich verschiedene Outfits benutzt. Vielleicht hatte er an dem Tag eine Kappe oder einen Schlapphut auf, um die Folgen seiner misslungenen Haartransplantation zu verbergen.«

»Ich kann mich beim besten Willen nicht erinnern«, gestand Kathrin. »Ich habe nur auf den Mann mit der Sonnenbrille geachtet. Was ist denn mit dem? Hast du über ihn was herausbekommen?«

»Da ich so gut wie keine Anhaltspunkte hatte, leider nicht«, bedauerte Henrik. »Doch ich gehe, ehrlich gesagt, inzwischen davon aus, dass er harmlos war.«

»Er hat uns beobachtet und verfolgt«, protestierte Kathrin.

»Ich glaube, dass ihr euch nur verfolgt gefühlt habt«, widersprach Henrik. »Überleg mal: Ihr wart beide nervlich ziemlich angespannt, habt sozusagen an jeder Ecke einen Schurken vermutet. Und der Typ mit der Sonnenbrille passte da perfekt ins Bild.«

»Du meinst, dass wir vor einem harmlosen Touristen geflohen sind?«, fragte Kathrin pikiert.

»Das passiert, wenn man zu viele Krimis schaut«, meinte Bernd mit einem Augenzwinkern.

»Ich weiß nicht recht …« Kathrin hatte ihre Skepsis anscheinend noch nicht ganz abgelegt.

»Carsten und du, ihr habt beide hinterher gesagt, dass er euch nicht ins Kloster gefolgt ist und dass ihr ihn danach auch nicht mehr gesehen habt. Ihr habt lediglich angenommen, dass er derjenige war, der dich verletzt hat. Zu Unrecht, denn Thiele hat ja gestanden.«

»Ich schlage vor, wir vergessen den ganzen Spuk jetzt mal und machen uns einen schönen Abend. Noch jemand einen Schluck Wein?« Bernd griff nach der Flasche.

»Müsst ihr immer so laut sein?« Finn war aus dem Bett gekrochen und stand gähnend vor dem Tisch.

»Wir wollten dich nicht wecken«, sagte Kathrin und zog den Jungen neben sich auf die Sitzgarnitur.

»Krieg ich eine Cola?«

»Um die Uhrzeit?«, empörte sich Kathrin.

»Aksel und Freja durften immer Cola trinken. Sogar mitten in der Nacht«, behauptete Finn. »Und das war keine Kindercola.«

»Ich hole dir ein Glas Orangensaft.« Nicole stand auf und ging zum Kühlschrank.

»Darf ich auch von den Erdnussflips?« Finn zeigte mit dem Zeigefinger auf das Schälchen.

»Von mir aus«, gab sich Kathrin geschlagen.

Finn schien mit einem Mal wieder hellwach. »Und was machen wir morgen?«, wollte er wissen. »Gehen wir nochmals auf dem See angeln?«

Henrik hob abwehrend die Hände. »Sorry, aber bei der Nummer bin ich raus. Mich kriegt keiner mehr auf ein Boot.«

»Manno.« Finn schob die Unterlippe vor und zog einen Flunsch.

»Ich habe heute auf einem Plakat gelesen, dass sie am Strandbad Stand-up-Paddle-Boards vermieten. Wollen wir das morgen mal ausprobieren?«, machte Bernd einen Vorschlag zur Güte.

»Klasse.« Finn war sofort Feuer und Flamme.

»Gib acht, dass du das Paddel nicht zu tief in den See eintauchst«, warnte Henrik. »Nicht dass wieder was aus dem Trüben auftaucht, das keiner wirklich sehen will.«

Bernd hielt das Weinglas, das er gerade zum Mund hatte führen wollen, in der Schwebe. »Okay. Ich bin dann doch eher für E-Scooter. Wir bleiben besser an Land«, verkündete er.

Die Erwachsenen brachen in Lachen aus.

»Ihr seid albern«, beschwerte sich Finn.

»Da hast du völlig recht«, sagte Kathrin und hauchte ihm einen Kuss auf die Nasenspitze.

Henriks und Kathrins Roadtrip zum Nachfahren

Henriks und Kathrins Roadtrip führt sie dieses Mal vom Werratalsee in Hessen nach Süddeutschland, wo sie wunderschöne Weinlandschaften und geschichtsträchtige Kulturgüter kennenlernen. Die beiden fahren sozusagen auf meinen Spuren, weil ich die Schauplätze vor dem Schreiben des Manuskripts mit dem eigenen Wohnmobil erkundet habe. Ein großes Dankeschön geht an alle Beteiligten, die meine Recherchetour unterstützt haben und von denen ich viel über die regionalen Gegebenheiten erfahren durfte. Die zahlreichen Gespräche, Tipps und der Austausch haben mir sehr dabei geholfen, aus einer Idee ein Krimimanuskript entstehen zu lassen.

Meinen Leserinnen und Lesern, von denen, wie ich weiß, viele in der Freizeit ebenfalls mit einem Campingfahrzeug unterwegs sind, wird es vielleicht Spaß machen, ein paar der Roadtripstationen von Henrik und Kathrin nachzufahren. Deshalb folgen hier nun die Angaben zu den Campingplätzen und Stellplätzen, die im Buch eine Erwähnung finden.

Knaus Campingpark und Reisemobil-Stellpark Eschwege
Am Werratalsee 2
37269 Eschwege
GPS-Daten: 51° 11' 30.5" N, 10° 04' 05.9" E
https://www.knauscamp.de/eschwege.html

Wohnmobilstellplatz Sasbachwalden
Talstraße 2
77887 Sasbachwalden
GPS-Daten: 48° 37' 10" N, 8° 7' 17" E
https://www.aldegott.de/de/wohnmobilstellplatz.html

Wohnmobilstellplatz am Kloster Maulbronn
Hilsenbeuerstraße/Talaue
75433 Maulbronn
GPS-Daten: 48° 59' 57" N, 8° 48' 20" E
https://www.maulbronn.de/de/gaeste/uebernachtung-gastro-nomie/camping-und-wohnmobilstellplaetze

Reisemobilpark Bregnitzhof in Königsfeld (Schwarzwald)
Buchenberger Straße 34
78126 Königsfeld
GPS-Daten: 48° 8' 25" N, 8° 24' 21" E
https://www.koenigsfeld.de/Reisemobil-Park

Wohnmobilgarten Kirschenhof Schmidt
Königsweg Hof 1
79346 Endingen-Königschaffhausen
GPS-Daten: 48° 8' 33" N, 7° 39' 44" E
https://www.kirschenhof-schmidt.de/wohnmobilgarten/

Wohnmobilstellplatz am Rheinufer in Breisach
Josef-Bueb-Straße
79206 Breisach (Rhein)
GPS-Daten: 48° 1' 49" N, 7° 34' 30" E
https://tourismus.breisach.de/de/gut_schlafen/ihre_gastgeber/camping-wohnmobil

Wohnmobilstellplatz Ladenburg
Heidelberger Straße 56
68526 Ladenburg
GPS-Daten: 49° 27' 55" N, 8° 36' 56" E
https://www.wohnmobilstellplatz-ladenburg.de/

Wer Freiburg im Breisgau erkunden möchte (hier war Henrik ja nur zur Stippvisite), kann unter anderem auf dem Stellplatz am Stadion/an der Messe unterkommen:

Wohnmobilstellplatz Freiburg
Suwonallee 1
79108 Freiburg im Breisgau
GPS-Daten: 48° 0' 55" N, 7° 50' 7" E
https://www.stellplatz-freiburg.de/

H. K. Anger
CAMPING MIT TODESFOLGE
Broschur, 272 Seiten
ISBN 978-3-7408-1132-7

Mit dem Kauf eines Oldtimer-Wohnmobils ging für Kathrin und
Peter ein Traum in Erfüllung – der jäh zerbrach, als Peter von
einer Geschäftsreise nicht zurückkehrte und für tot erklärt wurde.
Seitdem fährt Kathrin jedes Jahr an ihrem Hochzeitstag allein
auf Campingtour. Doch dieses Mal ist alles anders: Am ersten
Morgen findet sie einen Strauß ihrer Lieblingsblumen an der Wind-
schutzscheibe, am nächsten Tag ein weiteres sehr persönliches
Geschenk, zusammen mit GPS-Daten, die zu einem unbekannten
Ziel führen. Ist Peter womöglich noch am Leben? Mit Humor und
Beharrlichkeit begibt sich Kathrin auf einen Roadtrip, der für sie
lebensgefährlich werden soll.

www.emons-verlag.de